터치터치 그대 2

터치터치 그대 2

이달아 장편소설

Terrace Book

| CONTENTS |

| 2권 |

Chapter 15

남편님, 여보야, 자기야

준희와 이준은 아파트 뒤에 위치한 호수 공원에서 호수를 감싸고 있는 긴 조깅 코스를 세 바퀴째 도는 중이었다.

"헉헉. 나머지 한 바퀴는 헉헉, 숨 좀 돌리고, 헉헉……. 강이준 씨이이이!"

준희의 숨이 넘어가든 말든, 이준은 벌써 저 멀리 달려가고 있었다. 그래놓고는 돌아서서 새벽이슬처럼 상큼한 미소를 날리며 준희를 향해 얼른 오라고 손짓을 했다. 그럼 하는 수 없이 또 이를 앙다물고 뛰는 수밖에 없다. 그걸 벌써 몇 번째 반복하는 건지.

처음 집을 나설 때만 해도 아름답고 로맨틱한 상황을 상상했었다. 새벽을 품은 호수를 사이좋게 손잡고 뛰며 대화를 나누는 그런 장면. 이렇게 경쟁하듯이 땀을 뻘뻘 흘리며 지옥의 레이스를 펼칠 줄은 몰랐다.

저 긴 다리를 내가 어떻게 쫓아가냐고! 내가 미쳤지, 미쳤어! 운동하자는 말에 진짜 운동만 하는 남자를 쫓아 나오다니! 다신 안 따라나올 거야!

생각은 그렇게 했지만, 오기가 생겨서 죽어라 달리고 또 달렸다. 괴성을 지르며 후들거리는 다리에 잔뜩 힘을 싣고.

"으아아악!"

준희의 속을 알 리 없는 여자들은 두 사람에게 부러움 가득한 시선을 보냈다. 지옥의 레이스에서 남편의 잘생김은 조금도 도움이 되지 않건만.

세 바퀴를 다 뛰고 난 후 준희는 벌러덩 바닥에 누워버렸다. 푸르른 하늘이고 뭐고, 하늘이 뱅글뱅글 돌았다. 손 하나 까딱할 수 없을 만큼 모든 에너지를 아침 조깅에 태워버린 것이었다.

"바닥 더러워. 일어나."

준희는 이준이 내민 손을 홱 쳐낸 후 눈을 감아버렸다.

"좀만 누워 있을게요. 저 지금 진짜…… 죽을 것 같아요. 토 나올 것 같다구요."

"젊은 나이에 홀아비 되긴 싫은데."

이 남자가 진짜……. 열 받아서 반짝 눈을 뜨니 몸을 숙이는 이준이 보였다.

"업혀. 집까지 귀하게 모실 테니까."

내가 진짜 한 번만 봐준다. 준희는 마지못한 척 그의 등을 타고 엉금엉금 기어올랐다. 그의 목에 살그머니 팔을 감자, 그가 일어났고 이내 공기층이 달라졌다.

"……윗 공기가 좋긴 하네요."

등이 미약하게 들썩이는 걸 보니 이준이 웃었나 보다.

"말만 해. 언제든지 윗 공기 맑게 해줄 테니까."

그 말인즉슨, 언제든지 업어주겠다는 뜻이렸다?

"못 믿겠으면 또 계약서 작성해줘?"

"아니요. 이젠 계약서 같은 거 없어도 다 믿어요."

"그 전엔 믿음이 안 가서 계약서 작성한 거고?"

"그 전에도 믿긴 했는데 강이준 씨가 괘씸해서 한번 당해보라고 오기로 작성한 거죠."

준희는 남편의 너른 등에 뺨을 대었다. 그도 사람인지라 땀이 나 있었다. 그런데도 그게 찝찝하기는커녕 좋았다. 편하게 업히고 나서야 호수 공원의 풍경이 눈에 들어왔지만 이미 눈꺼풀은 무거워진 후였다.

"나 졸려요."

"자도 돼. 천천히 걸어갈게."

땀 냄새가 섞인 기분 좋은 그의 체취와 온기, 선선한 아침 공기를 느끼면서 사르륵 눈을 감은 준희가 자그맣게 중얼거렸다.

"강이준 씨도 천천히 걸어와요, 나한테."

어젯밤 폭풍처럼 해버렸던 사랑 고백 이후, 두 사람이 맞이한 첫날 아침은 의외로 소박하면서도 평화로웠다.

진짜 부부처럼 보내는 첫날.

둘 다 아무것도 묻지 않았고, 그 무엇도 바라지 않았다. 그저 서로에게 최선을 다할 뿐.

준희는 그저 간절하게 바랐다.

3개월 후, 그도 나와 같은 마음이기를.

샤워를 하고 나온 준희가 간단한 아침을 준비할 생각에 믹서에 갈 닭 가슴살과 야채, 과일 몇 가지를 다듬고 있는데 뒤에서 인기척이 느껴졌다.

"아침 대신 단백질 쉐이크 괜찮······?"

무심코 돌아선 준희의 눈이 동그래졌다. 샤워를 끝내고 나온 이준의 옷차림 때문이었다. 셔츠의 단추를 잠그지 않아 벌어진 옷 사이로 조각조각 나 있는 단단한 복근이 보였다.

"우와, 복근 예술이네요."

"우와? 대부분은 손으로 눈을 가리지 않나?"

그가 웃으면서 가까이 다가왔다.

"에이, 부부 사이에 겨우 복근 정도 가지고. 강이준 씨 엉덩이도 내가 다······ 아얏!"

이준이 기가 막힌다는 듯 준희의 이마를 손가락으로 가볍게 튕겼다.

"못하는 말이 없어. 너무 대담한 거 아냐?"

"더 대담한 거 해봐도 돼요?"

이준과 눈을 맞추며 준희는 살그머니 손을 뻗었다. 수도 없이 만져보고 싶었지만 단 한 번도 만져보지 못했었다. 하지만 지금은 당당하게 만질 수 있다. 난 그의 아내니까.

손가락 끝으로 가슴부터 복근까지 그어 내릴수록 준희의 눈이 반짝거렸다. 처음 만져보는 그의 피부는 놀라울 만큼 단단했지만 따스했고 부드러웠다. 단단한 근육에 힘이 잔뜩 들어가는 게 고스란히 느껴졌다.

"신기하다. 돌덩이처럼 딱딱할 줄 알았는데."

준희는 홀린 듯이 손가락을 아래로 계속 내렸다.

"더 내려가면 위험해."

배꼽 언저리를 막 지났을 때 그가 그녀의 손을 움켜쥐었다.

"그러니까 멈춰."

사실 준희도 멈출 생각이었다. 더 내려가면 그건 호기심이 아니라 엉큼한 거였으니까.

준희가 조심히 손을 떼자 이준이 비스듬히 턱의 각도를 틀며 얼굴을 내렸다.

"좋은 아침."

아침에 하는 굿모닝 키스치곤 과격했다. 그런데도 손끝 발끝이 저릿저릿하도록 좋았다. 더 오래오래 하고 싶을 만큼. 마지못해 입술을 뗀 이준의 까만 눈이 위험할 만큼 짙고 깊었다.

"아침이니 오늘은 여기까지."

그는 준희의 손목을 끌어서 식탁 의자에 앉혔다.

"오늘부터 아침은 내가 준비할게."

"……오늘부터 쭉, 계속요?"

"시간 되는 한. 간단한 주스 정돈 나도 만들 수 있으니까."

"그래도 내가 만드는 게 낫지 않을까요?"

잊으셨나 본데, 당신 아내가 국제 대회에서도 수상을 한 유명한 바텐더에 믹솔로지스트랍니다.

"이런 거라도 시켜줘. 넙죽넙죽 얻어먹기만 하는 삼식이 남편이 되긴 싫으니까."

"헐, 그런 말도 알아요?"

"어젯밤 너 잘 때 공부 좀 했지."

"무슨 공부요?"

"아내에게 예쁨 받는 남편 되는 방법. 미움 받는 남편 안 되는 방법."

"……."

"세 끼 꼬박꼬박, 그것도 일하는 아내한테 얻어먹는 삼식이는 좀 아닌 것 같더라고."

공부라니, 느낌보다는 객관적인 정확성을 따지는 남자가 할 만한 행동이었다.

"사랑하면 세 끼도 꼬박꼬박 챙겨줄 수 있는데요, 전?"

남자들이 모르는 게 있었다. 삼식이도 삼식이 나름이라는 것. 예쁜 짓 많이 하는 남편에게는 세 끼 차려주는 것도 어렵지 않았다. 문제는 그럴 만한 노력은 하나도 하지 않고 세 끼를 차려주길 원한다는 것.

"그 사랑 아껴뒀다가 밤에 보여주든지."

"……?"

말을 마친 후 빈 잔을 들고 싱크대로 가서 설거지를 하는 이준에게 준희는 묻고 싶었다. 강이준 씨가 말하는 그 사랑이 뭐냐고 말이다. 덜컥 다가올 오늘 밤이 두려워졌다.

내가 너무 오버한 건가? 머릿속에서 상상력들이 오색 빛깔로 터지고 있었다. 헷갈려 죽겠다. 내가 엉큼한 건지, 저 남자가 엉큼하게 만드는 건지.

이준과 함께 주차장으로 내려온 준희는 차에 타자마자 이준을 빤히 바라보았다. 깔끔하게 흘러내린 단정한 흑발부터 긴 다리를 꼬고 있는 구두 끝까지 반질반질, 흠잡을 데 없이 완벽했다.

그녀의 시선을 느꼈는지 이준이 고개를 틀었다.

"왜 그렇게 쳐다봐?"

"잘생겨서요."

그가 몸을 기울여왔다.

"그럼 실컷 봐."

훅 가까워진 얼굴, 숨결, 짙은 눈동자.

"저녁까지 못 볼 테니까."

아, 또 생각이 나버렸다.

—그 사랑 아껴뒀다가 밤에 보여주든지.

이준의 눈을 똑바로 볼 수 없어 준희는 고개를 틀어버렸다.

"……다 봤어요. 그것도 엄청, 그리고 실컷이요."

"내가 덜 봤어."

그의 손짓 한 번에 서로의 얼굴이 다시 마주 보게 되었다. 이 남자가 왜 이러나. 눈이 마주치자 달콤하게도 웃는다.

"곧 헤어질 건데 키스 안 해주나?"

"굿모닝 키스는 아까 강이준 씨가 해줬잖아요."

"그건 아침 키스고."

그가 긴 손가락 끝으로 제 입술을 톡톡 두드렸다.

"지금은 출근 인사용 키스."

준희는 얼른 앞좌석의 눈치를 보았다. 김 기사와 박 실장은 오늘도 있는 듯 없는 듯 조용했지만 그래도 민망하고 창피했다.

"이 차에 우리 둘만 있는 거 아니거든요?"

"뭐 어때. 적응해야지."

무뚝뚝한 남자가 이렇게 솜사탕 같은 남자가 되어버릴 줄 누가 알았겠는가. 이게 고백의 힘일까. 고백만 날름 받고 대답도 안 해줬으면서.

사람이 하루아침에 변하면 안 되는 거잖아요. 아낌없이 불태우고 3개월 후에 쌩 돌아서려는 게 아니라면…….

"이러는 거, 강이준 씨답지 않아요."

"너도 너답지 않아."

"……?"

"아침에 더 대담한 짓도 잘하던…… 읍!"

결국 준희는 손으로 그의 입을 막아버렸다. 이 남자가 오늘날 죽이려고 작정했나.

"조용히 좀 해요! 그거야 둘이 있을 때 이야기죠!"

"네가 자꾸 반응하니까 놀리고 싶어지잖아."

그녀가 벌겋게 달아오른 얼굴로 살벌하게 속삭이자, 결국 그가 큭큭, 웃음을 터뜨렸다.

"그거 알아? 너 정말 반응이 끝내준다는 거."

그만 놀려요. 앙, 물어버리기 전에.

준희가 눈꼬리를 치켜세우며 날린 새빨간 경고에 그가 웃음을 지우며 말을 이었다.

"너만 날 웃게 만들어."

그의 손이 올라선 눈매 끝을 부드럽게 어루만졌다. 손끝에서 번진 다정함이 가슴까지 적셨다.

정말 별거 아닌 행동인데도 미치도록 설레었다.

이후 더 이상의 대화는 없었지만, 차에서 내릴 때까지 두 사람은 손을 꼭 잡고 있었다.

그 손을 바라보며 준희는 생각했다.

계약서를 찢어버리길 잘했다고.

고백하길 잘했다고.

그는 놀라울 만큼 제 마음을 자유롭게 드러냈고 최선을 다해 노력하고 있었다. 그 마음이 3개월 후에 사랑으로 돌아올지, 차가운 얼음장이 되어 돌아올지는 모르겠지만.

김문혁 팀장을 주축으로 신설된 부서의 멤버는 총 7명이었다. 그중 여자 팀원은 준희가 유일했고, 나이는 가장 어렸지만 직급은 대리였다. 하지만 준희를 무시하는 사람은 아무도 없었다. 나이나 학벌보다는 경력과 실력을 중요시하는 업종이니만큼 오히려 그녀를 반기는 눈치였다. 김문혁 팀장 또한 마찬가지였다.

회의도 하기 전에 다짜고짜 팀원들을 데려간 곳은 바로 새로운 연구실이었다.

"백 대리를 국제 대회에서 수상하게 해준 그 백로 히스토리 좀 읊어봐."

팀장의 말에 다른 팀원들도 궁금하다는 듯 격하게 고개를 끄덕였다.

"한국하면 백의민족이잖아요. 한국화에도 백로가 자주 등장하구요. 이름은 조금 충동적으로 지었지만 레시피는 사실 한국에서부터 생각하고 있었어요. 외국인들이 의외로 단맛을 좋아하고 불고기를 좋아하는 게 생각나서. 전통 증류주에 배의 단맛과 꿀을 더하고, 거기에 인삼의 향을 약간 더해서 향미를 높였어요."

차근차근 설명을 곁들이며 백로를 주조해내는 준희의 능숙한 손길에 팀원들의 눈이 홀리듯이 박혔다.

"대회에선 인삼 향을 약하게 넣었는데 이번엔 좀 강하게 넣었어요. 우리 모두 신토불이니까 이런 향 좋아하잖아요."

쪼르르륵, 미리 얼려놓은 칵테일 잔에 채워진 백로의 맛을 본 팀원들은 저마다 고개를 끄덕였다. 준희를 스타트로 각자 준비한 비장의 칵테일 레시피를 돌아가면서 선보였다.

다음으로 팀원들이 향한 곳은 회의실. 그곳에서 김 팀장의 열띤 브리핑이 이어졌다. 간단한 회사 소개에 이어 신메뉴 개발부의 설립 목적 및 미래 방향을 차근차근 짚어주었다.

출근 첫날이라 그런지 모두가 열정적이었다. 노트에 열심히 필기를 하며 스크린 화면을 바라보는 눈빛들이 반짝거렸다. 덩달아 준희의 가슴에도 승부욕과 열정이 가득 차올랐다.

"뭐든지 경쟁 상대가 있어야 더 불타오르는 법이죠?"

김 팀장이 씨익 웃자 화면이 넘어갔다. 스크린을 가득 채운 커다란 다섯 글자.

"자자, 여러분. 다윗과 골리앗의 싸움이라고 겁먹지는 마시고. 힘들기야 하겠지만 결국은 다윗이 이긴 건 알죠?"

해성 코리아

"해성 코리아에서도 이색적인 라운지 바 겸 레스토랑을 새롭게 기획하고 있다는 특보를 입수했습니다. 우리 명신에서 위치와 오픈 시기를 해성과 비슷하게 맞추었다는 건 그만큼 우리 팀을 믿는다는 의미고."

감히 넘보지 못할 대기업의 이름에 다른 팀원들은 침을 꼴깍 삼켰지만 준희는 숨이 막혀왔다.

"어깨에 무거운 책임감 느끼고 있죠? 못 느꼈다면 지금부터라도 느껴야 해요. 파격적인 제안으로 우리를 데려온 만큼 명신은 그걸 우리한테서 뽑아낼 겁니다. 지원 또한 아낌없이 해준다고 했고. 새롭게 오픈을 준비하고 있는 '라온하제'의 성공 여부는 우리에게 달려 있습니다."

그때 김 팀장의 시선이 준희에게로 향했다.

"특히 백 대리에게 거는 기대감이 아주 큽니다. 감당할 수 있겠습니까?"

"최선을 다하겠습니다."

공은 공이고 사는 사니까.

그 시각, 이준도 해성 코리아 회의실에서 열정적으로 업무에 임하고 있었다. 해성 코리아의 '소담 만두'에 대한 글로벌한 해외 진출 전략 회의가 한창 진행 중이었다.

"중국은 만두 원조국이라 빠른 시일 내에 효과를 보긴 힘들 것 같습니다. 미국 또한 일본 브랜드가 70% 이상을 점유하고 있어서 당장 1위 탈환은 좀……."

해외 진출을 코앞에 둔 상황에서 불가능함을 강조하자는 게 아니라 가능하다는 걸 보여주기 위한 회의였다.

"그래서 철저하게 시장 조사를 해서 현지인 입맛에 맞추어 개발한 거 아닙니까."

간편식과 육식을 선호하는 미국, 탕을 좋아하는 중국 등 각국에 부서까지 장기 파견해서 조사했다. 그뿐인가, 시식 문화까지 새롭게 선보이며 현지인의 입맛을 철저하게 파악했다.

"그러려고 연구비도 아낌없이 지원했고. 그래도 실패한다면 책임을 물을 수밖에 없습니다."

"하지만 전무님! 첫술에 배부를 수는……."

타악―.

"자신 없으면 다 물러나세요. 희망퇴직자는 항상 받고 있으니까. 퇴직금도 두 배로 준다는 건 모두 알고 있죠?"

해성 임원진들이라면 모두 알고 있는 이준의 트레이드마크. 웃으면서 칼 던지기.

"그럼 모두 나가보세요."

임원진들이 고개를 푹 숙인 채 나가자, 그제야 이준은 조용히 박 실장을 불렀다.

"박 실장님."

"네, 전무님."

"차 한 대 준비해주세요."

"어떤 용도의 차를 말씀하시는 건지 물어봐도 될까요?"

"개인적으로 내가 몰고 다닐 차를 말하는 겁니다."

박 실장의 눈이 미세하게 커졌다. 사고 이후 몇 년 동안 절대 핸들을 잡지 않던 그였다.

"외람된 질문이지만 사모님과 같이 타시려는 겁니까?"

실수가 있으면 안 되기에 조심히 묻는 그녀의 의중을 아는 이준은 덤덤히 대답했다.

"맞습니다."

연봉을 많이 올려주긴 했지만 시도 때도 없이 김 기사를 부려먹는 것도 못 할 짓이었다.

무엇보다 몇 년 동안 단 한 번도 느껴보지 못했던 불편함을 요즘은 자주 느끼고 있었다. 준희와 단둘이 있고 싶기도 했고, 단둘이 가고 싶은 곳도 많았다.

"그런데 전무님, 운전 정말 괜찮으시겠습니까?"

입가엔 옅은 미소를 머금고 있었지만 이준을 보는 박 실장의 눈빛에는 걱정이 가득했다. 그 눈빛의 의미를 그도 알고 있었다.

하지만 다른 누구도 아닌 백준희였다.

귀신도 이겨내는 기 세고 음기 강한 내 마누라.

그는 더 이상 두려움에 떠는 겁쟁이가 아니었다.

"운전을 다시 시작해보는 것도 나쁘진 않을 것 같습니다."

이런 게 결혼 효과이고 아내 효과인가 보다.

결혼은…… 그리고 아내는…… 남자를 강하게 만든다.

이준이 퇴근했을 땐 시간은 이미 밤 9시를 훌쩍 넘어 있었다. 프랑스에서 한국으로 복귀한 지 얼마 되지 않아 회의의 연속이었다.

현관문을 열자 따스한 온기가 훈훈하게 그를 반겼다. 하지만 여전히 어두운 입구가 꽤 거슬렸다.

"강이준 씨 왔어요?"

쪼르르 달려 나와 그의 팔을 잡아끄는 준희는 오늘도 앞치마를 두르고 있었다.

"저녁은 안 먹는다고 말했던 것 같은데. 설마 또 요리했어?"

"요리는 안 했는데요?"

"그런데 앞치마는 왜 두르고 있어?"

"아보카도 샌드위치 조금 만들었어요."

"그런 것도 만들 줄 알아?"

"요리 학원에서 한식만 알려주는 거 아니거든……?"

종알종알 말을 하는 준희에게 입을 맞춘 건 충동적인 행동이었다.

"자꾸 허락 안 맡고 하기예요?"

"그러라고 계약서 찢어버린 거 아니었어?"

준희가 얄밉다는 듯 눈을 흘겼지만 앙칼짐은 느껴지지 않았다. 이준은 준희의 손목을 잡고 현관 쪽으로 몸을 틀었다.

"어디 가려구요?"

"전구 사러."

"설마 직접 갈게요?"

"그럼 외간 남자 불러서 갈까?"

왜 전등을 안 갈았느냐고 물었을 때 준희가 그랬다. 외간 남자를 집에 불러들이는 것 자체가 싫었다고.

그렇게 말을 하는데 직접 갈지 않을 수가 없었다. 안 해봤지만 해보는 수밖에.

"대박. 강이준 씨 이런 것도 할 줄 알아요?"

그놈의 강이준 씨.

한 번 의식하고 나니 미치게 거슬렸다. 그놈의 호칭이.

쇠뿔도 단김에 빼랬다고 이준은 엘리베이터에 오르자마자 말했다.

"호칭 좀 바꾸자, 우리. 특히 너."

"강이준 씨가 뭐 어때서요? 난 입에 착 붙고 좋은데."

"난 싫어. 그러니까 바꿔."

"그럼 뭐라고 할까요? 원하는 대로 해드릴 테니 말해봐요."

"객관식으로 해주면 안 되나?"

"좋아요. 그럼 1번 남편님."

나쁘진 않은데 뭔가 좀 약했다.

"2번, 여보야."

이건 좀 괜찮은 것 같은데, 이걸로 할까?

그때였다. 준희가 턱 밑까지 치고 들어왔다.

"3번은, 음."

그러고는 반응을 보려는 듯 그와 눈을 맞추고 생글생글 웃더니 애교스럽게 그를 불렀다.

"자기야?"

그는 평소에 주변에서 종종 들을 수 있었던 '자기'라는 말을 무척 닭살 돋는다고 생각했었다. 하지만 준희의 예쁜 미소 때문인지 애교스러운 목소리 때문인지, 3번에 훅, 꽂혀버린 이준이었다.

"마지막 4번."

"또 있어?"

"시험 본 적 없어요? 객관식은 최소 4번까지 있잖아요."

뒤로 갈수록 호칭의 농도가 짙어지니 그럼 마지막은 '자기야'보다 세다는 건데.

"4번, 이준 오빠!"

푸쉬식, 기대감에 잔뜩 부풀어 올랐던 그의 허파에서 바람이 빠지고 있었다.

가까스로 포커페이스를 유지하며 이준은 태연하게 물었다.

"4번치고는 좀 약하지 않아?"

"더 센 거 하려고 했는데 강이준 씨가 싫어할 것 같아서요."

네가 뭘 몰라서 그러는데, 나 그런 거 좋아해.

"생각해보니까 1번부터 3번까지 너무 닭살 돋는 호칭이었잖아요. 몇 번 고를래요?"

그가 대답도 하기 전에 준희가 냉큼 대답을 가로챘다.

"아무래도 4번이 낫겠죠? 닭살 돋지도 않고 정답고."

그럴 거면 왜 객관식을 낸 건지. 순식간에 그를 들었다가 바닥에 처박아버리는 맹랑한 아내였다.

"강이준 씨도 4번 고르려고 했죠?"

"……그래."

이준은 마지못해 대답을 하며 결심했다. 꼭 3번을 듣고 말리라고.

"뭐, 우선은."

전구를 산 후 현관문에서 의자를 밟고 올라선 지 벌써 10여 분이 흘렀다.

전구를 가는 표정도 손짓도 거침이 없었고, 전문가의 포스가 물씬 풍겼다. 그런데 이상하게도 진척이 없었다. 전구 가는 건 일 분도 안 걸린다고 했던 것 같은데.

하지만 준희는 참을성 있게 기다렸다. 난생처음 전구 갈기에 도전한 남편이 임무를 무사히 완수하기를. 마침내 현관문에 환한 센서 등이 들어왔다.

"봐, 됐지?"

준희는 남편을 향해 열렬하게 박수를 보냈다.

"대단해요! 난 이런 거 절대 못 하는데!"

"뭐 이 정도 가지고."

"이준 오빠, 짱!"

엄지 척까지 내보이며 오버액션을 하자, 의자에서 내려오며 이준이 물었다.

"불 나간 곳 또 없고?"

"없는 것 같아요."

너른 어깨를 으쓱하며 앞서는 이준의 뒤에서 준희는 미소를 지었다. 완벽한 그도 못하는 게 있다는 사실이 좋았다. 이제 좀 사람 같다고 해야 할까.

모르는 사람들은 그럴 것이다. 별것도 아닌 일에 감동받는다고. 그건 강이준을 몰라서 하는 소리였다.

집안일이라곤 태어나서 한 번도 안 해본 해성 그룹 황태자가 아내를 위해 난생처음 집안일에 도전하고 있었다. 어제는 설거지, 오늘은 전구 갈기.

이쯤 되니 다가오는 내일이 기대되었다. 내일은 그가 어떤 모습을 보여줄까. 나에게 뭘 해줄까. 날 어떻게 웃게 해주고 어떤 감동을 줄까.

샌드위치를 먹고 샤워를 한 후 두 사람은 침대에 나란히 누웠다. 이준이 손을 벌리자 준희는 당연하다는 듯 그의 품으로 굴러들어가 착 안겼다.

습관이란 이토록 무서운 것이다. 며칠 안고 잤다고 당연하다는 듯 안기고 안아주고. 서로에게 딱 맞아떨어지는 몸의 느낌이 좋았다.

"그거 알아요? 나 원래 혼자 자는 거 싫어해요. 어둠도 좋아하지 않고요."

어렸을 때부터 혼자였던 준희는 누군가의 품에서 잠이 들어본 적이 없었다.

어둠 속에 혼자 잠을 자는 밤이 싫었다. 끔찍하도록 외롭고 쓸쓸했다.

그래서일지도 몰랐다. 머리만 대면 잠들어버리는 건 그 끔찍함과 외로움과 쓸쓸함을 피하고 싶었던 건지도.

"자다가 눈을 떴을 때 누가 내 곁에 있다는 게 이렇게 좋은 건 줄 몰랐어요."

"……."

"이래서 결혼을 하고 평생 짝을 찾고 서로를 바라보고 지켜주나 봐요."

"……."

"검은 머리 파뿌리 되도록. 맞죠?"

이준은 준희를 품에 꼭 안은 채 그녀의 말에 귀를 기울이고 있었다.

"그래서 말인데요, 나 이렇게 안고 있으면요……."

"……."

"당신 심장, 떨려요?"

프랑스에서는 떨리지 않는다고 했던 그 심장 말이다.

이준이 대답 대신 준희의 얼굴을 제 가슴으로 끌어당겼다.

"궁금하면 직접 들어보든지."

쿵쾅쿵쾅, 남편의 세찬 심장 박동이 고막을 울리고 심장도 같이 울렸다.

"확인했어?"

"엄청…… 뛰어요."

"우리 이제 자자."

"난 잠 안 오는데."

"난 자야 해. 지금 안 자면 내가 어떻게 변할지 모르거든."

"난 잠 안 오는데……."

침대에서 그와 나누는 대화는 또 색달랐다.

"좀 이따 자면 안 돼요?"

"잠이 안 와?"

질문과 동시에 이준이 준희의 몸 위를 타고 올랐다. 옅은 어둠 속, 그녀를 빤히 내려다보는 짙은 시선이 느껴졌다.

"그럼, 부부 진도 좀 더 뺄까?"

"진도요? 무슨."

"이 밤에 침대에서 뺄 진도가 뭐 있겠어?"

"설마…… 그건 아니죠?"

"내 아내가 모르는 게 너무 많네."

"나 알 거 다 알거든요?"

"아니야, 넌 몰라."

"몇 번을 말해요. 나 이제 애 아니라구요!"

"알아. 아니까 이러는 거 아냐."

"근데 왜 모른다고 무시해요?"

"밤톨 널 어쩌냐."

큭큭, 웃음을 참지 못한 그가 준희의 목덜미에 얼굴을 묻었다. 짙어진 숨결이 목을 간질이자 기분 좋은 소름이 돋았다.

"가르쳐주고 싶어 죽겠네."

털썩 옆에 누운 이준이 준희를 다시 품 안으로 끌어들였다.

"당분간은 서로한테 부적 노릇만 하자."

"……."

"우리가 함께할 밤은 많으니까."

이번에는 아무 말도 할 수가 없었다. 더 물어보면 감당하지 못할 일이 일어날 것만 같아서.

"내가 차근차근 알려줄게."

커다란 손이 등줄기를 타고 올라 부드럽게 토닥였다.

"너랑 하고 싶은 게 참 많거든."

이제 그만 꿈나라로 같이 떠나자고.

"잘 자요, 이준 오빠."

그리고 내 여보야, 내 자기야.

"참고로 내일은 절대 조깅 안 해요, 나."

코끝으로 스며드는 그의 짙은 체취에 취한 채, 준희는 서서히 잠에 빠져들었다.

눈을 뜨자 텅 빈 옆자리가 눈에 들어왔다. 예전과 달라진 게 있다면 사람이 누워 있었던 흔적이 역력하다는 것.

몇 년이 지나도록 낯설었던 침대가 이제야 내 집 같고 내 침대 같았다.

부스스 눈을 비비며 거실로 나가자 말끔하게 샤워를 한 그가 준희에게 다가와 주스 잔을 내밀었다.

"아침 대용이야. 맛은 보장 못하지만 영양은 보장해."

하여간 제가 한 말은 꼭 지키는 남자였다. 한 모금 마시자마자 얼굴이 저절로 찌푸려졌다.

"진짜 맛없어요."

"만든 성의를 봐서 원샷 해."

군말 없이 원샷을 하자 이준이 빈 잔을 가지고 주방으로 향했다. 그 뒤를 강아지처럼 졸졸 따라간 준희는 싱크대에 선 너른 등을 향해 돌진했다. 난생처음 해본 백허그는 받는 것 못지않게 너무 좋았다.

"갑자기 왜?"

"아침 잘 먹었다는 보답이요."

"그럼 키스로 해주든지."

준희는 새초롬하게 눈을 흘겼다. 영화에선 눈 뜨자마자 사랑스럽게 키스하지만, 현실은 그와는 달랐다.

"나 이 안 닦았는데, 괜찮겠어요?"

"……얼른 가서 씻어."

깔끔쟁이가 오케이를 할 리가 없지.

그대로 돌아서서 욕실로 향하는 준희의 입가에 미소가 걸렸다.

출근 준비를 마친 준희가 이준에게 말을 했다.

"오늘부터 따로 출근해요."

"데려다줄게."

"해성 코리아 전무 부인이라는 거 회사에 들키기 싫다고요."

"눈에 안 띄게 데려다주면 될 거 아냐."

"……?"

"따라와."

주차장에 도착한 준희의 눈이 휘둥그레졌다. 난생처음 보는 차의 조수석 문을 열어 타라는 턱짓을 하는데 선뜻 오를 수가 없었다.

"나 데려다주려고 차 바꿨어요?"

"눈에 띄는 거 싫다며."

"그럼 김 기사님은요?"

박 실장이야 그렇다 쳐도, 김 기사는 보여야 했다.

"운전은 내가 해."

"네에? 운전 안 하잖아요?"

"네가 하게 만들었지."

"내가 언제요?"

"네가 자꾸 주위를 의식하잖아."

"……?"

"맘 편히 안지도 못하게 하고, 키스도 못하게 하고."

그의 말에 준희의 얼굴이 확 달아올랐다.

"그것 때문에 차를 샀다고요?"

고작 스킨십 때문에? 키스 때문에? 그래서 차를 사고 직접 운전까지 하겠다고요?

"탈 거야, 말 거야?"

너무 느닷없는 상황에 차에 오른 준희는 안전벨트를 하는 것도 잊어버렸다.

"벨트 해야지."

그가 몸을 기울여왔다. 잠이 든 내내, 코끝에 스며들다 못해 배어버린 그의 향기가 다시 심장을 들쑤셨다.

"내가 할 수 있는데……."

"해주고 싶어서."

안전벨트 소리와 동시에 그가 나른한 눈빛을 부딪쳐 왔다.

"이런 것도 예쁜 짓 맞나?"

"차 산 거요? 아니면 운전? 그것도 아니면 벨트 매주는 거?"

그는 아침부터 정신 못 차리도록 예쁜 짓을 하고 있었다.

"아무거나 하나만 인정해줘."

"인정해주면요?"

"차도 샀고."

이미 벨트를 해줬는데 물러나긴커녕 그가 좀 더 가까이 다가왔다.

연인인지 부부인지. 연애인지 결혼인지.

분간이 되지 않을 만큼 가슴이 설렘으로 가득 차올라 두근 거렸다.

"선팅도 진하게 넣었는데."

찰랑거리는 매끄러운 흑발 사이로 강렬하게 날아든 노골적 인 눈빛, 그리고 메시지.

……키스해줘.

"남편한테 상 줘야지."

아침부터 정신 못 차리게 제대로 훅 치고 들어온 그는 나비 처럼 사뿐히 내려앉는 눈꺼풀 위로 촉촉한 입술을 얹었다. 가 벼운 터치감에도 파르르 떨리는 준희의 부챗살 같은 속눈썹마 저 이준에겐 자극적이었다.

성급한 마음과 달리 눈빛과 입술만은 느릿하게 움직였다. 준희의 작은 반응 하나마저도 놓치고 싶지 않아서였다.

하루하루가 거듭될수록 더 예뻐 보이고 소중해진다. 준희의 웃는 얼굴이 보고 싶어서 뭐든지 해주고 싶었다.

이런 게 사랑인 건가?

그것도 아니면 바람처럼 스쳐 지나갈 일시적인 끌림?

둘 다 해본 적 없기에 알 수 없었다.

분명한 건 이 감정을 마음껏 불살라보고 싶다는 것.

활활 탄 후에도 남는 게 있다면 그게 진짜 사랑일지도.

콧잔등에 입을 맞춘 입술이 마침내 목적지에 다다랐다.

준희가 수줍게 입을 벌리는 순간 여유로움은 바닥이 났다. 입술과 혀가 탐욕스럽게 움직였다. 가쁘게 토해내는 숨결 하나까지 놓치기가 싫었다.

입술을 떼자 통통하게 부풀어 오른 아랫입술이 또다시 눈을 자극했다. 발그레한 얼굴과 몽롱해진 눈동자로 그를 바라보는 준희를 데리고 다시 집으로 가고 싶은 마음이 간절했다.

"어제 부서원들이랑 첫 회의를 했는데 명신의 경쟁 상대가, 아니, 정확히는 우리 부서 목표가 해성 코리아래요. 비슷한 위치, 비슷한 시기에 동시 오픈. 설마 모른다는 말은 안 할 거죠? 그럼 나 기밀 누설한 거 되는데."

키스의 여운에서 벗어나지도 않았는데 준희가 한 말에 이준은 살며시 눈살을 찌푸렸다.

"알고 있었어."

모를 리가 없었다. 이 바닥에서 정보력은 곧 생명력이니까. 하지만 명신은 해성과 견줄 만한 기업이 아니었기에 신경 쓰지 않았을 뿐이었다.

"목표 달성 못하면 나 회사에 사직서 내고 내 발로 나가야 해요."

"그럼 해성으로 와. 더 파격적인 조건으로 스카우트할 의향 있으니까."

"남편 회사 들어갔다가 낙하산 소리 듣기 싫어요."

"그게 왜 낙하산이지? 너 정도 수상 경력이면 아무도 그런 말 못 해."

"그거야 우리 사정이죠. 헐뜯고 질투하기 좋아하는 사람들은 내 실력보다 그것에 더 관심 많을 텐데."

"남들 신경 쓰는 성격 아니잖아, 너."

"그런 거 신경 안 써요. 근데 진짜 내 실력이 그런 유언비어에 의심받는 건 더더욱 싫어요."

준희의 얼굴에 비장하게 어린 건 본인의 커리어에 대한 자부심이었다.

"그리고……."

준희가 말끝을 흐리자 이준은 살짝 미간을 좁혔다. 또 다른 이유가 있단 말인가.

"이혼하게 되면 더는 오빠랑 엮이기 싫어요. 그래서……."

이준은 사랑한다고 고백해 놓고 태연하게 이혼을 언급하는 준희의 얼굴을 빤히 바라보았다.

널 어떻게 해야 할지 모르겠다, 정말.

"그러니까 더 열심히 일해줘요, 강 전무님. 선의의 경쟁 알죠? 해성 코리아, 내가 제대로 앞질러줄 테니까."

이럴 때 보면 그의 아내는 참 매정한 여자였다.

회사에 도착한 이준은 준희가 한 말 때문에 심각할 수밖에 없었다.

─이혼하게 되면, 더는 오빠랑 엮이기 싫어요.

백준희가 계약서를 찢어버린 후로는 단 한 번도 생각해본 적 없었던 '이혼'이라는 단어가 날카롭게 심장을 찔러댔다.

거침없이 사랑한다고 해놓고선, 홀리도록 사람 정신을 쏙 빼놓고선, 그래놓고 준희는 혼자서 미래를 대비하고 있었다.

당신과 이혼하면 얼굴도 보기 싫다고. 작은 인연도 맺기 싫다고.

문득 친구들이 종종 했던 말이 떠올랐다.

―여자가 남자보다 더 열정적이야. 불같단 말이지.
―헤어질 땐 줬던 사랑을 홀라당 다 가져가버리잖아. 남잔 그제야 정신 차리고 남아 있는 사랑의 반을 불태우려고 하는데.

백준희도 그런 걸까? 조건 없는 사랑을 무한대로 쏟아부어놓고선, 그 사랑들을 모조리 다시 가져가겠다고?

―무릎 꿇고 빌며 잡아봤자 소용없어. 여려 보여도 여자들이 얼마나 냉정하고 단호한데. 이 여자다 싶으면 잡고 봐야 해. 그래야 후회 안 해.
―그래서 남자들이 결혼이라는 걸 하는 거지.

그는 스스로가 진절머리 날 만큼 진중한 성격이었다. 확실하지 않은 건 입에 담고 싶지 않았다.

당장이라도 '사랑해.'라는 말을 할 수 있는데도 참고 참는 건 그 이유 때문이었다.

'영원히 널 사랑해. 죽을 때까지 변함없이 사랑할 거야.'

그 말을 자신있게 할 수 있을 때 고백하고 싶어서.

하지만 3개월이 지난 후에도 정의를 내리지 못해 백준희가 떠난다면?

뒤늦게 깨닫고 달려가 고백해도 소용이 없을 것이다.

순진하고 여리여리해 보이지만 이준 자신보다 더 단호하고 냉정한 게 백준희였으니까. 생각이 거기까지 흐르자 이준은 불안해졌다.

백준희가 내 여자이고 내 아내라는 걸 온 세상에 공개하고 싶어졌다. 어딜 가도 강이준이라는 꼬리표가 붙도록.

그 스타트는 바로 제 친구들일 것이다.

이준은 지혁에게 바로 전화를 걸었다.

"이지혁, 오늘 정기 모임이지?"

[너도 오게?]

"애들한테 얼굴은 보여야 하니까. 그래서 말인데, 네가 해준다는 귀국 환영 파티, 그거 그냥 오늘로 하자. 파트너 동반으로."

광고를 찍다가 잠시 쉬는 송화에게 동창인 주희에게서 전화가 걸려왔다.

"이준이 환영 파티를 오늘 한다고? 이렇게 갑자기?"

가지런한 송화의 눈썹이 흥미롭다는 듯 치켜올라갔다.

[귀국 후 한동안 바쁠 거라서 오늘 아니면 시간이 안 된다고 했대. 우리야 늘 모이지만 이준이는 얼굴 보이는 게 드물잖아.]

"근데 동창 모임에 파트너 동반은 무슨 말이야?"

[파트너 동반은 의무가 아니야. 지혁이 말 들어보니깐 그간 꽁꽁 숨겨왔던 와이프 소개해주려고 이준이가 제안한 거래. 남자애들한테 점잖게 놀자고 경고하는 메시지도 있는 것 같고.]

"이준이가…… 와이프를 소개한다고?"

저도 모르게 목소리가 앙칼지게 나왔다. 그걸 느꼈는지 주희가 조심스럽게 말을 했다.

[우선 난 전했으니까 불편하면 오지 않아도 돼. 너도 이준이 못지않게 바쁘잖아.]

"아니야, 갈게."

[괜찮겠어?]

"안 괜찮을 게 뭐 있니? 밤에 보자."

전화를 끊은 송화는 차분하게 생각을 정리했다. 갑작스러운 귀국도 모자라 아내를 소개하겠다니. 도대체 무슨 생각이지, 강이준?

송화는 매니저에게 연락을 취했다.

"오늘 밤 8시 이후 스케줄 조정해봐. 그리고 홈마의 제안도 단호히 거절해."

그녀의 홈마스터(*연예인의 고퀄 사진과 동영상을 팬페이지에 올리는 팬)는 매우 집요했다. 프랑스 파리 공항에서 고가의 비행기 티켓을 끊어서 VIP 라운지까지 들어온 그를 송화는 진작 눈치챘었다. 처음엔 짜증이 났지만 그걸 유리하게 써먹은 그녀였다.

의도대로 프랑스 파리 공항에서 세 사람이 동시에 카메라 안에 담겼고, 그 사진을 본 송화는 흐뭇한 미소를 지었다.

강하고 씩씩한 척은 다 하더니 백준희도 여자였던 것이다. 강이준을 사랑하고, 받을 수 없는 사랑에 상처받고 거짓이라도 사랑을 애원하는.

[사진 공개되면 네 이미지에 타격이 올지 몰라. 그런데도?]

사진 유포, 그게 바로 그녀가 원하는 바였다.

"해성 그룹이 버티고 있는 한 홈마도 공식적으로는 유포 못해. 해봤자 개인 홈피에 올리겠지. 그 정돈 무시하면 돼. 내 팬들이 그 정도에 흔들릴 일도 없고."

홈페이지에 사진이 올라간 순간, 해성 그룹 황태자를 향한 언론의 관심은 다시 치솟을 것이다.

그녀는 침묵하면 된다. 가만히 있어도 소문은 다시 무성해질 것이고 각종 언론사에서 해성 그룹, 정확히는 이준의 결혼을 낱낱이 파헤칠 것이다. 만약 화살이 그녀에게 돌아온다 해도 그저 슬그머니 흘리면 되는 것이다.

이준이 오래전부터 그녀의 후원자이고 지금도 후원을 하고 있으며 그의 생명의 은인이라는 것을. 재벌 3세에게 버림받은 가련한 피해자 코스프레, 연기라면 자신 있으니까.

이준과 백준희에겐 손해이고 상처이겠지만, 송화에겐 아니
었다.

"잘 버텨보라고, 꼬맹이 아가씨."

백준희가 울고 있는 사진이 가장 마음에 들었다.

"요구한 만큼 말고 그냥 적당히 줘. 이 사진은…… 내가 기
념으로 갖고 있겠다고 하고."

전화를 끊은 송화의 얼굴에 우아한 미소가 피어올랐다.

그가 잊고 있다면 다시 기억나게 해주면 되는 일이었다.

네 곁에 있는 여자들은 모두 상처받는다는 걸. 나 아니면
네 옆자리를 감당 못 한다는 걸.

송화는 또다시 누군가에게 전화를 걸었다.

"강현태, 오랜만이야."

Chapter 16

뽀뽀 말고 키스요

이준의 차를 타고 이동하면서도 준희는 지금 이 상황이 이해가 되지 않았다. 항상 모든 일에 계획적이던 남자가 갑자기 퇴근 시간에 쳐들어와선 파트너 동반 동창회에 가자고 한 것이다. 너무 갑작스러워서 안 가면 안 되는지 묻자 강요는 아니라고 했다. 하지만 그의 눈빛이 애절한 메시지를 보내고 있었다. 파트너 동반인데 나 혼자 불쌍하게 보낼 거냐고. 어디에다 내놓아도 혼자라고 불쌍할 남자도 아니면서 말이다.

그렇게 이준에게 끌려간 곳은 5층짜리 뷰티숍이었다.

"최고의 미녀로 만들어줄게요."

"피부가 너무 예쁘네요. 피부 화장이 필요 없겠어."

"시간 없어. 드레스 허리 1인치 더 줄여서 와."

그녀는 5층 전체를 정신없이 끌려다녔다. 처음 보는 사람들이 얼굴과 머리, 몸 이곳저곳을 손대며 준희를 변신시키고 있었다.

이준은 휴게실에 앉아 그런 준희를 기다렸다. 일 초 단위로 시간을 활용하며 움직이던 그가 2시간 30분이라는 시간을 허비하고 있었지만 아깝다는 생각은 들지 않았다.

"전무님, 사모님 준비 끝나셨습니다!"

말이 끝나기 무섭게 미닫이문이 양쪽에서 확 열렸다. 그는 마음의 준비도 못한 채 준희와 맞닥뜨렸다.

웨딩드레스를 입은 신부처럼 찬란한 빛을 머금은 아내가 서 있었다. 부드럽게 땋아서 내린 머리칼이 뽀얀 어깨 한쪽으로 흘러내렸다. 하얀 드레스는 장식 없이 심플했지만 목선과 쇄골 라인은 과감하게 노출이 된 디자인이었다.

"어떠세요?"

원장의 말은 들리지도 않았다. 그저 고요하고 깊은 눈빛으로 아내를 바라볼 뿐.

그는 아내의 아름다움을 눈으로 보고 가슴에 새기고 있었다. 심장이 가슴을 뚫고 나오게 할 만큼, 백준희는 아름다웠다. 아내의 변신은 무죄였다.

집요한 그의 시선에 뽀얀 피부가 붉은빛을 머금었다.

"전무님, 사모님 민망하지 않게 한마디 해주셔야죠."

소파에서 일어난 이준이 거리감을 좁혀왔다. 그러고는 준희에게서 시선을 떼지 않은 채 말을 했다.

"둘만 있고 싶은데."

고개를 꾸벅 숙인 원장이 자리를 피해주었는데도 이준은 여전히 말이 없었다. 짙은 눈빛으로 준희를 보고 또 볼 뿐이었다. 그 시선을 견디다 못한 준희가 볼멘소리를 했다.

"한마디 해줘야죠. 궁금해 죽겠는데."

고개를 숙인 이준이 그녀의 귀에 입술을 대고 속삭였다.

"예뻐."

수식어도 찬사도 아니었다. 서운할 만큼 건조한 대답이었다. 그런데도 심장이 쿵쾅거렸다. 가슴이 너무 설레서 이준의 얼굴을 똑바로 쳐다볼 수가 없었다.

"키스하면, 안 되겠지?"

"키스에 환장했어요?"

준희가 수줍게 눈을 내리깔며 톡 쏘아붙이자 이준도 지지 않고 대답했다.

"네가 키스하고 싶게 만든다는 건 모르고?"

"하기만 해봐요."

준희는 손가락으로 제 입술을 가리켰다.

"여기 입술 반질반질한 거 보이죠? 이거 사라지면 안 돼요. 화장의 완성은 눈과 입술이라구요."

"나도 입술 반질거리게 해줄 수 있는데."

이 남자가 진짜. 준희가 눈을 새초롬하게 치켜뜨자, 그가 나직하게 웃었다.

"흥분하지 말고 돌아서봐."

"왜요?"

"얼른."

돌아서면서도 준희는 그에게서 시선을 떼지 않았다. 혹시 또 백허그로 사람 홀려놓고 키스하려는 건 아니겠지.

"이상한 짓…… 하지 마요."

"그러면 더 하고 싶어진다는 거 몰라?"

"이준 오……!"

그 순간 차가운 감촉이 목덜미에 닿았다.

"목이 허전하잖아."

눈을 내리자 쇄골 밑으로 떨어진 영롱한 보석이 보였다. 아름답긴 했지만 지금 준희의 신경을 곤두서게 만드는 건 바로 뒤에 서 있는 이준이었다. 그의 숨결이 목덜미를 나른하게 적시고 있었다.

"……고마워요."

"고마우면 허락해주든지."

"……?"

"키스."

이번만큼은 안 된다고 못 박을 수가 없었다. 이렇게 섹시한 남자가 목걸이를 걸어주며 은밀하게 속삭이는데. 감히 어떤 여자가 거절하겠는가.

"목엔 화장 안 했지?"

목과 쇄골에도 열심히 뭘 찍어 바르긴 하던데. 이걸 말해줘야 하나 말아야 하나. 하지만 허락도 하기 전에 그의 입술이 목덜미에 닿았다. 젖은 숨결이 살결로 스며들면서 홧홧해졌다.

초옥, 초오오옥―.

흔적을 남기지 않으려는 듯 부드럽고 섬세하게 목덜미를 지분거리는 입술의 감촉이 아찔했다.

칵테일 파티가 열리는 곳은 동창 중 한 명의 소유인 경기도 인근 별장이었다. 그곳에는 준희의 생각보다 꽤 많은 사람이 있었다.

"동창들이 왜 이렇게 많아요?"

"고등학교, 대학교 동창들이 다 왔으니까."

"그게 가능해요? 그리고 오빠 외국에서 대학 나왔잖아요."

"고등학교 동창들 대부분이 같은 대학에 진학했어. 몇 명만 서로 소개받고 하면 되는 일이고. 집안끼리 알고 지내는 것도 나쁘지 않으니까."

끼리끼리 논다는 말이 무슨 말인지 알 것 같았다. 이 파티에 참석한 이들의 집안 환경이 비슷하다는 의미였다.

"나 너무 떨려요. 심장이 터질 것 같아."

그의 아내로서 그의 사람들에게 처음으로 소개받는 자리였다. 떨리지 않는다면 거짓말이었다.

"떨 필요 없어. 편하게 생각해. 칵테일 파티니까 솜씨 한번 보여줘도 나쁘지 않고."

"미쳤어요? 나도 남편 친구들 앞에선 엄청 좋은 아내로 보이고 싶거든요?"

"칵테일 만드는 게 뭐 어때서. 오히려 네 팬이 늘어날걸?"

"셰이커를 손에 쥐면요."

준희가 진지한 표정으로 목소리를 낮추었다.

"내 안에 있는 또 다른 내가 깨어나요. 재벌가 며느리한테는 안 어울리는."

그러자 이준이 더 진지하게 대답을 했다.

"그러니까 더 보고 싶은데."

"오빠 좋겠죠. 근데 해성 그룹이랑 아버님을 생각하면 절대 안돼요."

테이블 위로 올라가 화려하면서도 섹시한 퍼포먼스를 하는 걸 본다면, 이준도 뒷목 잡고 쓰러질지도.

"이야, 이게 누구야? 너무 오랜만이잖아?"

"이준아!"

사방에서 이준을 불러대며 모여들었다. 하지만 그들의 눈빛은 이준이 아닌 준희를 향해 있었다.

"혹시 옆에 숙녀분이 아내분?"

"당연한 걸 물어."

누군가의 말에 이준이 살벌하게 쏘아붙였다.

"아, 미안미안. 네가 하도 안 보여주니까 혹시나 해서 확인한 거지."

당사자들을 앞에 두고 그들은 한참 동안 수다를 떨었다.

"제수씨가 너무 미인인데?"

"10살 차이라잖아. 저 녀석이 천하의 도둑놈처럼 장가갈 줄 누가 알았겠냐?"

"그래서 안 보여줬나 보지. 혼자 숨겨놓고 아껴 보려고."

"아내분한테 우리 좀 소개해줘."

이준이 한 명 한 명 준희에게 소개를 해주었다. 소개하는 내내 그의 손은 단단하게 준희의 허리를 휘감고 있었다.

모두가 이름 있는 집안의 자제들이었다. 낯익은 얼굴도 생각보다 많았다.

"어리고 순진한 소녀일 때 저 녀석이 낚아챈 거야. 그쵸, 제수씨?"

준희는 어색하게 웃었다. 어리긴 했지만 순진하진 않았다. 낚아챈 건 그가 아니라 준희 자신이었다.

"저 녀석, 많이 무뚝뚝하고 모질지 않아요? 보기와 달리 연애 무식자라 생긴 것 빼곤 매력이 없는데."

연애를 한 번도 해보지 않았다는 말은 거짓말이 아니었나 보다.

"이준 오빠 엄청 다정해요. 심장이 두근두근거릴 만큼."

"우아, 오빠래 오빠! 나도 오빠 소리 듣고 싶다아아!"

오빠란 말 한마디에 난리가 났다. 동창 모임인지라 대부분 나이가 30대였고 동행한 여자 파트너들도 비슷한 나이대인 것 같았다. 그래서인지 준희의 말 한마디 한마디에 열광했다.

강이준의 아내란 이유만으로도, 준희는 파티의 독보적인 존재였다.

그때 지혁이 이준을 호출했다. 혼자 가지 않으려고 버티는 이준에게 준희가 속삭였다.

"저 애 아니거든요? 혼자 잘 있을 수 있으니 가보세요."

"하지만……."

"나 백준희예요. 걱정 말고 다녀오세요."

내 앞가림은 내가 철저하게 할 수 있답니다. 그 정도 각오도 없이 따라왔을까 봐요.

이준이 별장 안으로 들어가자마자 갑자기 주위가 웅성거렸다. 순식간에 관심을 끌어당긴 이는 바로 채송화였다.

"송화 넌 혼자 왔어?"

"난 항상 혼자 와. 몰라서 묻니?"

"흠흠, 송화야. 이준이 아내분이셔. 너도 처음 보지?"

친구들에게 인사를 건넨 송화의 눈이 준희에게로 향했다.

"우리 초면 아닌데?"

"송화 네가 이준이 아내분을 본 적이 있다고?"

"업무상 몇 번 마주쳤어. 그렇죠, 우리?"

참 이상했다.

몇 번 마주치진 않았지만 서로에 대해 호의적이라고 생각했었다. 적어도 테일라 호텔에서까진. 그런데 파리 공항 이후 송화와의 관계가 틀어져버렸다. 수많은 사람이 있었지만 오로지 둘만 있는 것 같고 마주 보는 시선에서 스파크가 튀는 것 같았다.

이상한 분위기를 전환시키기 위해 누군가 얼른 나섰다.

"우리의 아름다운 제수씨는 하시는 일이 뭡니까? 딱 보기엔 플로리스트가 잘 어울리는데."

올 것이 오고야 말았다. 물론 바텐더라는 직업이 부끄럽진 않다. 그런데도 망설인 이유는 직업을 밝히면 신상 노출이 될 것 같아서였다. 해성 그룹에 누가 될지도 모른다는 불안함도 문제였다.

송화는 고민하는 준희를 빤히 쳐다보고 있었다. 그 질문이 나오도록 의도적으로 이끈 게 아닌가 의심이 될 만큼.

눈이 마주치자 생긋 웃는 송화의 미소는 고혹적인 그녀의 눈매까지 번지진 않았다.

입술과 달리 전혀 웃고 있지 않은 그녀의 눈이 인심 쓰듯 묻고 있었다.

'밝힐 거예요, 말 거예요?'

'내가 모른 척해줄까요, 말까요?'

'도움이 필요하면 말해요. 도와줄 의향 있으니까.'

송화가 준희에게 내민 건 도전이고, 도발이었다.

그렇게 판단을 내린 준희는 눈에 힘을 주었다.

그 도발, 기꺼이 받아들이리라.

"말보단 행동으로 보여드릴게요."

준희가 어떤 결심을 했는지 알 리 없는 이준은 지혁과 함께 별장 거실에 있었다. 지혁이 그에게 내민 건 파리 공항에서 찍힌 사진이었다.

"이 사진 때문에 날 부른 거야?"

"그럼 이걸 제수씨 앞에서 보여주리? 현태 그 자식이 오늘 파티 열리는 거 알고 작정하고 준 게 분명해. 너 때문에 더는 동창회에 초대를 못 받고 있잖아."

"……."

"내가 일찍 와서 민우가 가장 먼저 나한테 이 사진 보여준 걸 감사하게 생각해. 애들 봤으면 진짜 난리 났을 거야. 특히 제수씨 울고 있는 이 사진은…… 어후, 내가 봐도 마음이 다 아프다, 인마. 레이첼 성격에 이렇게 울 정도면……."

말은 하지 않았지만 지혁의 눈이 대신 말하고 있었다.

에라이, 나쁜 놈아.

변명 대신 이준은 조용히 사진을 받아 들었다. 분명 석훈이 사들였다고 했는데 사진이 암암리에 돌고 있는 이유를 짐작하면서.

"내가 알아서 처리할 테니 넌 신경 쓰지 마."

"당연히 네가 알아서 처리해야지. 난 우선 이 사진 뺏고 입막음만 해놨으니까 사진 누출하지 않는 대가는 네가 민우랑 합의 봐라. 근데 밖은 왜 이렇게 시끄러운 거지?"

지혁과 함께 밖으로 나온 이준의 걸음이 우뚝, 멈추었다.

많은 사람들이 누군가에게 환호성과 박수를 보내고 있었다. 믿을 수 없는 광경에 몇 번이나 손등으로 눈을 비빈 지혁이 말을 했다.

"이준아, 아니라고 해주라, 제발."

곤혹스러워하는 지혁과는 달리 이준의 입꼬리는 살며시 올라갔다.

"테이블 위에 올라가 계신 여성분이 제수씨가 아니라고, 응?"

준희가 올라간 곳은 정확히 말하면 테이블이 아니라 바 위였다.

잠시 잊고 있었다. 백준희가 평범한 바텐더가 아니라는 것을. 국제 대회에서 괜히 수상한 게 아니었다.

셰이커와 양주 병을 능숙하게 핸들링하는 모습은 미치도록 섹시했다. 누가 감히 그녀를 어리다고 무시하겠는가. 무용을 해서 몸 선이 고운 건 알고 있었지만 저렇게 유연할 줄은 몰랐다. 환한 달빛까지 어우러진 준희의 퍼포먼스는 박수를 받을 만했다.

모두의 시선을 즐기듯이 반짝반짝 빛이 나는 준희를 보며 이준은 깨달았다.

항상 빛이 나는 준희였지만 지금 이 순간이 가장 빛이 난다는 걸.

흘러나오는 팝송도 준희와 너무 잘 어울리는 영화 '코요테 어글리'의 OST 'Can't fight the moonlight'이었다.

There's a magical feeling so right.
마법과 같은 느낌이 있어요.
It will steal your heart tonight.
오늘 밤 그것이 당신의 마음을 훔칠 거예요.
You can try to resist.
저항해볼 수는 있겠죠.
Try to hide from my kiss.
내 입맞춤을 피해 숨기 위해서.

But you know, but you know.
하지만 당신도 알잖아요.
That you, can't fight the moonlight.
달빛을 이길 수는 없다는 걸.

선선한 밤공기를 타고 그의 귓가로 흘러드는 노래 가사가 현실이 되어가고 있었다.

노래에 홀리고, 백준희에게 다시 한 번 홀려버렸다.

지금 이 순간 그녀가 훔쳐버렸다, 그의 심장을.

마법과도 같은 묘한 느낌으로, 주인의 의지를 배신한 심장을 미친 듯이 쿵쾅거리게 만들었다.

"제수씨 안 말릴 거야?"

"예쁘기만 한데, 왜."

"……뭐라고?"

"네가 보기엔 안 예쁘냐?"

웃음기 없는 진지한 그의 말투에 지혁이 대답을 했다.

"예쁘긴 하지. 그래도 조신해야 할 해성 그룹 며느리가 저기 위에 올라가서 저러는 건 좀……."

"시대가 어느 땐데 조신을 찾아. 본인 커리어에 자신감을 가지고 또 그만한 능력을 갖춘 게 얼마나 멋진 일인데."

밤하늘처럼 서늘한 눈동자가 지혁에게 내려앉았다.

"이지혁, 넌 이상한 썸 같은 것만 앞서가지 말고 시대나 좀 따라가, 어?"

"여기서 갑자기 썸이 왜 나와."

지혁이 억울하단 표정을 짓든 말든 이준은 다시 진지하게 준희를 감상했다. 그녀가 제 아내라는 게 그렇게 뿌듯할 수가 없었다.

"어때, 이지혁."

"……뭐가."

"끝내주지, 내 아내."

"……!"

"예쁘기만 한 게 아니라 멋있기까지 하잖아."

누가 예쁘지 않고 멋지지 않다고 했나. 그냥 바 위로 올라간 게 좀 그렇다는 거지. 하지만 더 말해봐야 소용이 없을 것 같아 지혁은 조용히 고개를 끄덕였다. 그러자 이준은 한술 더 떴다.

"그래도 반하진 마라. 임자 있는 여자니까. 그 임자가 바로 나고 말이야."

지혁이 뜨헉, 하는 표정을 지었다. 눈앞의 남자가 자신이 알고 있는 강이준이 맞나 의심스러웠기 때문이다.

"강이준, 너 미쳤냐?"

"내가 왜."

"너답지 않잖아, 인마."

이준은 태연하게 고개를 틀었다.

"나다운 게 뭔데."

지금 이준의 모습은 지혁에게 지독히도 낯설었다.

사랑이 뭔지 모르겠다고, 세상에서 가장 어렵다고 했던 놈이었는데…….

"꼭 사랑에 빠진 놈 같잖아."

아니지? 아니잖아. 강이준 네가 그럴 리가 없는데. 설마 베프인 내 앞에서까지 연기하는 건 아니지?

노래가 중반부로 흘러가고 두 번째 칵테일이 완성되었다. 준희에게 칵테일을 받은 동창 녀석은 트로피라도 받은 것처럼 잔뜩 신이 나 있었다.

Deep in the dark you'll surrender your heart.
깊은 어둠 속에서, 당신은 마음을 빼앗길 거예요.
But you know, but you know.
하지만 당신도 알잖아요.
That you, can't fight the moonlight.
달빛을 이길 수는 없어요.
It's gonna get to you'r heart.
당신의 마음을 앗아갈 거예요.

준희에게서 시선을 떼지 않은 채 이준은 중얼거렸다.

"뭐…… 사랑일지도."

이준이 지켜보고 있다는 걸 알 리 없는 준희는 신이 나 있었다. 바텐더라고 했을 땐 사실 반응이 좋지 않았다. 하지만 바 위로 올라가 퍼포먼스와 함께 칵테일을 주조해서 내밀자

분위기는 순식간에 변했다.

백 마디 말보다 한 번의 행동이 빛을 발하는 순간이었다. 박수 갈채를 받으며 네 번째 칵테일을 고객에게 전달하는 순간, 이준이 보였고, 저절로 몸이 멈추었다.

바 위에 올라가서 보여준 건 좀 과했나?

눈이 마주치자 천천히 다가온 이준이 손을 내밀었다. 손을 잡자마자 몸이 확 끌어내려지고 그의 품에 안겨들었다. 그녀는 속눈썹 사이로 살그머니 그를 올려다보며 속삭였다.

"혹시 화났어요? 내가 바 위에 올라가서 춤춰서?"

"그럴 리가, 멋있기만 하던데."

준희의 눈이 동그래졌다.

내가 지금 잘못 들었나? 뭐라고요?

"자랑스러워."

귓가에 그의 입술이 바짝 붙는 게 느껴졌다. 그는 더운 숨을 훅 불어넣으며 달콤한 말들을 흘렸다.

"네가 내 아내라는 게."

미치겠다. 이 남자, 또 훅 치고 들어온다.

"안고 싶어 죽겠어."

은밀한 말을 흘려서 정신 못 차리게.

"집에 가자, 백준희."

갑자기 왜 집에 가자는지 모르겠지만 그의 말이 싫지는 않았다. 수줍게 그의 품에 얼굴을 묻었지만 두 사람은 그곳을 빠져나갈 수가 없었다.

"가려면 너 혼자 가라?"

"제수씨랑 제대로 인사도 못 했다, 난!"

"그래, 여자들끼리 제대로 수다도 못 떨었는데 벌써 빼가려고 해?"

동창들이 빠져나가지 못하도록 두 사람을 에워싸고 있었다.

"칵테일만 열심히 만들고 대접도 못 받았다, 우리 제수씨."

제가 언제부터 '우리 제수씨'였나요?

"미안해서라도 이대론 절대 못 보내. 그렇지 않습니까, 제수씨?"

그녀는 얼떨결에 고개를 끄덕이고 말았다. 그러자 다른 여자 동창이 얼른 거들었다.

"맞아요. 여자들끼리 통성명도 제대로 못 했는데."

"잔말 말고……."

비키라는 말은 이준의 목구멍 안으로 다시 들어갔다. 준희가 살그머니 손을 뻗어 그의 넥타이를 잡아당긴 것이다.

"나 내려줘요."

"싫어."

내가 왜 이놈들한테 널 양보해야 하는데?

"친구분들이 더 있다 가라고 하잖아요."

"남편 말 좀 들어주지?"

"친구분들이 절 좋아해주는 거 안 보여요?"

이준이 눈빛으로 강력히 항의해보았지만, 준희는 단호하게 제 의견을 말했다.

"제대로 된 아내 노릇도 하고 싶지만 오빠 친구들한테도 인정받고 싶어요."

그래도 그가 꿈쩍하지 않자, 준희가 부드럽게 달래듯이 부탁을 했다.

"부탁이에요. 이준 오빠, 네에?"

그에게 준희를 이길 수 있는 방법은 없었다.

그가 옅은 한숨과 함께 그녀를 품에서 놓자마자 친구들이 준희를 에워싸곤 데리고 가버렸다.

"하여간 대단해, 밤톨."

그저 나오는 건 감탄뿐.

그의 친구들은 준희에게 홀딱 빠져 있었다. 그 덕에 이준은 난생처음으로 찬밥 신세가 뭔지 뼈저리게 체감하는 중이었다. 뿔은 제대로 났는데 혼자 갈 순 없는 노릇, 그저 지켜보며 아내를 빼돌릴 순간을 노리는 수밖에 없었다.

이준은 자포자기한 마음으로 아무 소파에 털썩 앉았다. 문득 느껴지는 집요한 시선에 고개를 틀자 채송화가 바로 앞에 서 있었다.

"난 곧 가야 할 것 같아서. 괜찮으면 배웅 좀 해줄래?"

"미안하지만 혼자 가라."

"친군데, 이 정도도 못 해줘?"

"내가 지금 좀 바빠."

"그냥 앉아 있잖아."

"보호 중이고 감시 중이야. 그러니까 좀 비켜봐."

"⋯⋯이준아."

웃음기가 사라진 송화의 눈빛이 그에게 무언가를 절절하게 토해냈지만 소용없었다.

"너 때문에 내 아내가 안 보이잖아."

이준은 지독하게 냉정했다.

유부남인 이상 1%의 관심도 다른 여자에게 쏟지 말자.

절대 오해받을 소지를 만들지 말자.

파리 공항에서 준희의 눈물을 본 순간 결심했고, 그의 머릿속에 여자는 오로지 아내인 준희뿐이었다.

송화가 상처받은 표정으로 돌아서든 말든, 이준은 이글이글 타오르는 눈빛을 준희에게서 한시도 떼지 않았다.

결국 파티가 끝날 때쯤 집으로 돌아올 수 있었다. 집에 도착하니 새벽이었다.

마리 테일라도 녹다운시킬 만큼, 백준희는 최고의 주당이었지만 지금은 무척이나 취해 있었다.

"오빠아아아, 세상이 빙글빙글 돌아요. 어떡해요. 나 빼고 빙글빙글 돌아아아아."

너 빼고 도는 게 아니라 너만 빙글빙글 도는 거겠지.

"네가 무슨 이순신 장군이야? 혼자서 그 많은 사람들을 다 술로 상대하면 어떻게 해."

"기분이 너무 좋아서요. 그래서 주는 대로 막 섞어 마셔서."

섞어 마시면 금방 취한다고 했던 말도 거짓은 아니었나 보다.

"나 오빠 친구들한테 인정받았어요. 엄청 예쁜 짓 한 거 맞죠?"

취중 애교이지만 나쁘진 않았다. 발그레한 얼굴과 애교 있
게 늘어지는 말꼬리가 사랑스러웠다.

"인정해줄게."

"그럼 상으로 뽀뽀해줘요."

뺨에 가볍게 쪽 해주었는데도 준희는 그의 넥타이를 놔주
질 않았다. 걸핏하면 넥타이부터 잡는 이 버릇을 고치게 해야
지 원.

"뽀뽀 말고 키스요. 네?"

헤벌쭉, 배시시. 취한 게 분명한데 촉촉이 젖은 입술이 미치
도록 유혹적이었다.

"……내일 해줄게."

힘겹게 유혹을 뿌리쳤지만.

"지금 해줘요오오."

어라, 어라라라라라.

이준의 동공이 확장되었다. 대담무쌍한 아내가 그의 다리
위를 올라탄 것이다.

"키스, 키스, 키스으으 해줘요오오오."

입술을 대곤 달달한 숨을 토해내니 버텨낼 재간이 없었다.

결국 그녀의 허리와 목을 감싸안으며 성급하게 입술을 겹쳤
다. 벌어진 입 안으로 혀를 밀어넣고 헤집자 준희가 적극적으
로 반응해왔다.

지금 그의 아내는 미치게 달았고 정신을 못 차릴 만큼 부드

러웠다.

키스가 이렇게 좋은 거였던가.

이성은 이미 던져버린 지 오래였다.

아내와 자고 싶었다.

흥분이 절정에 달하는 순간, 이준은 거친 숨을 토해내며 입술을 떼었다.

아무래도 이건 아닌 것 같았다.

서로의 첫날밤을 이렇게 치르고 싶진 않았다.

서로가 맨정신일 때 제대로 분위기를 잡고, 사랑한다는 말과 함께 하고 싶었다.

결론은 오늘도 그는 아내를 지켜줘야만 했다.

나한테서…… 너를.

"더, 더 해줘요."

애타는 그의 속도 모르고, 준희가 젖은 입술을 달싹이며 재촉했다.

"지금 더 하면 키스에서 못 멈춰."

그의 입술에서 잔뜩 갈라진 지독한 저음이 흘러나왔다.

"한 번만 봐주라, 어?"

제발 나 좀 살려주라.

이준은 울고 싶은 심정이었다. 참는다는 게 이렇게 고통스러울지 몰랐다.

하늘의 도우심인지 사람 미치게 유혹하던 아내의 고개가 푹 떨어졌다. 힘이 빠진 가녀린 몸을 품에 안자 한숨이 절로 새어 나왔다.

"하아, 살았네."

그는 제 품에 안겨 잠이 든 준희의 얼굴을 물끄러미 바라보았다.

어떻게 된 게 씻지도 않고 자는 모습마저 예뻐 보이냐.

단단한 콩깍지였다. 평생 벗겨지지 않을 것 같은.

"밤톨, 네가 좀 알려줘 봐."

내가 사랑이란 걸 하나씩 하나씩 차분하게 시작할 수 있게.

네가 보여준 사랑을, 내가 너한테 보여줄 사랑을 망가뜨리지 않도록.

마음보다 몸이 앞서지 않도록.

사랑보다 본능이 앞서지 않도록.

그는 침실로 들어가 조심스럽게 준희를 눕히고는 그녀가 듣지 못할 첫 번째 고백을 했다.

"사랑한다, 백준희."

침실 문이 닫히자마자 곱게 감겨 있던 눈꺼풀이 파르르 떨리며 어둠 속에서 반짝이는 눈동자가 드러났다.

침대에 눕혀지는 순간 어렴풋이 잠이 깬 것이다.

"후아후아."

준희는 어둠에 잠긴 천장을 바라보며 수십 번, 수백 번 심호흡을 내쉬었다. 그런데도 떨리는 심장은 좀처럼 사그라들 줄 몰랐다.

"술김에 들린 환청은 아니겠지? 꿈을 꾼 건 아니겠지?"

―사랑한다, 백준희.

이준은 분명 그렇게 속삭였다.

"대박……. 완전 대박."

어둑한 침실이 핑크빛으로 보이기 시작했다. 맘 같아선 소리라도 지르고 싶었지만 그럴 수 없었다. 그 대신 준희는 이불을 뒤집어쓰고 몸부림을 쳤다.

"그래도 아직은 내가 더 사랑해요, 강이준 씨."

눈을 뜨자마자 벽시계를 확인하는 준희의 눈은 아직도 잠에 취해 있었다.

"으, 머리 아파."

어제 얼마나 마셔댄 걸까. 어젯밤의 기억을 하나씩 하나씩 차분하게 더듬어가던 준희의 입에서 비명이 터져 나왔다.

"꺄아악, 미쳤어 미쳤어!"

침대에서 허겁지겁 나오다가 고꾸라지고 말았다. 그 소리에 침실 문이 열리고 이준이 들어왔다.

"뭐야, 무슨 일이야?"

"이준 오빠, 나 어떡해요!"

품으로 와락 뛰어드는 아내에게 이준이 차분하게 물었다.

"어디 아픈 건 아니지?"

"제가 어젯밤 사고를 친 것 같아요."

"뭔데, 말해봐."

"들으면 진짜 화낼 것 같은데."

"화 안 내."

"제가 어젯밤 동창 언니들한테요."

불현듯 확 떠오른 어젯밤의 기억.

"내일 저녁, 그러니까 오늘 저녁에…… 집들이를…… 하겠다고."

"뭐어!?"

처음으로 이준이 언성을 높인 순간이었고, 준희로선 술이 원수란 말이 처음으로 떠오른 순간이었다.

"누구한테 말했는지 기억해? 전화해서 취소하면 돼."

"안 돼요!"

"……왜."

"여아일언중천금 몰라요?"

"남아일언중천금이겠지."

"여자도 같아요. 내가 한 말은 책임지고 싶다구요. 그리고 우리가 집들이를 못 할 게 뭐 있어요?"

이어지는 다음 말은 똘망똘망한 다갈색 눈동자가 말해주고 있었다.

우리 진짜 부부잖아요.

"그래서, 집들이를 하겠다고?"

화 안 낸다더니, 마른세수를 하는 그의 손짓에서 신경질이

다분하게 느껴졌다.

"그래서 말인데요, 오늘 마트 같이 가서 장 보면 안 돼요?"

준희는 슬금슬금 그의 눈치를 보면서 조심히 입을 열었다. 어젯밤의 고백을 떠올리면서.

"……어디가 예쁘다고."

'사랑한다면서요.'라고는 차마 말 못 하겠고.

"머리부터."

쪽—.

까치발을 들어 그의 뺨에 가볍게 입을 맞춘 준희는 애교스럽게 웃으며 말을 이었다.

"발끝까지 다?"

그러니까 이번 한 번만 봐줘요.

기가 찰 만큼 뻔뻔한 대답에 결국 이준도 웃어버렸다.

한국방문위원회와 문화체육관광부가 동시 주관하는 행사가 끝난 후 윤찬형 의원에게 은밀한 만남을 제안한 건 바로 송화였다.

행사가 열렸던 호텔 상층에 위치한 레스토랑의 VIP 밀실.

"우리가 이렇게 마주 보고 앉아 있을 사이는 아닌 것 같은데."

"개인적인 친분 때문에 앉을 사이는 아니죠?"

"알면서 날 만나자고 해?"

고인이 된 여동생의 베프이자 매부가 될 뻔했던 남자와 스캔들이 난 여배우. 그의 입장에서는 당연한 반응이었다.

"그런데도 나와주셨네요."

윤 의원은 비릿한 웃음을 지었다.

"착각은 그만하지 그래. 친구 남자를 욕심내다 버림받은 네 꼴 보려고 나온 거야. 우리 은서한테 꿈쩍도 안 한 놈이 너 같은 것한테 진심일 리가 없으니."

그의 비난에도 송화는 여전히 차분했다.

"우리, 말은 바로 해요. 친구 남자를 욕심낸 건 내가 아니라 은서였어요. 그건 윤 의원님도 잘 알고 있잖아요?"

"연예인 생활 종 치기 싫으면 그 입 닥치는 게 좋을 거야."

윤씨 집안은 대대로 딸이 귀했다. 낳았다 하면 모두 아들이었고, 아들 셋을 내리 낳은 후에 힘겹게 낳은 귀하디 귀한 고명딸이 바로 윤은서였다. 자식이 없는 윤 의원은 나이 차이 많이 나는 여동생을 딸처럼 귀하게 여겼었다.

"단도직입적으로 말할게요. 우리 같은 편 먹어요. 때론 적의 적이 가장 훌륭한 내 편이 되어줄 수 있잖아요."

"하, 하하하!"

윤 의원이 호탕하게 웃음을 터뜨렸다.

"강 전무에게 제대로 버림받았나 보군. 보아하니 제대로 독기를 품었어. 나한테까지 접근한 걸 보면. 그렇지?"

비웃을 테면 비웃으라지. 난 목적만 달성하면 된다. 송화는 그렇게 스스로에게 되뇌었다.

"윤 의원님과 전 목적이 같아요. 목적을 달성할 때까진 잠시 동지가 되는 거, 괜찮지 않나요?"

"내 목적이 뭔지 알고?"

"외롭게 하늘나라로 가버린 은서처럼."

송화는 우아하게 찻잔을 입으로 가져가 한 모금 마셨다. 따스한 액체가 목을 부드럽게 풀어주자 차분하게 말을 이었다.

"강 전무도 평생토록 제 짝을 찾지 못하고 흉한 소문에 휩싸여서 외롭게 홀로 늙어 죽는 것?"

"그래서 네가 얻는 건 뭐지? 그런다고 강 부회장이 널 받아들여줄 것 같나? 그게 아니면, 강 전무가 너한테 마음이라도 줄 것 같아? 그 녀석은 인간이 아니야. 여자 따위 사랑할 줄 모르는, 아니 자신밖에 모르는 이기적인 놈이라고. 내 동생의 죽음 앞에서도 그 자식은……."

목이 메는지 윤 의원은 차마 말을 잇지 못했다.

"제 목적도 같아요. 강 전무가 평생 제 짝을 찾지 못하고 외롭게 홀로 있는 것."

"너도 단단히 미쳤군. 악녀가 따로 없어."

스스로도 인정한다. 그를 향한 사랑이 지독하게 비뚤어져 있다는 걸. 언제 어떻게 이렇게 됐는지도 모르겠다.

확실한 건 그녀를 이렇게 만든 게 이준이라는 거였다.

"어차피 내가 차지할 수 없는 남자, 다른 여자가 차지하는 게 싫어요."

"……."

"평생을 홀로 외롭게 늙어갈 강 전무 곁을 지키는, 그의 유일한 마지막 여자가 나이기만 하면 돼요."

강 전무의 눈이 가늘어졌다.

"저같이 못된 악녀가 강 전무의 마지막이자 유일한 여자가 되는 거, 꽤 괜찮은 복수 아닌가요?"

송화는 고혹적인 미소를 지으며 말을 끝맺었다.

"물론 은서한테 말이에요."

난생처음 이준과 한 마트 쇼핑은 데이트처럼 즐거웠다. 쇼핑한 물품과 음식 재료들을 모두 배달시킨 후 주차장에 도착하자, 박 실장이 그들을 기다리고 있었다.

"말씀하신 계약서들 다 가져왔습니다. 그럼 즐거운 주말 보내십시오."

이준은 집에 들어가자마자 박 실장이 건네준 서류 봉투를 준희에게 내밀었다.

"너와 내가 작성했던 계약서들이야. 찢든 말든 마음대로 해."

이준이 보관하고 있던 계약서를 받아 든 준희는 침실로 들어가 그것들을 차분히 읽기 시작했다. 추억들이 새록새록 돋았다.

이준과 재회한 순간부터 결혼을 하기까지 티격태격했던 일들, 계약서를 작성했던 심장 떨리는 순간순간들까지.

그때는 마음 아프기도 하고 화가 나기도 했지만 지금은 모두 가슴에 파묻어둘 추억인지라 미소가 나왔다.

의미를 잃어버린 계약서는 이제 준희에게 추억이었다. 특히 이준이 자필로 작성한 세 번째 계약서는 더더욱. 아무리 생각해도 찢어버리기엔 아까웠다.

"나중에 이준 오빠랑 다시 보면 완전 웃기겠지?"

침대 옆 협탁 위에 계약서를 던져놓은 준희는 거실로 나와 집들이 준비에 돌입했다.

메인 요리 몇 가지는 유명 호텔에서 공수해 오기로 했고, 직접 집에서 준비하는 건 가볍게 즐길 수 있는 핑거 푸드 몇 종류였다.

집들이 준비가 거의 다 되어갈 때쯤 이준의 동창들이 들이닥쳤다. 약속 시간보다 30분이나 빠른 시각이었다.

"제수씨, 저희 왔습니다!"

"준희야, 우리 왔어!"

하룻밤 사이 얼마나 친해졌다고 그의 친구들은 이준이 아닌 준희에게 달려들었다. 그런 친구들을 준희는 싹싹하게 맞이했다.

"겨우 하루 지났을 뿐인데도 너무 반가워요, 언니 오빠들!"

또다시 뒷전으로 밀려난 이준은 한 걸음 물러선 채 그 상황을 지켜보고 있었다.

가슴 한구석이 묘하게 뿌듯했고 깐깐한 친구 녀석들의 마음을 하루 만에 열어버린 준희가 대견하기도 했다.

그때 거북할 만큼 짙은 장미 향이 그의 코끝을 스쳤고, 송화가 그의 앞에 나타났다.

"네가 집들이까지 할 줄은 몰랐어."

"준희가 원하니까."

"이거 집들이 선물."

　송화는 덤덤히 대답을 하는 이준에게 고급스러운 쇼핑백을 내밀었다.

"엄청 신경 써서 고른 거야. 단순한 목각 인형이지만 장인한테 직접 의뢰해서 핸드메이드로 만든 원앙 세트. 의미는 알지? 너희 부부도 원앙처럼 오래오래 행복하게 잘 지냈으면 좋겠어. 진심으로."

　평소와 다를 게 없는데도 그녀가 보내는 미소는 기분이 나빴다.

"아, 이건 준희 씨한테 직접 주는 게 나으려나?"

"편할 대로 해."

"그럼 내가 준희 씨한테 직접 전해줄게."

　친구들은 우르르 몰려다니며 넓은 집 안을 샅샅이 구경했고, 송화도 미소를 머금은 채 그들과 함께했다.

　작은 흠 하나 잡을 데 없이 두 사람의 신혼집은 완벽했다. 진짜 부부처럼, 마치 정상적인 부부처럼. 쓰지 않은 방만 휑할 뿐, 구석구석에 온기가 넘쳤다.

　한참 동안 집을 구경한 후에야 옥상에서 바비큐 파티가 시작됐다.

"이야, 옥상에 수영장도 있어? 신혼집 세내고 언엇네 야경도 죽이고."

"솔로들은 내버려두고 다음엔 부부 동반으로 만나는 거 어때, 준희야?"

"전 좋아요."

준희와 가장 친해진 세희의 말에 여자들 몇몇이 고개를 끄덕였다.

"꺄아, 너무 좋다! 그럼 이번 달에 또 한번 날 잡을까?"

"말 나온 김에 날짜 정하자, 응?"

밤 9시가 되어가는데도 동창들은 돌아갈 생각을 하지 않았다. 시간이 흐를수록 분위기는 무르익어갔다. 속이 타는 건 이준뿐이었다. 준희조차 집들이를 완벽하게 즐기고 있었다. 이준은 안중에도 없다는 듯 여자들 틈에 끼어서 수다를 떠느라 바빴다.

이대로 있다가는 날이 샐 것 같았다.

이준은 의자에서 일어나며 친구들에게 선언했다.

"집들이는 끝났어. 나 담배 피우고 다시 돌아올 때까지 한 명도 빠짐없이 이 집에서 나가라."

"강이준, 12시도 안 됐거든?"

"니들이 무슨 신데렐라야? 12시 맞춰서 돌아가게."

준희의 부탁만 아니었으면 이준은 오늘 집들이도 취소할 생각이었다. 지긋지긋한 동창들과 이 밤을 보내고 싶은 생각이 추호도 없는 이준은 비스듬히 돌아서서 최종 선언을 했다.

"신혼 방해 그만하고 좋은 말로 할 때 다 사라져라."

안중에도 없을 줄 알았던 준희의 시선이 멀어지는 이준에게 향했다.

"언니들, 잠깐만요."

옥상 정원 한편에서 담배를 피우고 있는 이준에게로 살그머니 다가간 준희는 남편의 너른 등에 달라붙어 팔로 허리를 감쌌다.

"옆에서 절대 떨어지지 말라면서 왜 혼자 사라져요?"

준희를 보자마자 이준이 급하게 담배를 껐다.

"담배 좀 줄이면 안 돼요? 끊으면 더 좋구요."

"담배 냄새가 싫어?"

"담배 냄새는 싫은데, 오빠한테 나는 담배 냄새는 안 싫어요."

골초처럼 피우는데도 희한하게도 이준에게선 담배 향이 짙게 나지 않았다. 오히려 담배 향이 그의 체 향과 섞여 더 섹슈얼하게 코끝을 자극하는 것도 같았다.

"그런데 왜?"

"담배 냄새보다 오빠 건강이 걱정돼서요."

준희의 말에 그가 별 걱정을 다 한다는 듯 웃었다.

"나 건강해. 딱 보면 견적 나오지 않나?"

"허우대만 멀쩡한지 누가 알아요? 다 까봐야 아는 거지."

준희가 작게 쏘아붙이자 이준의 눈이 가늘어졌다.

"너 또 시크릿 생각했지?"

……시크릿? 잠깐! 잠깐만. 준희의 눈이 동그래졌다.

"담배 많이 피우면 정력에도 영향이 가는 거예요? 그럼 더 끊어야…… 아얏!"

그가 준희의 이마에 아프지 않게 꿀밤 날렸다.

"이 머리 안에 있는 뇌는 생각하는 게 참 잔망스럽단 말이지."

"저보다 오빠가 10살이나 더 많은데 당연히 걱정되죠. 물론 시크릿도 아예 걱정이 안 되는 건 아니지만."

"내 하체 상황이 걱정이 돼? 네가 왜?"

준희의 뽀얀 얼굴이 확 붉어졌다.

"그거야 당연히 내가…… 아내이니까요."

"흠."

준희를 끌어당긴 이준이 뒤에서 안아왔다. 갑작스러운 백허그에 등줄기가 민감하게 곤두섰다.

"하늘을 봐."

"생뚱맞게 하늘은 갑자기 왜 보라고 해요?"

그러면서도 준희는 그의 말대로 하늘을 얌전하게 올려다보았다.

"예쁘지?"

어둑한 하늘인데도 뭉실뭉실한 하얀 구름이 또렷하게 보여서 그런지 청명해 보였다. 밤바다를 머금은 것 같은 하늘은 정말 예뻤다.

"예뻐요."

"별도 보이고?"

의식할 틈도 없이 그의 입술이 귓가에 바짝 다가와 있었다.

별을 보라는 거야, 말라는 거야. 따스한 숨결이 귓불에 닿자 오소소 소름이 돋을 지경이었다.

"보여요. 그것도 엄청 많이."

가냘픈 허리를 감싸 안은 커다란 손이 얇은 옷감 안에 숨어 있는 예민한 피부를 부드럽게 만지니 심장이 미친 듯이 두근거렸다.

"오늘 밤에 하늘의 별 좀 따볼까?"

백준희, 엉큼한 생각은 하지 말자. 그가 말한 하늘의 별은 내가 지금 보고 있는 하늘의 별이라구.

건전하게 겨우 생각을 다독이는 그 순간, 귓가에 쏟아지는 은밀한 한마디에 준희는 그대로 숨을 멈추었다.

"침대에서."

밤하늘이고 별이고 나발이고, 지금 준희의 눈에는 아무것도 들어오지 않았다.

"그 전에 궁금한 게 있는데요."

지금 이 순간 준희가 궁금한 게 뭔지 알 것도 같았다.

'날 사랑하나요?'일지도.

그렇게 묻는다면 지금 당장 준희의 귓가에 달콤한 고백을 할 것 같았다.

'널 사랑해. 그것도 평생토록. 자신 있어.'

정확하게 정의를 내렸기에 입 밖으로 꺼낼 수 있는 진심.

그런데, 준희의 입에선 뜻밖의 말이 흘러나왔다.

"침대를 옥상으로 옮겨야 하는 거예요, 그럼?"

"……뭐라고?"

"아니, 침대에서 별 따자고 해서."

이준은 당황스러웠다.

준희가 알 만큼 안다고 생각했었는데, 나만의 착각이었던 건가. 이걸 참, 뭐라고 대답해줘야 하나.

"어? 그 표정 뭐예요?"

뭐기는. 너한테 이 의미를 어떻게 전달해야 할지 고민하는 표정이지.

"애 취급하지 말아요. 그 의미, 나도 다 알아들었거든요?"

"그런데?"

"근데 오빠가 날 헷갈리게 했잖아요."

"……내가?"

내가 뭘 어쨌는데. 분위기 제대로 잡고 의미 전달도 제대로 한 것 같은데.

"하늘 보라고 하고 예쁘다고 하고 별도 보이냐고 하고. 그래서……"

준희가 말끝을 흐리자 이준의 미간이 좁아졌다.

"예쁜 밤하늘 아래에서 그러고 싶은가 보다 했죠. 지금 내 남편 강이준은…… 무척 로맨틱하니까."

"누가? 내가?"

"네."

듣고 싶어 한 적도 없었지만 단연코 처음 듣는 소리였다. 매너 있다는 소리는 수도 없이 들었지만 그는 로맨틱과는 거리가 멀었다. 사랑 한 번 해본 적 없는 연애 고자가 로맨틱이 웬 말인가.

"모르겠으면 콕 집어줄까요?"

"……안 듣고 싶다, 그건."

"처음 선봤던 레스토랑에서 해준 이벤트도 그렇고, 꽃도 그렇고."

그때는 그냥 한 가지 생각뿐이었다. 백준희를 놓쳐선 안 된다는.

"그뿐이에요? 나 때문에 차도 샀죠? 아침도 준비하죠? 운동도 같이 해주죠? 꼬박꼬박 전화도 잘하죠? 카트 밀면서 마트 장도 같이 봐주고, 예쁘게 웃어주고, 다정하게 말해주고."

그 이유는 단순했다. 그냥 네가 웃는 걸 보고 싶어서. 행복했으면 해서. 조금이라도 마음을 보여주고 싶어서.

널 향한 내 진심. ……사랑을.

"별게 다 로맨틱하네."

괜히 낯간지러웠다. 할 때는 몰랐는데 듣고 보니 좀 그랬다.

"꽃이나 선물, 달콤한 행동과 말만 로맨틱할 거라는 건 남자들의 착각이에요. 여자들은 자신을 위해서 보여주는 남자들의 작은 노력이나 별것 아닌 말과 행동들을 더 로맨틱하다고 느낀다구요. 그게 진심이고 마음이고 정성이니까."

갑자기 이준은 스스로에 대한 의문이 들었다. 도대체 난 널 언제부터 사랑하고 있었던 걸까.

불분명했던 감정의 정의를 내린 건 동창 모임에서였다. 하지만 훨씬 전부터 그 감정은 진행되고 있었던 게 분명했다. 어쩌면 아주 오래전부터, 무언가에 홀리듯이, 바람처럼 가슴에 스며들었는지도.

백준희라는 이름으로, 아내라는 존재감으로.

가슴 그득 차오른 뜨끈한 감정이 벅찰 만큼 부풀어 올랐다.

"마법 주문, 듣고 싶지 않아?"

지금이라도 고백하고 싶었다. 내 진심을, 널 향한 내 사랑을.

하지만 준희의 손가락이 그의 입술을 막아버렸다.

"정 고백하고 싶으면 3개월 후에 해줘요. 로맨틱한 남편답게."

백준희의 또 다른 재능, 그녀는 진정한 밀당의 고수였다.

감정을 깨닫기 전엔 집요하게 마법 주문을 요구하더니, 이젠 고백하려고 하니 입을 딱 막아버렸다. 더 고백하고 싶어지게.

"3개월 동안은 오빠한테 바라는 것 없으니, 아무 생각하지 말랬잖아요."

"……."

"난 지금 충분히 만족해요. 사랑받는 것도 행복하지만 그걸 표현할 수 있다는 것도 엄청 행복하더라구요. 그리고 지금 그 행복에 푹 빠져 있구요."

지금까지 수많은 여자들이 그에게 요구했었다. 거짓이라도 좋으니 사랑한다고 해달라고. 사랑하는 척해달라고. 하지만 준희는 아니었다. 자신이 사랑을 표현하는 걸로도 충분하단다.

"그러니까 부담 갖지 말고 충분히 즐겨요. 지금 오빠 너무 잘해주고 있거든요."

칭찬은 고래도 춤추게 한다. 마법 주문도 외우지 않았는데 잘한다 잘한다 해주니, 더 춤을 추게 된다.

"우쭈쭈, 우리 남편 백 점 만점에 백 점이에요!"

새로운 사랑법, 새로운 접근 방식.

너무도 낯설어서 면역이 생기기도 전에 헤어나올 수 없을 만큼 빠져버렸다.

이러니 내가 널 사랑할 수밖에 없잖아.

마음 같아선 지금 당장이라도 준희에게 키스를 퍼붓고 싶었지만, 방금 전까지 피웠던 싸한 담배 향이 입 안 가득 느껴져서 참을 수밖에 없었다.

"담배 당장 끊어야겠다."

"지금 당장요? 술 끊는 것보다 금연이 더 힘들다던데."

"아내가 끊으라면 끊어야지. 내가 무슨 힘이 있어."

난 이미 네 노예다, 백준희.

"네 말대로 건강해야 너랑 백년해로할 거 아냐."

이준이 담배와 라이터를 내밀자 준희가 까치발을 들어 그에게 버드 키스를 날렸다.

쪼옥ㅡ.

"내 남편 최고!"

갑작스러운 입맞춤이었지만 이준은 그 기회를 놓치지 않았다. 자제하려고 했는데 말캉한 입술이 닿는 순간 이성이 날아가버렸다. 담배 냄새가 걸리기는 했지만, 어쩌겠나. 날 먼저 자극한 건 넌데.

"하다 말고 어디 가."

그는 도망치려는 준희의 허리를 꽉 끌어안아 종알거리는 입술을 집어삼켰다. 입 안 가득 밀려드는 촉촉함과 부드러움. 이준이 고개를 숙일수록 준희의 허리가 뒤로 꺾였다. 그만큼 그의 목을 휘감는 준희의 팔에도 힘이 들어갔다.

그때 뒤쪽에서 우당탕탕 소리가 났다. 깜짝 놀란 준희는 부끄러움에 얼른 이준의 품에 얼굴을 묻었다.

"방해해서 미안."

"하, 하하하! 부부님들께선 하던 거 계속해."

"우리 담배 지금 안 피워도 된다. 그렇지?"

담배를 피우려고 온 듯, 머쓱한 표정으로 서 있는 동창들에게 이준의 매서운 눈빛이 꽂혔다.

"내 말이 전달 안 되었나 보지? 짐들이 끝났다고 모두 집으로 가라고 했을 텐데."

"아직 제수씨가 전달 안 해줬나 보다?"

이준은 시선을 내려 눈으로 그녀를 추궁했다. 이 녀석들이 지금 무슨 말을 하는 거냐고.

"오늘 친구분들이 자고 가도 되냐고 묻길래 방도 많고 집들이고 해서."

그의 품에 고이 안겨 있던 준희가 배시시 웃으며 말을 이었다.

"그러라고 하긴 했는데."

"내 허락도 구하지 않고?"

"그 말 하려고 여기 온 거였는데. 오빠랑 같이 하늘 보느라 깜빡했어요."

잔뜩 억눌린 그의 음성에 준희가 살그머니 까치발을 들어 그의 귓가에 애타게 속삭였다.

"잘못했어요."

한 번만 봐달라는 듯 풀이 팍 죽은 준희에게 화를 낼 수는 없었다. 방법은 이제 하나뿐이었다. 이준은 작정하고 술자리에 덤벼들었다. 맨정신으로 나가기 싫다면 꽐라가 되어서 나가게 해주는 수밖에.

그런 남편을 바라보는 준희의 입가에서 미소가 사라지지 않았다.

"준희야, 우리 백로 한 잔씩 만들어주면 안 돼? 맛이 깔끔하다고 칭찬이 자자하던데, 응?"

"오빠가 오늘 절대 칵테일 만들지 말라고 했는데."

"어머, 왜?"

"오늘은 레이첼이 아니라 강이준 아내 백준희라고. 하지만 특별히 언니들한테만 만들어드릴게요."

"어머, 이준이가 그런 말도 할 줄 알아?"

"이준이 쟤, 보기와 달리 은근히 고지식하잖아. 준희 씨, 남편으로서 이준이는 어때요? 여자가 보기엔 좀 무심하고 답답해 보이는데."

"전혀요. 엄청 다정하고 로맨틱한 남편인걸요?"

그중 한 명이 갑자기 준희에게 은근하게 물었다.

"혹시 사고가 났다거나 어디 아프다거나 하는 건 없죠? 안 좋은 일 생긴 적도."

"그런 거 하나도 없어요. 저 결혼한 이후로 엄청 건강하고 일도 잘 풀리고 있어요."

이준이란 존재가 윤활제가 되어 일에 대한 열정을 더 불태울 수 있게 해주었다.

"그럼 침대에서는?"

송화의 옆에 앉아 있던 여자가 물었다.

"침대에선 어때요, 강이준."

"야, 곤란한 걸 물어보면 어떻게 해?"

"여자들끼리 그런 대화 나눌 수도 있지. 우리가 애도 아니고. 그렇죠, 준희 씨?"

준희의 얼굴이 잘 익은 사과처럼 빨개졌다.

"말 좀 해봐요. 송화 쟤도 이준이랑은 안 자봤을…… 아얏!"

"야, 너 입조심 못 해?"

누군가 옆구리를 찌르는 바람에 말은 멈추었지만 분위기가 묘해졌다. 동창들 모두가 준희의 안색을 살폈지만 준희는 해맑게 웃으며 아무렇지 않은 듯 일어났다.

"저 칵테일 만들어 올게요!"

계단을 내려와서 바로 향하면서 준희는 작게 중얼거렸다.

"이래서 믿음이 중요하다는 거구나."

두 사람 사이에 아무 일도 없었다는 이준의 말을 믿었기에 웃으면서 넘길 수 있었다.

바에서 백로를 만들 준비를 하는데 송화가 다가왔다.

"준희 씨."

"필요한 거 있으세요?"

"혹시 아까 친구 말 신경 쓸까 봐 걱정이 돼서요."

송화가 고혹적인 미소를 지었다.

"저 하나도 신경 안 쓰니까 걱정 마세요."

준희도 지지 않고 웃어주었다. 물론 아예 신경이 쓰이지 않는다면 거짓말이겠지만 그걸 티 내고 싶진 않았다.

"그럼 다행이구요. 이거 집들이 선물이에요. 이준이가 직접 전해주라고 해서."

"감사합니다."

그녀가 들고 있었던 쇼핑백 안에서 고급스러운 상자를 꺼내어 열어 보였다.

"이거 장인한테 의뢰해서 받은 원앙 목각 세트예요. 침대 옆에 놔두면 금슬이 좋아진다고 해요. 지인 부부 몇몇한테 선물했는데 모두 좋아하더라구요."

"그냥 오셔도 되는데."

"파리 공항 일이 괜히 마음에 걸려서 귀국하자마자 바로 주문한 거예요. 생각해보니 결혼 선물도 안 해준 것 같아서. 난 정말 두 사람이 행복했으면 좋겠거든요. 이준이가 행복해하는 것 같아서 준희 씨한테 고맙기도 하구요."

애틋한 눈빛은 연기일지도 모른다. 하지만 송화의 마지막 말은 진심인 듯했다. 사랑하는 사람의 행복을 바란다는 말은 방금 전 이준에게 자신이 했던 말이었기에 격하게 공감되었다.

"그럼 감사히 잘 받을게요."

"바빠 보이는데 내가 침실에 이거 놔두고 올까요? 내가 풍수지리에 대해 좀 알아서 위치를 잘 잡거든요. 아까 친구들이랑 들어갔을 때 딱 좋은 자리가 눈에 띄던데."

이미 침실은 공개가 되었기에 굳이 거절할 이유가 없었다. 거절했다가는 속 좁은 여자가 될 것도 같고.

"그래주시면 감사할게요."

준희의 말에, 그녀를 뒤로한 채 침실로 향하는 송화의 미소가 묘했다.

Chapter 17

아내가 화난 이유

준희는 샤워를 한 후 침대에 눕자마자 그대로 기절해버렸다. 피곤할 만도 했다. 이틀 연속 음주가무에 집들이 준비까지 했으니.

이준은 밤을 새우는 게 익숙했지만 규칙적인 생활을 해온 준희에게는 힘든 하루였을 것이다.

그렇게 8시간을 죽은 듯이 잠만 자고 일어난 준희는 또다시 청천벽력 같은 소리를 쏟아내었다.

"오늘 전통주 시음회 있는 날이란 걸 깜빡했어요. 팀원들 모두 같이 참석하기로 했는데!"

그러고는 일어나자마자 부랴부랴 나갈 준비를 서둘렀다. 이준은 그런 아내의 뒤를 주인 쫓는 강아지처럼 졸졸 따라다니며 물었다.

"어디서 하는데?"

"딜레마 호텔 컨벤션홀에서요."

"몇 시에 끝나?"

"몰라요. 뒤풀이까지 가면 늦을지도."

무심한 준희의 대답에 이준은 알 수 없는 억울함을 느꼈다. 바쁜 걸로 따지면 그가 더 바빴다. 그런데도 주말을 오롯이 준희와 보내기 위해 평일을 쉬지 않고 불살랐다. 아무리 생각해도 이건 너무했다. 타이밍이 어긋나도 이렇게 어긋나다니.

사랑하는 것도 어렵고 깨닫는 것도 어려웠는데 고백하는 게 가장 어려울 줄은 몰랐다. 급할수록 돌아가야 한다고 하지만 그래도 이건 너무 돌아가는 거다.

준희가 드레스 룸에서 옷을 갈아입는 동안 이준은 차분하게 기억을 더듬었다.

"전통주 시음회라."

그는 일주일 전 기억을 또렷하게 떠올렸다. 중국 관광객의 비중이 커지는 만큼 참석하는 것도 나쁘지 않을 거라고 박 실장이 말을 했던. 주말을 통째로 빼기 위해 자신을 대신해서 다른 임원이 참석하도록 지시를 내렸었던 그 행사.

이준은 즉시 박 실장에게 전화를 걸었다.

"오늘 딜레마 호텔에서 열리는 전통주 시음회에 직접 참석할 겁니다. 준비해주세요."

[알겠습니다.]

갈 생각은 없었지만 백준희가 간다면 말이 달라진다. 내 아내는 내가 지켜야지.

준희를 믿었고 그녀의 성격 또한 호락호락하지 않다는 건 알고 있었지만 사람 마음이라는 게 참 이상하고 묘했다.

준희가 물가에 내놓은 어린아이처럼 걱정이 되었다. 다른 사람이 쳐다보면 아내가 닳기라도 할까 봐, 그 예쁜 웃음에 홀리는 놈들이 있을까 봐, 신경도 쓰이고. 마음 같아선 꽁꽁 숨겨두고 혼자만 보고 싶었지만 그럴 수도 없는 일이었다. 그는 백준희가 언제 가장 빛이 나는지 잘 알고 있었으니까.

드레스룸에서 준희가 나오자 이준은 기다렸다는 듯 입을 열었다.

"치마가 너무 짧아. 가슴은 너무 파였고."

"이거 무릎 살짝 위인데요? 그리고 그냥 쇄골이 조금 보이는 것뿐인데."

"중국 전통주 시음회라며. 그럼 취지에 맞는 옷차림으로 가야지."

준희의 눈이 동그래졌다. 중국이라는 말은 하지 않았던 것 같은데. 아니, 말을 했었나?

이준은 긴가민가하며 서 있는 준희를 데리고 다시 드레스룸으로 들어갔다. 그러고는 원피스가 걸린 옷장을 빠르게 눈으로 스캔한 후 하나를 꺼내 내밀었다.

"이걸로 갈아입어."

그래놓고 방에서 나가질 않았다.

"오빠가 나가야 내가 옷을 갈아입죠."

"그거 혼자 입기 힘들어."

이준이 골라준 옷은 치파오였다. 무릎 중간까지 오는 길이감에 타이트한 원피스는 곧고 가는 몸매를 매혹적으로 드러내고도 남을 디자인이었다. 한 가지 흠이 있다면 앞이 아닌 뒤에 단추가 있다는 것.

"그럼 옷 좀 벗게 돌아서주면 안 돼요?"

아무리 남편이라고 해도 부끄러운 건 부끄러운 거였다. 매너 있게 등을 진 남편을 바라보며 준희는 옷을 벗었다. 옷이 바닥에 떨어지는 소리에 너른 어깨가 움찔거리는 걸 준희는 절대 몰랐다.

"다 입었어요. 단추만 잠가주면 될 것 같아요."

이준은 등을 돌린 준희에게 천천히 다가섰다. 벌어진 옷 사이로 비치는 뽀얀 피부가 숨이 막힐 만큼 시선을 사로잡았다.

"인형 옷도 아니고, 단추가 왜 이렇게 작아."

본인이 골라준 옷인데도 불평을 늘어놓다니. 준희는 터져 나오려는 웃음을 겨우 참았다.

"이런 단추는 천천히, 그리고 차분하게 채워야 해."

누가 뭐라고 했나요. 단추나 얼른 채워주세요.

"그러니까 오해하진 말고."

"······뭘요?"

"널 만지는 게 아니라, 단추를 만지는 거야."

단추를 채우다가 등에 손이 닿을 수도 있는 거다. 그런데 그걸 굳이 콕 집어내는 이유가 뭘까.

준희가 아닌 자신에게 하는 말이 분명했다.

우리 남편, 왜 이렇게 귀엽지?

그러나 그의 손이 등의 맨살에 닿는 순간, 준희의 여유로움도 증발해버렸다. 느릿하게 움직이는 손끝이 피부를 스칠 때마다 몸이 움찔움찔했다.

초옥―.

단추가 채워지기 전 깃털 같은 입맞춤이 맨살에 쏟아졌다. 간지럽기도 하고 홧홧하기도 하고.

준희의 입에서 작은 웃음이 터져 나왔다.

"어허, 경건한 의식을 치르는 중이니 웃지 마."

"간지러우니까 그만 입 맞춰요! 네? 제발요."

그녀가 애원했지만 이준의 입술은 손만큼이나 집요했다.

"내 거라고 도장 꽉꽉 찍어놔야 다른 놈들이 집적거리지를 않지."

우유처럼 뽀얀 피부가 사랑스러운 핑크빛으로 번지는 걸 보자 이준도 긴장이 되었다. 마음 같아선 촘촘한 이 원피스를 찢어발겨버리고 싶지만.

"다 됐어."

뒷 목덜미에 입을 맞추는 것과 동시에 치파오의 마지막 단추가 채워졌다.

국내 1위 화장품 브랜드 '로사'의 광고 촬영이 진행되고 있는 스튜디오.

잠시 메이크업을 고치는 사이, 카메라 감독이 웃으면서 송화에게 다가왔다.

"송화 씨 오늘 기분이 좋은가 봐?"

"그래 보여요?"

"다른 사람은 몰라도 카메라는 거짓말 안 해. 이대로라면 두세 시간 안에 끝낼 수 있겠는데?"

"저 지금 컨디션 최상이에요. 한 시간 안에 촬영 끝난다고 장담해요."

"기대해보지."

카메라 감독이 간 후에도 송화의 입가에서는 미소가 떠나지 않았다. 절친인 친구를 시켜 백준희가 집들이를 하도록 유도했는데, 딱 걸려들었다.

무소불위의 권력을 손에 쥔 윤 의원도 절대 침범하지 못할 지극히 사적인 부부의 공간.

그곳에 들어가는 건 오로지 송화만이 할 수 있는 일이었다.

목각 원앙 세트를 침실에 놔두러 들어갔을 때 우연히 서류 봉투를 발견하게 되었다.

"하마터면 깜빡 속을 뻔했어."

두 사람의 결혼이 계약 결혼이었다니. 계약 결혼이라는 것보다 계약서의 내용들이 더 가관이었다. 어린애 장난질 같은 계약서를 작성한 건 전혀 이준답지 못한 행동이었다. 그중 가장 터무니없는 것은 세 번째 계약서였다.

"터치터치 계약서는 또 뭐야."

5년 넘게 함께하면서 송화와는 손 한 번 잡지 않은 그였다.

그뿐인가, 밀폐된 공간에 둘이 있는 것조차 싫어했다. 그런 그가 그 꼬맹이랑 스킨십을 한다고?

자존심이 상했다.

난 안 되는데 왜 그 꼬맹이는 되는 건지. 내가 훨씬 더 아름답고 매력적인데. 너와 잘 어울리는데.

어쩌면 그래서 선택한 건지도 몰랐다. 여자로 의식하지 않으니 의미 없는 스킨십을 하며 부부 흉내를 낼 수 있으리라.

"하긴, 그 정도는 해줘야 의심 안 받지."

송화와 절친인 친구를 제외한 모든 이들이 두 사람의 다정한 부부 행각에 홀라당 속아버렸다. 두 사람이 진짜 부부이고 사랑하는 사이라고 말이다. 물론 그 계약서를 발견하기 전까지는 그녀도 속을 뻔했다.

휴대 전화를 가지고 들어가지 않은 게 그렇게 후회될 수가 없었다. 그 계약서만 사진으로 찍어놨어도 제대로 휘둘러서 윤은서처럼 파멸로 이끌 수 있을 텐데.

"근데 마법 주문이 뭐지?"

계약서에는 이준이 마법 주문을 말해야만 잠자리를 할 거라고 명시가 되어 있었다.

"알 게 뭐야. 어차피 2개월 후에 끝날 결혼인데."

백준희는 강이준을 사랑할 것이다. 하지만 이준이 백준희를 사랑할 일은 없을 것이다. 세상이 멸망한다고 하더라도 그는 사랑 같은 걸 할 남자가 아니니까.

"더 질질 끌려고 하면 내가 끝내주면 돼."

송화는 소리 없이 웃었다. 침실에 버젓이 놓여 있는 원앙 목각 세트 안에는 초소형 녹음기가 장착되어 있었다. 공식적인 증거물로 활용은 못하겠지만 협박하기엔 충분할 약점을 선물해줄…… . 이제 남은 건 2개월이란 시간이 빨리 흐르기를 바랄 뿐.

송화는 윤 의원의 비서에게 전화를 했다.

"채송화예요. 1994년 12월 31일 출생, 이름은 백준희. 작은 것 하나까지 전부 다 신상 파악 제대로 해서 저한테도 알려주세요. 그 정도는 식은 죽 먹기죠? 그럼 결과 기다릴게요."

쥐고 흔들 약점이 한 개라도 더 있으면 좋은 거니까. 아주 작은 거라도.

이준이 골라준 치파오 원피스는 시음회에서 눈부신 활약을 했다. 치파오를 입고 중국어를 구사하는 준희에게 중국 전통주 업체 대표들은 준비성이 철저하다며 칭찬을 아끼지 않았고, 준희의 회사인 명신 역시 호의적으로 보았다. 같이 참석한 정 대표는 걱정할 게 없겠다며 바로 다음 스케줄로 이동을 했고 가장 신이 난 건 김 팀장이었다.

"백 대리를 스카우트한 건 '명신'의 탁월한 선택이었어. 능력도 좋은데 말주변도 좋고 미인이기까지 하니 감히 누가 백 대리 청을 거절해?"

"김칫국부터 마시지 마세요. 이제 겨우 30분 지났는데요, 뭘. 그리고 미인계가 아니라 미래 방향을 제시한 제 기획안이 먹혔다고 해주세요."

"그래그래, 그런 걸로 하자. 근데 이렇게 능력 있는 여잘 주변에서 가만히들 두나?"

"가만히 잘 두던데요?"

"백 대리 눈이 하늘에 달린 건 아니고? 어떻게, 괜찮으면 내가 소개팅 한번 주선해볼까?"

김 팀장의 말에 갑자기 준희의 입술에서 미소가 피어났다. 생각해보니 눈이 하늘에 달린 것도 같다. 그러니 25년을 통틀어 강이준 말고 눈에 들어오는 남자가 없었을지도 모른다.

그때 팀원 중 한 명이 김 팀장의 옆구리를 쿡쿡 찔렀다.

"팀장님, 라이벌 등장입니다!"

"응? 무슨 라이벌?"

"백 대리님이 99% 따놓은 당상인 계약을 가로채기 위해 미남계를 쓰고 있는 저 남자!"

팀원들의 눈이 동시에 한곳으로 쏠렸다. 방금 전까지 준희와 호의적으로 대화를 나누었던 중국에서 가장 큰 전통주 업체의 간부와 대화를 나누고 있는 남자에게로. 정확히는 준희의 남편에게로.

"직접 참석 안 한다고 하더니 갑자기 무슨 변덕으로 온 거야?"

"같은 남자가 봐도 죽이는데요?"

"해성 강 전무가 외식 업계 미다스의 손이라고 불리잖아요. 손만 댔다 하면 대박 난다고. 하나 정도는 중소기업에 양보할 줄도 알아야지. 직접 참석했다는 건 양보할 의사가 전혀 없다는 뜻 아닙니까?"

준희는 강이준이 왜 여기 있는지 의아했다. 그녀를 호텔 앞에 태워줄 때까지만 해도 아무 말도 없었는데. 다른 스케줄이 있어서 겸사겸사 나오면서 데려다준 거라고 생각했었다.

"우리 팀원들 쫄 거 없어. 대기업이라고 뭐 별거 있어? 라이벌끼리 안면 튼다고 생각하고 인사나 하자고! 어때, 백 대리?"

준희의 어깨를 감싸안고 큰소리 뻥뻥 치던 김 팀장이 흠칫, 했다.

"강 전무가 보고 있는 게 설마 나는 아니지?"

"팀장님 맞는 것 같은데요. 어? 우리 쪽으로 오는 것 같은데요?"

긴 다리로 빠르게 다가온 이준의 차가운 눈빛이 준희의 어깨를 감싸고 있는 김 팀장의 손에 바늘처럼 꽂혔다.

"안녕하십니까, 전무님. 명신의 신사업 팀장 김문혁이라고 합니다!"

어깨에서 손이 떨어지는 걸 보고 나서야 이준의 얼굴에 특유의 미소가 머금어졌다.

"해성 코리아 강이준이라고 합니다."

"외식 업계에 종사하면서 강 전무님 모르는 사람이 있을까요."

김 팀장의 넉살에도 이준의 시선은 준희를 향해 있었다.

"레이첼 양, 오랜만입니다."

"우리 백 대리를 아십니까?"

"국제 글로벌 대회 관계자로 참석해서 스카우트를 제의했지만 보기 좋게 거절당했습니다."

"저희 명신도 백 대리를 스카우트하는 데 애 좀 먹었습니다."

내내 집에서만 보다가 업무적인 공간에서 마주친 그는 무척 낯설게 느껴졌다.

포마드 헤어스타일의 이준은 처음이었다. 그 덕분에 조각같은 이목구비가 더욱더 빛을 발했다. 굉장히 중요한 스케줄이 있나 보다 했는데, 같은 스케줄이었다니.

지금 그는 남편이 아닌 해성의 강 전무였다. 눈이 마주쳤는데도 흐트러짐 없는 자태가 그렇게 말하고 있었다. 원래 냉철하고 차분한 남자였다는 걸 준희가 잠시 망각했던 것도 같다.

몇 마디 대화를 더 나눈 후 이준은 멀어졌다. 그에게서 시선을 떼지 못하는 준희의 어깨를 김 팀장이 툭, 쳤다.

"백 대리, 강 전무한테 반하면 안 된다?"

하지만 준희는 대답 없이 고민하는 중이었다. 그가 눈빛으로 따라오라는 메시지를 보낸 것도 같고 아닌 것도 같고. 도대체 뭐지?

"아무리 멋져도 유부남한테 반해서 뭐해. 그러니까 첫눈에 반했다고 명신 배신하고 해성으로 가면 안 돼, 알았지?"

그제야 준희는 김 팀장을 또렷한 눈동자로 바라보았다.

"저를 뭘로 보고 그런 말씀 하세요? 그렇게 회사 옮길 거였으면 처음에 스카우트 제의받았을 때 오케이 했겠죠."

"하긴, 그것도 그렇네."

"저 화장실 좀 다녀올게요."

"어, 그래그래! 얼른 다녀와."

김 팀장의 대답이 떨어지기가 무섭게 준희는 이준이 사라진 방향으로 걸음을 옮겼다.

그가 이곳에 못 올 이유는 당연히 없었다. 하지만 적어도 참석할 거라는 말 한마디는 해줄 수 있는 거 아닌가?

복도에 다다랐는데도 그가 보이지 않았다. 키도 큰 데다 한 덩치해서 어디 숨는 것도 불가능할 텐데.

"도대체 어디로 간 거야?"

복도 끝까지 갔다가 찾는 걸 포기하고 몸을 돌리던 그때였다. 준희는 열린 비상구 문 너머로 빛과 함께 무섭게 빨려 들어갔다. 어느새 준희를 품에 꼭 끌어안은 이준이 귓가에 속삭였다.

"텔레파시가 통하긴 했나 보네."

"같은 행사에 참석할 거였으면 귀띔 좀 해주지 그랬어요."

"공과 사는 구분하자던 게 누구더라. 세세한 내 스케줄을 경쟁사 직원에게 공유할 순 없지 않나?"

"경쟁사 직원이랑 비상구에서 껴안고 있는 건 괜찮구요? 누가 오기 전에 얼른 놔줘요."

"경쟁사 직원이기 전에 내 아내야. 내 아내 내가 안는데 누가 뭐라고 해."

"공과 사는 구분하자면서요?"

준희는 열 받아 죽겠는데 그는 이 상황이 퍽 재밌는 듯 소리 없이 웃고 있었다.

"네가 공과 사를 구분 못 하게 만들었잖아."

"나 아무것도 안 했는데요?"

"넌 아무것도 안 했어. 그냥 방치했을 뿐이지. 공들여서 도장까지 찍어 보냈는데."

벌이라도 주려는 듯 준희의 등에 단단한 몸을 더욱 밀착해 오며 그가 나직하게 말을 이었다.

"다른 놈이 너한테 함부로 손대게 하지 말았어야지."

솜털이 곤두설 만큼 귓가에 바짝 붙은 입술이.

"도장 다시 찍어야 되잖아."

목덜미로 내려온 건 순식간이었다. 예민한 피부를 끊임없이 지분거리는 입술의 움직임에 준희가 품에서 버둥거렸다.

"가만히 좀 있어. 지금 소독 중이니까."

"누가 오면 어쩌려고요?"

"아무도 안 와."

이준은 준희의 목덜미에 입술을 묻은 채로 입술만 달싹였다.

"너 들어오고 나서 내 가드들이 복도를 통제하고 있어."

그 정도 철두철미함은 있지, 내가.

"이러려고 나 따라온 거예요?"

"따라왔다고 치자. 그게 뭐 잘못된 거야?"

따져 묻는 것 같은 준희의 말투에 괜히 기분이 상해버린 이준이었다.

"네 머릿속이 궁금해서 미칠 것 같아."

준희를 돌려세운 이준은 허리를 숙여 눈높이를 맞추었다.

"3개월 동안은 네가 주는 사랑만 맘 편히 받으라면서."

준희는 그에게 사랑한다고 고백했다. 그리고 자신도 준희를 사랑한다고 정의를 내렸다. 그럼 된 건 줄 알았다. 더 이상 문제 될 것도 없고 머리 아플 일도 없을 줄 알았다.

"의처증 있는 놈으로 만든 것도 모자라서."

그런데 그게 아니었다. 느닷없이 불쑥불쑥 치솟는 복잡 미묘한 이 감정들. 별것 아닌 게 분명한데도 통제가 되지 않았다. 쓸데없이 잡다한 감정들이 가슴에서 뒤죽박죽 엉켜들었다.

"왜 자꾸 날 안달 나게 하는 거지?"

너 때문에 지금 미치겠다고, 내가.

"그럼 마냥 달콤하고 행복할 줄 알았어요?"

"……뭐?"

짜증과 혼란이 뒤섞인 남편의 눈동자를 마주하며 준희가 옅게 웃었다.

"그거 좀 힘들고 아프고 짜증 나도록 신경도 쓰이고 그래요."

그게 뭔데, 그게 뭔 줄 알고 말하는 건데.

"근데 난 진작 경험했어요. 지금도 하고 있고, 앞으로 계속

할 거구요. 어쩌면 죽을 때까지?"

뭐든지 딱 떨어지는 걸 선호하는 그로선 꽤 반갑지 않은 말들이었다.

"근데 그거 이겨내야 돼요."

그녀는 갑자기 키득키득 웃더니 작은 손으로 이준의 뺨을 조심히 감쌌다.

"비 온 뒤에 땅이 굳어진다는 말도 있잖아요."

그러곤 좀 더 가까이 제게로 끌어당겼다.

"그러니까 너무 쉽게 단정 지어서 마법 주문 외우지 말라는 뜻이에요."

옅은 어둠 속, 티 하나 없이 맑은 눈동자에서 허우적거리는 건 이준 자신이었다.

"빨리 타오른 만큼 빨리 꺼질지도 몰라요. 그런 마법 주문은 조금도 반갑지 않아서."

까치발을 든 준희의 입술이 이준의 얼굴 이곳저곳에 닿았다.

가장 먼저 입술이 닿은 곳은 그의 입술.

초옥—.

"진짜 날 따라온 거라면 그건 '걱정' 때문이구요."

그다음은 도도하게 솟은 높은 콧날.

초옥—.

"내 주변에 있는 남자들이 이유 없이 거슬리는 건 '질투' 때문이구요."

그리고 뺨.

초옥―.

"내 몸에 다른 사람 손길이 닿는 게 기분 나쁜 건 아마 '소유욕' 때문일 거예요."

초오오옥―.

마지막인 이마는 좀 길게 입을 맞추고 나서야 얄미울 만큼 사랑스러운 얼굴이 멀어졌다.

"더 모르는 게 있으면 또 물어봐요. 그래도 이 분야는 내가 더 선배이니까 성심성의껏 대답해줄게요. 아, 물론 집에서 말이에요."

딱히 궁금한 건 없었지만 '집'이라는 단어에 혹했다.

"지금 가면 안 되나?"

"오너인 누구와 달리 저는 힘없는 월급쟁이거든요? 그럼 저는 먼저 공과 사를 구분하러 가볼게요."

비상구에 혼자 남게 된 이준의 입술 사이로 나직한 탄식이 흘러나왔다.

"밀당 하나는 기가 막히네."

사람을 아주 들었다 놨다, 보통이 아니었다. 그의 상태까지 정확히 간파하고 있었다. 남의 머릿속만 들여다보았지 누군가에게 간파당한 적은 처음이었다. 그런데도 속은 시원했다. 백준희가 가려운 곳을 제대로 긁어준 것이다.

그녀의 말이 맞았다. 가슴속 깊이 숨겨진 하나뿐인 심지는 너무도 메말라 있었다. 한 번 불이 붙어버리니 걷잡을 수 없이 빠르게 타올랐다. 그래서 감당하기 힘든 건지도.

이준이 뒤풀이까지 참석할 줄은 몰랐다. 말이 뒤풀이지 그냥 술 마시는 자리였다. 그것도 술 중에서 최고의 도수를 자랑하는 중국의 대표 전통주인 고량주를 말이다.

"우리 회사의 펀주 맛이 어떱니까, 레이첼 양?"

"독한데도 맛이 깔끔한 술은 처음 마셔봤어요. 잡 향이 없고 맛이 산뜻해서 오히려 정신이 번쩍 들어요. 이 술을 베이스로 새로운 칵테일을 만들어보고 싶을 만큼 명주 중의 명주인 것 같아요."

유창한 중국어로 대답은 하고 있었지만 반은 거짓말이었다. 알코올 도수 50%를 거뜬히 넘는 펀주는 입 안과 목이 타들어가게 하는 불 같은 술이었다.

준희의 시선이 조금 떨어진 곳에서 술을 마시고 있는 이준에게로 향했다. 그도 주량이 약한 편은 아니었지만 그래도 걱정이 되었다. 섞어 마시지 않으면 무한 주량을 자랑하는 준희마저도 고량주만큼은 버거웠으니까.

무엇보다 기름진 안주를 이것저것 집어 먹는 그녀와 다르게 이준은 오로지 술만 마셨다.

저렇게 무식하게 받아 마시면 쓰러지는 건 시간문제인데.

이준이 자리에서 일어나는 게 보였다. 항상 꼿꼿했던 몸체가 비틀거리는 걸 보니 취한 게 확실했다.

여자 관계자 몇 명이 기회다 싶어 부축을 핑계로 다가섰지만 이내 그에게 거부당했다. 입구 쪽에서 대기하고 있던 그의 비서들이 빠르게 달려와서 이준을 부축해서 나갔다.

그걸 보고 나서야 안도의 한숨이 절로 나오는 준희였다.

시간을 확인하니 밤 11시.

"팀장님, 저도 그만 집에 가볼게요."

"백 대리 빠지면 우리 팀 고무줄 빠진 빤스란 거 몰라? 쓰러질 때까지 같이해야 전우지."

얼굴이 벌게진 김 팀장의 손이 준희의 어깨를 잡으려 할 때였다. 준희가 김 팀장의 손을 잡아 그의 행동을 제지했다.

"어이쿠!"

"말로 해도 충분할 것 같습니다."

"어깨 잡는 게 뭐 어때서 그래? 백 대리가 내 여동생 같아서 그런 건데."

"여동생 같아도 진짜 여동생은 아니잖아요? 요즘 세상에 단순한 터치도 조심해주셔야 팀장님한테 불이익이 안 가죠."

그가 찍어놓은 도장이 확실하게 기억을 되살려주고 있었다.

—단순한 터치라도 다른 남자한테 허락하지 마.

"제 몫은 충분히 한 것 같으니 마무리는 이제 팀장님이 해주세요. 전 통금 시간 넘기기 전에 들어가봐야 해서요."

"통금 시간? 부모님이랑 같이 살아, 백 대리?"

"부모님 말구 남편이랑 같이 살아요, 저."

"나, 남편!? 백 대리 결혼했어?"

팀원들이 놀라든 말든, 준희는 뒤풀이에서 유유히 빠져나와 주차장으로 향했다. 그녀의 예상대로 이준은 차 안에서 기절한 듯 잠들어 있었다.

"집으로 가주세요."

준희의 지시에 차는 주차장을 부드럽게 빠져나갔다. 안주 없이 고량주를 들이붓는 이준을 본 준희가 화장실에 갈 때 가드들에게 미리 귀띔을 해놓은 것이다.

—전무님 취해서 자리 뜨면 차로 데려와주세요.

"진짜 많이 마셨나 봐."

강이준이 잠이 들다니. 하지만 잠이 든 얼굴을 이렇게 보고 있으니 가슴 한구석이 따스해졌다.

"자는 모습은 소년 같네."

무심코 손을 뻗었는데 뺨에 닿는 순간 바로 내쳐졌다. 그는 기분 나쁘다는 듯 얼굴을 확 일그러뜨렸다. 민망함에 준희의 시선이 운전석으로 향했다.

준희와 눈이 마주치자 김 기사가 조심히 말을 건넸다.

"전무님은 취하시면 많이 민감하신 편입니다. 특히 여자분한테는요. 이럴 때 노리는 여성분들이 워낙 많아서."

이준이 이해가 되기는 했지만 아내 손까지 쳐내니 준희는 마냥 웃을 순 없었다. 그래도 다른 남자와 다르게 술 취해서 여자와 실수할 일은 없을 것 같아 다행이랄까.

"우리 남편님, 철벽 정도가 아니라 금강석이네."

집에 도착할 때까지 그에게 손끝 하나 댈 수 없었다. 김 기사가 낑낑대며 이준을 부축해서 신혼집 침실까지 들어오는 데 성공했다.

준희는 침대에 앉아 꾸벅꾸벅 졸고 있는 이준을 보며 중얼거렸다.

"재킷은 벗겨줘야 할 것 같은데."

그런데 손을 뻗기가 은근히 무서웠다. 또다시 매정한 손길에 내쳐질까 봐.

준희는 살그머니 허리를 숙여 그의 귓가에 속삭였다.

"이준 오빠, 저 준희예요."

밑져야 본전이라고 생각하며 한 말이었다. 그런데, 반응이 바로 왔다.

"……밤톨?"

"네! 밤톨이요! 오빠 아내 백준희!"

흐릿한 검은 동공이 옅은 어둠 속에서 준희를 힘겹게 바라보았다.

"내 아내…… 백준희?"

기억이 난 듯 옅게 웃는 미소가 소년처럼 해맑아 보였다.

"네네! 오빠 아내 백준희가 지금 재킷을 벗길 거예요. 그러니까 손 쳐내면 안 돼요?"

조심히 뻗은 손길에 그는 얌전한 강아지처럼 몸을 맡겼다.

재킷 벗기는 데 성공. 이번에는 셔츠에 도전. 하지만 단추를 몇 개 풀기도 전에 준희의 양쪽 손목이 잡혀버렸다.

"……준희야."

"네."

힘겹게 뜬 눈동자가 유독 짙다.

"밤톨."

"네."

술을 눈으로 마셨나, 초점이 흐린 검은 눈빛이 왜 이렇게 위험하게 느껴지지?

"백준희."

이 남자도, 오늘 왜 이러지?

"네네, 저 백준희에 밤톨에 준희 맞으니까 옷 좀…… 으악!"

그 순간 몸이 빙글 돌고 천장이 빙글 돌았다. 그리고 풀썩―.

침대에 그대로 눕혀진 준희의 몸 위로 이준이 덮치듯이 몸을 내렸다. 단단한 몸체가 전하는 압도적인 무게감에 입에서는 절로 신음이 새어 나왔다.

"흐읍!"

어둠 속에서 그녀를 빤히 내려다보는 검은 눈동자.

불규칙적으로 흐트러진 그의 호흡.

뜻밖의 소리가 어둠을 타고 그의 입술 사이로 새어 나왔다.

"……사랑해."

그렇게 신중하게 말하라고 당부했는데도 달콤한 마법 주문을 외워버렸다. 듣고 싶었던 말이긴 했지만 왜 하필 술에 취해서 하냐고요.

"저도 무지무지 사랑하긴 하는데요, 지금 고백을 받기엔 상황이 좀……!"

순식간에 입술이 먹혔다. 거침없이 파고들며 유려하게 입안을 노니는 혀끝에서 알코올의 맛이 진득하게 느껴졌다.

술기운 탓일까. 경계선을 잃어버린 지금의 키스는 예전에 했던 키스와는 차원이 달랐다. 그래도 변하지 않은 건 끝내주는 키스 테크닉이었다. 버둥거리던 그녀의 팔은 어느새 이준의 목과 등을 꼭 감싸고 있었다.

가녀리게 떨리던 속눈썹이 사르륵 눈을 덮는 순간, 다시 눈이 확 떠졌다.

"……!"

등줄기에 오소소 소름이 돋고 있었다. 언제 내 손이 이렇게 자유로워진 거지? 문제는 준희의 손처럼 자유로워진 이준의 손이었다. 고량주 때문인지 제대로 고삐가 풀려버린 남편의 손은 무척 야했다.

뜨거운 입술이 목덜미를 타고 내려오고 더 뜨거운 손은 치마 안을 매끄럽게 타고 오르고 있었다.

"거, 거긴 안 돼요!"

술 취한 남자에게 그 말이 들릴 리가 없었다. 술에 취한 남자는 아내의 몸에 또다시 취하고 있었다. 커다란 손이 팬티 끝에 다다르자 준희는 숨을 들이켰다.

"이준 오빠! 강이준 씨!"

사랑 고백을 했다고 후다닥 일을 치르려는 건 아니겠지? 그래도 이건 아니다 싶었다. 소중한 첫날밤을 어찌 이렇게…….

준희는 지옥과 천국을 오가고 있었다. 지금껏 느꼈던 감각들은 새 발의 피였다. 대담하고 야하게 움직이는 손이 위아래 속옷을 공략하는 순간 눈앞에서 폭죽이 터져버렸다.

그가 지금까지 얼마나 자제했는지 알 수 있을 것 같았다.

이준은 지금 새하얀 눈밭을 뛰어다니는 거대한 짐승 한 마리였다. 제멋대로 벗겨진 옷 사이로 드러난 살결에 그의 입술이 거침없이 와닿았다.

말려야 하는데. 이러다 진짜 큰일 날 것만 같은데.

소리라도 쳐서 그를 정신차리게 해야 했다. 하지만 난생처음 맛본 환희의 세계는 너무도 달콤했다.

매끄러운 피부에 찰싹 달라붙은 그의 입술 사이로 뭉개지듯 자꾸만 흘러나왔다.

"백준희."

그녀의 이름이.

"준희."

애틋하고 절절하게.

"……준희야."

도저히 거절할 수 없게.

뛰어난 스킬로 몸을 설득하고 애틋한 음성으로 마음을 달래니 버틸 재간이 없었다.

투둑─.

브래지어의 후크가 풀리는 순간, 준희는 '할렐루야!'를 외쳤다. 이렇게 나의 첫 경험이…….

그런데 무언가 이상했다. 갑자기 모든 것들이 멈추어 있었다. 축 늘어진 거대한 몸의 무게가 온전하게 준희의 몸을 짓눌렀다.

설마, 그럴 리가……. 아닐 거야.

"이준 오빠."

"……."

"남편님?"

"……."

"자기야?"

"……."

"야, 강이준!"

반말까지 해봤지만 그는 대답은커녕 미동조차 없었다.

"지금 자는 거예요?"

이준은 그대로 뻗어버린 것이다. 그것도 준희의 몸 위에서.

"이 상황에서 잠이 오냐구요! 지금 자는 척하는 거죠?"

잠이 든 그가 대답을 할 리가 없었다. 준희는 기가 막혀서 헛웃음만 지었다.

이렇게 멈출 거였으면 난 왜 고민한 걸까.

안 된다고 외치긴 했지만 막상 그가 멈추니 그것도 기분이 묘했다.

뭔가 아쉽고 허하고 괘씸하고, 자존심도 상했다.

몇 분 동안 치열하게 고민했던 것도 미치게 억울했다.

이래서 여자의 마음은 갈대인가 봐.

"당신 진짜 얄미운 거 알아요?"

하지만 잠이 든 이준은 침묵을 지킬 뿐이었다.

"그래요, 차라리 자요."

그가 깨지 않도록 최대한 조심하며 한참의 노력 끝에 겨우 몸 밑에서 기어 나오는 찰나…….

"으악!"

탈출을 눈앞에 둔 채 찍 소리도 못하고 다시 그의 품으로 끌려 들어갔다. 단단하고 긴 팔다리가 옴짝달싹 못하게 몸을 휘어 감았다.

얄미울 만큼 잘도 자면서도 절대 놓아줄 생각이 없다는 굳건한 의지.

준희는 그냥 포기해버렸다.

"그래요, 우리 같이 자요."

둘 다 씻지 말고 이대로.

"아주 건전하게 잠만."

부적이든 베개든 뭐든 해줄 테니까.

아주 푹 자고 맑은 정신으로 내일 나 좀 봅시다, 남편님.

몸 밑에서 꿈틀거리는 보드랍고 따스한 감촉에 이준은 눈을 떴다. 블라인드 사이로 새어 들어오는 푸르스름한 빛으로 보건데 새벽이 분명했다.

어제 얼마나 마셔댄 걸까. 기억을 더듬으니 도수 높은 고량주를 연신 들이켰던 게 떠올랐다.

그가 술을 거부하는 순간 대화는 종료, 그들은 명신과 대화를 나눌 거라고 했다.

술 만드는 회사 아니랄까 봐 그들은 대화를 거의 술로 했다. 그건 곧 준희와 술을 마시겠다는 뜻. 저 여자가 내 여자라는 말은 차마 못 하겠고. 한계치에 넘어설 만큼 술을 마시고 또 마셨다. 본의 아니게 멀리 떨어진 곳에서 이준은 준희의 흑기사 노릇을 한 것이었다.

"제대로 지켜줬는지도 모르겠군."

어떻게 그곳을 빠져나와 집에 누웠는지도 기억에 없으니. 이준은 제 품에 안겨 있는 준희를 바라보았다. 작은 몸을 웅크리고 있는 모습이 아기 고양이 같았다.

준희를 내려다보던 이준의 눈이 가느스름해졌다.

"……."

어제의 옷차림 그대로 잠이 든 게 문제가 아니었다. 두 사람의 옷차림은 지나치게 흐트러져 있었다. 셔츠 단추를 풀어헤친 이준은 양호한 편이었다. 문제는 준희였다. 치마는 허벅지 위로 아슬하게 올라가 있었고 드러난 등엔 브래지어 후크가 풀려 있었다. 그래, 옷차림도 괜찮은 편이었다. 그를 가장 놀라게 한 건 바로 준희의 몸 이곳저곳에 새겨진 키스 마크였다.

그는 침을 꿀꺽 삼킨 후 앞을 확인해보았다.

"맙소사."

가슴골 부근까지 선명하게 남아 있는 키스 마크.

"내가 대체 무슨 짓을."

아니, 우리 두 사람 어디까지 간 거야? 하지만 머릿속은 깨끗하게 표백이 되어 있는 상태.

때마침 몸을 뒤척이던 준희가 부스스 눈을 떴다.

"어, 일어났어요?"

아직도 잠이 한가득 묻어 있는 눈꼬리가 흐릿했다.

"속은 괜찮아요?"

"뭐 그럭저럭."

지금 쓰린 속이 문제가 아니었다. 이준은 전혀 기억에 없는 어젯밤의 일이 미치도록 궁금했다.

"그러니까 누가 술을 그렇게 많이 마시래요? 고량주가 얼마나 독한데."

반쯤 몸을 일으킨 준희가 다짜고짜 가볍게 타박을 했다.

"눈 뜨자마자 구박하는 거야?"

"그럼 칭찬해줘요? 어디가 예쁘다고."

"물어볼 게 있는데."

"뭔데요?"

"혹시 어젯밤에 말이야."

"……?"

"우리 둘, 무슨 일 있었어?"

"아무 일 없었어요."

순간 준희의 눈동자가 흔들리는 걸 이준은 놓치지 않았다.

"그럴 리가."

"왜 그렇게 생각하는데요?"

"너랑 내 옷매무새가 좀 그렇잖아. 네 몸에 난 키스 마크도
좀…… 그렇고."

그제야 준희가 이불을 끌어올려 몸을 덮었다. 그러고는 무
릎걸음으로 기어와서 그의 앞에 떡하니 양반다리를 하고 앉
았다.

"어젯밤 일, 하나도 기억 안 나요?"

"기억 안 나."

"기억 안 하는 게 더 좋을 것 같으니 그냥 기억하지 말아요."

은은한 무드 등의 빛이 살짝 달아오른 준희의 뺨을 보여주
었다. 아무래도 어젯밤 주도권은 그가 아닌 백준희에게 있었
던 게 분명했다.

조금 자신감이 붙은 이준은 여유롭게 입을 열었다.

"대충 짐작이 되긴 하는데."

그 짐작이 뭔지 궁금하다는 듯 준희가 동그란 눈으로 그를
바라보았다.

조금 긴장한 저 표정, 눈빛. 분명했다.

"아내의 유혹, 뭐 이런 건가?"

확고한 그의 한마디에 준희의 콧구멍이 미세하게 벌렁거리
는 것도 같았다.

"네가 날 덮친 게 아니냐고."

너무 대놓고 말했나?

"내가 술에 취하면 더 섹시해지긴 하지."

장난스럽게 말을 하는 이준을 보며 준희가 빠르게 눈을 깜빡였다.

"오빠가 먼저 그랬다는 생각은 안 해요?"

"나는 내가 잘 알아. 술에 취했을 땐 특히 여자를 가까이하지 않아. 피했으면 피했지. 장담해."

술에 취한 상태에선 병적일 만큼 여자를 멀리하고 경계했다. 오래된 술버릇이었고, 윤은서의 죽음 이후 트라우마처럼 더 심해졌다는 건 친구들을 통해서 지겹도록 들었다. 그리고 어젯밤 그는 필름이 끊길 만큼 취했다. 그러니 준희에게 먼저 그랬을 리가 없었다. 절대.

"그래서 지금, 날 의심하는 거예요?"

"의심은 아니고. 누가 먼저 그러면 어때."

"……"

"우리는 부부인데."

준희의 눈꼬리가 사납게 올라서는 걸 이준은 미처 몰랐다. 그냥 다 좋아서 잠시 눈치란 걸 상실한 것이다. 이렇게 봐도 예쁘고, 저렇게 봐도 예쁜 아내를 말이다.

특히 잠에서 막 깨어난 아침은 가장 혈기왕성한 기운이 돌 때였다. 기억엔 없지만 하던 거 마저 하고 싶다는 생각만이 강렬하게 들 뿐.

"우리 먼저 씻고 어젯밤 하던, 윽!"

순식간이었다. 커다란 베개가 그의 얼굴을 강타한 건. 그것도 연달아. 그러곤 준희는 침실을 나가버렸다.

무슨 일이 있었던 게 분명했다. 하지만 아무리 제 머리를 쥐어뜯어도 잘려나간 이젯밤의 기억은 다시 돌아오지 않았다.

준희는 회사에 출근할 때까지 화를 풀지 않았다. '흥!' 하고 콧방귀를 뀌더니 먼저 나가버린 것이다.

집무실에서 한참 동안 고민하던 이준은 준희에게 무조건 잘못했다고 빌 생각이었다. 하지만 박 실장이 말렸다.

—화가 난 이유도 모른 채 잘못했다고 빌면 사모님이 더 화내실 겁니다.

—무조건 내가 잘못했다는데도?

—잘못했다고 하면 여자들 중 열에 아홉은 묻습니다. 뭘 잘못했는지 말해보라고요.

—뭐가 그렇게 어렵습니까.

—얼렁뚱땅 넘어가려고 한다고 생각을 하거든요. 그리고 상대방이 정확히 자기 잘못을 알아야 다음에 같은 잘못을 하지 않을 테니까요.

—······.

—업무 사고가 터지면 똑같은 일이 발생하지 않도록 원인을 파악해서 대처하지 않습니까. 그냥 징벌하고 끝내지 않구요. 그것과 같은 이치라고 보시면 됩니다. 여자들은 남자

들이 생각하는 것 이상으로 섬세하고 꼼꼼하답니다.

 무조건 잘못했다고 빌면 되는 줄 알았는데 그것도 아니었던 것이다.

 결국은 아무것도 하지 못했다. 준희와의 대화가 절실했다. 잘못했다고 빌고 화가 난 이유를 알려달라고 하는 게 가장 정확한 돌파구였다.

 그런데 하필이면 그날부터 눈코 뜰 새 없이 바빠져버렸다. 말이 씨가 된다고 업무 사고가 터져버린 것이다. 그것도 주가 상승 중이던 프랑스 테일라 호텔에 입점한 '소담'에서 말이다.

 이 시점에서 프랑스로 가버리면 언제 돌아올지 기약할 수가 없었다. 한국에서 수습을 하려니 일은 점점 늘어만 가고 밤낮없이 일에 매달려야 했다. 잠도 제대로 자지 못한 데다 일에 치이고 백준희 걱정에 치이다 보니 처음으로 피곤함이 파도처럼 밀려왔다.

 하루 한 번 겨우 짬을 내어 듣는 준희의 목소리, 잠이 든 준희를 품에 안은 채 잠이 드는 몇 시간.

 쓰러질 것 같은 하루하루를 버티게 해주는 유일한 원동력이었다.

 그렇게 일주일이 빠르게 흘렀다.

 이른 새벽, 간절하게 준희를 생각하며 집에 들어온 이준은 깜짝 놀랐다. 고이 잠들어 있어야 할 백준희는 보이지 않고 침대는 비어 있었다.

처음엔 같이 자는 것도 싫어서 다른 방에 간 줄 알았다. 하지만 온 집 안을 뒤져도 백준희는 보이지 않고 전화도 받지 않았다.

처음 느껴보는 준희의 부재가 그의 심장을 내려앉게 만들었다. 아무리 바빠도 화가 난 준희를 그렇게 방치해선 안 되는 거였는데.

허탈함에 침실 바닥에 주저앉는 순간, 바닥에 떨어진 메모지가 그의 눈에 들어왔다.

> 저 양평 별장에서 바람 좀 쐬고 올게요. 생각할 게 좀 있어서요.

밀려드는 안도감도 잠시뿐, 덜컥 겁이 났다.

설마 생각이라는 게…… 이혼은 아니겠지?

아직 고백도 제대로 못 했는데.

내 마음을 온전하게 너한테 보여주지도 못했는데.

이준은 바로 차 키를 손에 쥐고 주차장으로 내려갔다. 시큰하게 온몸을 누르는 피곤함도 그에겐 문제가 되지 않았다.

시동을 걸고 액셀을 밟자 차가 튕겨나가듯이 주차장을 거칠게 빠져나갔다.

Chapter 18

양평에서 만리장성을……

양평에 온 건 충동적인 결정이었다. 하지만 오고 나니 잘 왔다는 생각이 들었다. 특히 별장 뒤 정원은 이색적인 분위기 그대로 관리가 잘되어 있었다.

"예쁘다."

레이스 커튼이 나부끼는 넓은 침대가 특히. 그곳에 눕자 푹신함이 몸을 감쌌다. 가만히 손을 뻗자 별도 딸 것처럼 하늘이 가깝게 느껴졌다. 밤하늘을 길게 가로지르는 은하수가 물결처럼 반짝이고 있었다.

"오빠 어머니도 나처럼 누워서 하늘을 구경했겠지?"

석훈은 아내를 얼마나 사랑했기에 이 별장을 지은 걸까. 얼마나 그리웠기에 오랜 세월이 흘렀는데도 변함없이 유지하고 있는 걸까. 아마도 이 별장처럼 굉장히 아름다운 분일 것이다. 그러니까 그렇게 멋지고 완벽한 아들을 낳았지.

기분 전환하자고 온 건데도, 준희는 또다시 이준을 떠올리고 있었다.

"……보고 싶어."

일주일 동안 두 사람은 눈코 뜰 새 없이 바빴다.

이준은 새벽이 다 되어서야 들어왔고, 규칙적인 생활이 몸에 밴 준희는 그가 오기도 전에 잠이 들어버렸다. 사실 알 수 없는 서운함과 원망스러움에 일부러 자버린 것도 있었다.

"진짜 별것 아닌 걸로 싸우게 되네."

타임에서 바텐더로 근무하던 시절 여자 손님들이 했던 말이 떠올랐다.

—연인이나 부부들이 싸우고 헤어지는 이유가 뭔 줄 알아? 진짜 별것 아닌 작은 걸로 싸우고 헤어져.
—작은 오해일수록 제대로 풀 생각을 못 하고 어영부영 넘어가거든. 시간이 지나고 나서 생각하면 우리가 왜 그랬을까 웃음이 나올 만큼.

그때는 그 말을 이해하지 못했었는데 지금에서야 이해가 되었다.

—나는 내가 잘 알아. 술에 취했을 땐 특히 여자를 가까이 하지 않아. 피했으면 피했지. 장담해.

그가 했던 말에 무의식적으로 포함된 의미.

준희를 다른 여자와 동급으로 취급한 것이다. 사랑한다고 했으면서.

생각해보면 그렇게 화를 낼 일도 아니었다. 너무 쉽게 단정 짓는 그의 자신감이 좀 싫었을 뿐. 온갖 걱정에 고민 다 하게 만들어놓고 잠들어버린 것도 좀 얄미웠고.

"전화했을 때 좀 달래주면 덧나나?"

정말 바쁜 건지 아니면 그새 타올랐던 불길이 꺼져버린 건지. 그렇게 애틋하고 절절하고 다정하던 남편 강이준은 그날 이후 변해버렸다. 꼬박꼬박 전화는 하지만, 급하게 안부만 묻고 끊는 게 전부였다. 통화 시간도 30초를 넘긴 적이 없었다.

평소라면 이해하고 넘어갈 일이지만 이젠 그것마저도 서운했다. 얄미워서 조금 삐진 척한 것뿐인데 이준이 그렇게 나올 줄은 몰랐다.

가슴에 자리했던 콩알만 한 서운함이 점점 커져버렸고, 쿨한 백준희는 사라져버렸다. 하지만 이대로 풀지 않고 지낼 수는 없었다. 그건 준희의 성격에 맞지 않았다. 그래서 기분 전환 겸 온 곳이 바로 양평의 별장이었다.

"제대로 기분 풀고 나서 대화를 나누는 거야."

모든 걸 솔직하게 털어놓을 생각이었다. 내가 속이 좁았어요, 라고 실토하는 꼴이지만 그게 사실이니까.

조곤조곤하게 지난 일들을 되짚으니 지금에서야 후회가 되었다. 내가 왜 그랬을까. 화낼 일도 꿍할 일도 아니었는데.

이 모든 게 사랑 때문이다.

작은 것에도 상처받고 꿍하고, 서운하고 원망스럽고. 이래서 사랑이 어렵다고 하나 봐. 사랑의 고수인 듯 그에게 잘난 척이란 잘난 척은 다 해놓고선. 정작 스스로도 감당해내질 못하고 있었다.

"내가 더 사랑해서야."

그랬기에 먼저 대화를 할 용기도 내는 거였지만 말이다.

하지만 그런 노력에도 이준이 정말 변함이 없다면 3개월을 채울 필요 없이 이혼하자고 할 것이다. 작은 것에도 타오르던 불이 꺼져버릴 만큼 미약한 감정 따위 잡고 늘어져봐야 소용없으니까.

그럴 일은 없어야겠지만, 만약 생긴다 해도 그의 얼굴을 보면 차마 입이 떨어지지 않을 것 같았다.

준희는 만일을 위해 연습해보기로 했다.

"우리 이혼해요, 강이준 씨!"

그와 나란히 누워 같이 보고 싶을 만큼 아름다운 밤하늘을 향해.

"누구 마음대로 이혼이야."

준희의 어깨가 움찔했다. 너무 보고 싶으니 환청까지 들리나 보다.

"백준희."

하지만 다시 한 번 들려오는 목소리에 돌아서는 순간, 어느새 침대에서 붕 뜬 준희는 그의 너른 품에 와락 안겨들었다.

"난 절대 너랑 이혼 안 해."

감기라도 걸린 것처럼 뜨거운 몸에 안긴 채 준희는 이준을

116

올려다보았다.

"이거 꿈, 아니죠? 진짜 이준 오빠죠?"

"꿈 아니니까 내 말 잘 들어."

그가 더욱더 준희를 품에 꼭 안았다. 코끝을 진득하게 파고드는 짙은 체 향에 배인 희미한 땀 냄새가 그가 얼마나 다급하게 왔는지 말해주고 있었다. 먹먹함이 가슴 가득 차올랐다.

미안해요, 이준 오빠. 내가 잘못했어요.

"내가 다 잘못했어."

그가 먼저 말을 했다.

"그리고."

눈물이 묻어나는 것 같은 낮고 촉촉한 음성으로 귓가에 속삭였다.

"……사랑해."

쏟아질 것 같은 은하수가 흐르는 밤하늘 밑에서, 그리운 님의 품에 꼬옥 안겨, 쿵쾅거리는 심장 소리와 함께 듣는 사랑 고백은 낭만적이었다. 하지만 준희는 그 낭만을 조금도 만끽할 수가 없었다.

별것 아닌 걸로 시작된 일주일 동안의 냉전.

평범한 연인도 부부 사이도 아닌 현실.

아직 풀지 못한 작은 오해들.

"방금 뭐라고 했어요?"

"내가 다 잘못했다고."

"아니, 그거 말고요."

"······."

"대답 안 할 거예요?"

준희의 또렷한 눈빛과 말투에 이준이 옅은 한숨을 내쉬었다.

"사랑해, 라고 했던 것 같아."

"했던 것 같아는 뭐예요?"

"여기 오면서 준비한 말이 '잘못했다.'였어."

"······?"

"그 다음 말은 충동적으로 한 거라."

충동적? 그럼 다시 주워 담겠다는 건가?

"지금 고백할 상황이 아닌데 해버려서."

씩씩거리느라 들썩이는 그녀의 등을 그의 커다란 손이 부드
럽게 쓸어내렸다.

"나도 놀랐고 많이 당혹스러워, 지금."

흥분을 가라앉히고 내 말 좀 들어달라고 다독였다.

"나답지 않게 충동적으로 내뱉었다는 건, 그만큼 내 감정을
주체하지 못한 거니까."

"······."

"내가 그 정도로 백준희 널······."

말을 멈춘 그가 준희를 제 품에 꼭 끌어안으며 귓가에 입술
을 붙였다.

"사랑하나 봐."

그에게 간절하게 듣고 싶었던 말이었다. 하지만 이렇게 느닷
없이, 말도 안 되는 상황에 들으니 어떻게 해야 할지를 모르겠

다. 말없이 침묵하는 준희를 보며 이준이 말을 했다.

"밤하늘이 예쁘네. 별도 많이 떴고."

지금 하늘이 예쁜 게 문제인가요.

"많은 정도가 아니라 떼거지 수준이네."

로맨틱이라곤 하나도 없는 삭막한 그의 표현를 준희가 콕 집어주었다.

"떼거지 수준이라니요! 밤하늘을 흐르는 별들의 강! 반짝반짝 빛나는 신성한 은하수라구요! 어떻게 그렇게 로맨틱이라곤 눈곱만큼도…… 왜 웃어요?"

그가 웃고 있었다.

"내가 그랬잖아. 난 로맨틱과는 거리가 먼 남자라고."

"네네, 이제야 알겠네요. 그걸 또 굳이 깨닫게 해주고 딱 꼬집어주셔서 아주 감사하고 황공하네요. 하여간 이럴 때 보면 감정 없는 로봇 같아요."

웃음은 거두었지만 그 대신 그의 눈매가 부드럽게 휘었다.

"그래서, 내가 싫어?"

"누가 싫대요?"

"그럼?"

그러곤 갑자기 집요해졌다.

"안 싫다구요."

"그거 말고."

분명 듣고 싶은 말이 있는 거다.

"그럼 뭔데요? 난 모르겠는데요?"

그 말이 뭔지 바로 눈치를 챘지만 시치미를 뚝 뗐다.

"못됐군."

"내가요? 왜요?"

"알면서도 모른 척하잖아. 3개월 동안 원 없이 줄 테니 받으라고 할 땐 언제고."

그에 대한 사랑은 변하지 않았다. 더 깊어졌으면 깊어졌지. 하지만 준희도 사람이기에 일분일초까지 너그러울 순 없었다. 그만큼 서운함도 컸고 그가 원망스러웠다.

"내가 다 잘못했으니까 화 풀어."

"뭘 잘못했는지는 알아요?"

"내가 잘못했으니 네가 화를 냈겠지. 그건 확실한데 이유는 도저히 모르겠어. 며칠을 생각해봤는데도. 그런데 이거 한가진 알겠더라고."

무덤덤하게 그가 흘리는 한 자 한 자에 배어 있는 진심이 느껴졌다.

"잘못도 모르고 빌면 더 화날 것 같아서 말을 아낀 것. 업무 사고가 터져서 바빠진 걸 핑계로 널 방치한 것."

"업무 사고 터졌어요?"

"프랑스 '소담'에서."

"왜 말 안 했어요?"

급하게 타올랐던 불이 꺼져버린 게 아니었다. 그럴 만한 이유가 있었던 것이다.

"말할 시간이 없었어. 난 늦게 들어오고 넌 자고 있고. 전화로 하기엔 길고."

준희의 입에서 한숨이 새어 나왔다. 마음만 먹으면 대화를 나눌 기회는 얼마든지 있었다. 그걸 막아버린 건 바로 자신이었다. 그가 퇴근 후에 항상 침실에 들어와 그녀가 자는 모습을 한참 동안 바라보다 나간다는 걸 알고 있었다.

"난 화가 난 여자를 다룰 줄 몰라. 뭘 잘못했는지 콕 집어줘야 겨우 알 만큼 둔하기도 하고."

그런데도 자는 척한 게 한두 번이 아니었다. 먼저 말 걸어주고 미안하다고 하고 달래주길 바랐던 것이다.

"그러니까 네가 나 한 번만 봐주라."

아쉬울 것 하나 없는 남자가 준희에게 간절하게 빌고 있었다. 잘못한 것도 없는데 잘못했다고. 잘못했다는 말은 사실 그녀가 해야 하는 건데.

"내가 뭘 잘못했는지 네가 말해줘. 앞으론 똑같은 실수를 하지 않도록."

어떻게 말해준단 말인가. 모든 게 내 변덕이라고 말이다.

"그냥 나 혼자 서운해서 삐진 거예요. 그것도 입에 담기 민망하고 창피한, 별것 아닌 일로."

내가 더 당신을 사랑해서.

"용기가 필요했어요. 오빠보다 나 자신한테 화가 나서. 그래서 양평 별장 와서 마음 좀 가다듬고 오빠한테 솔직하게 말하려고 했어요."

바라지 않고 완벽하게 주기만 할 자신이 있었는데. 그게 생각보다 쉽지 않았다.

그가 자꾸만 다정하게 대해줘서. 진짜 날 사랑한다고 착각하게 만들어서.

"오빠는 잘못한 거 하나도 없고 내가 다 잘못한 거라고. 그래서 미안하다고 하려고 했어요."

준희는 웃으면서 이준을 바라보았다.

"그런데 오빠가 이 새벽을 뚫고 양평까지 허겁지겁 달려올 줄은 몰랐어요."

머리부터 발끝까지 흠 하나 없이 완벽하던 그는 지금 무척 흐트러진 자태였다. 매듭이 느슨해진 넥타이, 희미한 땀 냄새, 구김이 가 있는 슈트. 가장 흐트러진 건 초조함과 불안함으로 가득한 그의 표정이었다.

그제야 이준이 화들짝 놀라면서 준희에게서 조금 떨어져나갔다.

"내 상태가 말이 좀 아니지?"

"지금까지 봤던 모습 중 가장 멋진데요?"

"그럴 리가. 제대로 씻지도 못하고 왔는데."

"정말인데요? 최애 남편의 모습으로 기억할 건데요?"

"그럼 이제 나 용서해주는 거야?"

"잘못한 것도 없는데 용서할 게 어디 있어요."

명쾌한 준희의 한마디에 그제야 침대에서 일어난 이준이 재킷을 벗어버렸다.

"우선 좀 씻고 와야겠어."

그는 찝찝해 죽겠다는 듯 제 몸의 냄새를 킁킁 맡으며 집 안으로 걸음을 옮겼다.

드르르륵—.

그의 재킷 안에서 휴대 전화가 진동을 울렸다. 휴대 전화를 꺼내자 부재중 전화와 미확인 메시지만 수십 통.

다시 걸려오는 전화를 받자 익숙한 목소리가 들렸다.

[오늘은 6시에 모시러 가겠습니다. 괜찮겠습니까?]

"박 실장님."

[……사모님?]

"전무님 지금 저랑 양평 별장에 같이 있어요."

[양평이요?]

"일요일인데 오빠 꼭 출근해야 하는 건가요?"

준희가 하는 말의 의미를 눈치 백 단인 박 실장이 모를 리가 없었다.

[이틀 밤샐 각오 정도 하신다면, 일요일 하루는 통째로 제가 스케줄 조정할 수 있을 것 같습니다.]

그동안 정말 바빴구나.

[전무님 일주일 동안 잠도 제대로 못 주무시고 쉬지도 못하고 일만 하셨습니다. 그 와중에도 사모님 걱정을 많이 하셨습니다.]

오랫동안 모신 상사라고 박 실장은 이준을 걱정하고 있었다.

"오늘 하루 푹 쉬고 회사 나갈 수 있게 제가 노력할게요. 그러니까 실장님이 스케줄 조정 좀 해주세요."

박 실장과 통화를 끝낸 준희는 정신이 번쩍 들었다.

"잠깐, 내가 이럴 때가 아니지!"

샤워, 샤워를 해야 한다! 혹시 모를 위대한 밤을 위해서. 그러나 뽀득뽀득 깨끗이 씻고 나온 준희의 어깨가 추욱 처졌다.

"잠들었네."

자세를 보면 잘 생각은 없었던 것 같다. 아마도 준희를 기다리다가 저도 모르게 잠이 든 것 같았다.

"진짜 피곤했나 보다."

일주일 넘게 강행군을 했으니 그럴 만도 했다. 과한 업무에 시달린 몸만 힘들었을까. 그녀 때문에 마음고생도 같이 했을 거였다. 그래서 더 미안했다.

조심스럽게 침대에 오르자 이준이 잠결에 준희를 품에 끌어안았다.

"으음, 준희야."

도대체 언제부터일까. 꿈속에서조차 제 이름을 부르기 시작한 게.

이준의 품에 꼭 안겨 잠이 드는 준희의 입가에 어렴풋이 미소가 어렸다.

한 달에 한 번, 석훈은 근석과 함께 양평 별장에 들렀다. 좋은 공기도 맡고 양평 별장이 관리가 잘되고 있는지 두 눈으로 직접 체크도 할 겸.

아침 일찍 도착한 두 사람은 산책로를 슬렁슬렁 걷다가 별장 뒤쪽 입구로 들어섰다. 그러다 우연히 보았다. 별장 뒤 정원에서 서로를 꼭 부둥켜안은 채 잠이 든 두 아이를.

너무 놀라 한참을 그렇게 서 있다가 먼저 입을 연 건 근석이었다.

"이보게, 석훈. 지금 내가 헛것을 보고 있는 건 아니지?"

"저도 지금 헛것이 보이는 것 같습니다, 어르신."

눈빛을 주고받은 두 사람의 입가에 함박웃음이 번졌다.

"어르신, 조만간 증손주 보실 수도 있겠습니다?"

"자네야말로 손주 볼지도 모르겠구먼?"

아침 햇살에 눈이 부셨는지 이준이 살짝 몸을 뒤척였다. 두 사람은 깜짝 놀라 들킬세라 얼른 몸을 낮추고는 무릎걸음으로 푸른 잔디밭을 기어갔다.

"어르신, 무릎 괜찮으십니까?"

석훈이 잔뜩 낮춘 몸만큼 낮은 목소리로 걱정스럽게 묻자 근석이 정색을 했다.

"내 무릎이 문제인가, 지금? 손주가 더 시급하지. 애들 깨기 전에 얼른 우리는 흔적 없이 사라지세!"

차에 오르자마자 근석은 쑤시는 무릎을 어루만졌고, 석훈은 박 실장에게 전화를 걸었다.

"이준이 녀석이 오늘 밤도 여기서 잔다는 거지? 하긴, 피곤할 만도 하지. 그래서 말인데 박 실장, 자네가 실한 장어를 좀 준비해서 양평으로 보내주게. 응? 그거 먹고 힘내야 밤일……
험험, 월요일에 출근해서 사고 수습도 제대로 하고 또 열심히
일할 거 아닌가."

정말 오랜만에 기분 좋은 아침을 맞이한 것 같았다. 눈을
뜨자마자 제 품에 안겨 고이 잠이 든 아내를 본 이준의 입가
에 절로 미소가 어렸다.

진짜 행복해서 나오는 미소를 지은 적이 언제였던가. 최근
에 자주 웃었던 것 같고 그게 모두 백준희 때문이란 걸 자각
하자 아내가 더욱 사랑스럽게 보였다.

가볍게 아침을 먹은 두 사람은 산책로를 가볍게 걸어 첫 만
남을 가졌던 벤치에 도착했다.

잔잔한 호수를 바라보고 있으니 그때의 기억이 새록새록 떠
올랐다.

"오빠 그때 진짜 못됐던 거 알아요? 맘 같아선 확 물어뜯고
싶었는데 너무 잘생겨서 봐준 거에요."

"나도 너 물고 싶은 거 참았어."

"날 왜요?"

"당돌한 꼬맹이가 너무 귀여웠거든. 지금이라도 원 없이 물
어야겠어."

준희의 목덜미에 입술을 묻은 그가 연한 살결을 잘근잘근

물었다.

"아악! 뱀파이어예요? 왜 자꾸 목만 물어요?"

"네 목, 물고 싶게 생겼어."

"그런 게 어디 있어요?"

어딨긴 여기 있지.

우유처럼 뽀얀 피부에 가늘고 긴 목이 유독 예뻤다. 마음 같아선 목덜미뿐만이 아니라 온몸을 잘근잘근 씹고 빨고 하고 싶었지만 가까스로 참는 중이었다. 어제 그렇게 자버린 게 얼마나 후회가 되던지. 그렇다고 아침부터 달려들어 짐승 취급 당할 수도 없고.

지독할 만큼 태연한 척했지만 이준에게는 지금 일분일초가 고비였다. 사랑 고백도 했겠다, 서로의 마음도 통했겠다, 더 이상 망설일 게 없었다. 그래서 더욱더 준희에게 손끝 하나 댈 수가 없었다. 닿는 순간 폭발할 것 같아서.

별장 근처를 둘러보고 돌아오니 어느새 땅거미가 깔리고 뉘엿뉘엿 해가 지고 있었다. 정원에서 저녁을 준비 중이던 나이 지긋한 노부부가 이준을 보곤 알은체를 했다.

"오셨습니까, 도련님?"

"이 시간에 어쩐 일이십니까?"

"박 실장님께서 전화하셔서 신신당부했습니다. 일주일간 힘들게 일하셨고 또 내일부터 쉬지 못하고 일하실 분이니 저녁 준비를 든든히 해드리라고 말입니다. 때마침 실한 장어 파는 곳을 제가 알아서 공수 좀 해왔습니다. 준비 다 되었으니 식사 맛있게 드시고 푹 쉬다 가십시오.”

노부부는 인자한 미소를 마지막으로 별장을 나갔다.

준희는 불판 위에 올려진 장어를 빤히 내려다보았다.

이런 걸 황금 타이밍이라고 하는 걸까.

“오빠 장어 믹을 줄 알아요?”

“먹어본 적 없어.”

“그럼 오늘 먹어봐요.”

“별로 안 먹고 싶은데?”

준희가 찌릿찌릿한 눈빛으로 쳐다보자 이준은 주춤하며 물었다.

“내가 또 뭘 잘못했어?”

그걸 몰라서 묻나요. 시크릿이 진짜라면 실한 이 장어를 열 마리 먹어도 모자랄 판이랍니다.

그리고 양평의 밤하늘에 얼마나 별이 많은 줄 알아요? 그거 다 따려면 하루로도 꼬박 부족하다구요.

“잔말 말고 먹어요. 어른들께서 신경 써서 준비해주신 성의를 무시할 거예요? 오빠 그렇게 예의 없이 자랐어요?”

두 사람은 장 봐 온 음식들을 냉장고에 넣은 후 장어 먹기에 돌입했다. 정확히는 준희가 이준이 장어를 먹을 수 있도록 심혈을 기울였다.

장어 꼬리가 남자한테 그렇게 좋다 이거지?

흑심 가득한 젓가락질이 자꾸만 이준의 입으로 향했다.

식사를 마친 두 사람은 서로 다른 욕실에서 샤워를 했다.

평소처럼 이준보다 빨리 샤워를 하고 나온 준희는 고민에 잠겼다.

생각해보니 어젯밤은 잠들어버렸고, 오늘은 벤치에서 목을 물어뜯은 것 말곤 터치 한 번 하지 않았다.

왜지? 설마, 시크릿이 진짜라서? 그래서 사랑 고백을 해놓고도 수도승처럼 행동하는 걸까. 물론 이준에게 플라토닉한 사랑을 할 수 있다고 했었고 그건 거짓말이 아니었다.

"어찌 되었든 확인은 해야 하잖아?"

이준의 시크릿에 대한 진실을.

준희는 슈트 케이스 앞에 쭈그리고 앉았다.

그가 양평까지 쫓아올 줄 알았다면 세라가 선물해준 속옷을 챙겼을 텐데. 이제 와서 후회해봤자 소용없었다. 챙겨 온 속옷들은 죄다 순백색의 심플한 디자인이었다.

"뭘 고민하는 거지?"

"……으악!"

준희는 벌렁대는 심장을 움켜잡으며 뒤로 발라당 넘어졌다.

젖은 머리칼을 수건으로 털며 다가오는 이준이 다시 덤덤하게 물었다.

"속옷 고민 중이야?"

"무, 무슨! 아니거든요?"

도둑이 제 발 저린다고, 준희는 목청껏 소리 질렀다.

"아님 다행이고."

그가 무릎을 바닥에 대고 준희와 눈을 맞추었다. 응큼한 생각을 하고 있어서인지 그의 눈동자가 짙고 촉촉해 보였다. 아니, 집어삼킬 것처럼 위험하게 가라앉아 있었다.

준희는 본능적으로 몸을 움츠리며 엉덩이걸음을 했다. 하지만 그걸 두고 볼 이준이 아니었다. 그는 성큼 다가와 준희를 번쩍 안아 들었다.

"잠깐만요, 저 아직 옷도 안 입었단 말이에요!"

"그냥 입지 마."

그가 씨익 웃으면서 그녀의 귓가에 입술을 가까이했다.

"어차피 벗을 거."

침대에 조심히 눕히자 준희가 은하수보다 더 반짝이는 눈빛으로 그를 올려다보았다. 이 순진구무한 눈빛에도 몸이 동하는 나는 정녕 변태인 것인가. 아니면 욕구 불만인 것인가.

"싫으면 지금 말해."

변태도 맞고 욕구 불만도 맞다. 그리고…….

"지금 아니면 나 못 멈춰."

미치게 널 사랑하기도 한다.

"네가 울어도, 사정해도."

절대 안 멈춘다. 아니, 멈추지 못한다.

가늘게 뻗은 팔이 그의 목을 휘감아 내렸다. 그의 입술에 준희가 떨리는 입맞춤을 하는 순간, 가까스로 잡고 있던 이성이 사라져버렸다. 그걸 알 리 없는 대담한 아내는 그의 귓가에 아찔한 숨결과 함께 진실을 털어놓았다.

"그날 밤 내가 왜 화났는지 모르겠다고 했죠?"

준희에게 잡힌 손에 닿은 건 수건 매듭이었다.

"날 두고 그냥 자버려서. 그래서 자존심 무지 상했어요."

그 매듭을 풀자 매끄럽고 촉촉한 피부의 감촉이 심장 떨리게 닿았다.

"나도 그날은 날이 아니라고 생각했는데도. 못 하는 건 용서해도 안 하는 건 용서 못 하거든요."

그녀는 발그레한 얼굴로 눈을 맞추며 유혹하듯이 입술을 달싹였다.

"그러니까 오늘 밤에도 그냥 자면 각오해요."

거침없이 집어삼키는 대신 이준은 눈으로 먼저 감상했다. 백옥 같은 아내의 나신을.

"그만 보면 안 돼요? 부끄럽단 말이에요."

"네가 너무 예뻐서 눈을 뗄 수가 없어."

봉긋하게 솟은 가슴과 잘록한 허리와 움푹한 배꼽, 그 아래 미지의 성역까지. 어느 한 곳 예쁘지 않은 곳이 없었다.

"그럼 계속 구경만 할 거예요?"

수줍은 듯 유혹하듯 두 손으로 몸을 가리는 준희의 손을 잡으면서 이준은 입술을 내렸다. 수도 없이 기다렸고 고대했던 그 순간이 다가온 것이다. 이준은 천천히 서두르지 않고 준희를 집어삼키기 시작했다.

어느 곳 하나 예쁘지 않은 곳이 없는 몸 곳곳에 그의 입술이 닿을 때마다 준희의 입에선 신음이 터져 나왔다. 참지 못해 터져나오는 가쁜 숨결이 그를 더욱 광적으로 몰아붙이게 했다.

눈밭처럼 하얗던 나신에 붉은 꽃잎들이 번졌다. 뭔가를 더 요구하듯 준희의 숨결과 손짓이 이준을 재촉했지만 아직 멀었다.

좀 더 기다려야 한다.

아내가 그를 완벽하게 받아들일 수 있도록.

아찔한 키스를 퍼부으면서 두 손을 쉬지 않고 움직이자 작은 몸체가 버둥거렸다. 그 감촉이 또 그를 미치게 했다. 목선부터 타고 내려온 입술은 배꼽을 지났다.

날씬한 두 다리를 잡은 채 입술을 내리는 순간 준희의 입에서 비명이 터져 나왔다. 어떻게든 벗어나려고 발버둥을 쳤지만 그럴수록 이준은 더욱더 입술과 혀를 섬세하게 움직였다. 그래도 갈증은 더욱더 깊어져만 갔다.

너른 어깨를 밀어내던 가는 팔이 어느 순간 그의 검은 머리칼을 움켜잡았다. 뜨거운 숨을 토해내며 새하얀 나신이 파르르 떨리며 추욱 늘어지자 이준은 그제야 입술을 뗐다. 아내의 몸이 그를 받아들일 준비가 되었다는 신호였다.

손등으로 스윽, 입술을 훔친 후 이준은 아내의 입술을 머금었다. 가쁜 호흡을 내쉬면서도 마중 나온 앙증맞은 혀를 빨아들이며 아내의 다리 사이에 자리를 잡았다. 짙은 키스를 끝낸 후 고개를 드니 혼탁하게 흐려진 눈빛과 마주쳤다.

"멈출까."

준희는 구름 위에 파묻힌 기분이었다. 나른하고 기분 좋고 졸리고. 그런데도 아직 부족하다고, 더한 걸 요구하고 있었다. 빤히 응시해오는 검은 눈동자에서 시선을 떼지 않은 채 준희는 속삭였다.

"멈추지 마요, 제발."

누가 아프다고 했어. 아프긴커녕 너무 좋았다. 정신을 놓아버릴 만큼.

"너무 좋아서 죽을 것 같아요."

그의 행위가 불러일으킨 쾌감보다 준희의 가슴을 가득 채우는 건 감동이었다. 사랑하는 남자와 나누는 친밀함과 은밀함, 몸과 마음이 어우러진 이 교감이 너무 좋았다. 준희가 느낀 만큼 그도 그걸 느꼈으면 했다.

"그러니까 멈추지 마요."

아찔한 이 감각을, 충만한 이 감정을.

단단한 가슴팍이 봉긋한 가슴을 짓눌렀다. 그의 아름다운 손가락이 준희의 손을 깍지 껴 위로 들어 올렸다.

"아프면 말해. 멈춰볼게."

그의 눈동자를 꼭 닮은 새까만 밤하늘이 이준과 함께 준희에게 다가서고 있었다.

"미안해."

맞닿은 입술 사이로 달콤한 마법 주문이 애틋하게 스며들어 또다시 시야가 흐려지려는 그때……

"그리고 사랑해."

아름다운 밤하늘이 쩍하고 갈라졌다.

"……!"

그리고 준희의 몸도 반으로 쩍 갈라지는 것 같은 고통에 휩

싸였다. 너무 놀라 두 손으로 그를 밀어내도 소용이 없었다.

멈춘다면서요. 왜 안 멈추는데요. 아파 죽겠다구요.

눈꼬리 끝에 눈물이 차올랐다. 그러나 아무리 발버둥을 쳐 보아도 거대한 몸에 짓눌린 몸은 제자리일 뿐.

물기에 흐릿해진 눈을 들자 이준이 보였다. 지그시 감긴 섬세한 눈꺼풀과 곧은 눈매가 무아지경이었다. 목덜미로 한껏 흥분한 그의 숨결이 쏟아졌다. 처음 보는 그의 황홀한 표정이 그렇게 섹시할 수가 없었다.

그는 지금 밤하늘이 아니라 아내에게 취해 있었다.

준희는 그런 이준을 눈에 담으며 어깨를 밀어내던 손으로 그의 등을 꼭 감싸안았다.

"준희야."

달뜬 음성이 입술과 귓가로 예고도 없이 계속 흘러들었다.

"백준희."

촘촘하게 흐르던 은하수의 별들이 여린 가슴으로 쏟아졌다. 휑하니 텅 비어 있던 가슴에 반짝반짝 별들이 넘치도록 가득 찼다. 이제 더 이상 혼자도 아니었고 외롭지도 않았다.

강인한 팔뚝에 힘줄이 곤두서고 단단한 가슴에 촉촉이 땀이 배였다.

그가 거칠게 준희를 몰아붙일수록 아픔은 사라지고 묘한 감각들이 배꼽에서부터 아지랑이처럼 피어올랐다. 그 아지랑이가 전신 곳곳에서 폭죽처럼 터지는 순간, 준희의 몸이 파르르 떨렸다. 단연코 이런 기분은 처음이었다. 감당하지 못할 쾌감에 떨리는 그 몸을 이준이 강하게 품으로 끌어안으며 고지를 향해 달려갔다. 마지막으로 짧고 강하게 움직인 이준은 그대로 준희의 몸 위로 무너져 내렸다.

"사랑한다, 백준희."

섹스 후 귓가에 토해내는 진심 어린 사랑 고백에 준희의 마음이 충만해졌다.

……나도 사랑해요.

하지만 준희는 고백 대신 질문을 했다.

"강이준 씨는 왜 나를 사랑해요?"

그가 옅게 웃었다. 심장이 녹아내릴 정도로 달콤하게.

"백준희, 너라서."

웃음을 머금은 그의 입술이 파르르 떨리는 준희의 눈꺼풀 위로 내려앉았다.

"너니까 흔들린 거야."

그리고 코끝.

"너였기에 용기 낸 거고."

다시 입술로 안착했다.

지금껏 농밀했던 키스와는 다른, 가볍지만 경건함이 느껴지는 입맞춤.

너라서, 너니까, 너였기에.

오직 준희에게만 허락되고, 준희만 들을 수 있는 그의 달콤한 고백.

감동의 물결이 그녀의 여린 가슴을 범람하게 만들었다.

"우리 남편 진짜 건강했네요?"

"내가 몇 번을 말했어. 시크릿 진짜 아니라고."

진실을 넘어서 그는 침대에서도 끝내주는 남자였다. 물론 이 테크닉을 쌓기 위해 다른 여자와 침대에서 이걸 했다고 생각하면 화가 나지만, 최후의 승자는 바로 나니까. 강이준이란 남자를 차지한 건 나니까.

"플라토닉 사랑만 할 수 있다는 거 취소할래요."

이렇게 좋은 걸 모르고 평생을 살려고 했다니. 그것도 이렇게 건강한 남자에게 문제가 있다고 했다니. 그걸 증명이라도 하듯이 배꼽 밑에 단단한 무언가가 자꾸만 와닿았다.

조심히 몸을 일으킨 준희는 그의 몸 위로 올라가 몸을 포개었다.

"나 혼자서 보기엔 밤하늘이 너무 예뻐요."

그가 했던 그대로 돌려주고 싶었다.

"하늘 봐봐요. 반짝거리는 은하수, 정말 예쁘죠?"

수줍은 입술과 어설픈 손짓일지라도.

입술을 내리며 부드럽게 움직이자 신음을 토해내며 이준의 눈이 몽롱하게 풀렸다.

아픔은 사라진 후라 움직임이 불편하진 않았다.

"백준희, 너 진짜……."

어설픈 움직임을 도우려는 듯 커다란 손이 가는 허리를 감싸 행위를 도와주었다.

"진짜 미치겠다, 너 때문에."

순식간에 위아래가 바뀌었다. 자세를 바로잡은 이준이 리드미컬하게 움직이자 준희의 허리도 저절로 들썩여졌다.

"하늘이…… 너무 예뻐요."

그의 어깨 위로 펼쳐진 밤하늘도, 물결 같은 은하수도.

"지금은 나만 봐줘."

또다시 퍼지기 시작하는 쾌감의 아지랑이들. 산산조각이 난 호흡들이 입술 사이로 격하게 흩어져 나왔다. 그런데도 준희는 흐릿한 시야를 들어 사랑하는 님을 한껏 마음에 담았다.

당신은 알까요. 내게 쏟아지는 밤하늘과 은하수보다 당신이 더 소중하고 아름다운 존재라는 걸.

요동치는 그의 어깨 너머로 보이는 밤하늘은, 눈물이 날 만큼 아름다웠다.

이준이 상상하는 아침은 이러했다. 잠에 취한 아내의 얼굴을 사랑스럽게 바라보고 있는 자신을. 하지만 지금 그를 빤히 바라보는 준희의 눈동자는 너무 맑고 또렷했다.

"……안 피곤해?"

"하나도 안 피곤해요. 그리고 그건 내가 물어야 할 말 같은데요?"

"안 피곤해. 피곤하긴커녕 컨디션 최상이야."

"일주일 넘게 쉬지도 못했잖아요. 그리고 새벽 도로를 달려서 양평까지 달려와서 힘까지 썼잖아요."

"얼마나 멀쩡한지 다시 보여줘?"

으르렁거리는 눈빛을 장착한 이준은 준희를 품에 확 끌어안아 제 몸 밑에 가두었다.

"믿어줄 테니까 진정 좀 하세요."

그러자 준희가 그의 품을 파고들며 키득키득 웃었다.

"사실은 시크릿이 진짜가 아니라는 걸 확인해서 너무 기뻐요."

"아니라고 몇 번을 말했잖아."

그것도 몇 번을, 진지하게.

"믿을 수가 있어야죠. 그리고 진짜든 아니든 그땐 나랑 상관없는 일이었구요."

"지금은 상관있고?"

"당연하죠! 그것도 엄청 중요하죠!"

솔직한 아내의 대답에 이준은 웃음을 터뜨렸다.

왜 이렇게 사랑스럽냐, 진짜.

준희는 절대 모를 것이다. 이렇게 품에 꼭 안고 있어도 꽉 채워지지 않는 이 가슴을.

불안하고 두려웠다.

미치도록 소중한, 사랑하는 존재가 생겼다는 게.

그의 심장을 쥐고 흔들 존재가 생겼다는 게.

"네가 내 심장이야."

유일무이한 그의 약점.

"심장이 없으면 사람은 죽어."

이제 너 없으면 난 죽을 것 같아.

"그러니까 나 책임져라, 백준희."

쪽―.

준희가 그의 목덜미에 입을 맞추고는 그의 품에서 벗어났다.

"몰랐어요? 양평에서 처음 본 날부터 내가 찜하고 책임지고 있었는데."

그녀는 이준에게 눈을 맞추곤 배시시 웃었다.

"둔한 남편님, 우린 이렇게 될 운명이었다구요."

양평 별장에서의 첫 만남과 계약서, 10년 후의 맞선과 결혼, 그리고 3년 만의 재회.

너무 복잡하게 돌고 돌았지만 결국 찾은 천생연분.

"이런저런 산전수전 다 겪었으니 깨달았을 거 아니에요. 나 아니면 오빠 감당할 여자 없다는 거."

너무 쉽게 깨달았으면 너무 쉽게 놓쳐버렸을지도 모르는 소중한 존재.

그런데도 차분하게 그를 기다려주고 채찍과 당근을 적절하게 주어가며 사랑을 선사한 건 준희였다.

너 아니었으면 절대 불가능했을 일.

"그 시크릿도 사실은 진짜일지도. 근데 나라서 가능한 건지도 모르잖아요?"

준희의 말은 사실이었다. 그의 시크릿은 진실 아닌 진실이었다. 어떤 여자를 보아도 마음뿐만 아니라 몸도 동하지 않았으니까.

인정할 수밖에 없었다.

이 모든 게 백준희라서 가능했다는 걸.

앞으로도 쭉, 그녀만이 가능한 일이라는 걸.

그걸 깨닫는 데 니무 오래 걸렸다.

이준은 한없이 여린 실루엣을 말없이 껴안았다.

"고맙다. 먼저 날 사랑해줘서."

오랫동안 가슴을 꽉 채우고 있는 검은 먹구름이 걷힌 그의 하늘은 유독 푸르고 맑았다.

"늦은 만큼 내가 더 많이 사랑해줄게."

그때 침대에서 준희가 일어났다. 사르륵, 하얀 시트가 아슬하게 가리고 있던 실루엣이 시야를 강렬하고 나른하게 흔들었다.

"찜찜해요. 씻을래요."

이준의 미간이 좁혀졌다. 원래 남자는 아침에 더 혈기왕성한데. 그걸 어떻게 말해줘야 하나. 새벽 내내 몰아붙였는데 아침부터 또 달려들면……

태초의 이브처럼, 당당하고 곧은 자태로 걸어가던 준희가 돌아섰다.

"정말 컨디션 괜찮으면."

살랑살랑 새하얀 꼬리를 흔드는 구미호의 유혹에.

"같이 씻을래요?"

이준은 황소처럼 그녀에게 달려들었다.

그렇게 한바탕 뜨겁고 황홀한 샤워를 마친 후, 두 사람은 침대에서 드디어 잠이 들었다. 하지만 준희는 도저히 잠들 수가 없어서 잠이 든 남편의 얼굴을 보고 또 보았다. 이준의 동창회에 온 그녀들이 물었던 말이 문득 떠올랐다.

—침대에서의 강이준은 어때?

말이 필요 없었다. 그냥 엄지 척.

저 근사한 몸체 안엔 매너 있는 신사와 거칠고 포악한 짐승이 동시에 존재하고 있었다.

부드러운 입술과 감각적인 손, 탄탄한 몸이 선사하는 감각은 그야말로 신세계였다.

그에게 얼마나 대담하고 솔직하게 반응하고 움직였는지 기억이 났지만 부끄럽진 않았다.

숨소리조차 들리지 않는 이준의 잠든 얼굴은 앳되어 보였고 고요해 보였다.

조심히 상체를 일으키자 이불 시트가 사르륵 흘러내렸다. 긴 밤 내내 사랑을 잔뜩 받은 뽀얀 피부가 새벽빛을 머금고 반짝반짝 빛이 나는 것 같았다.

눈앞에서 휘이휘이 손을 저어봐도 반응이 없자 준희는 그의 귀에 나직하게 속삭였다. 차마 닭살스러워서 부르지 못했던 애칭으로.

"자기야, 사랑해요."

제 입으로 말해놓고는 소리를 죽인 준희는 몸을 부르르 떨었다.

만리장성 쌓은 건 쌓은 거고, 닭살 돋는 건 돋는 거였다. 몸으로 하는 건 자신 있었지만, 입술로 발음하는 건 도무지 적응이 되질 않았다.

"역시 안 되겠어. 그냥 오빠라고 하자."

그때였다.

"……왜. 난 듣기 좋은데."

잠이 덜 깬 듯, 그의 목소리는 나른하고 몽롱했다. 깜짝 놀라 아래를 보자 목소리처럼 나른한 이준의 검은 눈동자가 그녀를 빤히 보고 있었다.

"깼어요?"

"공기가 차가워."

그가 손을 뻗어 준희를 다시 품에 안았다.

"감기 들면 어쩌려고."

"이 정도로 감기 안 걸려요. 내가 얼마나 건강한데요."

"그래도 안 돼."

잠에 취한 와중에도 그의 목소리는 단호했다.

"나 이런 과잉보호 안 좋아하는데."

그런 보호는 받아본 적도 없고요. 그런데 머리 바로 위에서 그의 나직한 음성이 귓가로 흘러들었다.

"과잉보호가 아니야."

"그럼요?"

"사랑이야."

"……."

"널 향한 내 사랑. 아내가 걱정되는 남편 사랑."

그는 덤덤히 대답했지만 준희의 가슴은 시큰시큰 아려왔다.

한마디 한마디가 오랫동안 텅 비어 있던 가슴을 가득 채워주었다. 그리고 오랫동안 외롭게 홀로 버려져 있던 영혼까지 어루만져주었다.

나 이렇게 행복해도 되는 걸까.

항상 직진 인생을 살던 준희가 덜컥 겁이 날 만큼.

그래서 더 바라지 않은 걸지도 모른다.

감당하지 못할까 봐.

"그러니까 아프지도 말고 다치지도 마."

절대 듣지 못할 줄 알았던 마법 주문, 사랑해.

그는 밤이 지나가는 내내 쉼 없이 귓가에 속삭여주었다.

"대답."

그의 가슴에 얼굴을 묻은 준희는 아랫입술을 꾹, 깨물었다. 이렇게 행복한데 왜 눈물이 나려고 하지?

밤이 아닌 새벽에도 감성은 폭발하나 보다.

"오빠만 아니면 아플 일 없거든요?"

웃자고 한 말에 그의 표정이 갑자기 심각해졌다.

그런 의미로 한 말이 아닌데. 그답지 않게 미안해하는 눈빛이 왠지 싫었다.

"진짜 아픈 게 뭔지 알고 걱정하는 거예요?"

그의 침묵에 준희는 제 가슴을 팡팡 쳤다.

"몸보다 더 힘든 고통이 바로 마음의 고통이에요."

"……."

"몸 아픈 건 어렸을 때부터 단련도 되었고 약으로도 치료할 수 있지만 마음이 아픈 건 약도 없거든요."

서로에 대한 진실을 고백한 만큼 솔직한 마음을 드러냈다.

"그래서 누군가를 믿고 누군가에게 의지하는 것도, 그리고 사랑 같은 것도 안 하려고 했는데."

그만큼이나 당신을 사랑한다고.

그만큼이나 당신을 믿고 의지한다고.

"근데 이젠 오빠가 내 유일한 약점이에요."

준희는 그의 품에 더욱더 파고들었다. 그리고 한숨을 동반한 속삭임을 토해냈다.

"날 죽도록 아프게 할 수도 있고 흔들 수도 있고 무너지게 할 수도 있는."

입술에서 흘러나온 보드라운 숨결이 그의 맨가슴을 간질이는 걸 알면서도.

"그러니까 변하지 말고 항상 날 사랑해줘요."

협박을 동반한 유혹이었다.

머리칼을 간질이던 차분한 그의 숨결이 살짝 흐트러져 있는 게 느껴졌다. 뺨을 통해 스며드는 그의 심장 박동 소리도 거칠게 요동치고 있었다.

"오뉴월에 왜 서리가 내리는지 알고 싶지 않으면."

순식간에 변한 그의 신체 반응이 뭘 의미하는지 알기에 준희의 심장도 덩달아 뛰기 시작했다.

콩닥콩닥, 쿵쾅쿵쾅.

탄탄한 가슴에서부터 시작한 여린 손가락이 대담하게 내려가며 은밀해지자 그의 호흡이 순식간에 흐트러졌다. 그런데도 억눌린 그의 음성은 또 한 번 배려와 매너를 토해냈다.

"……괜찮겠어?"

이 남편님 보시게. 먼저 신호를 보낸 게 누군데.

"나 오빠보다 10살 어려요."

"여기서 나이가 왜 나와."

불만이라는 것처럼 그가 툴툴거렸다.

"10살 연상 남편도 상대 못 할 만큼 저질 체력 아니라는 말이에요."

"너 출근해야 하니까. 걱정되어서."

걱정된다는 말과 달리 보드라운 피부를 지분거리는 그의 손은 슬슬 시동이 걸리고 있었다. 그래도 아직 고삐가 제대로 풀리려면 약간의 자극이 필요한 시점.

이놈의 고삐는 자동을 몰라. 꼭 수동으로 일일이 작동을 시켜줘야 했다.

"나 진짜 음기가 센가 봐요. 이래서 귀신도 날 못 이기나?"

무슨 소리냐는 듯 짙어진 그의 눈동자가 준희의 얼굴에 닿았다.

"쿨쿨 잘 자는 누구와 달리 나는 더 생생해졌거든요."

그의 귓가로 입술을 가까이 가져가 속삭였다.

"아직도 음기 충만하단 뜻이에요."

그녀는 부드럽고 촉촉한 숨결을 그의 입술 사이로 흘려 넣으며, 수동 작동의 버튼을 확 눌렀다.

"그러니까 만물이 살아 움직이는 활발한 기운. 그 양기란 것 좀 다시 줘…… 꺄악!"

어홍―.

순식간에 준희를 제 몸 밑에 깔아버린 이준이 시트를 펄럭이며 와락 덤벼들었다.

"잠자는 사자의 코털을 건드렸으니 책임져야지."

준희의 목덜미에 입술을 문 이준이 이로 잘근잘근 깨물었다. 맛있는 음식이라도 먹듯이.

약간의 아픔이 동반된 감각은 찌릿찌릿하면서도 좋았다. 준희의 입에서 까르르, 웃음이 터져 나왔다.

"자, 잠깐만, 알람을 좀……."

그 와중에도 시트 사이로 뻗어 나온 하얀 손이 휴대 전화의 알람을 맞추고 있었다.

"지각은, 흐응…… 안 돼요."

은하수가 쏟아질 것처럼 가로지르는 아름다운 밤은 끝나고, 찬란한 미래가 시작되고 있었다.

Chapter 19

너 하나만으로 벅차

양평에서 행복한 시간을 보낸 대가는 잔인했다. 하루를 온전하게 쉰 대가로 엄청난 일들이 이준을 기다리고 있었다.

어제 준희와 함께했던 하루는 천국이었는데.

정신없이 회의에, 일에 쫓기다 시간을 확인하니 어느덧 준희의 퇴근 시간이었다.

[오빠아!]

꽉 막힌 그의 숨통을 단번에 뚫어버릴 만큼, 전화를 받는 준희의 목소리는 영롱하고 맑았다.

"출근 잘했어? 아무 일 없었고?"

[당연히 아무 일 없었죠.]

"퇴근하는 중이야?"

목소리를 듣는 것만으로도 엔도르핀이 전신에 돌 정도였다.

[지금 퇴근 준비 중이에요. 오늘 집 못 들어오죠?]

"들어가도 새벽이나 될 것 같아."

[근데 왜 이렇게 목소리에 힘이 없어요?]

백준희 널 못 보는데 힘이 날 리가 있나.

[너무 바쁘다고 밥도 못 먹고 일한 거예요? 점심은, 아니 저녁은 먹었어요?]

앙칼진 목소리에 가득 묻어나는 걱정에 이준의 입꼬리가 슬그머니 상승했다.

불쌍한 척 조금 하면, 그럼 어쩌면 아내표 도시락과 함께 아내가 배달을 올지도. 아니, 도시락은 상관없었다.

그에게 중요한 건 백준희가 온다는 것.

"안 먹었으면, 네가 사다주려고?"

[마음은 그러고 싶지만 어쩌죠? 저 약속 있어서요.]

"무슨 약속?"

[태성이 전역해서 세라랑 같이 만나기로 했어요. 제가 술 한 번 거하게 사기로 했거든요.]

"어디서 뭘 하는지 꼬박꼬박 문자 해. 알았지?"

[걱정 마세요. 오빠도 꼭 저녁 챙겨 먹구요.]

그는 절대 속 좁은 남자가 아니었다. 그런데 그녀를 사랑하는 순간부터 우주처럼 드넓던 속이 밴댕이처럼 좁아져버렸다.

"바빠서 못 먹을지도 몰라."

[신경 쓰이게 그런 말을 왜 해요.]

"걱정되면 나한테 달려오든지."

10살이나 어린 아내한테 앙탈이나 부리고 있으니 말이다.

[그럼 약속 취소하고 도시락 사서 오빠한테 갈까요?]

그의 아내는 속 좁은 그의 앙탈을 고스란히 받아주고 있었다. 어쩔 수 없었다. 속이 좁아도 넓은 척, 쿨하지 못해도 쿨한 남편이 되어주는 수밖에.

"됐어. 이왕 만난 거 재밌게 놀고. 결제는 내가 준 카드로 해, 알았지?"

[예써!]

준희와 통화를 마친 이준은 다시 일에 집중하려고 했지만 미치게 신경 쓰였다. 또 그 녀석이라니. 아주 신경에 거슬리는 녀석 같으니라고.

백준희가 그를 남자로 의식하지 않는 만큼, 스스럼없이 그와 웃고 터치할 게 눈앞에 훤했다. 하지만 그것도 잠시뿐, 이준은 눈에서 레이저를 발사하며 무시무시한 속도로 일을 소화하고 있었다. 꼬박꼬박 준희에게서 오는 메시지를 보며 픽픽 웃다가도 다시 일에 파묻혔다.

첫 번째 문자가 온 건 어두워진 하늘에서 주륵주륵 비를 쏟기 시작할 때였다.

> 삼총사 만났어요.
> 비도 오니까 삼겹살에 소주 한 잔으로 시작하려구요.

그래, 거기까지는 좋았다.

다음 메시지는 그가 임원 회의에 참석 중일 때 왔다.

> 어후, 얘네들 완전 먹보 돼지예요.

7인분 먹은 거 있죠! 2차는 노래방 왔어요.

오빠, 소맥 먹어 봤어요?
저 소맥은 처음 먹어보는데 완전 부드러워요.

주당께서 소맥은 왜 안 먹어보셨나.

그러다 문득 치밀어 오른 불안감.

잠깐, 소주에 맥주? 섞어 마시면 취하는데. ……괜찮겠지?

"……전무님?"

고개를 드니 임원들의 눈이 일제히 그에게 쏠려 있었다.

"아, 계속 하십시오."

이준은 피어오르는 걱정을 꾸역꾸역 집어넣으며 다시 회의
에 집중했다. 그리고 다음 메시지는 두 시간이 지나서 왔다.

남편님 보고 싶다……

평상시였다면 '나도 보고 싶어.'라고 답장을 보냈을 것이다.
그런데 술을 섞어 마시고 이 메시지를 보냈을 준희의 상태가
걱정이 되었다. 마침표는 왜 그렇게 많이 찍어서 사람 더 신경
쓰이게.

12시 넘으면 외박이야. 그 전에 집에 꼭 들어가.
택시 타지 말고 미리 전화하면 김 기사 보내줄 테니까.

그런데 준희에게서 바로 답장이 오지 않았다. 10분이 지나고 20분이 지나자 그는 점점 초조해졌다.

"취했어. 취한 게 분명해."

그렇지 않고서야 준희가 답장을 안 할 리가 없었다.

그때, 노크 소리와 함께 집무실의 문이 열리고 박 실장이 들어왔다.

"전무님, 영상 회의 준비 다 되었습니다."

박 실장이 나간 후 준희에게 전화를 걸어보았지만 긴 신호음만이 들릴 뿐이었다.

"받아라, 제발."

끊으려던 그때, 드디어 누군가 전화를 받았다.

[백준희 휴대 전화입니다.]

준희가 아니라 애송이의 목소리였다.

"……준희 어디 있어."

나직한 웃음소리를 흘린 애송이가 태연하게 계속 말을 이어나갔다.

[제가 왜 말해줘야 합니까?]

용기가 가상하게도 애송이가 그에게 도전장을 던진 것이다.

[준희의 동네 바보 오빠 씨.]

"애송이."

그 순간 드르륵 울리는 결제 문자를 보는 이준의 입술 사이로 살벌한 음성이 새어 나왔다.

"너 거기 꼼짝 말고 있어라."

그날 오전 회의가 끝난 후 준희는 김 팀장과 일대일로 면담을 했다.

김 팀장은 그녀의 수상 여부에 대해서만 알 뿐, 준희의 신상에 대해서는 알지 못했다.

"백 대리가 결혼했을 줄은 몰랐어."

준희는 이해가 되지 않았다. 그게 일대일 면담을 할 만큼 중요한 사안인가.

"지금부터 내가 하는 말 오해하지 말고 들어. 응?"

"……"

"결혼이 나쁘다는 게 아니야. 축하해줄 일이지. 다만……."

하지만 진지한 김 팀장의 표정은 전혀 축하해주는 표정이 아니었다.

"기대주인 백 대리가 생각보다 빨리 자녀 계획을 세워서 일을 그만두게 될까 봐 걱정하는 것뿐이지."

"……"

"그만큼 백 대리한테 거는 기대감도 크고 아끼니까 하는 말이야. 난 정말 백 대리랑 오래 일하고 싶어. 그건 팀원들도 마찬가지이고. 무슨 뜻인지 알지?"

잠자코 듣고 있던 준희는 차분하게 입을 열었다.

"하실 말씀 끝나셨으면 이젠 제가 발언해도 괜찮을까요?"

"말해봐."

"먼저 제가 왜 이런 말씀을 팀장님한테 드려야 하는지 모르겠지만 아직 2세 계획은 안 세웠습니다. 그리고 방금 저한테 하신 말씀 모두, 다른 팀원들에게도 하실 거라고 믿겠습니다."

"다른…… 팀원들?"

"아이는 여자 혼자 키우는 게 아닙니다. 부부가 똑같이 책임지고 키우는 거예요. 임신하면 여잔 그만두는 게 당연한 거고 남자는 아니라고 생각하는 건 부당한 거 아닌가요?"

이준과 단 한 번도 의논해본 적 없던 자녀 계획. 그게 타인의 입에서 거론되고 주제 삼아 이야기한다는 것 자체가 준희는 기분이 나빴다.

"제가 만약 임신을 하면 저한테 그만두라고 하실 건가요?"

"아니, 뭐 그럴 것까지야. 근데 백 대리, 너무 극단적으로 묻는 거 아니야?"

"돌려서 하셨을 뿐, 극단적인 말씀은 팀장님이 저한테 하셨잖아요. 일에 차질이 생길 수 있으니 임신은 조심하라는, 아닌가요?"

날카로운 준희의 지적에 김 팀장이 머리를 긁적였다.

"임신이 일에 100% 차질을 주지 않는다는 보장은 저도 못해요. 하지만 최대한 차질을 주지 않도록 노력할 거예요. 그 정도 책임감은 있습니다, 저."

"……."

"명신에서 오래 일하고 싶고 개인적인 바람으로는 정년퇴직까지 꿈꾸고 있습니다."

"……."

"임신을 하게 된다면 육아휴직부터 출산에 관련된 복지는 다 끌어다 쓸 거예요. 복지는 쓰라고 있는 거니까. 훗날 팀장님도 아기가 태어나면 육아휴직 쓰실 거잖아요, 그렇죠?"

준희가 생긋 웃으며 부드럽게 말하자, 김 팀장은 얼떨결에 고개를 끄덕여 수긍했다.

"팀장님, 임신 기간이 얼마나 되는지 아세요?"

"글쎄?"

"10개월이에요. 대부분 임신 여부는 1개월만 지나도 알 수 있구요."

물론 준희도 임신에 대해서 잘 알지 못했지만 김 팀장보다는 잘 알고 있었다.

"임신을 해도 걱정하지 마라. 너의 공백을 대비할 준비 기간은 충분하다. 시간과 장소에 구애받지 않고 일할 수 있도록 배려할 것이고 팀원들도 그런 널 이해할 거다. 이해를 못 한다면 내가 이해하도록 잘 설득하겠다. 그러니 넌 아무 걱정하지 말고 능력 발휘만 잘하면 된다."

말을 잇던 준희는 김 팀장을 빤히 응시했다.

"팀장님께서 그렇게 말씀하실 줄 알았어요. 물론 절 아끼고 저한테 거는 기대감이 크다는 말이 진심이라면요."

"……!"

"능력 있는 아내분을 만날 거라는 김 팀장님의 미래 사모님께서 회사에서 저랑 똑같은 말을 들었다고 생각하시면 이해되실까요?"

그제야 김 팀장은 한 대 제대로 얻어맞은 표정이었다. 그는 이내 웃음을 터뜨렸다.

"우리 백 대리한테 내가 또 한 수 배웠어."

붉어진 얼굴로 험험 헛기침을 한 김 팀장이 조심히 말을 이었다.

"공감 못 했는데 미래의 내 아내가 그런 이야기를 들었다고 생각하라는 말에 확 깨달았거든. 내가 생각이 짧았어. 인정할게."

다행스럽게도 그는 꽉 막힌 상사는 아니었다.

"방금 내가 했던 말들 다 잊어줘. 팀장으로서 뭐든 이해하고 도와줄 테니까. 그게 상사의 역할 아니겠어? 그 대신 명신에서 나랑 오래오래 일해야 한다, 백 대리. 알았지?"

"이해해주셔서 감사합니다."

대화를 끝낸 후 회의실에서 나온 준희는 얼른 휴대 전화로 생리 주기 어플을 열어서 확인을 했다.

"위험한 날은 아니었네."

아기라니, 단 한 번도 생각해본 적이 없었다. 아니, 아직은 두려웠다. 작은 생명체를 책임져야 한다는 게. 이준과 마음이 통한 게 겨우 하루가 지났을 뿐인데.

"혹시 모르니 조심해야겠어."

퇴근 후 친구들을 만났을 때도 준희는 마냥 웃을 수가 없었다. 대화는 잘 마무리되었지만 그래도 마음 한구석이 불편했다. 밥도 못 먹고 일한다는 이준도 마음에 걸리고. 하필이면 비는 또 왜 온단 말인가. 사람 기분 더 울적해지게.

그 기분이 풀어진 건 가라오케에 도착해서였다.

"소주와 맥주의 조합이 이렇게 부드러울 줄은 몰랐어."

"넌 믹솔로지스트가 어떻게 소맥을 한 번도 안 먹어봤어? 회식도 안 했니?"

준희는 처음 맛보는 소맥이라는 신세계에 빠져버렸다.

"회사 들어간 지 한 달도 안 되었거든? 그리고 이런 단순한 조합은 내가 먹어볼 리가 없잖아. 근데 진짜 최고다!"

"섞어 마시는 술의 최고 기본이 소맥이란 걸 몰라? 야, 그렇게 소주를 많이 섞으면 맛이 흐려져! 이것도 칵테일처럼 절대 비율이 있다니까?"

술에 있어선 항상 준희에게 가르침을 받던 세라는 신이 나서 소맥에 대한 지식을 자랑하느라 정신이 없었다.

태성은 이미 투명 인간이 된 지 오래였다. 세라와 준희가 마신 소주와 맥주병들이 소파 밑에 가지런히 줄을 서고 있었다. 무슨 술을 저렇게 잘 마시는지.

"그만 좀 마셔. 너희 그러다 취한……!"

둘 다 취해버리면 감당하기 힘든데. 보다 못해 말리려고 다가선 태성은 아무 말도 하지 않고 가만히 있었다. 두 친구의 대화에 귀가 절로 솔깃해진 것이었다.

"우리 오빠 보고 싶다."

"바보 동네 오빠?"

바보 동네 오빠라. 그때 그 남자를 말하는 게 분명한데, 도대체 정체가 뭘까. 그리고 둘은 무슨 관계일까.

"바보 동네 오빠 아니야, 이제."

"뭐야, 둘이 무슨 일 있었어?"

사실 태성은 준희가 고깃집에서 보여준 카드를 보고 놀랐었다. 카드사에서 1%의 VIP 고객들에게만 지급하는 블랙 카드는 그의 아버지도 아닌 할아버지만 가지고 있는 거였기 때문이었다.

"동네 바보 오빠가 변했어요. 이제 백준희 하면 껌뻑 죽는답니다?"

"대박. 연애도 안 하고 독수공방하며 기다린 보람이 있네?"

준희가 3년 동안 연애 한 번 안 하고 기다린 이유가 그 남자 때문이라니.

"그럼! 이제 나 없으면 못 살걸?"

"에이, 설마. 그 정돈 아니겠지. 네가 바짓가랑이 잡고 매달려서 마지못해 봐준 건 아니고?"

사실 태성도 세라처럼 준희의 말을 믿기가 어려웠다. 블랙 카드를 주긴 했지만 그건 사랑의 증표가 될 수 없었다.

"아니거든? 이제 오빠도 나 못지 않게 좋아하거든?"

"그럼 한번 불러봐. 비 온다는 핑계로."

그 순간 준희가 비 맞은 강아지처럼 추욱 늘어졌다. 그러곤 또렷한 눈동자에 눈물이 그렁그렁 맺혔다.

주룩주룩 내리는 밤비와 소맥은 천하의 백준희도 감성적으

ㄹ 만들었다.

"이틀 동안 밤새워서 일해야 할 만큼 우리 오빠 바빠. 그래서 보고 싶은데도 전화도 못 하고 참는 거야."

그럼 그렇지. 태성은 무릎을 탁, 쳤다.

재벌가 도련님이 밤새워서 일을 하는 건 사막에서 바늘 찾기보다 더 어려운 일이었다. 보나마나 어느 클럽에 가서 놀고 있거나 아니면 망나니들이 벌인 파티에 참석했겠지. 불 보듯 뻔했다.

독하고 강단 있는 겉모습과 달리 준희는 의외로 순정파였다. 태성은 마음도 주지 않을 거면서 설탕 발린 몇 마디와 신용 카드로 준희를 휘두르는 그 남자에게 화가 났다.

"세라야, 나 속이 안 좋아."

"소맥이 좀 뒤끝이 있어. 야야, 여기서 그러지 말고 일어나! 화장실 가자!"

룸에 혼자 남은 태성의 눈이 테이블 위로 향했다. 때마침 준희의 휴대 전화가 울리고 있었다.

발신인을 확인한 태성은 피식, 웃어버렸다. 그렇게 잘나면 뭐하나. 양반은 못 되는데.

동네 바보 오빠

태성은 결심했다. 준희가 끝내지 못한다면 내가 끝내게 해주리라.

누군가 그랬다. 여자는 자신이 사랑하는 남자보다 자신을 사랑해주는 남자를 만나야 행복하다고.

그리고 태성은 준희를 행복하게 해줄 자신이 있었다.

"백준희 휴대 전화입니다."

준희가 끝내지 못한다면 내가 끝내줘야 한다. 태성은 사명감에 불타올랐다.

40분 후, 준희의 동네 바보 오빠가 나타났다.

다시 한 번 느끼는 거지만 같은 남자가 봐도 비주얼과 피지컬이 끝내줬다. 이러니 천하의 백준희가 정신을 못 차리지.

"이틀을 밤새우실 만큼 무척 바쁘신 분이 먼 곳까지 오셨네요."

태성의 비아냥에도 남자는 태연했다. 먼저 손을 내밀며 통성명을 하자 처음부터 지고 들어가는 기분이었다.

"강이준이라고 한다."

"한태성이라고 합니다."

태성이 손을 잡는 순간 두 남자의 1차 신경전이 발발했다.

"반갑다, 애송이."

애송이? 이 남자가 지금…….

"제가 왜 애송입니까?"

"나한테는 애송이지."

"제가 10살 어려서요? 나이 많은 게 자랑도 아니고, 또 제가 더 젊다는 게 무시당할 일은 아니잖습니까?"

"무시한 거라고 생각하다니 의외군."

유치하게 힘겨루기라도 하듯, 맞잡은 두 손에서 무시무시한 악력이 흘렀다.

"귀여워서 그렇게 부른 건데."

"……이보세요!"

더 이상은 참을 수 없어 태성이 공격하려는 순간 준희의 엄청난 주사가 시작되었다.

"나를 사랑한다면 꽃잎을 주워서 내게 가져와랏!"

두 남자의 머리 위로 향기로운 꽃잎들이 흩뿌려지고 있었다. 세라가 말려봤지만 소용이 없었다.

"얘가 얘가 미쳤어! 죄 없는 꽃은 왜 뜯고 지랄이야?"

태성은 이게 하늘이 주신 기회라고 생각했다. 이 남자에게 보여주리라. 내가 얼마나 준희를 사랑하는지. 도도한 이 남자가 절대 무릎을 꿇고 꽃잎 따위를 주울 리가 없었다. 하지만 태성은 아니다. 준희를 위해서라면…….

"한태성 너도 취했어? 맞춰줄 게 없어서 이딴 주사에 맞장구를 쳐줘? 네가 이러니까 준희가 더 그러지!"

세라의 타박에도 태성은 묵묵히 꽃잎들을 주웠다. 그러자 민망함에 세라가 이준의 눈치를 살폈다.

"하, 하하! 준희 오빠님. 저희들이 술을 좀 많이 마셔서 못 보일 꼴을……?"

그 순간 갑자기 세라의 눈이 토끼 눈처럼 휘둥그레졌다.

"저, 저기요? 태성아? 준희 오빠님?"

믿을 수 없는 일이 벌어지고 있었다. 태성은 지금 보고 있는 게 헛것이길 바랐다. 하지만 현실이었다. 그렇게 도도한 남자가 자신처럼 무릎을 바닥에 대고 꽃잎을 줍고 있었다.

힐끗, 눈이 마주치자 검은 눈에서 레이저가 살벌하게 쏟아져 나왔다.

'애송이, 넌 아무리 덤벼도 나한테 안 돼.'

두 남자는 그렇게 살벌한 눈빛을 주고받으며 경쟁하듯이 꽃잎을 줍고 있었다. 광년이가 된 준희가 흩뿌린 꽃잎을 말이다.

얼마 지나지 않아 두 남자 덕에 바닥은 꽃잎 한 장 없이 깨끗해졌다. 꽃잎의 개수로만 보면 태성의 승이었다.

태성은 득의양양하게 손안 가득한 꽃잎을 들고 준희에게 다가가 바쳤다. 내가 이 정도로 널 사랑한다고. 동네 바보 오빠와는 비교도 안 되게.

하지만 준희의 입에서 의외의 말이 새어 나왔다.

"한태성은 엄청 많은데."

동네 바보 오빠의 손에 놓인 꽃잎을 바라보는 눈빛이 슬퍼 보였다.

"우리 오빠 꽃잎은 몇 장 안 돼."

준희의 그 말에 동네 바보 오빠가 진지하게 말을 했다.

"꽃잎은 꽃잎일 뿐이야. 그건 너도 잘 알잖아."

그딴 말이 먹힐 것 같냐고 비웃는 순간 태성은 깨달았다.

"그럼 꽃잎이랑 상관없이 날 사랑해요? 얼마나 많이?"

자신이 무슨 짓을 해도 준희의 시선은 제게로 향하지 않을 거라는 걸.

"엄청 사랑해. 저 녀석과는 비교도 할 수 없을 만큼."

저런 감언이설에 넘어가지 말라고 말리려는 그때…….

"나도 오빠를 사랑해요!"

준희가 동네 바보 오빠에게로 폴짝 뛰어내렸다. 그는 그런 준희를 가뿐하게 받아서 품에 안았다.

"계산은 내가 하고 갈 테니 준희 친구들은 더 놀다 가도록 해."

"네, 조심히 가세요!"

이대로 두 사람을 보낼 순 없었다. 태성이 두 사람을 따라 나가려 하자 세라가 격하게 뜯어말렸다.

"어휴, 이 바보야, 네가 끼어들 자리 아니거든요?"

"저 남자 어딜 믿고 준희를 그냥 보내?"

저 남자가 백준희 남편이라고 차마 말은 못 하겠고.

세라가 답답한 가슴을 쥐어뜯는 사이, 태성은 결국 룸을 나가버렸다.

차의 뒷좌석에 준희를 태우고 문을 닫는 이준의 뒤에서 목소리가 들려왔다.

"저랑 잠깐 얘기 좀 하시죠."

천천히 돌아서니 비를 쫄딱 맞은 채로 서 있는 한태성이 보였다. 범생이처럼 반듯하게 생겨서는 은근히 집요한 구석이 있었다. 마음 같아선 무시하고 싶었지만 준희의 친구였다. 준희를 사랑한다면 준희의 지인들도 포용해야 한다. 아무리 마음에 안 드는 애송이 녀석이라도. 단, 절대 준희를 넘보지 못하도록 제대로 눌러놓은 후에.

두 남자는 비를 피해 건물 밑으로 갔다. 먼저 말문을 뗀 건 태성이었다.

"둘이 대체 무슨 사이입니까?"

"사랑하는 사이."

'결혼한 사이'라는 말이 더 못을 박는 것일 테지만 그건 이준이 밝힐 게 아닌 것 같았다. 준희가 아직 밝히지 않았다면 그럴 만한 이유가 있을 테니까.

그의 간단명료한 대답에 태성이 눈을 찌푸렸다.

"순진하고 착한 준희를 갖고 노는 건 아니구요?"

그의 말에 이준은 밤하늘보다 더 짙은 눈동자로 쏟아지는 비를 바라보며 느릿하게 입을 열었다.

"한태성 네가 꽤 괜찮은 남자라는 거, 인정해주지."

"갑자기 그 말이 여기서 왜 나옵니까?"

"근데 말이야, 날 따라오려면 넌 멀었어."

"……!"

"자신 있으면 하나라도 말해봐. 네가 나보다 나은 게 뭐가 있는지."

"재수 없을 만큼 자신감이 넘치시네요."

"재수 없을 만큼 내가 좀 잘나긴 했지."

화는 났지만 이준에게 반박할 말이 떠오르지 않았다.

같은 남자가 봐도 그는 정말 잘생겼다. 하다못해 키도 자신보다 더 크고 어깨도 더 넓었다. 그뿐인가, 재력과 능력 면에서도 이미 승부는 가려졌다. 사회생활을 시작해야 하는 취준생인 자신과 달리 이준은 이미 오를 만큼 올라 높은 자리에 있었다.

하나를 보면 열을 안다고 굳이 말로 따지지 않아도 알 수 있었다. 그의 말대로, 재수 없을 만큼 완벽하게 잘난 남자. 그래서 더 믿을 수 없었다.

"인정하죠. 재수 없을 만큼 잘나셨다는 거. 그래서 더 믿음이 안 갑니다."

"더 믿어야지. 나 같은 남자가 뭐 아쉽다고 이 밤에 달려와서 무릎 꿇고 바닥에 떨어진 꽃잎이나 줍겠어? 안 그래?"

"여자 넘어오게 하려면 뭔 짓을 못 합니까? 준희, 강해 보이는 겉모습과 달리 마음 여린 순정파입니다. 결혼까지 생각할 정도로 진심이 아니라면 그만 헷갈리게 하십시오. 오래 알고 지낸 집안이라면 그 정도 예의는 지켜줘야죠."

"그러는 너야말로 준희를 그렇게 좋아했으면 나처럼 뭔 짓이라도 하지 그랬어."

생긴 것도 범생인데 말하는 것도 참 범생스러웠다. 책에서나 나올 법한 고리타분한 이유로 그를 설득하려 들다니.

"몇 년 동안 지켜만 보고 고백도 못 한 주제에 어디서 큰 소리야."

164

현실이 뭔지 깨닫게 해주는 수밖에. 덤벼들더라도 상대방을 가려서 덤벼들어야 한다는 것을.

"그게 아니면, 너보다 더 잘난 남자가 준희를 사랑한다고 하니까 배가 아파? 아차 싫어?"

"……!"

"나 같은 남자는 준희한테 진심이지 말라는 법 있냐고."

직언을 날리는 이준의 한마디 한마디가 날카롭고 매서웠다.

"그거 알아? 사업은 타이밍이라는 거. 기회가 왔을 때 남들보다 먼저 잡아야 해. 그걸 놓치거나 빼앗기면 끝이지. 그걸 타고난 사업 감각이라고도 하고."

"사업 한다고 자랑하는 겁니까?"

"어른 말, 끝까지 들어."

'저도 어른입니다!'라고 말하고 싶었지만 어쩐지 그 말을 할 수가 없는 태성이었다. 이준은 같은 남자가 봐도 누구보다 훨씬 더 남자다운 어른 같았고, 감히 범접할 수 없는 특유의 아우라가 있었다.

"사랑도 사업과 같아. 타이밍이거든. 그렇게 좋아했으면 타이밍을 놓치지 말았어야지."

그도 바보지만 한태성은 더 바보였다.

"예를 들면 고등학교 때 준희가 왕따 당했을 때 백마 탄 왕자님처럼 방패막이 되어주던가."

태성이 그때 타이밍을 놓치지 않고 잡았다면 준희는 넘어갔을지도 몰랐다. 누군가의 도움이 절실했던, 제게 내미는 손을 곁에 기킬이지 못했을 터리고 어린 소녀였으니까.

"그것도 아니면 준희와 내가 재회하기 전 학교에서 다시 만났을 때."

너무 신중하고 조심스러워도 놓치는 거다. 이거다 싶으면 일단 야생 짐승처럼 물고 늘어지고 봐야 하는 것을.

"또는 내가 프랑스로 떠나 있는 3년 동안."

이준 또한 피하려고 했고 인정하지 않으려 했다. 그만큼 신중하고 조심스러웠다.

"넌 그 타이밍들을 모두 놓쳤고, 난 잡았지."

하지만 그는 지독히도 운이 좋은 남자였다.

"최종 승자는 나야, 애송이."

그렇게 너무 멀리 어렵게 돌아왔는데도, 황금 같은 타이밍은 참을성 있게 기다려주었고 결국 그의 것이 되었다.

"그래도 정신 못 차렸으면 할 수 있을 만큼 해봐. 얼마든지 받아줄 테니까."

태성은 말이 없었다.

"대신 각오는 하고 덤벼드는 게 좋을 거다. 한 번 내 것이 된 건 빼앗기지도 않지만 넘보는 녀석들도 가만히 두지 않을 거야."

이준은 승자의 여유로 태성의 어깨를 툭툭, 두드렸다.

"특히 내 여자를 넘보는 놈들은 아주 산산조각을 내버려야겠지."

빗속으로 다시 걸음을 옮기며 이준은 태성을 향해 흐릿하게 웃었다.

"나중에 남자들끼리 술이나 한잔하자고, 준희 친구."

눈을 뜨자마자 준희가 발견한 건 바로 남편인 이준이었다. 그의 품에 안긴 채 엘리베이터에 타고 있었다.

"맙소사, 어떻게 된 일이에요?"

"깼어?"

"머리가 깨질 것 같아요."

소맥은 마실 땐 좋지만 뒤끝이 좋지 않다는 걸 몸으로 체감하는 순간이기도 했다.

"어디까지 기억해?"

"가라오케에서 세라랑 소맥 먹은 것까지. 설마 내가 오빠한테 전화해서 주사 부렸어요? 데리러 오라고?"

"내가 보고 싶어서 달려간 거야."

"오빠 엄청 바쁘잖아요. 내가 무슨 실수는 안 했어요?"

이준이 피식 웃었다. 그 웃음에 준희는 더욱더 불안해졌다. 무슨 짓을 저지르긴 저질렀나 보다.

"실수했으면, 보상해주면 되지."

현관문을 열고 들어가는 순간 이준은 그 말을 바로 실천으로 옮겼다.

복도 벽으로 준희를 밀어붙이며 촉촉한 입술로 그녀의 입술을 집어삼켰다. 차가운 냉기를 뿜어내는 그의 몸과 다르게 입

안을 거칠게 비집고 들어오는 그의 숨결은 데일 듯 뜨거웠다.

그 열기에 혈관 속 피들이 순식간에 뜨겁게 달아올랐다.

거친 행동이 조금 버겁기도 하지만 준희는 그런 남편을 밀어내긴커녕 적극적으로 끌어안았다.

일 분도 되지 않아 바닥을 딛고 있던 두 발은 다시 공중으로 붕 떴다.

그녀는 떨어지기 싫다는 듯 이준의 허리에 두 다리를 칭칭 감았다. 서로의 입술과 숨결이 얽히고 격하게 비벼졌다. 끔찍했던 두통이 서서히 사라질수록 준희는 더욱더 그에게 매달렸다. 이준의 손이 거침없이 상의를 공략해서 들어왔지만 젖은 피부에 달라붙은 옷을 벗기는 건 쉽지 않았다. 가까스로 입술을 뗀 준희가 속삭였다.

"차 타고 왔는데 비는 왜 맞았어요?"

그 말에 이준이 또 웃었다.

"자꾸 웃지만 말고 대답 좀 해줘요."

"내 아내가 비 맞으면서 뛰어다니는 걸 좋아하는 줄은 몰랐어."

"……?"

"덕분에 비 맞으며 술래잡기 좀 했지."

"……!"

그의 입술이 귓가를 흠빨면서 속삭였다.

"대답해줬으니, 이제 옷 찢어도 돼?"

비에 흠뻑 젖은 욕망 어린 눈동자가 준희에게 속삭이고 있었다.

오늘 밤도 뜨거운 밤이 될 거란 걸.

덜컥 겁이 나면서도 뭉글뭉글 피어오르는 건 야릇한 기대감이었다.

"……아까운 옷을 왜 찢어요."

"옷은 찢으라고 있는 거야."

진지한 그의 표정을 본 준희는 웃음이 나왔다.

"말도 안 되는 소리 좀 하지 말아요."

"왜 말이 안 돼?"

"변태도 아니고 옷 찢는 것에 취미 들리지 마요."

"내 취미는 하나야. 백준희 너."

"그런 말도 할 줄 알아요?"

"누구 때문에."

귓가를 흘러내린 입술은 집요하게 그녀의 목덜미를 지분거렸다.

"우선 씻어요. 찝찝해 죽겠어요."

"그럼 같이 씻어."

"자꾸 변태 같은 소리 할 거예요?"

"같이 씻자는 말, 네가 하면 유혹이고 내가 하면 변태인 거야?"

노골적인 그의 눈빛에 준희는 침을 꼴깍 삼켰다.

"집에 오기 전까지는 네 방식대로 맞추어주었어. 지금부턴 내 방식대로 로맨틱해질 거야."

지금의 남편은…… 지독히도 야했다.

"선택해."

달래듯이 부드럽게 속삭이는 목소리와 달리.

"욕실 아니면 침실?"

쇄골에 입술을 묻은 채로 나른하게 치켜뜬 눈동자는 지독히도 유혹적이었다.

"어디든 난 상관없어."

욕실이라고 대답했던 것 같다. 그런데 왜 욕실로 향하다가 소파에 자리를 잡은 건지 모르겠다. 젖은 뺨에 와 닿는 부드러운 가죽 소파의 질감이 낯설었다. 이거 엄청 비싸다고 박 실장님이 그랬던 것 같은데. 가죽은 물에 젖으면 안 된다고 했던 것 같은데.

"이 소파 비싼 거예요. 그리고 여기가 욕실은 아니잖아요!"

나름 강력하게 항의해보았지만.

"어차피 씻을 거."

뜨거운 입술이 등줄기를 데우자 오소소 소름이 돋았다.

"그냥 씻기엔 억울하잖아."

억울할 일이 다 얼어 죽었나 보다.

"내가 입술 대고 말하지 말랬죠!"

그 느낌은 무척 야릇했다. 하는 사람은 즐거울지 몰라도 당하는 사람은 기분 좋으면서도 참기 힘든 곤욕.

예전에도 분명 이 경고를 했던 것 같은데.

"어떻게 된 게. 내 밤톨은 뒷모습도 예쁘냐."

순간접착제라도 붙여놓았는지, 달콤한 속삭임을 흘리는 그의 입술은 떨어질 줄을 몰랐다.

그 입술이 주는 감각에 그녀도 결국 굴복하고 말았다.

아, 나도 모르겠다. 좋으면 됐지 뭐가 문제야.

준희는 밭은 숨을 토해내면서도 빠르게 생리 주기를 떠올렸다. 이틀 후면 하고 싶어도 못 하니까.

결심을 한 준희는 잽싸게 몸을 돌려 얼떨결에 몸을 일으킨 이준의 다리 위로 올라가 그를 내려다보았다.

"내 남편은 얼굴이 제일 예쁜 거 알아요?"

거실 베란다 유리를 투시해서 들어온 옅은 달빛에 물든 남편의 비주얼은 볼 때마다 그녀를 황홀하게 만들었다.

"얼굴 뜯어먹고 살아도 될 만큼."

날렵한 뺨을 타고 옮겨 간 입술을 귀에 바짝 붙였다. 후욱, 숨결을 일부러 불어넣자 그의 너른 어깨가 움찔했다. 살금살금 손가락을 움직여 가슴을 더듬자, 단정하던 숨결이 갈가리 찢어져서 흐트러지는 게 들렸다.

어설픈 자극에도 성실하게 반응해주는 그가 좋다. 아니, 사랑한다.

단추를 풀어 내린 셔츠 사이로 탄탄한 근육이 드러나자 준희는 그곳에 입술을 가져다 댔다.

입술을 열고 살그머니 혀를 움직이자 탄식에 가까운 그의 신음이 나직하게 새어 나왔다.

"……그만, 준희야."

그도 이제 알 것이다. 입술을 댄 채 말하는 게 얼마나 참기 힘든 고통인지를.

"오빠 나한테 단단히 코 끼인 거예요."

양평에서의 첫 만남부터.

어린 나이에도 계약서를 작성한 건 미래를 내다본 소녀의 선견지명일지도.

이 남자가 내 남자다, 이 남자만이 날 행복하게 할 수 있다, 그리고 이 남자밖에 사랑할 수 없다는 확신.

"벗어날 생각하지 말아요. 질리도록 사랑해줄 테니까."

그 말을 증명이라도 하려는 듯 단단한 허리를 다리로 칭칭 감아버리는 준희를 이준이 올려다보았다. 짙은 욕망과 절절한 사랑이 뒤섞인 검은 눈동자로.

"너야말로 도망칠 생각하지 말고 내 곁에 있어."

커다란 손이 준희의 상의를 들추고 매끈한 피부를 부드럽게 쓸자 꾹 다물고 있었던 입술이 저절로 벌어졌다.

"내가 얼마나 지독한 사랑을 하는 놈인지 보여줄 테니까."

목덜미를 타고 오른 입술이 그녀의 턱 끝을 훑고 뺨을 훑었다. 자극하듯이 도발하듯이 애태우듯이 그렇게 최종 목적지를 남겨두고 뱅글뱅글 돌았다.

"키스해줘요. 엄청 진하게."

준희가 애가 타서 속삭였다. 목 깊은 곳에서 나직한 웃음소리를 흘린 그가 준희를 다시 소파에 눕히며 얼굴을 숙이고 입을 벌렸다.

"기꺼이."

키스는, 입술에만 할 수 있는 게 아니었다. 키스의 최고 정점을 찍는 순간이었다.

밤이 새도록 무대는 끊임없이 옮겨졌다. 침실로 가는 게 이렇게 힘들 줄은 몰랐다.

건강하다는 걸 증명해 보이려는 듯 그는 끊임없이 달려들었다. 양평에서 그가 얼마나 너그러운 남자였는지 깨달았다.

그날 준희는 생생한 게 아니었다. 그가 봐준 거였다.

이런 남자의 시크릿을 내가 의심했다니.

침실을 눈앞에 두고 이준이 다시 목적지를 변경했다.

나선형 계단을 올라갔고 그곳엔 손님 맞이용 넓은 대형 소파가 있었다. 두 사람은 그곳에 뒤얽혀 누웠다. 여리고 여린 몸을 타고 올라 짓누르고 누비며 이준은 끊임없이 거칠게 움직이고 있었다.

"네가 너무 뜨거워."

맞닿아서 밀착되는 피부가 데일 듯이 뜨거웠다.

"그래서 미치겠어."

속삭임을 뱉어내는 숨결보다 헐벗은 그의 몸이 더 뜨거웠다. 온몸으로 받아내기 힘들 만큼.

그가 고개를 숙여 입을 맞춰왔다. 거친 움직임과는 다르게 달콤한 키스.

그가 왜 여기로 데려왔는지 알 것 같았다.

준희의 남편은 주도면밀한 남자였다. 그만의 로맨틱한 방식이 마음에 들었다.

2층의 한쪽 천장은 유리로 되어 있었다. 그 유리 너머로 빗방울이 떨어지고 있었다. 유리창에 수직으로 낙하하는 빗방울의 흩어짐이 이렇게 아름다울 줄은 몰랐다.

비록 별은 보이지 않았지만 굵직한 비를 쏟아내는 밤하늘도 아름다웠다. 하지만 그보다 더 아름다운 건 바로 그였다. 살짝 찌푸린 미간, 흐트러진 호흡, 매끈한 얼굴에 맺힌 땀과 춤추는 것 같은 탄탄한 근육, 무아지경에 빠진 것 같은 나른한 얼굴. 가슴에 새기고 뇌리에 각인하고 싶은 모습이었다.

하늘에서 떨어진 비가 시야를 적시고 그의 가슴에서 떨어진 사랑이 심장을 적셨다. 몸과 마음이 흠뻑 젖는 순간, 제 몸 위로 무너져 내리는 그를 준희는 품에 꼭 안아주었다.

그 이후 깜빡 잠이 들었던 것도 같다. 몇 초, 아니 몇 분.

무거운 눈꺼풀을 들어 올리자 드디어 마지막 목적지인 침실이었다. 고개를 돌리니 깊이 잠이 든 그가 보였다.

"피곤할 만도 하지."

그의 맨가슴에 뺨을 부비던 준희는 뭔가 이상한 걸 느꼈다.

"왜 이렇게 뜨겁지?"

벌떡 일어나 손으로 이준의 이마를 짚어보았다.

가슴보다 이마가 더 뜨거웠다. 그대로 침실을 나갔다가 다시 들어온 준희의 손에 들려 있는 건 체온계였다.

귀에 찔러놓고 열을 재니 39.2도.

"맙소사. 진짜 열나는 거잖아!"

가만히 기억을 더듬어보니 이준은 새벽 내내 몸이 뜨거웠다. 그 뜨거움을 흥분한 몸이 발산하는 열로 치부해버리다니.

"강이준 씨, 이준 오빠!"

격하게 몸을 흔들자 마지못해서 그가 눈꺼풀을 무겁게 들어올렸다.

"으음, 조금만…… 더 자자."

졸음 가득한 눈으로 그녀를 바라보며 버릇처럼 품에 안기 위해 이준이 손을 뻗었다.

"지금 잠을 잘 때가 아니에요!"

하지만 그 손은 매정하게 내쳐졌다. 느릿하게 눈을 깜빡이던 이준이 알겠다는 듯 다시 손을 뻗은 건 준희가 입고 있는 얇은 슬립이었다.

"아침 운동…… 좋지."

"오빠 지금 열난다구요!"

준희가 꽥 소리를 지르자 이준이 씨익 웃었다.

"난 너만 보면 열이 나. 몰랐어?"

……이 남자가 지금. 아픈데도 웃음이 나오나.

"몸 아파요, 안 아파요?"

"괜찮아."

제발 아니기를 바라며, 준희는 손가락으로 그의 가슴을 꾹꾹 눌렀다.

그러자 굳게 다물린 그의 입술 사이로 나직한 신음이 새어나왔다.

"거짓말하지 말고 솔직히게."

"조금…… 뻐근한 것 같긴…… 콜록콜록."

갑자기 마른기침을 하던 이준이 인상을 확 찌푸렸다.

"머리도 아파요?"

"조금."

"얼른 일어나서 옷 입어요."

"출근시키려고?"

"아니요."

"그럼?"

"병원 가려구요."

준희의 그 한마디에 이준이 튕기듯이 침대에서 일어났다.

몸이 쑤시는지 으윽, 낮게 신음을 토해내면서도 그녀 앞에 서서 그녀의 이마를 손바닥으로 덮은 이준이 걱정스럽게 물었다.

"어디가 아파? 어? 열은 안 나는 것 같은데."

본인 아픈 건 둔할 만큼 모르면서 그는 자나 깨나 준희 걱정이었다.

사람이 너무 빨리 변하면 안 된다는데. 그래서 아픈 건 아니겠지?

"열나요. 그것도 엄청."

"어디? 응?"

"내가 아니고 오빠요."

서랍에서 찾은 체온계로 확인을 시켜주었다.

"39.2도. 오빠 체온이에요, 지금."

"……몇 시간 지나면 열 금방 내려."

가운을 집어 들어 몸에 걸치곤 슬그머니 침실을 나가려는 그의 뒷덜미를 준희가 움켜잡았다.

"준희야, 나 진짜 괜찮다니까?"

하지만 그냥 넘어갈 그녀가 아니었다.

"새벽까지 확인시켜줬잖아. 내가 얼마나 건강한지. 응?"

"시크릿의 건강 여부는 엄청 확인했죠."

그에게 다가선 준희는 생긋 웃으며 시선을 내렸다가 올렸다.

"그런데 시크릿을 뺀 다른 부분은 모르겠어요. 그리고 남편 건강은 아내가 책임지는 거예요."

그러고는 거절은 용납하지 않는다는 듯 다정하게 그를 잡아 끌었다.

"병원 갑시다, 좋은 말할 때."

생글생글 웃고 있는 부드러운 입술과 달리 매섭게 올라간 그녀의 앙칼진 눈꼬리는 마치 저승사자처럼 무시무시했다.

독감은 아니었다. 단지 과로에 몸살감기가 겹친 거라고. 최소 3일은 입원해야 한다고 했다. 고작 감기로 입원하는 게 말이 되나 싶었지만 아내가 원하는데 어쩌겠는가.

링거를 맞으며 침대에서 깜빡 잠이 들었다 눈을 뜨니 그의 손을 꼭 잡고 잠이 든 준희가 보였다.

약도 먹고 링거도 맞고 한숨 푹 자서 그런지 컨디션은 어느 정도 회복된 상태였다. 열도 내렸고 몸도 아프지 않았다. 준희가 일어나면 차분하게 설득해서 퇴원해야지.

그게 이준의 계획이었다.

보드라운 머리칼을 어루만지는 손길에 부스스, 눈을 뜬 준희는 일어나자마자 침대에 걸터앉아 이준의 이마에 손을 얹었다.

"다행이다. 열은 내렸어요."

손바닥으로 전해지는 미지근한 온기에 그녀가 다행이라는 듯 웃었다.

"그냥 잠깐 열이 났던 것뿐이야. 이제 멀쩡해."

"자면서 끙끙 앓던 사람이 할 말은 아닌 것 같은데요?"

"여기서 보여줘? 내가 얼마나 멀쩡한지?"

준희를 볼 때마다 갈증이 나고 목이 말랐다. 내가 이렇게 밝히는 놈이었나 싶을 만큼. 모르면 몰랐지, 아내의 몸이 얼마나 황홀하고 달콤한 감각을 선물해주는지 알아서였다. 딱 한 번만 자면 다 나을 것 같은데.

"몸에 무리가 가는 행동은 절대 못 하도록 오빠 대신 내가 인내와 자제를 하고 있어요."

은근하게 블라우스를 파고드는 이준의 손을 준희가 찰싹 때렸다.

"그러니까 젊고 음기 강한 아내 유혹 좀 그만하고 얼른 자는 게 어때요?"

"그 유혹이란 거 계속하면, 넘어와주긴 할 거고?"

어린 한숨이 그의 목덜미를 부드럽게 적셨다.

"나 엄청 밝히는 여자인가 봐요. 오빠만 보면 나도 자고 싶어요."

백준희는 모든 면에서 솔직했다. 내숭이란 걸 몰랐다. 무조건 직진. 그래서 그를 깜짝깜짝 놀라게 하고 당혹스럽게 했다. 지금처럼.

"근데 그 즐거움보다는 미래를 내다보는 빅픽처를 꿈꾸며 자제하는 중이란 말이에요. 우리 부부가 오래오래 함께 행복하게 사는 미래."

준희의 수줍은 고백은 계속 이어졌다.

"그런데 요즘 부쩍 걱정도 되고 고민도 돼요. 특히 마법 주문 들은 이후로는 더더욱. 나보다 오빠가 10살 많은 게 이렇게 걱정될 줄 몰랐어요."

"갑자기 나이 이야기가 왜 나오는데."

그가 불만 가득한 말투로 쏘아붙였다.

"오빠가 나보다 먼저 죽으면 어떻게 해요?"

혈기왕성한 35살에게 죽음을 논하다니. 그녀의 말이 기가 막혔지만 이준은 차마 웃을 수 없었다. 슬그머니 내리깐 시야에 들어온 준희의 표정이 정말 심각해 보였기 때문이었다.

시크릿에 대한 오해를 풀기 바쁘게 이젠 건강에 대한 오해를 풀어줘야 할 웃픈 상황. 나의 이 신체 건강함을 어떻게 증명해 보여야 하나. 방법은 하나뿐이었다. 태어나서 한 번도 해본 적 없는.

"어젯밤부터 먹은 것도 없으니까. 자고 일어나서 정밀 건강 검진 받으면 돼?"

무슨 소리냐는 듯 그의 품에서 준희가 고개를 들었다.

"내가 얼마나 건강한지 확인시켜주겠다고."

"정말요?"

"그래서 네가 안심이 된다면."

눈에 담뿍 차오르는 작고 사랑스러운 아내의 얼굴을 보며 이준은 그녀의 귓가에 나직하게 속삭였다.

"전립선 검사에 남성 호르몬 수치는 서비스로 해주지."

그러자 준희의 새하얀 얼굴이 순식간에 빨개졌다.

"그런 것까진 안 해도 돼요!"

"왜?"

"그, 그쪽은!"

시선을 피하며 준희가 수줍게 말을 이었다.

"걱정 하나도 안 한단 말이에요. 그러니까 그 검사는 하지 말아요."

말을 하는 건지 중얼거리는 건지. 홍조가 귓불과 가는 목덜미까지 번져 있었다.

아내를 놀리는 재미가 아주 쏠쏠했다. 반응이 귀엽기도 하고 사랑스럽기도 하고.

웃음이 터져 나오려는 걸 가까스로 참으며 이준은 그녀를 제 품에 더욱더 꼭 껴안았다.

"의학적으로 증명한 후에는 직접 몸으로 증명해 보일 테니 각오해."

"무슨…… 각오요?"

"고삐 제대로 풀린 남편 감당할 각오."

자신이 준희보다 나이가 많은 건 사실이었지만 10살 많다고 10년 빨리 죽으라는 법은 없었다. 도대체 어디서 나오는 이론인지 몰라도 걱정이 된다면 보여주는 수밖에.

"다신 걱정 같은 거 안 하게 해줄 테니까."

품에 안을 때마다 느끼는 거지만 따스한 온기를 품은 아내의 몸은 놀랍도록 부드럽고 느낌이 좋았다.

부끄러워 가슴에 얼굴을 묻은 와중에도 품 안에서 꼼지락거리던 작은 손이 조심히 빠져나와 그에게 대답을 대신했다.

동그라미를 그리는 엄지와 검지, 쫙 펴진 나머지 세 손가락의 메시지는 바로…… OK.

"너 때문에 죽겠다, 진짜."

심장이 터질 것처럼 뛰어서, 널 향한 사랑이 벅차오를 만큼 가슴을 채워서.

이 앙큼하고 깜찍하고 당돌한 아내를 어찌해야 하나. 이래서 남자는 나이를 거꾸로 먹는다고 하는 건지도. 철이 없다고 하는 건지도 모르겠다.

지금 당장 준희를 침대에 눕히고 싶은 욕구를 가까스로 꾹꾹 내리눌렀다. 그러다 스스로 픽, 웃음이 나왔다.

언제부터 내가 이렇게 엉큼한 놈이었던가.

중독된 건 준희기 이닌 비로 그았나. 심심 너 헤어나올 수가 없었다. 아내만 보면 반사적으로 반응하는 몸도 그렇지만 마음도 그랬다. 볼 때마다 준희에게 사랑을 토해내는 마음이 그를 온순하게 만들었다. 오로지 백준희에게만 순종하는, 주인의 사랑만을 갈구하는 대형견처럼.

"나 진짜 오래 살아야겠다."

처음으로 삶에 대한 지독하고 질긴 욕심이 생겼다.

이래서 죽도록 사랑하는 부부들이 한날한시에 죽어서 같이 묻히길 바라나 보다. 죽어서도 붙어 있고 싶을 만큼 열렬히 사랑해서 말이다.

오후가 되자 석훈과 근석이 병실을 찾아왔다.

"몸은 좀 괜찮나, 강 서방?"

"괜찮습니다. 걱정 끼쳐드려서 죄송할 뿐입니다."

소파에 앉은 이준은 옆에 앉은 준희의 손을 꼬옥 잡고 있었다. 그게 보이기 위함이 아닌 무의식적인 행동이라는 걸 눈치 빠른 두 어른들이 모를 리가 없었다.

흐뭇한 미소를 머금으며 석훈이 느긋하게 말을 했다.

"험험, 그렇게 무리하지 말지 그랬냐."

"비를 좀 많이 맞아서 감기가 잠깐 온 겁니다. 그리고 보시다시피 지금은 아주 멀쩡하구요."

"건강 검진 받았다고 하던데."

"한 번 정도는 받아야 하니까요."

석훈이 건강 검진을 받으라고 권유할 때는 받을 이유가 없

182

다면서 강경하게 버티던 아들놈이었다. 그런데 건강 검진도 모자라 전립선에 남성 호르몬 수치까지 검사를 받았다는 말에 얼마나 놀랐는지. 괘씸하긴 했지만 이 녀석이 드디어 2세 욕심을 부린다는 생각에 넘어가기로 했다.

"한약 좀 지어 왔다."

석훈의 눈짓에 비서가 얼른 테이블 위에 한약 상자를 올려놓았다. 하지만 이준은 본체만체였다.

"겨우 감기예요. 한약 먹을 만큼 나약하지도 않고요."

"겨우 감기로 입원한 놈이 누군데 그러냐! 잔말 말고 먹어! 그리고 준희 네 것도 지어 왔으니 같이 먹어라."

부부가 모두 건강해야 임신도 가능하고 건강한 손주가 태어날 것이다.

두 아이도 알콩달콩 잘 지내고 있겠다, 이제 근석과 석훈이 간절하게 바라는 건 하나뿐이었다. 바로 눈에 넣어도 안 아플, 자식놈보다 더 예쁘고 귀한 손주.

두 어른들의 빅픽처를 알 리 없는 이준은 한약 상자를 밀어 버리려 했다. 하지만 준희가 말렸다.

"잘 먹겠습니다, 아버님."

생글생글 웃으며 한약 상자를 열곤 한 팩을 꺼내 이준에게 내밀었다.

"내가 말했죠? 건강 또 건강. 얼른 한 팩 시원하게 들이켜요. 그래야 약 지어 온 아버님도 흐뭇해하시죠."

생글생글 웃는 준희의 말투는 나긋나긋했지만, 또렷한 눈동자는 아들 녀석을 은근히 협박하고 있었다. 잔말 말고 얼른 한 팩 쭉 들이켜라고 말이다.

그런데 더 놀라운 건 준희에게 꼼짝 못 하는 아들의 반응이었다. 살다 살다 저 녀석이 저렇게 찍소리 못하는 걸 보게 되다니. 내가 며느리 하난 잘 들였단 말이지.

하지만 석훈의 미소도 오래가진 못했다. 한약 팩을 받아 든 이준이 한약 상자의 뒷부분을 매의 눈으로 보고 있었다.

"얼른 안 마시고 뭐 해요?"

석훈의 눈치를 보며 준희가 옆구리를 쿡쿡 찔렀지만 이준은 여전히 신중했다.

"뭐든지 '약' 자 붙는 건 함부로 먹는 거 아니야."

"아버님이 어련히 좋은 약재로 지어 오셨을까요?"

"아버질 못 믿는 게 아니야."

"그럼요?"

"한약은 약발 받는 게 중요해. 약발을 잘 받으려면 체질에 맞게 지어 먹어야 하고. 어떤 재료가 들어갔고 어디에 좋은 건지 알고 마셔야지. 같이 섭취하면 좋은 음식과 피해야 할 음식도 알아야 하고."

준희는 할 말을 잃어버렸다.

가족끼리 있는 상황에서도 냉철한 이성으로 상황을 판단하는 그가 새삼 존경스러울 뿐이었다.

"참고로 난 단 한 번도 한의원을 가본 적이 없어. 물론 준희 너도."

이준이 한약 상자에 적힌 전화번호로 전화를 거는 순간, 세 사람은 각자 다른 이유로 긴장을 했다.

석훈과 근석은 한약의 정체가 밝혀질까 봐.

준희는 융통성이라곤 전혀 찾아볼 수 없는 이준의 행동에 괜히 어른들께 죄송스러워서.

어른들 가시면 확인해도 될 것을. 한 팩 먹는다고 뭔 일 나는 것도 아닌데 굳이 저래야만 할까.

"동감 한의원 맞습니까? 확인할 게 있어서 전화했습니다."

세 사람의 시선이 일제히 쏠리는데도 이준은 차분하게 통화를 이어갔다. 드디어 전화를 끊은 그가 석훈을 빤히 보며 천천히 입을 열었다.

"이 한약은 다시 가져가세요. 그 이유는 아버지가 더 잘 아실 겁니다."

"……먹어도 나쁠 건 없다. 건강에 도움이 되는 보약이야."

"두 분의 바람에 도움이 되는 거겠죠. 저희의 의사는 조금도 반영하지 않은."

순식간에 분위기가 얼어붙었다.

세 사람의 눈치를 보며 준희는 가만히 있었다. 도대체 무슨 한약이길래 그가 이렇게 정색하는 걸까. 이준은 절대 이유 없이 화낼 남자가 아닌데.

그렇게 준희가 속으로 궁금해하던 그때…….

"애 잘 들어서는 보약 같은 거 저희 필요 없어요."

준희의 눈이 동그래졌다.

"자희 뷰, 애 가실 생각 없습니다."

이준의 목소리는 나직했고 단호했다.

"그렇지, 준희야?"

"아, 네."

맞잡은 손을 통해 전해지는 악력에 얼떨결에 동의의 대답이 흘러나왔다. 사실 준희도 같은 생각을 하고 있었으니까. 그런데 사람 마음이란 참 묘했다. 이준의 입에서 흘러나온 그 말이 가슴에 못처럼 아프게 박혀버렸다.

석훈과 근석이 돌아간 후 준희는 조심히 먼저 말을 꺼냈다.

"아기 있잖아요. 나도 오빠랑 같은 생각이에요. 근데 막상 오빠가 그렇게 단호하게 대답하니까 좀 많이 서운했어요. 이래서 여자 마음은 갈대라고 하나 봐."

"갈대여도 돼. 그 대신 말만 해줘. 지금처럼 작은 것 하나도 숨기지 말고 솔직하게. 너랑은 작은 오해도 만들기 싫으니까."

"그럼 대답해줘요. 나랑 의논도 하지 않고 왜 그렇게 확고하게 대답했는지."

쿨한 척하려던 마음은 깨끗하게 접어버렸다. 비밀을 만드는 것도 싫지만 꿍한 채로 넘어가는 것도 싫었다.

작은 오해가 얼마나 크게 부풀어 오르는지는 한 번의 경험으로 족했다.

"내가 아는 백준희는 두 분께 '생각해볼게요. 나중에요.'라고 대답했을 거야."

"……."

"두 분은 내가 아닌 널 끊임없이 설득하려 들 게 뻔하고. 할 말 안 할 말 다 하는 백준희가 유일하게 약한 게 내 아버지와 어르신이니까. 네가 괴롭힘당하느니 내가 욕먹는 게 나아."

예상대로 이준은 욕을 먹었고, 모든 화살은 그에게로 돌아갔다. 하다못해 자신조차 서운할 정도였으니까.

"임신은 축복이야. 하지만 일을 사랑하고 일에 대한 자부심이 강한 너한테는 잠시 미루어야 할 축복이겠지. 아니야?"

스스로도 모르고 있던 걸 이준이 간파했다는 게 놀라울 뿐이었다.

"솔직히 말해봐요. 심리학도 전공했죠?"

"너한테 그만큼 관심이 많다는 생각은 안 해?"

이준이 웃음을 터뜨리며 준희를 품에 끌어안았다.

"사실 반은 내 진심이었어."

뺨으로 스며드는 쿵쾅거리는 강한 심장 소리와 함께 그가 새롭게 사랑을 표현했다.

"지금 난 너 하나만으로도 벅차."

너에 대한 사랑만으로도 난 충분해. 감당하기 힘들 만큼.

Chapter 20

우리 그냥 사랑하게 해주세요

태성은 커피숍에 앉아 준희를 기다리며 심호흡을 골랐다.

꽃잎 사건 이후 집에 틀어박혀 그날 밤의 일을 떠올리고 또 떠올렸다. 태어나서 처음으로 무릎이란 걸 꿇었고 수능 공부를 했던 것보다 더 열심히 바닥에 떨어진 꽃잎도 주웠다.

스스로도 외모나 재력 면에선 그 남잘 이길 수 없다는 걸 알고 있었다. 하지만 준희 너에 대한 마음만큼은 그 남자보다 내가 더 크다고 증명해 보이고 싶었다. 그리고 정말 그것만큼은 증명해 보였다. 그런데도 준희는 제가 아닌 그 남자만을 보았다. 그 남자밖에 보이지 않는 것처럼.

'동네 바보 오빠'는 별명이 아니라 애칭이었던 것이다.

몇 년 동안 사라져 있었던 주제에, 제 여자라도 되는 것처럼 그 남자가 준희를 데리고 나가버리자 부글부글 화가 끓어올랐다. 어차피 저런 놈들은 다 똑같지.

그래서 태성은 겁도 없이 덤벼들었다. 당연히 이길 줄 알았는데 보기 좋게 나가떨어진 건 자신이었다.

그 남자가 했던 한마디 한마디가 호되게 그를 채찍질했다. 더럽게 기분이 나쁜데도 반박조차 하지 못했다.

─너보다 더 잘난 남자가 준희를 사랑한다고 하니까 배가 아파? 아차 싶어?

정말 아차 싶었다. 더 잘난 남자라서가 아니라, 준희를 흔들 수 있는 남자가 있다는 것에 대해서.

정확히 말하면 준희가 남자를 마음에 품을 줄은 몰랐다. 몇 년 동안 지켜본 그녀는 남자를 돌 보듯이 했으니까. 일이 전부였으니까.

─나 같은 남자는 준희한테 진심이지 말라는 법 있냐고.

그래서 안심해버렸다. 미처 예상하지 못했다. 준희가 얼마나 예쁘고 매력적인 여자인지를. 정제되지 않은 원석 같은 그 매력을 다른 남자가 알아볼 거라고는 생각도 못 했다.

─그렇게 좋아했으면 타이밍을 놓치지 말았어야지.

그의 말이 맞다. 태성은 사랑의 타이밍을 놓쳤다.

─최종 승자는 나야, 애송이.

남자의 말을 인정하면서도 포기는 하기 싫었다. 골키퍼 있다고 골이 안 들어가는 건 아니니까. 결혼에 골인하기 전까지 최종 승자는 알 수 없는 법이니까.

　시간이 얼마나 걸리더라도 상관없었다. 준희라면 알아볼 것이다. 그 남자보다 부족한 건 많지만 자신을 더 사랑해주고 오랫동안 변치 않는 진심을 보여줄 남자를.

　재벌 3세답게 인터넷에 '강이준'이라고 검색을 하니 꽤 많은 뉴스가 나왔다. 남자에 대해 조사를 한 태성은 더욱더 확신했다. 그 남자는 절대 안 된다는 것을.

　재벌 3세라서가 아니다. 그 남자는 유부남이었다. 그것도 몇 년 전에 성대하고 화려한 결혼식을 올렸다. 하지만 아무리 뒤져보아도 신부에 대한 정보는 없었다. 오랫동안 사귀던 유명 여배우를 버리고 좋은 집안 출신 여자와 결혼할 정도면 쓰레기 수준이었다. 절로 욕지거리가 나왔다.

　"……개자식."

　그러면서 감히 나한테 진심과 사랑을 논해?

　하지만 그 남자는 태성에게 깨달음도 선사해주었다. 지금도 늦지 않았다는 것을. 그는 마지막이 될지 모를 기회를 향해 손을 벌려볼 생각이었다.

　때마침 커피숍 안으로 들어서는 준희가 보였다.

　"백준희, 여기야!"

　해맑게 웃으며 다가서는 준희를 보며 태성은 생각했다.

　오래전 그때처럼, 네가 상처받는 걸 더 이상은 방관하지 않을 거야. 그 남자는 아니야, 백준희.

"본 지 얼마나 됐다고 또 보자고 해? 얼마나 급하길래."

"좀 서운하다? 이 주 만에 본 건데 좀 반겨주면 안 되냐?"

"미안. 내가 요즘 엄청 바쁘거든."

퇴원을 한 이준도 바빴지만 준희도 만만치 않게 바빴다. 전통 시음회에서 단독으로 계약이 성사될 줄 알았던 업체 몇 곳과 계약이 무산된 것이다. 해성 코리아가 보란 듯이 채간 덕분에 발등에 불이 떨어진 것이다.

두 사람은 매일 늦은 밤이 되어서야 집에서 재회했고 서로를 꼭 안은 채 잠이 들었다. 그리고 눈을 뜨면 텅 빈 침대가 기다리고 있었다. 텅 빈 침대를 볼 때마다 간절히 바랐다.

우리 그냥 사랑하게 해주세요.

이제야 서로 사랑하게 되었는데, 일복이 터질 줄은 몰랐다.

"근데 준희 너 아픈 거 아냐? 얼굴이 핼쑥해. 살도 좀 빠진 것 같고."

"나 병 걸렸어."

"뭐? 무슨 병! 어디가 아픈 건데!"

"상사병."

들어는 봤니? 독감보다 지독하다던, 약도 없다는.

준희는 이준이 너무 보고 싶어 죽을 것 같았다. 잠잘 때만 얼굴을 보니 더 애가 탔다.

"너 설마 그 동네 바보 오빠 때문에?"

"빙고."

준희는 이제 숨길 생각도 하지 않았다. 아니, 숨겨야 할 이유가 없었다.

"준희야."

그런데 그녀의 이름을 부르는 태성의 목소리가 심각했다.

"가라오케 갔던 그날, 어디까지 기억해?"

기억은 못하지만 정확히 전해 들었다. 세라가 그 다음 날 전화해서 짧게 요약해서 상황을 알려준 것이다.

　—너 그날 귀에 꽃 꽂은 미친 광년이었어. 반성하고 다신 그
　　러지 마. 남편 잘 만나고 친구 잘 둔 줄 알라구.

귀에 꽃을 꽂고 생화를 뜯어서 테이블 위로 올라가 꽃잎을 흩뿌렸다고 했다. 그것뿐이면 다행이게. 나를 사랑한다면 꽃잎을 주우라는 망언까지. 광년이의 주사에 맞장구를 쳐준 두 남자가 대단하다는 생각이 들었다.

"무릎 꿇고 꽃잎 줍게 한 거 미안해."

"미안할 건 없어. 내가 좋아서 한 일이니까."

"한태성 너…… 바닥에 떨어진 거 줍는 거 좋아해?"

이해할 수 없다는 준희의 표정에 태성이 웃어버렸다. 눈치 빠른 준희가 이런 면에선 어떻게 이렇게 둔할까 싶어서.

"바닥에 떨어진 걸 줍는 거 좋아하는 사람이 어디 있냐?"

"좋아서 한 일이라며."

무심결에 뻗은 손이 준희의 머리칼을 어루만졌다.

192

"네가 좋아서 한 일이라고, 인마."

"그래, 고마워. 너 같은 남사친이 있어서 내가 무지 든든해."

"어쩌냐, 백준희."

웃음기가 지워진 태성의 목소리가 고막을 건드리자 준희는 그제야 고개를 들었다.

"난 너 여자로서 좋아하는데. 고등학교 때부터 쭈욱, 한 번도 변하지 않고 지금까지."

"그 이야긴 제주도에서 끝냈잖아. 아니면 내가 행동을 확실하게 못 한 거 있어? 미안한데 마음 접어, 알잖아. 내가 누구 좋아하는지."

"나보다 준희 네가 마음 접어야 해."

"좋아하는 정도가 아니야. 사랑해. 그것도 엄청. 근데 어떻게 접어?"

"그 남자가 유부남인데도?"

준희는 심장이 바닥으로 꺼지는 듯한 기분이었다.

"표정 보니 알고 좋아하는 거네. 맞지?"

말주변이 없는지라 태성에게 어디서부터 어떻게 말을 해야 할지 정리가 되지 않았다. 설명을 하기엔 결혼 히스토리가 너무 길고 복잡했다.

"같은 남자인 나도 인정해. 재력 되고 외모 되고 뭐 하나 부족한 게 없잖아. 근데 매력적이면서도 위험한 남자야. 여자들이 말하는 나쁜 남자."

"……."

"유명한 여배우랑 오래 사귀었고, 임신 스캔들까지 났는데 그 배우를 버리고 좋은 집안 여자랑 결혼했어. 근데 전화 한 통에 달려와서 널 사랑한다고 나한테 포기하라고 했어."

둘이서 언제 대화를 나누었던 걸까. 그의 차에서 잠이 들기 전까지의 기억이 없었다.

"그 남자가 네 첫사랑이란 거 알고 있어. 하지만 첫사랑은 안 이루어진다는 말도 있잖아. 내 마음 받아달라고 이런 말 하는 거 아니야. 그 남자는 너한테 아니야, 준희야."

"……!"

"유부남이 그러면 안 되잖아. 그리고 너도 유부남을 마음에 품어선 안 되고. 너 그런 애 아니잖아."

태성은 진심으로 준희를 걱정하고 있었다. 하지만 그 걱정까지 가려질 만큼 준희는 이준이 보고 싶었다.

"한태성, 그 결혼 나랑 한 거야."

이준의 성격을 알고 있기에 태성에게 그런 말을 했다는 게 놀랍다기보다는 감동이었다.

"……뭐?"

"처음엔 깨질 듯 말 듯한 유리 위를 아슬아슬하게 걷고 있는 것 같은, 끝을 알 수 없는 그런 결혼이었어. 그래서 당당하게 말할 수가 없었어."

태성은 영혼이 빠져나간 표정이었다.

"근데 지금은 아니야. 네가 절대 이루어지지 않는다는 첫사랑에 성공했고, 지금 난 일방통행이 아닌 완벽한 쌍방통행 사랑을 하고 있어."

잠깐이라도 그를 봐야 했다. 일 분, 아니 일 초라도.

그렇지 않으면 가슴이 터져버릴 것 같았다.

"네가 그랬지? 유부남을 좋아해서도 안 되고 또 유부남도 그래선 안 된다고."

"……."

"그러니까 너도 유부녀에 대한 마음 당장 접어."

이준도 그녀를 보고 싶어 하고 있을 게 분명했다. 그것도 뼈에 사무치도록. 그럴 거라 믿었다.

"우리 여전히 좋은 친구 맞지?"

남자만 달려가라는 법 있나. 보고 싶은 남편, 부인이 지금 보러 달려갈게요. 넋이 나가버린 태성에게 준희가 말했다.

"나중에 이준 오빠랑 둘이 술 한잔해."

"나보고, 네 남편이랑 술을 마시라고?"

"너 애인 생기면 그땐 나랑 세라가 같이 술 마실 건데?"

"와, 잔인하네."

"널 그만큼 아끼니까 잔인한 거거든? 그럼 나 먼저 간다!"

준희는 그대로 커피숍을 나와 택시를 잡았다.

해성 코리아 본사까지 쳐들어왔지만 으리으리한 빌딩 앞에 서니 신중해졌다. 무작정 쳐들어갔다가 그가 회의 중이거나 부재중이라면?

준희는 박 실장에게 전화를 걸어 그의 스케줄을 확인했다.

[다음 스케줄은 외부로 이동하셔야 합니다. 하지만 결재 건 때문에 25분 정도 집무실에 머무를 예정이니 잠깐 만나고 가셔도 될 것 같습니다.]

"혹시 전무님, 점심 식사는 하셨나요?"

[스케줄이 빡빡한 날은 식사를 거의 하지 않으세요. 좀 많이 민감해지시는 편이라서.]

"……아."

[커피를 곁들인 가벼운 디저트는 드실 것도 같습니다. 물론 사모님이 사 오신 거라면요.]

근처 커피숍에서 커피와 티라미수 조각 케이크를 산 준희는 박 실장이 알려준 전용 엘리베이터에 올라탔다.

밝은 대낮에 그를 보는 건 정말 오랜만이라 괜히 마음이 설레고 가슴은 떨렸다. 결혼을 했는데도 이제 막 연애를 시작하는 기분이라고 해야 할까.

"25분이면 충분해. 아니, 딱 1분만 보고 오자."

박 실장의 배려로 준희는 비상문을 통해 집무실로 들어가는 데 성공했다. 서프라이즈로 나타나면 그가 무척 놀라겠지? 그리고 좋아하겠지?

집무 의자 위로 솟아오른 그의 머리를 보는 것만으로도 심장이 두근거렸다. 하지만 준희는 황급히 제 입을 틀어막았다. 이준은 고이 잠이 들어 있었다. 오죽 피곤했으면 펜을 손에 쥔 채 잠이 들었을까.

"안쓰러워 죽겠네."

그러니까 밤에 그냥 잠만 자지. 피곤한 와중에도 이준은 준희를 절대 그냥 재우지 않았다. 체력 하나는 끝내준다고 생각했는데, 천하의 강이준이 회사에서 졸 줄 누가 알았을까.

밤에는 온전하게 남편을 차지할 수 있으니 낮에는 그냥 회사에 양보해야 할 것 같았다. 그래서 그녀는 메모를 남기고 조용히 사라지기로 마음먹었다.

> 박 실장님한테 확인할 거니까 틈틈이 잠도 자고 식사도 꼭 챙겨 먹어요. 안 그러면 나 화낼 거예요.

잠시 머뭇거리던 펜이 사르륵 매끄럽게 움직이며 애틋한 마음을 종이에 옮겨 담았다.

> 사랑해요.

준희는 잠이 든 이준을 바라보았다.

욕심이란 걸 알면서도, 그러면 안 된다는 걸 알면서도, 자석에 당기듯이 얼굴을 내리고 있었다.

님을 향한 그리움에 흠뻑 젖은 입술이 쌔근거리는 숨을 토해내는 이준의 입술에 닿을 듯 가까워졌다.

그가 깨이나면 안 되니까. 봄바람이 스치듯 가볍게 입맞춤을 남겼다. 입맞춤이 스며든 입술에 아쉬움 가득한 준희의 손끝이 애절하게 지나갔다.

"잘 자요, 내 남편."

준희가 돌아서던 그때, 강한 팔이 허리를 감아 끌어당겼다. 순식간이었다. 탄탄한 허벅지 위에 그녀가 올라앉은 건.

"잠 깨워놓고."

잠에 취한 듯 흐릿한 눈동자와 입 안에서 혼탁하게 흩어지는 허스키한 음성.

"누가 그냥 가래."

하지만 등줄기를 타고 오르는 그의 손은 무척 뜨거웠다.

죽도록 피곤한데도 준희가 곁에 있으면 이준은 그냥 잘 수가 없었다. 작은 얼굴이 장미꽃처럼 발그레해지는 걸, 촉촉한 입술 사이로 신음이 터져 나오는 걸. 저를 꼭 안고 파르르 떠는 가녀린 몸의 실루엣을, 기어이 보고 나서야 잠이 드는 그였다.

하지만 그도 사람이었다. 이 주 연속 제대로 쉬지를 못하고 힘은 힘대로 쓰니 잠이 쏟아질 만했다.

와락 안겨드는 준희의 부드러움과 향기로움이 그를 나른하게 만들었다.

"안 자고 있었어요?"

놀랐는지 동그랗게 뜬 다갈색 눈동자가 맑고 영롱했다. 그 모습은 잠들어 있던 그의 욕망을 자극하기에 충분했다. 그의 두 손은 벌써부터 사랑하는 아내의 몸을 더듬느라 바빴다. 품에 꽉 안은 채로 만지고 느끼고 있는데도 자꾸 허기가 졌다.

"누가 납셨는데 당연히 일어나야지."

"너무 보고 싶어서 달려왔어요."

회사이고 집무실인지라 참는 중인데, 붉은 입술로 흘리는 앙큼한 한마디 한마디가 그를 유혹했다.

"오빠 일하는 거 방해될 거 알면서도."

"키스해도 돼?"

"여기…… 회사인데요?"

"내 사적인 공간이기도 해."

그가 입술을 가까이하고 속삭였다.

"뭐든지 내 마음대로 해도 되는."

쪼옥―.

가볍게 입을 맞추는 걸로 스타트를 끊은 이준은 준희를 책상 위에 앉히곤 상체를 숙였다.

숙일수록 뒤로 기울어지는 준희의 몸.

"책상에 날 왜 앉혀요?"

"글쎄, 왜일까."

"……!"

"얼굴을 붉힐 만큼 네 머릿속을 꽉 채운 그거, 맞는 것 같은데."

준희의 얼굴이 사과처럼 예쁘게 달아올랐다.

"신성한 회사에서 이러시면 안 되죠!"

"내가 백준희의 전무님은 아니잖아?"

"……!"

"네 회사에선 참았지만 내 회사에선 안 참아."

누가 회사를 신성하다고 했던가. 들어보지 못한 말이었다.

"공과 사도 구분 못 하게 할 만큼, 네가 날 정신 못 차리게 하잖아."

"난 그냥 얼굴만 잠깐 보고 가려고 온 거예요!"

준희의 순수한 의도를 머리로는 이해했지만 그의 몸은 받아들이기 힘들었다.

"내가 한 말 기억 안 나? 난 어디든 상관없다고 했는데."

그 말을 증명하려는 듯, 준희에게서 시선을 떼지 않은 채 이준은 천천히 인터폰을 눌렀다.

"박 실장님, 다음 일정 30분 뒤로 늦추세요."

[알겠습니다.]

종료 버튼을 누르자 준희가 울상을 지으며 중얼거렸다.

"진짜 일 방해하러 온 거 아닌데. 얼굴만 잠깐 보고 가려고 한 건데."

"넌 실컷 봐. 난 실컷 맛볼 테니."

신성한 집무실에서 준희는 지금 남편과 엄청 야한 짓을 하고 있었다. 말려야 하는데도 말리긴커녕 재촉하듯이 남편의 셔츠 단추를 푸는 준희의 손도 무척 급했다.

집무실을 나란히 나온 두 사람을 박 실장이 웃는 얼굴로 맞이했다.

아무것도 묻지 않는 그 배려에 오히려 준희는 얼굴을 붉혔다.

옷매무새가 흐트러지진 않았겠지? 피부에 키스 흔적은 안 남았겠지? 입술이 퉁퉁 부어 있진 않겠지?

걱정하던 준희의 눈은 얼른 이준의 입술로 향했다.

그의 입술에 립글로스가 묻진 않았는지, 단추는 제대로 채워졌는지.

박 실장과 달리 비서실 직원들은 준희를 보고 놀라는 기색이 역력했다. 집무실 뒷문으로 들어온지라 아무도 그녀의 방문을 몰랐으니 당연한 반응이었다.

호기심 가득한 시선이 준희에게 쏠렸지만 누구 한 명 감히 물을 수 없었다. 이준 또한 딱히 어떤 말을 하진 않았다. 다정하게 준희의 어깨를 감싸는 한 번의 행동으로 그녀의 신분을 알려줄 뿐이었다. 그녀의 귓가로 다가온 입술이 나직하게 속삭였다.

"부인, 긴장하지 말고 어깨 펴야지."

"지금 창피해 죽겠거든요?"

뒷문으로 그냥 조용히 사라질걸. 후회했지만 이미 늦었다.

─나랑 같이 가. 다음 일정만 끝내고 같이 집에 가자.

그는 숨도 못 쉬게 준희를 몰아붙여 심신을 몽롱하게 만든 후 달콤한 감언이설로 준희를 설득했다.

차에서 내려 대기하고 있던 차의 뒷좌석에 나란히 오르자 박 실장이 이준에게 서류를 내밀었다.

"가볍게 확인해보시면 될 것 같습니다."

집무실에서 그렇게 준희를 뜨겁게 달아오르게 했던 긴 손가락이 서류를 차분하게 넘겼다. 그의 요물 같은 손가락이 단정하게 일하는 걸 보니 기분이 묘했다.

준희는 목적지인 선양 호텔 2층 홀까지 이준과 동행했다. 차에서 기다리겠다는데도 굳이 그가 고집을 부린 것이다.

"30분 안에 무조건 나올 거야. 그러니까 저기 커피숍 창가에 앉아서 기다려."

3년 동안 프랑스로 떠나 있었고 그것도 모자라 또 몇 년을 떨어져 있으려고 했던 남자였다. 그런 남자가 이렇게 변할 줄 누가 알았을까. 고작 30분을 불안해하다니.

완벽하게 매어진 그의 넥타이를 괜히 만져주며 준희는 생긋 웃었다.

"기다릴게요."

나 어디 안 가요. 그러니까 걱정하지 말아요.

이준과 헤어져 커피숍 안으로 들어간 준희는 창가 쪽에 자리를 잡았다. 창밖을 내다보니 그가 왜 여기서 기다리라고 했는지 알 것 같았다.

호텔 야경이 아름다웠다. 어둠에 잠긴 야경에 빠져들 때쯤, 낯선 남자의 목소리가 들려왔다.

"백준희 양?"

테이블 앞에 슈트를 입은 중년의 남자가 서 있었다.

분위기도 그렇고 뒤에 거느린 직원들로 보아 높은 지위에 있는 게 분명했다. 하지만 아무리 기억을 더듬어도 모르는 사람이었다. 그런데 내 이름은 어떻게 알고 있는 걸까.

"누구신데 저를 아세요?"

"해성 그룹 며느리를 모를 리가 있나."

중년의 남자는 무척 세련된 외모였다. 옷차림도 고급스럽고 말투도 정중하고 우아했다. 하지만 준희는 귀신같이 눈치챘다. 눈앞의 남자가 제게 호의적이지 않다는 것을.

"해성 며느리 백준희는 맞아요. 그런데 참 이상하네요."

그녀는 자리에서 일어나 남자의 눈을 피하지 않고 빤히 응시하며 말을 이었다.

"저를 몰라야 정상이거든요."

준희의 당돌한 눈빛과 말투에 남자가 흥미롭다는 표정을 지었다. 그 순간이었다.

"제 아내한테는 무슨 볼일이십니까?"

30분 안에 나온다던 남자가 왜 10분 만에 나왔는지는 궁금하지 않았다. 덤덤한 음성 속에 어린 그의 희미한 분노가 준희를 긴장하게 만들었다.

제 아내를 보는 것도 싫다는 듯 커다란 체격으로 준희를 가려버리자 윤 의원의 시선이 이준에게로 향했다.

"결혼했다는 소식은 들었는데 축하 인사를 건넨 적이 없어서 말이야."

제 동생인 윤은서와 있을 땐 단 한 번도 보지 못했던 반응에 윤 의원의 배알이 뒤틀렸다.

"그런데 자네 반응이 난 더 재밌군. 인사 정도 건네는 게 뭐 그리 대수라고 그렇게 날을 세우지?"

"인사를 건네는지 악담을 건네는지 알 수가 있어야죠. 워낙 저에겐 악담을 잘 하셔서 말입니다."

희미하게 웃음을 머금은 매혹적인 입술과 달리 이준의 눈은 조금도 웃고 있지 않았다. 이가 바득바득 갈렸지만 윤 의원은 너그러운 웃음을 지었다. 이 정도 표정 관리야 정치를 하다 보면 일도 아니니.

"내 매부가 될 뻔했던 자네 아닌가. 그 정도면 자네 아내한테 인사할 자격은 충분하다고 보는데. 아닌가, 백준희 양?"

이준의 뒤에서 준희가 모습을 드러냈다.

거친 태풍에도 끄떡없이 지켜줄 남편의 든든한 보호막에서 스스로 나온 것이다.

"정식으로 인사드릴게요. 백준희라고 합니다. 물론 제 이름은 알고 계시지만요."

맑은 다갈색 눈동자는 여전히 겁도 없이 그를 빤히 바라보고 있었다. 상대방의 숨은 의중을 파악하려는 듯.

"소중한 아내도 생겼으니 이젠 사교 활동도 슬슬 시작해야 하지 않겠나?"

백준희를 보고 있는 눈과 달리 윤 의원은 이준을 향해 말하고 있었다.

"행사 때마다 해성만 자꾸 빠지니 모두가 착각을 하더라고. 자네가 우리 은서 추모하느라 그러는 거라는 말도 안 되는. 기가 막힌 일이지? 자네는 내 동생의 죽음을 조금도 애도하지 않는데 말이야. 죄를 지은 것도, 살아남은 것도 자네인데, 왜 우리 가문에서 죄책감을 느껴야 하는 건지 원."

네 아내도 알고 있느냐고. 너의 추한 과거를.

"자넨 이렇게…… 어리고 예쁜 아내를 다시 맞이해서 잘 살고 있지 않은가? 혼자 죽어 억울한 내 동생이 자네 혼삿길을 막고 있다는 억울한 소문 정도는 잠재워줄 양심 정도는 있어야지. 안 그런가?"

자식 하나 없는 윤 의원에게 나이 차이 나는 막냇동생은 딸이나 다름없었다.

"다음 주에 있을 '올해를 빛낸 한국인의 밤'에 부부 동반으로 참석하게나."

막강한 힘을 가진 재계와 정계인, 유명 연예인들까지 모두 모이는 자리였다. 서로에 대한 친목을 다짐과 동시에 편을 서고 가르는 보이지 않는 전쟁터.

동생의 죽음 이후 이준에게 붙은 추악한 소문. 그게 두려워 섣불리 엄두를 못 내면서도 이준을 탐내는 여자들은 여전이 많았다.

옆자리의 공백이 길어질수록 그를 향한 여자들의 욕심도 지독해졌다.

마음의 문을 닫아버린 해성가의 황태자.

그이 아내가 신나는 건 하나뿐인 왕관을 거머쥐는 거나 마찬가지였다.

그 왕관을 거머쥔 주인공이 별 볼 일 없는 여자라면?

제 동생까지 못 잡아먹어 안달이던 암사자들에게 나약한 먹잇감을 던져주는 건 꽤나 재밌을 것이다.

그걸 똑똑한 강이준이 모를 리가 없었다.

그런데 이준보다 준희가 먼저 대답을 했다.

"호의 거절하지 않고 부부 동반으로 꼭 참석하도록 할게요."

다시 봐도 맹랑했다. 그게 아니면, 어려서 사리분별을 못하는 건지도.

"남편보다 더 용기 있는 아내를 찾기란 쉽지 않지. 최 비서, 해성 코리아 명단에 넣고 초대장 보내도록 해. 그럼 그날 봅시다, 백준희 양"

비서에게 지시를 한 윤 의원은 미련 없이 돌아섰다.

윤 의원의 제안을 자신의 허락도 없이 받아들인 준희에게 이준은 아무 말도 하지 않았다. 어차피 한 번은 부딪쳐야 하는 일이었다. 이제야 마음을 깨닫고 사랑 한번 해보려고 하는데 주위에서 가만히 두지를 않았다. 애송이부터 윤 의원까지.

이준은 바쁜 스케줄 속에서도 바짝 날을 세웠다.

그를 불안하게 만든 건 초대장도, 그 초대장을 들고 참석할 파티도 아니었다.

윤 의원이 백준희에게 관심을 가졌다는 것.

그날 무심하게 대처했어야 했다. 그랬다면 그가 그렇게 관심을 두지 않았을 텐데.

하지만 윤 의원과 같이 있는 준희를 본 순간 본능적으로 발동하고 말았다. 사랑하는 여자를 지키고 싶은 보호막을, 누구에게도 들키고 싶지 않은 그의 아킬레스건을.

윤 의원은 모든 걸 그의 탓으로 돌리는 남자였다. 동생은 죽었는데 그가 살아 있다는 이유만으로.

두 사람이 같이 죽었어야 했다고 생각하는 남자였다.

—소문이 사실이 아니라도 상관없어. 우리 가문에서 사실로
　만들 테니.

그는 3년 전 호텔 컨벤션에서 만났던 윤 의원이 했던 말을 또렷하게 기억하고 있었다. 윤 의원은 절대 그의 결혼을 축하해 줄 남자가 아니었다. 살인만 저지르지 않았을 뿐, 그의 불행을 위해서라면 물불 가리지 않고 덤벼들 남자였다.

혹시 모르니 작은 것 하나까지 철두철미하게 경계하고 조심해야 한다.

그때 집무실 인터폰이 울렸다.

[의뢰를 부탁한 유한 시큐리티 업체에서 연락이 왔습니다. 직접 통화하시겠습니까?]

"연결해주세요."

곧 전화 연결이 되었고, 조용히 보고를 듣던 이준의 미간이 확 구겨졌다.

"집에 녹음기가…… 있다고 했습니까?"

설마 하며 의뢰를 한 거였는데 무언가가 나올 줄은 진짜 몰랐다. 퇴근 후 집에 오자마자 이준은 단 한 번도 쓰지 않던 방으로 들어가 벽에 몸을 기댄 채 무언가를 매섭게 쏘아보았다. 바로 채송화가 준 원앙 목각 세트였다. 아무래도 찜찜해 침실에는 놓을 수 없었다.

송화가 단독으로 벌였다고 하기엔 뭔가 석연치 않다. 혹시 윤 의원과 손을 잡지 않나 걱정까지 되었다.

채송화가 최악의 판단은 내리지 않기를 간절히 바랄 뿐이었다. 그럼 정말 잔인하게 그의 손으로 생명의 은인인 그녀를 끝내야만 한다. 이준은 자신 때문에 불행한 여자는 윤은서가 마지막이길 바랐다.

그때 방문이 열리면서 준희가 나타났다. 오늘도 늦을 줄 알고 혼자 퇴근한 준희가 이준의 신발을 발견하곤 방마다 찾아다닌 게 분명했다. 무슨 말을 하려는 듯 입술을 달싹이는 준희에게 이준은 손 제스처를 보냈다.

쉬잇, 조용히 손을 벌려 품을 오픈하자 눈치 빠른 준희는 아무 말도 하지 않고 품에 안겨들었다. 영문은 모르지만 그럴 만한 이유가 있을 거라 믿으며 그의 귓가에 속삭였다.

"일찍 오면 일찍 온다고 아까 통화할 때 말해주지 그랬어요.

그럼 눈썹이 휘날리도록 달려왔을 텐데. 근데 나 왜 조용히 해야 해요? 명상 중이었어요?"

이준은 준희의 귓가에 진실을 덤덤히 털어놓았다.

"원앙 목각 세트에 녹음기가 있어. 채송화 단독으로 한 행동인지는 나도 모르겠고."

준희에게 작은 것 하나까지도 비밀은 만들기 싫었다.

작은 거짓을 덮으려다 오히려 진심을 오해받는 경우를 이미 경험했으니까.

"준희 네가 선택해. 부숴버릴까, 돌려줄까."

준희의 성격이라면 산산조각 부순 후에 돌려주자고 할지도.

"주인이 찾으러 오면 돌려줘야죠. 아주 멀쩡하게 시치미 뚝 떼고."

예상 밖의 말에 놀란 표정을 짓는 이준에게 준희가 자그맣게 속삭였다.

"우리 사이가 의심되는 모양인데 녹음 좀 시켜주구요."

그러곤 이준의 손을 잡아끌고 원앙 세트 앞으로 다가가 양손으로 그의 얼굴을 끌어내리며 입술을 가져다 댔다.

"키스해줘요."

앙큼하고 맹랑한 그 요구에 이준은 소리 없이 웃었다. 이게 더 백준희스러운 결정일지도 모르겠다.

손으로 부드러운 머리칼을 헤집자 예민한 감각을 품고 있던 가늘고 긴 목이 드러났다. 천천히 얼굴을 내리고 입술을 묻자 여리지만 강하게 뛰는 맥박이 느껴졌다.

"얼마든지."

이를 세워 민감한 피부를 잘근잘근 씹자 그녀의 입에서 가느다란 신음이 새어 나왔다.

"……흐응."

준희가 토해내는 여린 숨결이 순식간에 흐트러져 고막으로 번지고, 목각 세트 안의 녹음기로 스며들었다.

두둥, 드디어 디데이가 다가왔다.

'올해를 빛낸 한국인의 밤'이 열리는 호텔 로비에 먼저 도착한 이준은 준희를 기다리고 있었다.

그녀는 특급 프로젝트라며 쉬쉬하더니 숍 이름까지 알려주지 않고 입구에서 만나자고 했다.

"전무님, 사모님 도착하셨습니다."

박 실장의 말에 고개를 튼 이준은 햇살이 흩뿌려지는 것처럼 눈이 부시고 시야가 몽롱해지는 것을 느꼈다.

엘리베이터에서 내려 주위를 두리번거리고 있는 준희는 고운 한복 차림이었다.

"명인 김수연 여사님께서 사모님을 위해 한 땀 한 땀 바느질로 완성한 디자인 한복입니다. 30년 넘게 한복 스타일링을 많이 해봤지만 이렇게 한복이 잘 어울리시는 분은 처음 봤다고 숍 원장님도 칭찬하셨답니다. 참석자 중에서 한복을 입은 분들이 몇 분 계시지만 우리 사모님이 가장 으뜸이실 거예요."

넋을 잃은 이준의 반응에 박 실장이 넌지시 귀띔을 했다. 하지만 그의 귀에는 어떤 말도 들리지 않았다. 오로지 아내인 준희만 보였다.

곱게 쪽을 진 머리가 작고 갸름한 얼굴을 더욱 돋보이게 했고, 한복의 은은한 상아 빛이 잡티 없는 새하얀 피부를 은은하게 빛나게 했다. 정갈한 목깃 사이로 드러난 길고 가는 목선을 제외하곤 노출도 없었다. 그런데도 준희는 숨이 막힐 만큼 아름다웠다. 한복은 숨김의 미학, 그 결정체였다.

그에게로 사뿐히 걸어온 준희가 긴 속눈썹을 들어 올리며 수줍게 물었다.

"나 어때요?"

곱게 쪽을 진 머리 한쪽에서는 나비잠이 보드라운 날갯짓을 하고 있었다.

아리따운 선녀가 눈앞에 있으니 이준의 손에서는 절로 식은 땀이 났다.

"네가 너무 예뻐서."

그는 뒤에 서 있는 박 실장이 듣지 못할 만큼 목소리를 나직하게 깔았다.

"지금 당장 한복을 벗기고 싶다면 믿을래?"

"한복 풍성하게 보이게 하려고 이 안에 속치마를 몇 개 입었는지 알고서 하는 소리예요? 하나만 입어도 되는 웨딩드레스 속치마랑 차원이 다르다구요!"

웨딩드레스를 벗겨본 적 없는 이준이 그걸 알 턱이 없었다.

"김 선생님께서 전통 방식을 워낙 고수하는 분이라 입느라 고생했어요. 하다못해 소, 속옷까지."

"벗는 건 내가 도와줄 테니까 걱정하지 마."

준희의 입이 소리 없이 뻥긋했어. 이 남자가 정말 미쳤어.

이준은 숨김의 미학부터 벗김의 미학까지 있는 한복이 무척이나 마음에 들었다. 지금 당장이라도 아내가 겹겹이 입은 한복을 벗기고 싶었다. 하지만 그건 늦은 밤으로 미루기로 하고.

"그런데 박 실장한테 건넨 쇼핑백은 뭐야?"

"채송화 씨도 참석한다고 해서 돌려주려고요. 이걸 계속 집에 놔두는 것도 찜찜하고 얼른 줘버리고 싶어서요."

"채송화가 참석하는 건 어떻게 알았지?"

"내가 무턱대고 여기 왔을 것 같아요? 만반의 준비를 다 했다구요."

"아버지한테 SOS를 쳐서?"

이준의 대답에 준희의 입이 쩍 벌어졌다. 물론 그의 말은 사실이었다. 석훈에게 도움을 요청했고, 해성의 수재들로 구성된 프로젝트 팀이 준희와 일주일을 함께했다.

"알고 있었어요?"

"너에 대해서라면 난 모르는 게 없어."

"아버님 너무해요. 그걸 어떻게 일러요?"

"네가 이렇게 야무지다고 자랑하려고 나한테 넌지시 말한 거니 아버지한테는 뭐라고 하진 마."

"어찌 되었든 시아버님 힘 좀 빌렸어요. 여기가 보이지 않는 치열한 전쟁터라길래. 내가 또 지는 건 무지 싫어하잖아요."

팔짱을 끼며 준희가 싱긋 웃었다. 입구를 지키고 있던 가드에게 초대장을 보여주자 양쪽으로 문이 열렸다.

이준은 차분하게 준희에게 팔을 내밀었다.

"준비됐으면, 이제 가볼까?"

해성 그룹 작은 안주인의 첫 사교계 대비였다. 걸음을 옮길수록 시선이 집중되었고, 사람들은 편안하게 이준에게 말을 걸었다. 다양한 인사와 주제로 말을 거는 그들의 눈은 한결같이 준희에게 향해 있었다.

몇 년 만에 참석한 공식 자리인데도 이준은 위화감 없이 대화를 나누며 어울렸고, 잊지 않고 그들에게 준희를 소개했다.

"제 아내 백준희입니다."

소개는 단 한 마디뿐이었다. 그런데도 아무도 토를 달지 않았다. 사랑 가득한 눈빛으로 준희를 내려다보며 품에 꼭 끌어안고 있는데 무슨 말이 필요할까.

전투력 제대로 장착하고 온 게 무색할 만큼 사람들은 친절했다. 무례한 질문 따위는 없었고, 호의적으로 대해주었다.

대화에 끼어들진 않았지만 준희는 잔잔한 미소를 입가에 머금은 채 이준이 사람들과 나누는 대화에 귀를 기울였다.

"남자들은 만나기만 하면 정치에 사업 이야기밖에 안 한다니까. 그러지 말고 우리끼리 자리를 옮기는 게 어때요? 행사 시작하려면 30분이나 여유가 있으니."

나이 지긋한 노부인의 제안에 몇몇 여자들이 고개를 끄덕거리며 수긍을 했다.

준희 또한 그들을 따라가려고 했다. 하지만 이준이 허리에 감고 있는 팔에 더 힘을 주는 바람에 한 걸음도 떼지 못했다.

"나한테서 일분일초도 떨어지지 마."

"자꾸 애 취급할 거예요?"

"차라리 애면 혼내서라도 옆에 두지."

"나 좀 믿어주면 안 돼요?"

내가 오빠를 믿는 만큼.

준희가 가만히 눈을 맞추자 그의 눈빛이 흔들렸다. 결국 이준이 한숨을 내쉬며 항복을 했다.

"무슨 일 있으면 바로 나한테 와야 해."

"약속할게요."

활짝 웃으며 그들과 함께 섞여 멀어지는 준희에게서 이준은 시선을 뗄 수가 없었다.

겉보기엔 씩씩하고 강했지만 사실은 누구보다 순수하고 마음이 여린 준희는 내유외강이었다.

웃으면서 칼을 휘두르고 뒤통수를 때리는 이 전쟁터에서 준희가 무방비하게 공격당해서 상처 받을까 걱정되었다.

알고 있었다. 스스로가 너무 과잉보호하려고 한다는 걸. 그런데도 미치도록 불안하고 초조했다.

그때 박 실장이 이준에게 다가와 휴대 전화를 내밀었다.

"부회장님이십니다."

214

대화를 나누던 사람들에게 양해를 구한 이준은 한쪽으로 물러나서 전화를 받았다.

[어떠냐, 오늘 준희가 무척 예쁘지? 한복이 그렇게 곱게 잘 어울리기가 힘든데 말이다.]

새삼스럽게 그런 걸 왜 묻나 싶었다. 한복을 입지 않아도 그저 예쁘고 사랑스러운 아내인데.

"그거 물으시려고 전화하셨습니까?"

[내가 그렇게 한가해 보이냐?]

"전화한 용건 간단히 말씀해주세요. 저 지금 행사 참여 중입니다."

행사보다는 눈에 보이지 않는 백준희 때문에 신경이 잔뜩 곤두서 있는 상태였다.

[병원에서의 일 이후로 어르신이 화가 잔뜩 나셨다. 행사 끝나고 집에 가면 어르신이 기다리고 계실 거다.]

"준희 할아버님이 왜요?"

석훈이 갑자기 버럭했다.

[네 녀석이 2세 안 낳는다고 입방정을 떨어서 그런 것 아니냐! 후세 생각 안 한다는 건 결국 이혼하겠다는 소리 아니냐며 괘씸한 손녀사위가 손끝 하나 대지 못하도록 직접 손녀를 지키시겠단다.]

"좀 말리시지 그러셨어요."

[귀한 딸 둔 아버지 마음이 다 그런 것을, 아들만 있는 내가 어떻게 말려?]

그야말로 청천벽력이었다. 숨김과 벗김의 미학이 있는 한복을 곱게 입은 준희와 집으로 돌아가기만을 손꼽아 기다리고 있던 이준에게는.

[남은 2개월 동안 너희 집에서 같이 지내신다고 하니 나머진 네가 알아서 해라.]

"아버지!"

[어르신이 집에 계신 동안은 소홀함 없이 잘 모셔야 해, 알았냐?]

그렇게 전화는 툭, 끊겼다.

이준이 머리를 쥐어뜯는 동안 준희는 여자들과 대형 파우더 룸에서 편안한 대화를 나누고 있었다. 다양한 연령층이 같이 했지만 대화의 대부분은 나이 지긋한 부인들이 주도했다.

"준희 양, 올해 스물다섯 살이라고 했죠? 너무 예쁜 나이네요."

"강 전무가 결혼했다고 해서 얼마나 놀랐는지 몰라. 우리 딸이 강 전무를 무척 마음에 들어했거든. 근데 뭘 어떻게 할 수가 있나. 친구랑 약혼했던 남자를……!"

"엄마, 쓸데없는 말은 왜 하고 그래요?"

옆에 가만히 앉아 있던 딸이 작게 소리치며 말을 잘랐다.

"근데 준희 양 한복은 디자인도 그렇지만 색이 어쩜 그리 곱나 몰라. 그 나이에 한복 입으라고 하면 싫었을지도 모르는데. 한복은 협찬 받은 거예요, 준희 양?"

"아니요. 이 한복은 김수연 선생님께서 저를 위해 디자인해주셨어요."

"어머나, 깐깐한 김 선생님께서? 준희 양 집안과 친분이 대단한가 봐요? 혹시 어머님하고 아시는 사이?"

돌려 말하는 그 의미를 준희가 모를 리가 없었다.

"제 할아버지와 친분이 있으세요. 오랫동안 적자 나는 작은 회사긴 하지만 전통 방식으로 공예품을 생산하는 일을 하시거든요."

"좋은 일 하고 계시네. 우리 것이 좋긴 하지. 나도 요즘 동양화 수집하는 걸로 취미를 바꾸었잖아. 나이가 들수록 옛것에 정이 가더라구."

"언제 집으로 초대해서 그림 구경 좀 시켜줘요, 한 여사."

"호호, 그러죠 뭐."

꼬치꼬치 물을 것 같다가도 적당한 선에서 멈추는 게 반복되었다. 그때 행사를 시작한다는 방송이 흘러나왔다.

"우리는 그만 빠져줘야겠어요. 젊은 애들끼리 대화도 나누고 친하게 지내라구요."

부인들이 빠져나가자 비슷한 나이층의 여자들만 남게 되었다. 잠시의 침묵 후, 유연이란 여자가 입을 열었다.

"내가 언니니까 말 놔도 되지?"

"그러세요."

대답을 하면서 준희는 기억을 더듬었다. 참석자 명단 리스트에서 분명 보았던 이름인데. 한유연, 한유연이라……. 생각났다! 한양 건설 장녀. 윤은서의 친구이자 라이벌. 윤은서에게 밀려 이준과의 약혼에 실패했던.

"돈에 팔려 온 해성가의 심청이란 별명, 진짜니?"

지금까지 어떻게 참고 있었는지, 조신하게 입을 다물고 있던 여자들의 입에서 질문들이 우르르 쏟아졌다.

"나도 들었어. 이 결혼 쇼하는 거라고. 그래서 결혼하자마자 프랑스로 가버린 거잖아. 두 사람, 혼인 신고는 했어?"

"은서 약혼자한테 붙은 흉측한 그 소문 때문에 제물처럼 신부를 사서 멀쩡한 거 보여주려고 벌인 자작쇼라는데. 두 사람 결혼 진짜는 맞는 거니?"

"그래도 어느 정도 수준에서 골라야 하는 거 아니야? 해성 부회장님 좀 너무했다, 그치?"

"은서 약혼자인 이준 씨도 불쌍해. 괜히 약혼 한 번 잘못했다가 저런 애랑 결혼해서 부부인 척 연기하잖아."

거침없이 화살처럼 날아드는 질문에 대답할 기회조차 주어지지 않았다.

강이준이랑 남자와 사랑 한 번 하기 참 어렵다.

보이지 않는 전쟁터가 바로 이런 거였다. 대단한 집안 배경을 둔 윤은서까지 피해가지 못했다는 시기와 질투, 호기심. 그것들이 준희에게 무차별하게 쏟아지고 있었다.

"저도 유연 언니에 대해서 들은 소문이 있는데."

준희는 눈을 마주치며 싱긋 웃었다.

"전 약혼녀랑 이준 오빠 두고 경쟁했다고 들었어요. 물론 언니가 집안이 더 뒤처져서 밀렸고 화가 나서 친구분과도 절교

했다고요. 맞아요?"

석훈이 특별 프로젝트 팀을 구성해준 덕을 톡톡히 보고 있는 순간이었다.

"친구분이 고인이 되었는데도 장례식엔 참석도 안 하고 이준 오빠한테 접근했다가 차였다는 소문도 있던데 진짜예요?"

이런 쓸데없는 것들을 내가 왜 암기해야 하나 했는데.

"뭐, 뭐라고? 누가 그딴 소리를 해?"

다른 건 몰라도 준희는 이거 하난 정확히 알고 있었다. 어떤 싸움에서든지 먼저 흥분하면 지는 거였다.

"물론 진실은 아니겠죠. 소문은 소문일 뿐이니까. 언니 소문도, 그리고 저와 이준 오빠에 대한 소문도. 그렇죠, 언니?"

유연은 아무 대꾸도 못 한 채 씩씩거릴 뿐이었다.

준희는 자리에서 일어났다. 분위기상 친해지기는 글렀는데 더 있어야 할 이유가 없었다. 그런데 뒤통수로 여자의 위협적인 목소리가 들려왔다.

"나이도 어린 게 건방지게 언니들을 가르치려 들어? 주제 파악 못하고 설치는 이런 거지 같은 부류는 제대로 버릇을 고쳐줘야 해."

돌아서자마자 준희에게 빠르게 다가오는 여자가 있었다. 여자가 높이 치켜든 팔을 준희는 제대로 움켜잡았다.

"이 소문은 못 들었나 봐요?"

그녀는 웃음기를 지운 채 동그랗게 앉아 있는 여자들과 한 명 한 명 눈을 맞추면서 차분하게 말을 했다.

"내가 귀신한테 바치는 제물이라고 쳐요. 근데 그 제물이 귀신도 이길 만큼 지독하다는 거요."

"……!"

"누구든 나 건들기만 해요. 확 그냥……."

준희가 일부러 앙칼지게 눈을 치켜뜨며 말끝을 흐리자 여자들이 기겁했다.

겉만 강한 척할 뿐, 온실 속 화초들이 감히 들판의 잡초를 상대할 수 있을까.

"물론 절 건들지만 않으면 무척 착한 언니들의 여동생이 될 수도 있답니다."

무슨 일이 있었냐는 듯 여자의 손목을 놓은 준희는 생긋 웃으며 차분하게 한복 매무새를 정리했다.

"언니들, 동생은 먼저 물러날 테니 좋은 시간 보내세요."

준희는 룸을 나왔다. 문을 닫는 틈 사이로 잔뜩 흥분한 여자들의 목소리가 들려왔다.

"완전 이중인격자야, 쟤!"

"노려보다가 갑자기 웃는 거 봤어? 나 완전 소름 돋았어, 사이코 아냐?"

"쥐뿔도 없는 쪼그만 게 성격파탄자야! 우리 이준 씨 불쌍해서 어떻게 해?"

"완전 미저리야, 미저리! 흰자위 희번덕거리잖아!"

준희는 한숨을 내쉬며 고개를 가로저었다.

무슨 흰자위를 희번덕거리면서 노려보다 웃었다고.

아주 잘 있는 남의 남편은 뭐하러 걱정하냐구요.

미저리든 이중인격자든 쥐뿔도 없든, 성격파탄자든 상관없었다. 강이준이란 남자를 차지한 건 바로 나 백준희니까.

그녀는 복도 끝에 서 있는 박 실장과 눈이 마주치자 얼른 웃어 보였다. 그렇지 않으면 당장 이준에게 보고할 기세였으니까.

"여기서 또 보네요, 우리."

짙은 향이 코끝을 자극해서 돌아서니 채송화가 서 있었다.

"볼 때마다 느끼지만 한복이 참 잘 어울려요."

대답 없이 준희가 빤히 쳐다보자 송화가 물었다.

"혹시 저 안에서 무슨 일 있었어요?"

"무슨 일 있었으면 하고 바라는 건 아니구요?"

"걱정되어서 묻는 거예요. 나나 준희 씨나 이 세계에선 쉽게 받아들여줄 리가 없거든요. 받아주는 척 흉내만 내는 거니 착각해서도 안 되고."

'속에 꿍꿍이를 숨기고 내게 친한 척하는 것처럼요?'

그렇게 되물으려다 말았다. 채송화를 보면 녹음기만 생각날 뿐이었다.

"잠시 기다려주세요. 줄 게 있어서요."

준희는 박 실장에게 쇼핑백을 받아 와서 다시 송화에게 내밀었다.

"채송화 씨가 준 집들이 선물이에요."

"이걸 왜 주는 거죠?"

"어차피 찾으러 올 거였잖아요. 무슨 핑계를 대서라도. 아니에요?"

처음으로 송화의 얼굴에서 미소가 사라지는 걸 보았다.

"듣고 싶은 거 들을 수 있을 테니 기대해도 될 거예요. 한국을 대표하는 대배우님이시니 잘 알겠죠? 그게 연기인지 진짜인지 정도는."

"……"

"얼굴 붉힐 대로 붉히면서 실컷 들으세요. 그거 듣고 오빠와 제 사이는 그만 의심하시구요."

준희는 가만히 서 있는 송화의 손에 쇼핑백을 직접 들려주었다.

"한 번만 더 이런 짓 하면 저도 그땐 가만 안 있어요. 같은 여자로서 하는 마지막 경고예요."

홀로 들어가자마자 이준이 집으로 가자며 준희를 밖으로 이끌었다. 분위기를 보아하니 한창 진행 중인데.

"어르신께서 우리 집에 두 달 동안 계신대."

"할아버지가요? 갑자기 왜요?"

"2세 계획 없다고 하니 화가 단단히 나신 것 같아."

"내가 할아버지한테 말할게요."

"쉽게 고집 꺾으실 분 아니란 건 네가 더 잘 알지 않아?"

"그럼 어떻게 하라구요."

"이때 아니면 또 언제 어르신을 모셔. 우리 집에 머무르시는 동안 정성껏 모시지 뭐."

"흐음, 엄청 불편하고 신경 쓰일 텐데."

"집도 넓고 방도 많은데 불편할 게 뭐 있어. 어른 모시면 신경 쓰는 건 당연한 거야."

그는 아직 파악을 하지 못한 게 분명했다. 할아버지가 집에 머무르려는 진짜 의도를.

"왜, 내가 꽤 괜찮은 사위에 남편이라는 게 못 미더워서 그래?"

"못 미덥긴요. 결혼 전부터 나한테는 못되게 굴어도 힐아비지한테는 엄청 잘했잖아요."

"그런데?"

"이 안에 있는 어홍이가 잘 버틸 수 있나 걱정되는 것뿐이에요."

준희는 새침한 표정을 지으며 손가락 끝으로 그의 가슴을 쿡, 찔렀다.

"오빠가 나한테 손끝 하나 못 대도록 할아버지가 두 눈 부릅뜨고 감시한다에 한 표."

"설마, 진짜 그러시진 않겠지."

"그러려고 우리 집에서 머무르시겠다는 거잖아요. 아직도 모르겠어요?"

준희의 말에 이준의 얼굴이 급격히 어두워졌다. 그제야 사태의 심각성을 인식한 것이다.

"밤톨, 어르신께 메시지라도 보내봐."

"뭐라고요?"

"할아버지, 우리 그냥 사랑하게 해주세요?"

"푸읍."

진짜 이 남자 왜 이렇게 귀여워.

터져 나오는 웃음을 겨우 참고 있던 준희의 발걸음이 멈추었다. 복도 끝에 채송화가 서 있었다. 그녀를 발견한 이준이 뒤에 서 있는 박 실장에게 지시했다.

"박 실장님, 준희 먼저 차에 태우세요."

"오빠는요?"

"나도 곧 갈 거야. 송화한테 할 말 좀 하고."

나는 들으면 안 되는 거냐고 물으려다가 준희는 박 실장을 얌전히 따라갔다. 그만큼 이준을 믿어서였다.

준희가 멀어지고 나서야 이준은 싸늘한 눈빛으로 송화에게 다가가 말을 했다.

"생명의 은인이자 친구로서 널 봐주는 건 이번이 마지막이야."

"날 버리겠다고? 네가…… 날?"

"부탁이니 제발 최악까지는 가지 마라. 그땐 널 정말 산산조각 내버릴지도 모르니까."

미련 없이 돌아서는 이준을 노려보며 송화는 피가 나도록 아랫입술을 깨물었다.

"날 최악까지 몰아붙이는 건 강이준 너야."

Chapter 21

내 남자, 내 남편

이준이 너무 쉽게 비밀번호를 알려주자 근석은 솔직히 놀랐다. 이런저런 핑계를 대며 버티다 알려줄 줄 알았건만. 정말 준희랑 별 사이 아니라서 거리낄 게 없다는 건가.

근석은 느긋하게 손녀딸의 신혼집을 구경했다.

"내가 여기 머무르겠다는 의도를 모르는 건 아니겠지."

그렇게 똑똑한 놈이.

뒷짐을 진 채 집 구경을 하다 보니 절로 혀를 차는 소리가 나왔다. 자고로 부부가 사는 집은 적당히 넓어야 했다. 그래야 지지고 볶고 하면서 정도 들고 하는데.

"이렇게 넓은 집에 사니 둘이 정분이 날 틈이 있나."

근석도 처음엔 둘의 미래에 어른들이 끼어드는 건 무리라고 판단을 했었다. 그런데 며칠 전 우연히 석훈의 집 서재에서 통화 내용을 들어버렸다.

─몇 년 후에 이혼하는 걸 조건으로 한 계약 결혼이라니! 우

리 이준이가 끝내 그런 짓을 할 리가 없네. 어디서 그런 쓸데없는 찌라시가 흘러나왔는지 당장 조사해서 보고해.

손녀딸을 둔 그의 입장에선 가슴이 철렁 내려앉는 소리였다. 만약 그게 진짜라면? 그렇지 않아도 불안하고 신경 쓰여 죽겠는데 병원에서 한 가닥 남은 믿음이 무너져버렸다. 이준이 2세 계획은 없다고 선언한 것이다.

젊은 부부의 집에 끼어들어 지낼 만큼 근석은 눈치가 없지 않았다. 다만 며칠 지켜볼 생각이었다. 잠깐잠깐 보는 건 눈속임을 할 수 있을지 몰라도 24시간은 무리일 것이다.

때마침 도착한 두 사람에게 근석은 일방적인 명령을 했다.

"나 있는 동안은 두 사람 각방 써라."

"할아버지!"

준희가 아무리 앙칼진 눈으로 바라보아도 근석은 고집을 꺾지 않았다. 이왕 마음먹은 거 아주 바짝 몰아붙여야 감정이 제대로 터져 나오리라.

"2세 계획 절대 없다면서? 그럼 그럴 일이 없도록 조심해야 할 거 아니냐? 계획하지 않은 임신은 여자에게 좋을 거 하나도 없다는 거 몰라서 그래? 안 그런가, 강 서방?"

"머무르시는 동안은 신경 쓰시는 일 없도록 각방 쓰겠습니다."

그래도 10살 더 먹었다고 이준이 이성적으로 대답을 하며 준희의 손을 가만히 잡았다. 그제야 준희가 마지못한 표정으로 입을 다물었다.

"준희 넌 표정이 왜 그러냐? 각방 쓰기 싫으면 셋이 같이 자리? 그 몇 개월도 참지 못할 거면 2세는 절대 안 낳겠다고 호언장담은 뭐하러 하누?"

결국 준희는 침실에서, 이준은 서브 룸에서 자기로 했다. 근석은 발을 쿵쿵 구르며 자신을 원망하는 눈빛으로 바라본 후 침실로 향하는 손녀딸을 보며 중얼거렸다.

"이 녀석아, 다 널 위해서 이러는 거다."

손녀딸의 일방적인 짝사랑이라면 절대 두고 볼 생각이 없는 근석이었다.

☾

준희는 침대에 누워 뒹굴대다 갑자기 벌떡 일어났다.

"할아버지는 주무시고 계시겠지?"

밤 9시에 잠이 들었다가 아침 5시에 정확히 일어나는 습관이 몸에 밴 분이었다. 그녀는 살그머니 거실로 나갔다. 거실은 어둡고 고요했다.

어디 보자, 오빠가 들어간 방이 복도 세 번째 방이었…….

"어딜 가는 게냐?"

"아, 안 주무셨어요?"

방에서 자고 있을 줄 알았던 근석이 소파에서 일어나 준희를 보고 있었다.

"큰 화면으로 보니 TV 보는 재미가 쏠쏠하더라. 소파도 비싼 거라 그런지 편하고 좋구먼."

……히끅. 너무 놀란 나머지 딸꾹질이 나와버렸다.

"이 집에 있는 동안 거실 소파에서 잘 생각이니 쓸데없는 짓 할 생각은 말아라."

준희는 도둑고양이처럼 이준의 방에 침입하려던 계획을 결국 변경할 수밖에 없었다.

"할아버지, 나 그냥 오빠랑 같이 자면 안 돼요?"

"쯧쯧, 그게 여자인 네 입에서 먼저 나올 소리냐?"

근석이 한심하다는 듯 혀를 차자 준희의 얼굴이 시무룩해졌다. 그건 나도 안다구요. 하지만 아직은 내가 더 많이 좋아하는데 어떻게 하라구요.

"오빠한테 아무 짓도 안 하고 잠만 곱게 잘게요. 네?"

"그래도 안 된다."

"부적 역할을 하라고 결혼시켰으면 그건 하게 해줘야 할 거 아니에요. 오빠는 제가 옆에 없으면 가위 눌린단 말이에요."

근석의 눈썹이 꿈틀했다.

……아싸, 먹혔다.

"오빠가 무슨 짓 할 리가 없잖아요. 했으면 내가 했지."

"그걸 자랑이라고 하는 거냐?"

"근데 사실인걸요?"

근석이 머리가 아픈 듯 관자놀이를 누르며 손짓을 했다.

"……잠만 자야 한다. 절대 닿아서도 안 돼. 알았냐?"

"예써!"

준희는 신이 나서 베개를 든 채 이준이 있는 방으로 내달렸다. 노크도 없이 문을 열자 책상에 앉아 있는 이준이 보였다.

"밤톨?"

그가 놀라든 말든 준희는 와락 달려들어 이준의 다리 위에 안착했다.

"할아버지 허락 맡고 들어온 거니까 내쫓을 생각 말아요."

그녀가 가는 두 다리로 그의 다리를 단단히 휘감자 이준이 싱긋 웃었다.

"어르신이 허락하셨을 리가 없잖아."

"부적 노릇해야 해서 오빠 옆에서 자야 한다고 했어요. 오빠한테 아무 짓도 안 하고 잠만 곱게 잔다고 약속하니까 마지못해 허락해주시던데요?"

"내가 아무 짓 안 할 자신이 없어. 그러니까 돌아가, 준희야."

"가만히 보면 융통성 진짜 없어. 완전 헛똑똑이라니까요, 오빠는."

"……?"

"아무 짓도 안 하겠다고 약속한 건 나잖아요."

준희는 자신이 준 힌트를 이준이 알아듣지 못하자 답답하다는 듯 행동으로 옮겼다. 약속한 게 있어 차마 키스는 못 하겠고.

"아무 짓도 못 하는 나 대신."

부드러운 숨결로 남편의 입술을 적시며 속삭였다.

"남편이 니 좀 안아줘요."

그렇지 않아도 준희를 생각하느라 일이 손에 잡히지 않는 이준이었다. 불과 백 미터도 되지 않는 거리에 아내가 있는데도 안기는커녕 만지지도 못하니 죽을 맛이었다. 그런데 아내가 이렇게 영특하게 머리를 썼을 줄이야. 그래도 근석과 약속한 게 있는지라 양심의 가책은 느껴졌다. 하지만 이미 본능이 이성을 앞지른 상황.

키스를 퍼부으면서도 이준의 두 손은 보드라운 피부를 느끼기 위해 아내의 옷자락을 들추고 있었다.

준희의 입에서 신음이 새어 나온다 싶으면 입술로 막고 숨결까지 남김없이 마셔버렸다. 하지만 그의 입술은 하나뿐이고 탐하고 싶은 건 아내의 몸 전체였다. 매끄러운 목덜미를 타고 내려가면 어김없이 준희가 고양이 같은 신음을 흘렸다. 그는 평소라면 더 달아올라서 달려들었겠지만 상황이 상황이었다.

거칠게 조각난 호흡을 가다듬으며 준희의 귓불을 혀로 적시며 속삭였다.

"소리는 좀 참아봐."

준희는 숨을 헐떡이면서도 지지 않고 속삭였다.

"소리 나오게 한 사람이 누군데요. 그럼 하지 말던가요."

"이제는 못 멈춰."

그는 스스로도 놀랐다. 자신이 이렇게 본능에 복종하는 짐승일 줄이야.

"근데 어르신에 대한 예의가 아닌 것 같아서 양심에 찔려 죽겠어."

그의 말에 준희는 노트북 화면에서 새어 나오는 옅은 빛에 비친 잘생긴 남편의 얼굴을 기가 막히다는 듯 쳐다보았다.

괜히 넓고 비싼 집이 아니었다. 근석이 있는 거실과는 거리감도 있을뿐더러 방음이 의심되지 않을 만큼 벽도 튼튼했다.

"지금 당장 나가서 어르신께 2세 노력하겠다고 무릎 꿇고 빌까."

"날 위해 총대 메준 남편 방패 어디 갔어요?"

"방패는 계속해줄 거야."

낮고 차분한 목소리와 달리 준희를 바라보는 그의 검은 동공은 욕망으로 가득했다.

"어떻게요?"

"넌 마음껏 느끼고 즐겨."

나른한 눈빛처럼 나른한 미소가 입가에 번졌다.

"자제는 내가 할 테니까."

그 말을 마지막으로 이준은 준희를 번쩍 앉아 들어 침대로 향했다.

테라스 창문으로 들어온 새벽빛이 짙어질 즈음에야 겨우 잠이 든 근석이었다. 손녀딸에게 허락을 해놓고선 마음이 편치 않아 자꾸만 뒤척이며 촉각을 곤두세웠던 것이다. 그러다 까무룩 잠이 든 근석은 희미하게 들려오는 소리에 잠에서 깨어났다. 뒷짐을 진 채 소리를 따라가자 주방에 서 있는 이준을 발견할 수 있었다.

"잠자리가 불편하진 않으셨습니까, 어르신?"

"늘 자던 곳이 아니니 당연히 불편하지. 게다가 손녀딸이 야심한 밤에 부적 노릇한다고 자네 있는 방으로 기어들어갔는데 내가 잠을 잘 잘 수 있었겠는가?"

"이해해주셔서 감사합니다. 그 덕분에 제가 무척 편한 밤을 보냈습니다."

잔잔한 미소를 짓는 이준을 보며 근석은 흰 눈썹을 씰룩였다. 햇살 가루라도 뿌려놓은 듯 광채 나는 저 얼굴에 손녀딸이 푹 빠진 게 분명했다.

"되었네. 대충 지내다가 봐서 준희 데리고 집으로 돌아가든지 말든지 할 거니 신경 쓰지 말게."

하지만 누굴 탓하겠는가. 잘나도 너무 잘난 놈을 겁도 없이 손녀사위로 들여 앉혀놓은 저를 탓해야지. 그래서 열불 나는 마음에 협박을 한 것이다. 네놈이 조금이라도 마음에 안 드는 짓을 하면 당장 준희를 데리고 집으로 돌아가겠다는.

"근데 자넨 아침부터 여기서 뭘 하고 있나?"

"준희랑 먹을 가벼운 아침 식사를 준비하고 있었습니다. 어르신은 속 시달리지 않도록 죽 좀 준비해드릴까요?"

"자네가 직접?"

"아침부터 남을 집에 들이는 것도 불편해서요."

"준희는 뭐 하고?"

"준희가 아침잠이 많은 편입니다."

"그래도 그렇지……."

말끝을 흐리는 근석의 목소리가 조금은 누그러졌다.

"퇴근 후엔 준희가 저녁을 해줍니다. 둘 다 직장인인데 준희만 고생시킬 순 없잖아요."

팔은 안으로 굽는다고 하지만 이건 편을 들어줄 수가 없는 상황이었다. 바쁜 남편 아침 정도는 챙겨줘야 큰소리를 칠 터인데.

"난 이제 좀 씻어야겠네. 죽은 아무거나 잘 먹으니 조금만 주게."

말을 마친 근석이 돌아서자, 그제야 눈을 비비며 주방으로 들어서는 준희가 보였다.

"준희 넌 일찍 좀 일어나라! 할아비 굶길 셈이냐?"

"오빠가 준비 안 했어요? 내가 오빠한테 할아버지는 아침엔 거의 죽 드신……."

"손녀사위 말고 손녀딸이 차려주는 아침이 먹고 싶어서 그런다, 어쩔래!"

근석은 심술맞게 소리치곤 손녀딸의 곁을 지나쳤다. 잔소리 좀 하려고 들어왔다가 오히려 한 방 먹은 기분이었다.

주방을 나서기 전, 한마디를 더 하기 위해 슬쩍 뒤를 돌아본 근석의 눈이 놀라서 튀어나올 뻔했다.

자신은 아직 주방을 벗어나지도 않았는데 마치 근석이 없는 것처럼, 주방에 둘만 있는 것처럼.

"저, 저것들이!"

고목나무에 매미처럼 등에 찰싹 달라붙어 얼굴을 부비는 준희를 이준이 사랑스럽게 내려다보고 있었다. 준희가 참새처럼 입을 삐죽거리자 이준이 쪽, 하고 입맞춤까지 해주었다.

"험험. 험험험험험험험!!!!"

목이 나가라 헛기침을 흘려도 무아지경, 두 사람은 달콤한 아침 풍경을 연출하느라 바빴다.

일주일은 나름 무난하게 흘렀다. 근석이 눈에 불을 켜고 감시하는 바람에 이준과 맘 편히 스킨십을 못한 걸 제외하고는 말이다.

준희가 회사 워크숍을 떠나는 주말 아침, 이준에게서 전화가 걸려왔다.

[워크숍, 안 가면 안 되나?]

"당연히 안 되죠. 저 지금 버스 타고 강원도 내려가고 있어요."

[목적지가 어디라고 했지?]

"강원도 한산 리조트요."

통화를 끝낸 후, 준희는 휴대 전화를 내려다보며 중얼거렸다.

"큰일났다. 벌써 보고 싶어."

고작 4시간 거리를 떨어졌다고 이러다니. 그 전에 프랑스 갔

234

을 땐 어떻게 버텼는지 모르겠다.

다행히 차는 막히지 않았고, 강원도 리조트에 버스가 도착했다. 도착하자마자 세미나실에서 2시간의 일정을 소화한 후에야 준희의 일행은 그곳을 벗어날 수 있었다.

분위기가 자유로워서 그런지 야외 운동장으로 나오자마자 준희에게 참았던 질문 세례가 쏟아졌다.

"대리님, 설마 우리한테 쉴드 치려고 결혼했다고 한 거 아니죠?"

"에이, 쉴드 칠 게 없어서 유부녀라고 했겠어요? 저 거짓말은 안 합니다."

"결혼한 지 얼마나 됐는데요? 신랑이랑 나이 차이는 어떻게 돼요?"

"결혼한 지는 3년 좀 넘었고 나이는 10살 차이 나요."

담담한 준희의 대답에 팀원들이 놀란 표정을 지었다.

"10살? 그럼 완전 도둑놈이잖아!"

"30살 넘은 남자치고 아저씨 아닌 남자 없는데. 우리 팀장님만 봐도……."

느닷없는 외모 공격에 김 팀장이 정색을 했다.

"어이 성주 씨, 애꿎은 난 왜 끌어들여? 나 어디 가서 아저씨 소리는 안 듣거든?"

"불룩 나온 그 배는 어쩌실 겁니까?"

"배는 좀 나왔어도 어디 가서 아저씨 소리는 아직 안 듣거든? 그러는 성주 씨는 이제 겨우 29살인데 나보다 배가 더 나왔잖아? 아니야?"

서로 디스를 하는 팀원들을 보며 준희는 제 남편이 얼마나 멋지고 완벽한 남자인지를 새삼 깨달았다.

"백 대리님, 솔직히 말해봐요. 능력 좋고 예쁘고 젊은 백 대리님이 10살이나 많은 아저씨랑 일찍 결혼한 이유, 남편분이 부자 맞죠?"

"회식 때라도 신랑분 한번 보여주십시오! 저희가 절대 아저씨라고 무시하지 않고 형님으로 깍듯하게 모시겠습니다"

"내 남편 보면 절대 아저씨란 말 안 나올걸요? 엄청 잘생기고 멋있어요."

준희가 자신만만하게 웃자 부서원들도 같이 웃었다.

"에이, 연예인이 아니고서야 대한민국 35살 남자가 멋있어 봤자죠. 아, 불쌍한 대한민국 남자들이여."

"쓸데없는 수다 그만 떨고 모두 짐 풀고 식당에서 봅시다!"

편한 옷으로 갈아입고 식당으로 향하던 도중 통로 모퉁이에서 불쑥 튀어나온 손이 준희를 확 잡아끌었다. 눈을 한 번 감았다 뜬 찰나, 좁은 공간과 남자의 틈 사이에 갇혀버렸다. 깜짝 놀란 그녀가 있는 힘껏 발을 들어 올려 남자의 정강이를 걷어차자 남자가 신음을 흘렸다.

"……윽!"

다시 한 번 가격을 하려는 순간 남자의 긴 다리가 준희의 다리 사이를 파고들어 눌렀다.

"야, 이 변태……?"

"나야, 밤톨."

"……?"

"변태가 아니라 네 남편이라고."

낮게 토해내는 그의 음성이 다급했다. 그제야 준희는 차분하게 눈앞의 남자를 보았다.

검은 트레이닝복에 모자, 마스크와 선글라스. 하지만 그것들도 남편의 잘생김을 가리기엔 역부족이었다.

"오빠가 여기 왜 있어요? 회사는 어떻게 하고요? 혼자 왔어요? 나 때문에 온 건 아니고, 일 있어서 온 거예요?"

"하나씩 천천히 물어보면 안 되나?"

"내가 지금 흥분 안 하게 생겼어요?"

속사포처럼 질문을 쏟아내는 준희를 보며 그가 씩, 웃었다.

"나 때문에 흥분했어?"

"그 흥분이 아니란 걸 알잖아요!"

물론 그도 알고 있었다. 준희가 말한 흥분이 그 흥분이 아니란 걸.

"부적은 하루라도 떨어져 있으면 안 되는 거 몰라?"

이준은 이미 흥분 상태였다. 입술을 간질이듯 파르르 떨리는 가지런한 속눈썹에, 새하얀 피부에 붉은 잉크가 번진 것처럼 피어난 붉은 입술에, 좁은 공간에서 격하게 오르내리는 가슴이 단단한 그의 가슴에 닿을 듯 말 듯한 이 상황이.

변태도 짐승도 맞다.

"너랑 난 떨어져 있으면 다치니까 꼭 붙어 있어야 해."

더 이상은 참을 수가 없었다. 우선 품에 한 번 안고 보자.

"너 때문에 달려왔어."

"진짜 미쳤어요!"

작은 주먹이 그의 어깨와 가슴을 팡팡 쳤지만 그는 알고 있었다. 그 주먹세례가 반항이 아닌 앙탈이라는 걸. 나 역시 보고 싶었다는 대답이라는 걸.

"그러니까 조금만 이렇게 안고 있자."

역시 그녀는 그의 부적이 맞았다. 귀신을 물리치는 부적이 아니라 그를 온전한 사람으로 만들어주는 부적. 절대 떨어뜨리면 안 되는, 그리고 떨어져서도 안 되는.

이준은 어느새 자신의 모든 게 되어버린 존재를 품에 꼭 끌어안은 채 귓가에 달콤하게 속삭였다.

"너도 보고 싶었다고 말해줘."

나만 안달 난 게 아니라고 말해줘.

"안 그러면 지금 당장 방으로 데리고 간다?"

준희가 소리 없이 키득키득 웃으며 그의 품에 얼굴을 묻었다.

"엄청 보고 싶었어요. 일이고 뭐고 다 때려치우고 달려가고 싶을 만큼."

준희의 진심 어린 솔직한 고백이 이준의 마음을 들끓게 하던 잡다한 감정들을 순식간에 가라앉혔다.

"나도 워크숍 왔어."

느닷없이 나이 지긋한 임원들을 대동하고 왔다는 말은 생략했다.

"그런 말 없었잖아요."

"아침에 즉흥적으로 결정한 거라."

너무 기가 막혀서 준희가 눈을 깜빡거리든 말든, 흘겨보든 말든, 이준은 대놓고 흑심을 드러냈다.

"우리 곧 헤어져야 해. 그러니까 키스 한 번만 진하게 하자."

"여기서요?"

"뭐 어때."

"미쳤어요?"

"나 미친놈인 거 이제 알았어?"

사랑엔 국경도 없다는데, 장소가 무슨 상관인가.

"그런 눈으로 보지 마. 누가 날 이렇게 만들었는데."

억울하다는 그의 표정에 결국 준희도 다시 웃어버렸다.

"빨리 허락해. 네 남편 무척 바쁜 남자란 거 몰라?"

"싫어요."

분명 눈빛으로는 허락했는데 뜻밖의 거절이 흘러나왔다.

"왜?"

"나도 몰라요? 해달라고 하니까 그냥 해주기 싫은데요?"

이런 앙큼한 여우를 보았나.

강원도까지 달려온 남편이랑 끝까지 밀당을 해서 애간장까지 녹이겠다 이건가.

"둘 다 공적으로 여기 와 있는 거 잊었어요? 그럼 전 이만."

여우 꼬리를 살랑거리면서 품에서 벗어나려는 준희를 이준이 놔줄 리가 없었다. 그는 작은 새처럼 가녀린 몸을 다시 자신의 품으로 와락 끌어안았다.

"뽀뽀도 안 해주고 어딜 가."

그는 버둥거리는 몸을 품에 꼭 낀 채 보드라운 목덜미에 코를 비볐다.

"꺄악, 이러지 말라구요!"

작은 비명과 함께 뒤섞인 웃음소리가 키득키득 번지던 그때…….

"변태 자식아!"

"우리의 백 대리를 구하자!"

느닷없이 나타난 남자들 무리가 이준에게서 준희를 떼어낸 후 달려들었다. 너무 순식간에 일어난 일이라 준희의 머릿속은 몇 초간 멍한 백지상태가 되어버렸다. 그러다 정신이 번쩍 들고 상황 파악이 되었다.

내 남편이 일방적으로…… 맞고 있다!

그걸 깨닫는 순간 더 생각하고 말 것도 없었다. 그녀는 무작정 달려들어 이준을 감싸안았다.

"그만! 그만 때려요!"

준희의 앙칼진 눈빛과 목소리에도 부서원들은 요지부동이었다.

"팀장님, 이놈 마스크랑 모자 벗겨봐요! 얼마나 잘난 면상이길래 우리의 백 대리가 변태 놈을 감싸는 건지! 이놈이 진짜 연예인이면 아주 대서특필 감이에요!"

그 말에 이준이 얼른 손을 들어 마스크와 모자를 사수했다. 준희도 그를 보호하듯 감싸안았다.

"백 대리, 그러는 거 아니다. 그것도 결혼한 유부녀가 남자 외모에 홀려 눈이 맞으면 써?"

"그런 거 아니에요! 이 남자가, 그러니까 이 남자가……."

'이 남자가 내 남자고, 내 남편이다.'라고 차마 말은 못 하겠고. 준희는 미치고 환장할 노릇이었다.

그녀가 어떤 말도 하지 못하자, 팀장이 결론을 내렸다.

"성주 씨, 경찰 불러. 증인이 이렇게나 많은데 지가 어쩌겠어. 저런 놈들 때문에 우리 같은 남자들이 변태 취급당하는 거 아니겠어?"

부서원 두 명이 양쪽에서 이준의 팔을 죄수처럼 포박하는 순간 준희는 눈을 질끈 감고 소리를 질렀다.

"내 남편이에요! 그러니까 당장 손 떼요!"

김 팀장이 어색하게 웃으며 입을 열었다.

"에이, 백 대리. 아무리 그래도 그렇지 거짓말하는 거 아니다? 남편분 35살이라며. 근데 이분은 아무리 봐도……."

장신의 키가 갖춘 완벽한 피지컬에 팀원들의 눈 가득 의심이 어렸다.

"35살 맞구요, 제 남편 맞습니다. 제가 미쳤다고 그런 거짓말을 하겠어요?"

준희의 진지한 표정에 그제야 팀원들의 얼굴이 하얗게 질렸고, 곧 감탄의 빛이 어렸다. 얼굴의 반을 가렸는데도 우월한 유전자는 가릴 수가 없었다.

"이야, 남편분이 경민 임징년 동안에 엄청나게 멋지시네. 하하하하!"

김 팀장의 어색한 웃음을 마지막으로 준희는 이준과 헤어졌다. 물론 준희의 손엔 이준이 몰래 준 객실 카드 키가 있었다.

"자자, 얼른 움직입시다!"

식사 후 다음 스케줄 장소는 리조트 근처에 있는 보육원이었다. 준희의 부서가 맡은 건 식후에 즐기게 될 아이들의 음료수.

손님을 맞는 아이들의 표정은 무척 해맑았다. 부모의 손에서 자란 또래 애들보다 예의 바르고 질서 정연한 모습이 사람들의 마음을 아프게 했다. 조금은 늦게 알아도 될, 어리광을 부려도 될 나이에 너무 많은 것들을 깨달아버린 것 같아서.

준희와 팀원들은 저녁 식사를 마친 아이들에게 맛있는 음료수를 만들어주었다.

우유를 베이스로 한 과일 주스를 맛본 여자아이가 준희에게 천진난만한 미소를 지어 보였다.

"이거 진짜 우유 들어간 거예요? 엄청 달고 맛있어요."

"한 잔 더 만들어줄까?"

"이렇게 맛있는 거 처음 먹어봐요. 또 주세요! 많이많이."

그 순간 준희의 귀를 솔깃하게 하는 목소리가 들렸다. 정말 오랜만에 들어보는 그 목소리는 절대 잊을 수 없는 목소리였다.

"우유 진짜 맛있는 거야. 주연이 우유 먹어, 응?"

"난 흰 우유 말고 딸기 우유가 좋단 말이에요, 근데 맨날 이모는 흰 우유만 먹으래. 나도 저기 가서 예쁜 언니가 주는 주스 먹을 거예요!"

심장이 기분 나쁘게 두근거렸다. 두근거림을 추스르며 돌아서자, 아이와 함께 쭈그리고 앉아 있는 중년의 여자가 보였다. 무엇 하나 눈에 띌 것 없이 평범했다. 그런데도 시선을 뗄 수가 없었다. 준희의 시선을 느끼지 못한 여자는 헤실헤실 웃으면서 싫다는 아이에게 자꾸 우유를 권하고 있었다.

여자는 우유는 싫다면서도 자신의 품으로 파고드는 아이를 따스하게 안아주었다.

아니야, 그럴 리가 없어. 절대 그럴 리가.

준희는 바닥에 철퍼덕 주저앉아버렸다. 김 팀장이 다급하게 달려와 준희의 안색을 살폈다.

"백 대리, 왜 그래? 얼굴에 핏기가 하나도 없잖아!"

"갑자기 몸이…… 안 좋아져서요. 저녁이 체한 것도 같고."

"그럼 진작 말했어야지, 버티기는 왜 버텨!"

"죄송하지만 먼저 숙소에 돌아가도 될까요?"

"여긴 우리가 맡을 테니 성주 씨가 백 대리 좀 데려다줘!"

성주의 부축을 받아 차로 향하던 그때 여자가 고개를 들었다. 나이가 지긋한데도 어린아이처럼 순진한 눈동자가 준희를 빤히 올려다보았다.

그 눈과 마주친 순간 준희의 발은 얼어붙어버렸다. 숨도 제대로 못 쉬고 있는 준희에게 여자가 웃으며 내민 건 우유였다.

"우유 먹을래요? 이거 진짜 맛있는데."

덜덜 떨리는 가는 손끝이 그 우유를 받아 들었다. 준희는 차에 오르자마자 입술을 깨물었다.

도대체 왜 당신이 여기 있는 거야?

오랜 세월이 흘렀지만 못 알아볼 리가 없었다. 그 눈빛과 미소와 말투.

밉기도 하고 원망스럽기도 하고, 때론 그립기도 하고 애틋하기도 했던, 가슴을 저리게도 했던. 지워버리고 싶어도 지울 수 없는 치명적인 바이러스와도 같은 존재. 집을 나가고 행적을 감추어버린, 그래서 빈 관을 차가운 땅속에 묻고 근석을 오열하게 만들었던 준희의 엄마, 정윤이 분명했다.

숙소에 도착한 준희는 정윤이 준 우유를 손에 꼭 쥐고 멍하니 걸었다. 울고 싶어 죽겠는데 수도꼭지가 꽉 잠긴 것처럼 눈물이 나오지 않았다. 오열하고 싶은데 누군가 입을 틀어막은 것처럼 숨소리조차 내기 힘들었다.

가슴은 답답하고 머리는 터질 것처럼 조여왔다.

아빠와 딸의 가슴에 그렇게 피눈물 나게 못을 박아놓고선, 남의 아이를 따스하게 안아주며 행복해하던 정윤이 머릿속에서 떠나지 않았다.

준희가 멈춘 곳은 어느 객실 앞이었다. 노크를 해도 문이 열리지 않자 준희는 주머니를 뒤적거렸다.

"……카드 키가."

힘없는 손이 주머니에서 카드 키를 꺼내는 순간, 문이 열리면서 이준이 모습을 드러냈다.

"밤톨?"

그는 이제 막 샤워를 마친 모습이었다. 물이 뚝뚝 떨어지는 검은 머리칼, 섹시한 치골에 아슬하게 두르고 있는 타월까지. 눈앞을 점령한 헐벗은 가슴팍은 여전히 듬직하고 단단했다.

방문객이 준희라는 걸 알고 있었다는 듯 환하게 미소 짓고 있던 그가 이내 미소를 거두었다.

파리한 안색과 눈물 가득한 동공, 어디서 넘어졌는지 드러난 무릎에는 생채기까지 있었다.

"뭐야, 무슨 일이야?"

이준은 대답 대신 품으로 와락 파고드는 준희를 얼떨결에 안았다. 그의 품에 안기고 나니 숨이 쉬어졌다. 그리고 이내 참고 있던 눈물이 터져 나왔다.

"어떤 놈이 널 울렸어, 어? 부서원들이 뭐라고 했어?"

"그냥…… 보고 싶어서요."

거짓말이라는 걸 알고 있었다. 하지만 준희가 말하고 싶어 하지 않는다는 걸 알아챈 그는 아무것도 묻지 않고 그녀를 품에 꼭 안아주었다.

"잠깐 같이 있다 보내려고 했는데 안 되겠다."

준희의 등을 부드럽게 다독이듯 쓸어주는 커다란 손은 가슴이 아프도록 다정했고.

"백준희, 나랑 자고 가."

달래듯이 귓가에 스며드는 나직한 속삭임은 눈물이 나도록 따스했다.

그렇게 준희는 한참을 이준의 품에 안겨 거실 소파에 앉아 있었다. 이준은 아무것도 묻지 않았고 준희도 어떤 말도 하지 않았다. 대화는 없었지만 조금의 어색함도 없었다. 그만큼 서로에게 익숙해진 건지도 모르겠다.

그의 품에 안겨 있으니 들썩이던 가슴이 진정되었다. 난 이제 혼자가 아니니까. 기대고 나눌 수 있는 남편이 있으니까.

"보육원에서 엄마를 본 것 같아요."

"……확실해?"

가만히 고개를 끄덕인 준희가 물 먹은 눈빛으로 그를 바라보며 물었다.

"나 어떻게 해야 해요?"

"살아 계시면 기뻐해야지."

"반갑다기보다는 너무 밉고 원망스러운 거 있죠. 나도 내가 왜 이러는지 모르겠어요. 살아 계실 줄도 몰랐지만 그렇게 행복하게 웃고 있는 엄말 보니까 그냥 화가 났어요."

준희가 왜 그렇게 흔들렸는지 이해가 되었다.

죽은 줄 알았던 어머니가 살아 있으니 그럴 만도.

"나 되게 못된 거죠? 나랑 할아버지랑 있을 때보다 더 행복해 보이는 게 싫었어요. 자기 딸은 그렇게 나 몰라라 했으면서 다른 아이는 친자식처럼 살뜰하게 보살피는 걸 보니까."

이준은 아무 대답도 하지 않고 차분하게 준희의 이야기를 들어주었다. 그리고 그녀가 듣고 싶어하는 말도 해주었다.

"못된 게 아니라 정상이야."

"이게 정상이라구요?"

"나 같았으면 모른 척했을 거야. 그리고 머릿속에서 바로 지워버렸겠지."

"저 위로하려고 하는 말이죠?"

"난 인간관계에서 득과 실만 따져. 내게 득이 안되고 피해만 주는 사람이라면 1%라도 신경 쓸 이유가 없지. 핏줄도 핏줄 나름이니까. 남보다 못한 핏줄이 많은 게 현실이고."

"방금 한 말 조금 잔인하고 냉정하게 들려요. 슬프기도 하구요."

"근데 넌 예외야."

이준은 맑은 눈동자로 자신을 올려다보는 준희를 품에 더 꼭 끌어안으며 그녀의 귓가에 속삭였다.

"바보라는 소리를 들어도 너한테는 그냥 다 퍼주고 싶어."

준희와 함께 있으면 그는 사랑 바보가 되어 버렸다.

"네가 나한테 무슨 짓을 해도 난 용서할 수 있어."

의처증이 있는 남편에, 질투에 눈이 먼 속 좁은 놈이 되어 버렸다.

"네가 날 떠나지만 않는다면."

간이고 쓸개고 다 빼서 주고 싶을 만큼, 바보가 되어버렸다.

"워크숍 끝나면 나랑 같이 다시 보육원에 가보자."

자고 가라고 이준이 붙잡았지만 혼자 생각할 시간이 필요해서 준희는 객실로 돌아왔다.

아직 기상 시간이 남아 있어서 침대에 눕긴 했지만 잠은 쉽사리 오지 않았다.

그렇게 싫다는데도 정윤이 끈질기게 권했던 우유.

준희는 그걸 한 가닥 남은 본능적인 모성이자 모유는커녕 젖병 한 번 물리지 못한 딸에 대한 미안함이라 여겼다. 그래서 우유에 집착했는지도 모른다. 그게 엄마의 사랑이라고 여겼으니까. 하지만 그건 혼자만의 철저한 착각이었다. 정윤은 그냥 생각 없이 권한 거였다. 아무에게나, 스스럼없이.

"나 혼자 착각한 거였어."

불안할 때나 힘들 때 버릇처럼 마셨던 우유를 안 마신 지 오래되었다. 언제부터였을까.

이준과 결혼을 한 이후로 마시던 우유의 양이 조금씩 줄어들었고, 그가 프랑스에서 돌아온 후엔 아예 안 마셨다.

알게 모르게 그의 존재가 준희의 애정 결핍을 소리 없이 채워주고 있었던 것이다. 그와 함께한 후로는 외롭지도, 쓸쓸하지도 않고 애정에 굶주려 있지도 않았다.

"엄말 원망할 필요 없어. 난 이제 혼자가 아니잖아."

그녀에게는 사랑하는 내 남자, 내 남편이 있었다.

창밖으로 밝아오는 아침 햇살을 보며 식당으로 향한 준희는 흠칫, 했다. 부서원들과 어우러져 앉아 있는 이준을 발견한 것이다.

"백 대리, 여기야. 어때, 속은 좀 괜찮아?"

"어제 푹 쉬어서 이제 괜찮아요. 걱정 끼쳐드려서 죄송합니다."

"아픈 건 어쩔 수 없지."

김 팀장이 괜찮다는 듯 사람 좋은 미소를 지어 보였다.

"그런데 저분은……."

"아아, 해성 강 전무님 알지? 전통주 시음회 때 마주쳤다고 아는 척을 먼저 해주셨어. 명신 임원진들도 아닌 우리한테 합석해도 되냐고 하시는데 당연히 영광이지. 그렇지?"

"네, 정말 영광이네요."

남편이 해성 코리아 전무라는 게 밝혀지면 곤란한 건 준희였다. 그렇게 시치미를 뚝 떼고 끝자리에 앉으려던 순간…….

"백준희 대리는 내 옆자리에 앉는 게 어떻겠습니까?"

차분한 이준의 음성이 나직하게 흘러나왔다.

"숙녀분을 끝에 앉히는 게 매너도 아닌 것 같은데."

당황한 준희와 달리 이준은 희미하게 웃으면서 김 팀장을 보며 말을 이었다.

"때마침 내 옆자리가 비어 있기도 하고."

이준이 모든 걸 계산하고 비워놓은 자리가 분명했다.

"백 대리, 얼른 가서 앉지 뭐 해?"

"아, 네!"

테이블을 돌아 그의 옆자리에 착석하는 순간 테이블 밑으로 뻗은 온기 어린 손이 가만히 그녀의 손을 잡아왔다.

그의 오른손은 여전히 우아하게 포크질을 하고 있었다.

눈빛 한 번 주지 않는데도 맞잡은 손에서 메시지가 전달되었다. 이젠 괜찮냐고. 진정이 좀 되었냐고.

준희 또한 맞잡은 손을 통해 적당한 악력을 흘려 메시지를 전달했다. 누가 위로해준 덕분에 나 멀쩡하다 못해 쌩쌩해요.

수많은 사람들이 있는 식당에서, 비밀 연애하는 것처럼 테이블 밑으로 손을 잡고 있으니 괜히 심장이 쿵쾅거렸다.

무심한 듯하면서도 꼭 잡은 손을 가만두지 못하고 길고 단단한 손가락이 손바닥 안을 간질거렸다.

결혼이 아니라 연애를 하고 있는 기분이라고 해야 할까. 이래서 비밀 연애를 하나 싶을 만큼 기분이 묘했다.

"강 전무님은 식사 후에 일정이 어떻게 되십니까? 임원분들과 같이 오셨던데 아마도 회의의 연속이겠죠? 힘드시겠어요."

"쉬는 목적으로 온 워크숍이라 별다른 스케줄은 없습니다. 명신은 스케줄이 어떻게 됩니까?"

"저희는 체육 대회를 할 예정입니다. 남자들끼리 족구도 하고 커플 피구도 하고 단체 줄넘기도 하고. 워크숍에서 빠질 수 없는 거죠, 하하하!"

"재밌겠네요."

"그럼 강 전무님도 같이 오신 직원들과 하면 어떨까요?"

"해성의 임원진들은 몸으로 하는 운동보다는 조용한 곳에서 쉬는 걸 선호합니다. 하지만 전 몸으로 하는 거라면 뭐든지 즐기는 편이죠."

그제야 이준이 눈을 들었다. 그러곤 분명한 목적이 담긴 또렷한 검은 눈동자로 김 팀장을 빤히 바라보았다.

"그래서 말인데, 명신 대표에게는 내가 직접 말해놓을 테니. 김 팀장님 팀원으로 백 대리 대신 내가 게임에 참여해도 되겠습니까?"

푸읍―.

준희는 하마터면 입에서 음식물을 발사할 뻔했다. 준희의 의사와는 상관없이 이준의 계획대로 모든 일들이 척척 진행되고 있었다.

아침 식사 후 야외 운동장에서 남자 직원들의 족구 게임이 시작되었다.

어제와 다른 디자인의 트레이닝복을 입고 나타난 이준은 햇살같이 눈부신 매력을 뿌리며 명신 여직원들의 눈을 멀게 하고 있었다.

"대박, 저 남자 누구야? 우리 회사에 저런 남자도 있었어? 너무 멋지다."

"신사업 기획팀 거래처래. 신설 부서에 팀원 수가 부족해서 오늘만 같은 팀으로 뛰는 거래."

조용히 앉아 여직원들의 대화를 듣던 준희는 기분이 묘했다. 저 남자가 내 남자라는 게 뿌듯하면서도 한편으로는 내 남자라고 밝히지를 못하니 답답하기도 하고.

"근데 운동 신경이 썩 좋은 편은 아닌가 봐, 그치?"

"저 몸매에 저 얼굴에 운동까지 잘하면 하늘이 불공평한 거 아니야?"

"하긴, 그것도 그렇다."

여직원들의 평대로 그의 운동 신경은 외모에 비하면 평범하다 못해 발밑에 맴도는 수준이었다. 한마디로 개발 똥발. 하지막 서 있는 깃민스노노 와보 촬영을 하는 것 같은 착각을 불러일으켰다.

여직원들은 어설픈 그의 발길질에도 환호했고 남직원들은 무시무시한 질투를 보였다.

딱 봐도 이준에게 집중적으로 공격이 쏟아졌다. 하지만 그의 정체를 알고 있는 준희의 팀원들은 귀하신 몸에 흠집이라도 날까 봐 고군분투 중이었다.

족구는 연장할 필요도 없이 2:0으로 참패였다.

몇 개의 게임이 더 진행된 후 마지막으로 커플 피구 차례가 다가왔다.

"부서별 남녀 직원 비율이 맞지 않은 관계로 커플 피구에서 여왕 피구로 종목을 전환하겠습니다."

사회자의 발언에 여기저기서 웅성거림이 터져 나왔다. 다른 부서와 달리 신사업팀은 여왕을 고민할 필요가 없었다.

"우리 부서는 당연히 백 대리가 여왕이지."

만장일치였지만 준희는 야무지게 제 의견을 말했다.

"전 뒤에 숨어 있기 싫어요. 제가 보기와 달리 운동 신경이 엄청 좋거든요. 저 대신 강 전무님을 여왕으로 하는 게 어떨까요?"

"그래도 그건 아니지. 다른 부서에서 뭐라고 하겠어? 우리 다 죽고 혼자 살아남으면 백 대리한테도 공격권이 돌아가니 그냥 여왕 해. 그리고 밀착 수호 기사는……."

김 팀장의 말이 끝나기도 전에 이준이 기다렸다는 듯 말을 했다.

"밀착 수호 기사는 내가 하죠."

"강 전무님이요?"

"직접 보셨다시피 내가 운동 신경이 좋은 편은 아닙니다. 하지만 피하는 건 꽤 잘하니 여왕님은 잘 보호해줄 수 있을 것 같은데."

운동은 못해도 피해는 주기 싫다는 듯 이준이 확고하게 말을 했다.

"오늘 내 몫을 못한 것에 대해서는 톡톡히 보답하겠습니다. 서울로 복귀한 후에는 조만간 시간을 내서 특급 코스로 회식도 쏘고 해성 계열사를 모두 이용할 수 있는 상품권까지 증정하도록 하죠."

"아이쿠, 그렇게까지 신경 안 쓰셔도 되는데!"

거절의 말과 달리 김 팀장의 얼굴에는 화색이 돌았다.

"해성 코리아에선 절대 경험해보지 못한 재미를 톡톡히 느끼게 해준 것에 대한 보답입니다. 명신 대표에게도 모두 사전 공지한 사항이니 부담 느낄 필요도 없구요."

"우우우우."

부서원들이 열광하는 소리를 뒤로한 채 게임 코트 안으로 먼저 들어선 준희는 이준에게 작게 속삭였다.

"개발 강이준 씨, 이번 게임만은 제발 좀 이기게 해줘요, 네? 저 지는 거 엄청 싫어한다구요."

"어헛, 남편한테 개발이라니."

"개발을 개발이라고 하지 소발이라고 해요?"

"다 연기였어."

"연기 아닌 것 같던데요?"

"그 정도 개발 연기를 해줘야 6 대 1의 경쟁률을 뚫고 밀착 수호 기사를 한다고 할 수 있을 거 아냐."

나른하게 눈을 내리깐 이준이 준희를 보며 씩, 웃었다.

"명신 대표한테 식사 대접하는 조건으로 커플 피구도 여왕 피구로 바꾸었는데."

준희의 입술이 사르륵, 벌어졌다.

"소름 끼칠 정도로 철두철미하네요."

"그 정도는 되어야 내 여자 사수하지, 안 그래?"

그렇게 여왕 피구가 시작되었다.

그간 보여주었던 개발이 연기였다는 걸 증명이라도 하려는 듯 이준은 무척 선전하고 있었다. 남자들의 질투 때문인지, 여왕을 밀착 사수하고 있기 때문인지.

여왕 피구에서도 일방적으로 쏟아지는 공격을 그는 수비와 공격을 적절히 하면서 잘도 버텨냈다.

여왕과 여왕의 수호 기사, 그리고 세 명이 남은 상대 팀과 달리 준희 팀은 모두 전멸하고 이준과 준희만 남은 상태였다.

"밤톨, 허리 꽉 잡아라."

게임에 천하태평하게 응하던 개발 강이준 선생은 사라진 지 오래였고 그의 검은 눈동자에 승부욕이 활활 타올랐다. 그건 준희도 마찬가지였다.

"오빠가 꼭 이기게 해줄게."

어깨너머로 준희에게 보이는 그의 미소가 아찔했다.

무표정일 땐 그렇게 강렬하던 눈매가 미소를 지을 때마다 부드럽게 휘었다. 준희만을 향한, 오로지 준희만 볼 수 있는 해사한 눈웃음.

갑자기 그를 향한 감정이 가슴에서 북받쳐 올랐다.

허리춤을 움켜잡은 작은 손이 사르륵 움직이며 이준의 허리를 감싸 안았다. 그러곤 너른 등에 밀착하듯이 몸을 붙이고 입술을 달싹였다.

"사랑해요, 강이준 씨."

바로 앞에선 공을 손에 움켜쥔 상대방이 빈틈을 노리고 있었다.

그 와중에 느닷없이 쏟아진 고백에 단단한 몸이 움찔하는 게 느껴졌다. 하지만 그것도 잠시뿐, 둘만이 들을 수 있는 밀어로 그가 사랑 고백에 대한 답을 하는 순간…….

"내가 더 사랑…… 으윽!"

퍼억―.

날아든 공이 정확히 이준의 얼굴을 정면으로 강타했다.

"꺄악!"

소리 지르는 와중에도 준희는 전광석화처럼 몸을 움직여 상대방 쪽으로 굴러가던 공을 몸을 던져 사수했다.

"괜찮아요?"

코를 움켜쥐고 있던 이준이 서서히 손을 내렸다. 그러자 콧구멍까지 잘생긴 그의 코에서 쌍코피가 주르륵 흘러내렸다.

그걸 본 순간 준희의 눈에 번쩍, 불이 들어왔다.

수호 기사도 없이 5 대 1의 불리한 상황.

공을 손에 움켜쥐고 경계선 라인까지 다가가는 준희의 각오가 비장했다.

그녀는 이준에게 공을 던진 남직원을 정확히 겨냥한 후 온 힘을 다해 공을 날렸다.

감히 내 남편 코에서 쌍코피를 터뜨렸겠다?

퍼억—.

공은 정확히 남직원의 얼굴로 날아들었다. 그리고 남직원의 코에서도 똑같이 쌍코피가 터졌다.

그게 시작이었다.

피구 왕 통키가 아닌 피구 여왕 백준희의 역전극이.

신사업 팀과 이준은 입을 쩍 벌린 채 물개 박수만 연발하며 준희의 눈부신 활약을 지켜볼 뿐이었다.

드디어 명신의 워크숍이 끝이 났다.

"회사에서 뵐게요."

서울로 향하는 버스에 오르는 부서원들과 작별 인사를 나눈 준희는 이준이 기다리고 있는 곳으로 향했다. 준희를 발견한 이준이 씨익 웃으며 다가왔다.

"백준희 덕에 스펙터클한 1박 2일이었어."

변태로 몰려 두드려 맞질 않나, 쌍코피가 터지질 않나.

스스로가 생각해도 기가 막히기도 하고 웃기기도 했지만, 마냥 싫지는 않았다.

언제 이런 경험을 해보겠는가.

그렇게 두 사람이 향한 곳은 준희가 정윤을 보았던 보육원이었다.

"난 그냥 차에 있을래요."

이준이 조수석의 문을 열고 손을 내밀었지만 준희는 요지부동이었다.

"어머니를 뵈러 가는 게 아니야. 자초지종을 물어보러 가는 거지. 넌 그냥 내 옆에 있으면 돼."

"……."

"내가 있잖아."

다정하고 따스한 그의 말에 준희는 결국 그의 손을 잡고 차에서 내릴 수밖에 없었다.

보육원 원장은 나이 지긋한 60대 후반의 여성이었다. 이준에게 전후 사정을 다 들은 원장은 준희를 가만히 바라보더니 입을 열었다.

"테레사랑 많이 닮았네요. 서류 확인이 필요 없을 만큼."

아무 대답도 하지 않는 준희를 보며 원장이 말을 이었다.

"테레사가 여기 온 건 10년이 좀 넘었어요. 몹쓸 짓을 당했는지 상태가 무척 안 좋았어요. 정신이 불안정하긴 하지만 나

이두 젊고 이므도 찌믿게 느누니. 같은 여자로서 측은해서 쫓아내기도 그렇고. 그래서 경찰에 신고한 후에 한동안은 내가 보살폈어요."

한없이 원망하고 미워했던 엄마였다. 하지만 몹쓸 짓을 당했다는 말에 준희의 몸이 파르르 떨려왔다.

"그런데 아무리 기다려도 테레사를 아는 사람이 나타나지 않았어요. 그리고 냉정한 현실이긴 하지만 업무가 넘쳐나는 경찰들이 아무것도 모르는 사람의 보호자를 찾으려고 적극적으로 나서는 건 힘들기도 하구요."

그 떨림을 진정시켜준 건 이준이었다. 그는 가만히 준희의 어깨를 감싸 제게로 끌어당겼다.

"그사이 테레사는 보육원에 적응을 했어요. 아이들을 무척 예뻐했고 아이들도 그녀를 엄마처럼 잘 따랐어요. 무엇보다 후원이 넉넉하지 않아 일손이 부족한 보육원에서 절 너무 잘 도와주었어요. 아, 그렇다고 내가 테레사를 막 부려먹은 건 아니에요. 그건 보셔서 잘 아실 거예요. 테레사는 이곳에서 무척 행복해하고 있어요."

"그 부분은 조금도 의심하지 않습니다. 만약 그렇게 보였다면 당장 경찰을 대동하고 와서 장모님을 모셔 갔을 겁니다."

원장에게 명함을 준 이준은 훗날을 기약하며 차로 다시 돌아왔다.

"할아버지한테 말해야 할까요?"

"우선 아버지랑 대화 좀 해보고."

준희는 얌전하게 고개를 끄덕였다. 이준이 아무 말 없이 손을 잡아주는 것만으로도 가슴이 따스하게 차올랐다. 서울 집에 도착하자, 석훈의 비서를 대동한 채 집을 나서는 근석과 마주쳤다.

"할아버지, 어디 가시려구요?"

"도저히 불편해서 못 지내겠어. 내 집으로 돌아갈 거다."

"이렇게 갑자기요?"

"갑자기는 무슨. 본가가 공사에 들어가서 그동안 신세 좀 졌을 뿐이야. 공사 끝났으니 이제 돌아가야지, 내 집으로."

"잠깐, 공사라니요? 그런 말 없었잖아요."

"내가 그렇게 말을 해야 너희 둘이 긴장도 좀 하고 애도 탈 거 아니냐?"

할 말을 잃어버린 준희를 지나친 근석이 이준 앞에 멈추어 섰다.

"내가 또 언제 들이닥쳐서 데려갈지 모르니 우리 손녀딸 지금처럼 귀하게 여기게. 알았나?"

"죽을 때까지 귀하게 여길 겁니다. 지켜봐주십시오."

근석의 주름 가득한 눈이 속을 파악하려는 듯 이준을 빤히 응시했다. 그러다 그의 등을 가볍게 툭툭 두드리곤 무심하게 지나쳤다.

"젊은 사람이 이렇게 눈치가 없어서야. 내가 눈치껏 자리를 피해준다는데 그것도 몰라? 이제 감시 같은 거 안 할 테니 나 때문에 참았던 것들이나 원 없이 하든지 말든지."

애꿎은 화살은 얌전히 서 있던 순희에게로 날아들었다.

"그리고 준희 넌 강 서방한테 먼저 덤벼들지 좀 말고! 나 몰래 강 서방 볼따구에 빵꾸 나도록 뽀뽀해대고 안고 그러는 거 내가 모를 줄 알았냐? 강 서방 자네도 똑같네! 나만 없었으면 애 벌써 들어섰겠어! 그럴 거면서 애는 왜 안 낳겠다고 호언장담해서 어른들 속 타게 하나?"

"할아버지이!"

준희의 얼굴이 순식간에 빨개졌다.

헛기침을 한 근석이 엘리베이터로 향했고, 그 뒤를 이준과 한 비서가 따랐다.

집에 먼저 들어온 준희는 소파에 앉아 1박 2일 동안 있었던 일을 하나씩 차분히 더듬어보았다.

우선 정윤이 살아 있다는 건 좋은 일이었다. 그리고 강원도까지 쫓아와서 스펙터클한 일을 당한 이준이 얼마나 자신을 사랑하는지도 다시 한 번 알게 되었고. 그뿐인가, 대놓고 말은 하지 않았지만 근석도 결국 두 사람을 인정해준 거나 마찬가지였다.

이준과 사랑을 확인한 후부터 모든 일들이 믿기지 않을 만큼 잘 풀리고 있었다.

준희가 그에게서 귀신을 떼어주는 부적이라고 하자. 그렇다면 이준은?

"이준 오빠는 내 행운의 부적인가?"

어찌 되었든 두 사람은 서로에게 부적 역할을 톡톡히 해주고 있었다.

불 하나 커지지 않은 고급스러운 인테리어의 넓은 거실.

어둠 속에 스며든 채 비발디 사계 여름 3악장 클래식에 흠뻑 취해 있는 여자는 바로 채송화였다. 네일을 받은 화려한 손으로 위스키 잔을 든 채 송화는 시끄럽게 울리는 휴대 전화를 받았다.

[너 연예인 활동 그만하고 싶어? 스케줄이고 뭐고 다 무시하고 갑자기 잠수 타면 어쩌라고! 해성 후원 받는다고 너무 막 나가는 거 아니야!? 나도 봐주는데 한계가 있다고!]

휴대 전화 너머로 소속사 사장의 노기 어린 음성이 쩌렁쩌렁 울렸다.

"나도 힐링이 필요할 때가 있어요."

[그 힐링을 왜 갑자기 말도 없이 잠수 타서 하냐고!]

"지금 음악 감상 중이니 방해하지 말아요."

[채송화!]

"내일부터 정상적으로 복귀할 거예요. 그러니까 좀 기다려요. 그것도 못 기다리겠으면 날 퇴출시키거나 맘대로 하든지."

일방적으로 전화를 끊어버린 송화는 다시 음악에 빠져들었다. 그런데 뭔가 이상했다. 클래식 반주에 간간이 섞인 여자의 가쁜 신음이 들려왔다. 그 신음이 속삭였다.

김이준는 내 남자이고 내 남편이야. 그러니까 포기해. 너 같은 건 꺼져버려.

쨍그랑—.

위스키 잔마저 산산조각이 나버린 순간, 클래식에 녹아 있던 여자의 신음은 낮고 거친 남자의 숨소리로 바뀌었다.

그제야 지그시 눈을 감고 있던 그녀의 입술에 고혹적인 미소가 어렸다.

"내가 가장 좋아하는 부분이야."

송화는 절대 들을 수 없는, 사랑하는 남자의 숨소리.

정제되지 않은 욕망을 토해내는 거친 숨결은 리얼이었다.

"꼬맹이 네 말이 맞았어."

그 정도도 구분해내지 못할 만큼 그녀는 바보가 아니었다.

그녀와 있을 땐 단 한 번도 흐트러지지 않았던 정중한 매너, 얼어붙을 만큼 차가운 눈동자, 단정하고 나직했던 숨소리.

[침대로 가자.]

마지막 이준의 목소리를 그녀가 못 알아들을 리가 없었다. 분명 그랬다. 눈을 감고 있어도 상상이 되었다. 허스키하게 가라앉은 목소리만으로도 이준을 장악하고 있는 게 무언지 알 수 있었다. 그녀는 집에 박힌 채 술을 마시며 그 부분을 끝없이 반복해서 들었다.

분노했고 절규했다. 왜 난 안 되고 그 꼬맹이는 되는 건지. 내가 훨씬 아름답고 섹시하고 고혹적인데. 널 위해 무슨 짓도 할 수 있는데. 내 목숨보다 널 사랑하는데.

262

잠시 무너져 내렸던 멘탈이 다시 서서히 굳기 시작한 건 며칠이 지나서였다. 듣기 싫은 소리는 흘려버리고 사랑하는 남자의 숨소리에만 집중할 수 있었다.

송화는 리모컨으로 리플레이 버튼을 수십 번 수백 번 다시 눌렀다.

[침대로 가자.]

[침대로 가자.]

[침대로 가자.]

클래식 음악과 어우러져 흘러나오는 이준의 섹시한 음성은 마치 그녀에게 속삭이는 것 같았다.

한참 후에야 눈을 뜬 송화의 입가에 희미한 미소가 어려 있었다.

"강이준, 최악의 내 모습이 궁금해?"

이준 때문에 다시 한 번 인정하게 되었다. 자신은 정말 최악의 악녀라는 걸.

"그럼 보여줄게."

네가 원한다면 말이야.

"네가 나를 박살 내는 순간이 온다 해도 난 두렵지 않아."

그를 사랑하는 만큼 그녀는 그에 대해서 잘 알고 있었다.

"방법은 상관없어. 우린 영원히 함께할 거야."

제 손으로 그녀를 박살 내는 순간, 그는 윤은서가 아닌 또 다른 악몽에 시달리게 될 것이다.

Chapter 22

아기가 갖고 싶어요

출근 후에 이준과 통화하는 건 이제 준희에게 일상이 되었다. 그리고 그 일상은 어느새 소소한 행복으로 자리잡았다.

[회의 들어가기 전에 전화했어. 출근 잘 했나 해서.]

그의 첫 멘트에 준희는 항상 웃음이 나왔다. 회사 앞까지 데려다주고 들어가는 것까지 다 지켜보고 출발하면서.

"잘 들어가는 거 봤잖아요."

[건물 안으로 들어간 거야. 그리고 30분이나 흘렀고.]

"난 피곤해 죽겠는데 오빠 안 피곤해요?"

새벽까지 잠을 재우지 않은 이준 때문에 준희는 지금 피곤했다. 하지만 이준은 얄미울 만큼 쌩쌩했다. 잘 먹고 잘 자고 푹 쉰 남자처럼 에너지가 넘쳐흘렀다.

[난 컨디션 최상인데. 넌 피곤해?]

"오빠가 내 기를 쪽쪽 빨아먹었잖아요! 이래서 연하랑 결혼하나 봐. 나 이제 기운 딸려서 부적 역할 못 하겠어요."

[새벽까지 힘쓴 건 난데, 네가 왜 기운이 달려?]

"그걸 몰라서 물어요?"

준희의 얼굴이 새빨개졌다.

[나한테 기를 빨린 게 아니라 소리를 너무 질러서 기운 빠진 건 아니고?]

휴대 전화 너머로 나직한 그의 웃음소리가 섹시하게 흘러나왔다. 사랑을 하는데도 변함없는 한 가지. 그는 여전히 준희를 놀리는 재미에 푹 빠져 있었다.

"나요, 다음 생에도 여자로 태어날 거예요. 근데 대신에 연상 남편 말고 연하 남편 만날 거예요."

느닷없는 주제에 전화기 너머의 그가 조용해졌다.

"그러니까 오빠가 다음 생에선 나보다 10살 어리게 태어나요. 내가 누나, 오빠가 동생. 어때요?"

10살 어린 강이준이 누나라고 부르며 부릴 애교를 상상하니, 입가에 웃음이 절로 지어졌다.

하지만 그는 단호하게 거절을 했다.

[싫어.]

"왜요?"

[나보다 10년 먼저 이성에 눈뜬 백준희가 다른 놈이랑 연애하는 꼴, 난 절대 못 봐.]

"그냥 기분 좋게 '좋아.'라고 해주면 안 돼요?"

[장난으로라도 지키지 못할 말은 하기 싫어.]

다시 한 번 느끼지만 참 융통성 없는 남자였다.

"나도 싫어요. 연애는 딴 남자들이랑 실컷 하고 결혼만 오빠랑 할 거예요."

이번 생에선 당신이 그랬으니까.

[해볼 테면 해봐. 내가 얼마나 지독한 연하남인지 보여줄 테니까.]

"남편, 보고 싶어 죽겠어요."

준희의 고백에 휴대 전화 너머에서 옅은 한숨 소리가 희미하게 흘러나왔다.

[오늘은 좀 늦을 거야. 소파에서 기다리다 잠들지 말고 침대에서 먼저 자.]

"싫어요."

[말 좀 들어, 제발.]

"오빠 말 잘 들었으면 우리 여기까지 못 왔을 걸요?"

'사랑은 쟁취'라는 말이 떠오르는 준희였다.

[못 말리겠군. 최대한 빨리 들어갈 수 있도록 해볼게.]

통화를 끝내자마자 준희는 업무에 돌입했다. 점심시간이 지났을 무렵 명신의 임원진들이 연구 개발실로 들이닥쳤다. 준희와 팀원들은 놀란 나머지 잠시 멍한 표정을 지었다. 명신 임원들과 함께 나타난 채송화 때문이었다.

"채송화 양은 조기 오픈을 앞둔 라온하제의 홍보 모델입니다. 칵테일도 좋아하지만 미각이 굉장히 섬세하다고 소문난 배우라는 건 모두 알죠? 바쁜 일정 중에도 방문해서 직접 시음해보겠다는 그 열정을 여러분도 본받아야 할 겁니다."

팀원들은 국민 여배우의 실물 영접에 신이 났다. 오로지 준

266

희만이 심각했다. 지금 이 만남은 우연일까, 고의일까.

"제가 레이첼 양 칵테일을 무척 좋아해서 신메뉴도 가장 먼저 맛보고 싶었어요."

대배우는 대배우였다.

녹음기에 녹음된 내용을 들었다면 저렇게 태연할 수가 없을 텐데. 그런데도 눈 하나 까딱하지 않고 태연하게 서 있는 걸 보니 감탄밖에 나오지 않았다.

빤히 쳐다보는 준희의 시선에도 아랑곳하지 않은 채 송화는 임원들과 함께 새로 개발한 칵테일을 우아하게 시음했다. 그러고는 자신의 입맛에 맞는 칵테일을 세 가지 골랐다. 모두 준희가 개발한 칵테일이었다. 송화 덕분인지 몰라도 신메뉴로 선보일 10가지 메뉴에 준희가 개발한 칵테일이 모두 선정되었다.

"역시 송화 양과 백 대리는 뭔가 통하는 게 있나 보군."

"레이첼의 칵테일은 향수 같아요. 색감도 예쁘지만 향이 좋아서 여자들이라면 모두 이걸 고를 것 같아요."

통하는 게 있긴 하죠, 바로 남자 고르는 취향. 준희는 속으로 구시렁거리면서도 내색은 하지 않았다.

"칭찬 감사합니다."

"송화 양한테 더 고마워해야 할 일이 있을 겁니다."

기획 이사의 말에 준희는 불안감을 느꼈다. 묘한 눈빛의 채 송화가 그 증거였다.

"이번 광고 콘셉트, 송화 양이 백 대리랑 같이 촬영하는 걸 제의했어요. 들어보니 나쁘지가 않더라고. 모델료도 별도로 지금 예정이니 기대해도 좋을 겁니다."

"예에? 저, 저기 이사님, 저는 개발 팀이지 모델까지 할 마음
은……."

하지만 임원진들이 대리의 말을 귀담아 들어줄 리가 없었
다. 특히 이미 승인이 떨어진 기획안에 대해서는.

임원진들이 썰물처럼 빠져나간 후 마지막으로 나가던 송화
가 잠시 준희 앞에 멈추어 섰다.

"신경 써서 보내준 선물, 무척 잘 들었어. 그것도 감명 깊게."

오로지 준희만이 들을 수 있는 속삭임이었다.

"인정해줄게. 음탕한 네 신음과 그이의 거친 숨결. 연기가
아니란 거."

부서원들이 궁금해하는 눈빛으로 두 사람을 바라보긴 했지
만 다가오진 않았다. 둘이 안면이 있어서 사적인 대화를 나누
는 거라고 판단한 것이었다.

"인정을 해서 도와주려는 거야."

"채송화 씨 도움 필요 없는데요. 저, 배우만큼은 아니지만
제 남편이 백수가 되어도 먹여살릴 수 있을 만큼 능력 있는 여
자라서요."

그녀의 말에 송화가 가소롭다는 듯 싱긋 웃으며 나직하게
말을 이었다.

"어설프게 파티에 얼굴만 들이밀지 말고 해성가의 며느리로
서 네 존재를 드러내."

신분을 숨기려고 한 건 처음뿐이었다. 지금은 단지 자유로

운 삶을 보장받기 위해 조심하고 있을 뿐이었다.

"계약 결혼도 아닌 진짜 결혼이라면 망설일 게 뭐 있어? 숨을 이유가 없잖아?"

하지만 송화는 교묘한 방법으로 물속 깊이 잠수하고 있는 준희를 수면 밖으로 끄집어내려 했다.

"그럼 진짜 인정해줄게."

유유히 사라지는 송화를 보며 준희는 이를 바득바득 갈았다. 진짜 악녀가 따로 없네.

휙 돌아선 준희는 김 팀장을 향해 소리를 질렀다.

"팀장님 광고 콘셉트랑 날짜 정해지면 저한테 바로 피드백 주세요!"

"응? 그건 왜?"

"채송화 씨는 외부 모델이고 난 회사 모델이잖아요. 진짜 명신의 얼굴은 제가 될 거니까 꿀리지 않게 준비해야 할 거 아니에요."

"그렇지, 우리 백 대리가 키 좀 작은 거 빼곤 절대 안 밀리지! 암, 그렇고말고!"

준희는 유명한 여배우의 존재감에 밀릴 생각이 조금도 없었다. 채송화라는 배우보다 명신의 직원이 더 예쁘다는 소리를, 광고 메인 모델은 국민 여배우가 아니라 명신의 직원이란 소리를 꼭 듣고야 말리라.

채송화가 악녀라면, 준희는 승부욕의 여신이었다.

"팀장님, 오늘 우리 회식해요. 그것도 풀코스로 쭉 먹고 죽자 회식."

"갑자기 웬 회식?"

"저 내일부터 운동에 식단 관리 들어갈 거예요. 그래서 오늘 마지막 만찬 좀 푸짐하게 즐기고 싶어서요."

"멋진 남편이랑 실컷 해."

"저도 그러고 싶은데 남편이 무척 바빠서요. 그리고 입이 짧아서 같이 먹는 재미도 없구요."

그 말에 팀장이 정색을 했다.

"백 대리, 지금 우리 배 나왔다고 돌려 말하는 거지? 남편은 모델처럼 멋지고……."

준희는 그의 입을 멈추게 하기 위해 지갑에서 신용카드를 꺼내 보였다.

"리조트에서 해성 강 전무님 또 만났거든요. 워낙 일정이 빡빡해서 직접 참석은 힘들다고 저한테 카드 주고 가셨어요. 마음껏 쓰고 비서 통해 반납하라고 명함도 주고 가셨구요."

"강 전무님이 백 대리한테 그걸 줬다고?"

"저희 그래도 여왕 피구에서 커플이었잖아요. 대회에서 안면도 좀 익혔구요."

"근데 그걸 왜 이제 말해?"

"아침부터 정신없이 일했던 거 기억 안 나세요? 카드 그냥 반납할까요?"

준희가 애교스럽게 웃자 김 팀장이 외쳤다.

"오늘 배 터질 때까지 회식 달린다!"

준희의 퇴근 시간부터 실시간으로 카드 긁히는 메시지가 쉬지 않고 들어왔다. 긁히는 금액이 어마어마한데도 어디에서 뭘 하고 있는지, 이준은 확인 전화 한 통 하지 않았다. 그건 바로 준희를 향한 믿음이었다.

꼼꼼쟁이 구두쇠 백준희가 이 정도 카드를 긁는다는 건 바로 절친한 친구들을 만났다는 뜻.

애송이 녀석이 걸리긴 했지만 마지막 만남에서 제대로 한방 먹여놨으니 함부로 넘보진 못할 테고, 또 넘어갈 백준희도 아니었으니까.

막 회의를 끝내고 나오는데 낯선 번호로 전화가 걸려왔다. 이 휴대 전화 번호는 오로지 백준희만 알고 있었다. 이준은 심장이 바닥에 처박히는 느낌으로 전화를 받았다. 다행히 발신인은 준희 부서의 팀장이었고 별일은 아니었다. 술에 잔뜩 취한 아내 좀 데려가라는 것.

"거기가 어디죠? 지금 바로 가겠습니다."

마침 회의도 끝났겠다, 김 팀장이 알려준 바로 달려갔다. 그곳에선 그야말로 진풍경이 벌어지고 있었다.

준희는 아주 예쁘게도 웃으며 팝콘을 흩뿌리고 있었다.

"날 사랑한다면 이 팝콘을 주워 와랏!"

진짜 문제는 취한 아내보다 아내가 흩뿌린 팝콘을 열심히 줍고 있는 남자들이었다. 몇몇 손님들은 이 재밌는 풍경을 휴대 전화로 촬영하느라 정신이 없었다.

"백 대리, 팝콘 좀 그만 뿌리자 제발, 응?"

김 팀장이 말려도 소용이 없었다. 소리 없이 나타난 이준을 발견한 김 팀장의 눈이 휘둥그레졌다.

"아이고, 강 전무님! 여기는 어쩐 일이십니까?"

"뭐, 어쩌다가."

"혹시 저희 팀이 전무님 카드를 너무 남발해서 달려오신 겁니까?"

이준이 미세하게 미간을 구겼다. 나를 뭘로 보고.

"아직 밤은 끝나지 않았습니다. 남은 밤은 이 카드로 마음껏 결제하고 즐기십시오."

김 팀장에게 카드를 건넨 이준은 준희에게 다가섰다.

"밤톨."

팝콘을 흩뿌리던 준희가 드디어 이준을 보았다. 말없이 팔을 벌리자 기다렸다는 듯 그의 품으로 나비처럼 안겨드는 준희. 이준은 거만한 눈빛으로 남자들을 내려다보았다.

너희들이 아무리 팝콘을 주워도 이 여잔 내 여자야.

그렇게 바를 나서려는데 김 팀장과 팀원들이 막아섰다.

"백 대리를 예뻐하시는 건 저도 눈치는 챘습니다. 하지만 전무님이라고 해도 이건 아닙니다!"

"팀장님 말이 맞습니다. 전무님도 결혼하셨겠지만 저희 백 대리님도 기혼자입니다. 대통령이 와도 백 대리님은 못 내어드리겠습니다!"

이제 더는 못 참는다. 아니, 숨기고 싶지 않았다.

"김 팀장이 내게 전화해서 데리고 가라고 했습니다."

"예? 제가 언제⋯⋯."

김 팀장은 그래도 감을 잡지 못한 것 같았다.

"대답해보세요. 내 아내, 내가 데리고 나가는 데 문제 있습니까?"

미안하다, 백준희. 네가 내 여자, 내 아내라고 밝혀야겠어.

이준과 준희를 한참 동안 번갈아 보던 김 팀장과 팀원들은 얼른 길을 터주었다. 그래도 뭐가 못 미더운지 기어코 차를 세워놓은 곳까지 쫓아 나왔다.

준희를 뒷좌석에 태운 후 돌아서는 이준에게 김 팀장이 조심스럽게 말을 했다.

"외람된 말씀이지만 백 대리 입장에서는 명신보단 해성에 입사하는 게 훨씬 더 낫지 않습니까?"

김 팀장이 하고 싶어 하는 말이 뭔지 그가 모를 리가 없었다.

"나도 그랬으면 했습니다. 아내라서가 아니라 '믹솔로지스트 레이첼'은 무척 탐나는 인재이니까요. 하지만 준희는 해성이 아닌 명신을 선택했습니다."

"⋯⋯."

"준희가 내 아내라고 해서 변하는 건 없습니다. 나쁜 의도로 입사한 게 아니란 건 김 팀장님도 잘 아실 테니 앞으로도 공과 사는 구분해주시길 바랍니다. 너무 어려운 부탁인가요?"

경쟁사 임원의 사모님으로 보지 말고 예전 그대로 명신의 백 대리를 바�라는 만이었U.

"당연히 백 대리를 믿습니다. 노력은 하겠지만 백 대리 남편 분이 전무님이란 걸 알게 된 이상 100%는 장담 못 하겠습니다. 아무래도 불쑥불쑥 생각날 것 같아서요."

그의 솔직한 답변이 마음에 들었다.

"우리 준희가 상사는 잘 만난 것 같군요."

"제가 능력 있는 부하 직원을 잘 만난 거지요."

"나와 동갑이라고 들었습니다. 좋은 인연이 계속되면 나중에 동갑 친구로서 술 한잔하고 싶은데 어떻습니까?"

이준이 악수를 청하자 잠시 멍하게 서 있던 김 팀장이 두 손으로 덥석 잡았다.

"동갑 친구요? 저야 당연히 영광이죠!"

"그럼 앞으로도 우리 준희 잘 부탁드리겠습니다."

하지만 김 팀장과 다르게 다른 부서원들이 이준을 보는 눈빛은 곱지가 않았다.

"백 대리님이 협박해서 결혼했다고 하지 않았어? 그럼 백 대리님도 어느 재벌 집안 딸인가?"

"남자 싫다면서 일에만 매달리는 거 보면 남편한테 엄청 데었다는 거 아냐? 워크숍 쫓아온 것도 혹시 뭘 잘못해서 빌러 온 걸지도."

"저 정도면 여자가 엄청날 텐데. 여자들이 가만 놔두질 않지. 우리 백 대리님, 행복한 거 맞겠지?"

속삭거릴 거면 들리지 않게라도 하던가. 김 팀장이 부리부리한 눈으로 눈치를 주었지만 소용이 없었다.

"기분 나쁘셨으면 죄송합니다, 전무님! 저희 팀원들이 워낙 백 대리를 좋아해서……."

"괜찮습니다. 그만큼 내 아내를 걱정해주는 의미로 받아들이겠습니다."

가만히 보면 백준희, 은근히 남자복이 있었다. 아니면 남자를 잡아끄는 그녀만의 묘한 매력이 있는 걸까.

"내일 제가 부서원들에게 단단히 일러놓을 테니 언짢게 생각진 마십시오."

"그럴 필요 없습니다. 차차 지켜보면 알게 될 테니까요."

그때였다. 차 뒷좌석의 창문이 열리고 생글생글 웃음을 머금은 하얀 얼굴이 쑤욱 나왔다. 그 자리에 있던 모두가 생각했다. 준희가 부서원들에게 작별 인사를 하려는 거라고.

하지만 준희의 작은 손이 허공을 향해 흩뿌린 건 새하얀 팝콘이었다.

"나를 사랑한다면 이 팝콘을 주워 와라!"

준희의 미소는 해맑았고 목소리는 천진난만했다.

"아이쿠, 백 대리! 저놈의 팝콘은 또 어떻게 챙겨 온 거야?"

이걸 내가 주워줘야 하나, 김 팀장이 고민하던 그 순간 놀라운 일이 벌어졌다. 천천히 상체를 기울인 이준이 바닥에 떨어진 팝콘을 줍기 시작했다.

"전무님, 제가 줍겠습니다! 뭐 해, 어서들 와서 줍지 않고!"

팀원들에게 손짓하는 김 팀장을 이준이 만류했다.

"나 혼자 할 테니 김 팀장님은 팀원들과 가서 남은 회식 편히 즐기세요."

"하지만!"

"전에도 해봤고, 저 꽤 잘 줍습니다."

"예에?"

그는 덤덤히 바닥의 팝콘을 주우며 태연하게 말을 이었다.

"다른 남자가 가져다줘봐야 소용없습니다. 준희는 제가 주워서 바칠 때까지 계속 던질 테니까요."

주운 팝콘을 내미는 이준의 머리를 준희는 애완견 다루듯이 사랑스럽게 쓰다듬었다.

"잘했어요, 우리 남편!"

해성의 황태자를 순식간에 온순한 대형견으로 만들어버린 준희를 남자들은 입을 쩍 벌린 채 구경했다.

"날 사랑해요?"

"사랑해."

"나보다 더요?"

"그래, 너보다 더."

사랑 고백이라고 하기에 이준의 말투는 너무 무미건조했다. 그런데도 그 자리에 있던 남자들은 같은 남자로서 모두 느끼는 중이었다.

우리가 쓸데없는 오해를 하고 입방정을 떨었다는 것을. 해성의 황태자는 그들의 백 대리를 무척 사랑하고 있다는 것을.

팀원들은 더 이상 구시렁거리지 않고 발길을 돌렸다.

276

집에 도착해서 준희를 침대에 눕히는 순간, 석훈에게서 전화가 걸려왔다.

[그게 무슨 말이냐, 준희 모친이 살아 있다니?]

"내일 본사에 들러서 자세히 말씀드리겠습니다."

[지금 당장 와라!]

"지금은 곤란해요. 저도 제 스케줄이란 게 있습니다."

술이란 건 참 무서웠다. 침대에 눕혔는데도 준희는 그의 목에 두른 팔을 풀지 않았다.

쪽쪽쪽쪽―.

절대 떨어지기 싫다는 듯 그를 꼭 안고는 얼굴 곳곳에 키스 세례를 퍼부어 댔다.

[지금 이 상황에 스케줄이 잠깐, 이게 무슨 소리냐?]

"……준희랑 같이 있어요."

더 이상의 설명은 필요 없었다.

[험험. 그래, 그럼 알았다.]

석훈이 전화를 끊자마자 이준의 입에선 뜨거운 숨이 폭발하듯 터져 나왔다.

"준희야, 제발 그만."

급기야 그의 입에서 사정하는 소리가 새어 나왔지만 소용이 없었다. 그를 미치게 하려고 단단히 작정을 한 게 분명했다.

술만 마시면 애교가 아주 넘쳐흐르는 것도 모자라 점점 요부가 되이가는 것 같았다. 부드러운 입술과 촉촉한 혀로 이준의 얼굴과 목 곳곳에 짙게 흔적을 남기니 정말 죽을 맛이었다.

하지만 아무리 그래도 술에 취한 아내를 안고 싶진 않았다.

다행히도 준희의 몸에서 서서히 힘이 빠져나가고 새근거리는 숨소리가 귓가를 스쳤다.

그제야 침대에서 몸을 일으키는 이준의 입술 사이로 깊은 한숨이 새어 나왔다.

"다른 놈들하곤 절대 술 못 먹게 해야겠군."

백준희의 술주정이 뭔지 확인한 이상.

그는 따스한 물수건으로 준희의 얼굴과 보이는 몸 이곳저곳, 그리고 손발을 깨끗하게 닦아주었다. 그러곤 편한 옷을 가져와 갈아입힌 후 아이처럼 잠이 든 아내의 귀에 속삭였다.

"잘 자, 부인."

이준은 떨어지지 않는 발걸음을 돌려 집을 나왔다.

다음 날 오후, 해성 그룹 본사 사옥 부회장실.

이준의 말을 들은 석훈은 충격을 받은 표정이었다. 절대 있을 수 없는 일이라는 생각이 들었지만 아들의 성격을 알기에 믿을 수밖에 없었다.

"어디 안 좋아 보이시진 않고?"

"자세한 건 병원으로 모셔서 정밀 검진을 해봐야 합니다. 하지만 외관상으로는 건강해 보이시고 표정도 밝으셨습니다."

"준희는…… 어쩌고 있냐?"

"말을 아끼고 있어요. 장모님이 살아 계시다는 사실보다 어머니란 존재를 갑자기 받아들이기 힘들어하는 것 같습니다."

"하긴, 그럴 만도 하지."

어렸을 적부터 제 엄마에 대한 원망을 숨기지 못했던 아이였다. 석훈이 깊은 한숨을 내쉬었다.

"어르신께 알리면 당장 모셔 오라고 할 것 같아서 아버지한테 먼저 말씀드린 겁니다. 상황을 고려해 보니 당장 모셔 오는 건 좀 아닌 것 같아서요."

차분한 이준의 설명을 다 듣고 나서야 석훈도 수긍이 간다는 듯 고개를 끄덕였다.

"어르신이 지금 딸을 보살필 상황은 아니지. 그렇다고 치료 명목으로 병원에 가둬놓을 수도 없는 노릇이고. 우선 내가 직접 가서 만나봐야겠다, 그 후에 결정하자꾸나."

손목시계를 확인하며 급하게 일어나는 이준에게 석훈이 불쑥, 물었다.

"이왕 온 거 나랑 저녁이나 먹고 가지 그러냐?"

"선약 있습니다."

"누구랑?"

"누구겠습니까."

"팔불출 같은 놈. 결혼하기 싫다는 거 억지로 시켜놨더니 이젠 마누라밖에 모르냐?"

"이리다고 설혼시키신 거 아닙니까?"

"이래서 자식 낳아봐야 소용없는 거다."

말과 달리 미련 없이 집무실을 빠져나가는 이준을 바라보는 석훈의 얼굴에선 조금의 서운함도 찾아볼 수 없었다.

오늘은 모처럼 이준이 빨리 퇴근한다고 했다. 그래서 준희는 집에 도착하자마자 정성껏 저녁 식사를 준비하기 시작했다. 며칠 전에 이준에게 지은 죄도 있는 데다 오늘은 그와 진지하게 합동 작전을 벌여야 할 게 있었기 때문이었다.

음악에 심취한 채 음식을 준비하던 그녀는 그가 들어왔는지도 몰랐다. 살그머니 뒤에서 안아오는 단단한 체구에 고개를 트니 이준이 웃고 있었다.

"저녁은 준비하지 않아도 된다니까."

"보고 싶었어요!"

이준은 귀엽게 코를 찡긋거리며 안겨드는 아내를 번쩍 들어 식탁 위에 앉혔다. 의자가 있었지만 눈높이를 맞추기 위해선 어쩔 수가 없었다. 준희는 그게 싫기는커녕 오히려 뭔가 야릇해서 좋았다. 눈높이가 맞다는 건 입술 위치도 맞다는 거니까.

쪽쪽쪽―.

참지 못하고 감질 맛 나는 버드 키스를 날리는 준희를 확 끌어안은 이준이 짙은 키스를 퍼부었다. 거친 숨을 몰아쉬며 입술을 뗀 이준의 눈빛이 위험스럽게 번들거렸다.

"먹고 싶다."

"얼른 밥 차려줄게요."

식탁 위에서 내려오는 아내의 가는 허리를 잡아챈 이준이 보드라운 목덜미에 얼굴을 묻었다.

"너 말이야. 며칠 동안 제대로 안질 못했다고."

하지만 옷자락을 파고드는 손을 준희가 찰싹 때렸다. 그녀의 표정은 어림도 없다고 경고하고 있었다.

"금강산도 식후경이에요. 밥 먼저 먹어요. 그리고 설거지 마무리해줘요."

"밥보다 급한 게 있는데."

작은 손을 잡아 단단해진 아래쪽으로 가져가자 준희의 얼굴이 벌게졌다.

"바, 밥 먼저 먹어요! 그리고 식탁은 밥 먹는 데지 나 눕히는 데가 아니라구요!"

이준은 힘이 없었다. 사랑하는 아내가 하라는 대로 해야지.

식탁에 앉자 금방 음식들이 차려졌다.

맑은 된장국에 메인 요리인 매콤한 장어구이, 다양한 나물 반찬들과 몇 가지 전들.

이준의 옆에 떡하니 앉은 준희가 그의 밥 위에 가장 먼저 올려준 건 통통하게 살이 오른 장어 꼬리였다.

"남편, 많이 먹어요."

생글생글 웃는 준희를 보고 있으니 괜히 기분이 이상한 이준이있다. 뭔가 꼭 사육 당하는 느낌이라고 할까. 그래도 이준은 마다하지 않고 넙죽넙죽 잘도 받아 먹었다.

"먼저 씻어. 그동안 여긴 내가 깨끗하게 치워놓을 테니까."

"네. 침실 욕실에서 먼저 씻을게요."

식사가 끝나자 준희는 미련 없이 돌아서서 욕실로 향했다. 샤워를 끝낸 준희는 거울 속의 제 모습을 물끄러미 바라보았다. 물에 젖은 촉촉한 피부, 향긋한 보디워시 냄새.

커다란 남편의 와이셔츠를 입고선 단추 몇 개를 풀어내린 모습은 제 눈에도 꽤 자극적이었다.

여자의 마음은 갈대라는 말이 맞구나.

아기가 갖고 싶을 줄이야.

모르겠다, 그 마음이 언제부터 변한 건지.

팀 회식에 출동한 이준이 또다시 팝콘을 주웠다는 말을 들었을 때부터? 그게 아니면 정윤 때문에 힘들었던 마음을 위로 받았을 때부터?

확실한 건 이준의 온전한 사랑을 느꼈고 변치 않을 거라는 믿음을 가졌을 때부터라는 거다.

하지만 그건 준희 혼자 해선 안 되는 일이었다. 이준의 동의와 적극적인 협조가 있어야 했다.

"아기가 있으면 더 행복할 거야."

정윤 같은 엄마가 되지 않을 것이다. 이준도 좋은 아빠가 되어줄 것이다. 그럼 겁낼 게 없었다.

욕실을 나온 준희는 심호흡을 한 후 침대에서 남편을 기다렸다. 장어도 먹여놨겠다, 의지도 불타오르겠다, 이벤트도 끝내주겠다. 이제 남은 건 이 밤을 불태우는 것뿐.

그런데 한참을 기다려도 그가 나타나지 않자 지쳐버린 준희는 침대에 대자로 뻗어버렸다.

"왜 안 오는 거야?"

그렇다고 이 차림으로 나가서 왜 안 오느냐고 물어볼 수도 없었다. 그때 문이 벌컥 열리면서 이준이 나타났다. 다가서진 않고 뜨거운 눈빛으로 차분하게 아내의 모습을 관찰하는 중이었다. 하지만 소름 돋을 만큼 농밀하게 느껴졌다. 고요한 겉모습과 다르게 한껏 자극당한 그의 욕망이.

아무것도 한 게 없는데도 이벤트는 대성공.

준희가 맨발을 침대 밑으로 뻗어 수줍게 그를 올려다보며 그의 목에 팔을 두르자, 기다렸다는 듯 이준이 그녀의 허리를 잡아채서 끌어안았다. 거칠게 조각난 호흡이 목덜미를 적시고 있었다.

"나, 갖고 싶은 게 있어요."

"……말만 해. 뭐든지 다 사줄 테니까."

가만히 있어도 섹시한 남자가 아내를 향한 욕망을 숨기지 않고 드러내니 덩달아 준희도 자극당해버렸다. 그가 얼른 단단한 몸으로 타고 올라 짓누르며 온몸을 헤집어줬으면 했다.

마른침을 꿀꺽 삼킨 준희는 떨리는 숨을 고르며 차분하게 말을 이었다.

"아기요."

그 순간 보았다. 김은 눈동자를 헤집던 소용돌이가 순식간에 가라앉는 것을.

"오빠랑 내 아기."

그는 말이 없었다. 하지만 준희는 침착하게 기다렸고, 드디어 그가 입을 열었다.

"갑자기 아기는 왜?"

미치도록 섹시했던 방금 전의 음성은 온데간데없이 사라지고 무척 진중한 음성이었다.

"혹시 어르신 때문에 그래?"

"아무리 할아버지라도 그런 중대사를 결정하는 데 있어 나한테 영향력을 끼칠 순 없어요."

오로지 자신의 의지이고, 욕심이고, 바람이란 의미였다.

"일 계속하고 싶은 거 아니었어? 지금이 너한테 가장 중요한 시기일 텐데."

그건 이준보다 준희가 더 잘 알고 있었다. 하지만 그에게 진짜 가족이란 울타리를 선물해주고 싶었다. 그 울타리 안에서 웃으면서 행복하게 그와의 미래를 꿈꾸고 싶었다.

"아기를 가져도 충분히 일할 수 있어요. 일 그만둘 생각도 없구요. 물론 힘들긴 하겠지만 나 잘할 수 있어요."

이준은 말이 없었다. 그저 고른 숨소리를 흘리며 준희의 말을 듣고 있을 뿐.

"사랑하는 사람의 아기를 갖고 싶은 건 당연한 거잖아요. 내가 잘못된 거예요?"

"잘못된 건 네가 아니라 나야. 아빠가 될 자신이 없어."

준희는 그의 반응에 실망하고 원망스럽기보다는 오히려 다독이고 보듬어주고 싶어졌다. 모든 걸 다 갖추었음에도 전혀 행복하지 못한, 정작 용기 내어야 할 것엔 겁쟁이가 되어버리는 남편을.

"나요, 결혼이고 사랑이고 할 생각도 없고 자신도 없었어요. 특히 엄마가 되는 건 더더욱."

준희는 손을 뻗어 팔로 감싸기에도 버거운 너른 어깨를 가만히 안고 단단한 품에 얼굴을 묻었다.

"근데 오빠 사랑하면서 욕심이 생겼어요. 진짜 가족이 갖고 싶고, 오빠한테 진짜 가족을 선물해주고 싶어요."

힘차게 뛰는 그의 심장 소리는 언제 들어도 좋았다.

"아기가 뭐 갖고 싶다고 해서 마음대로 생기는 것도 아니고. 그리고 처음부터 좋은 부모는 없어요. 부부가 같이 노력하고 배우고 의사소통하면서 좋은 부모가 되어가는 거지."

"……."

"공동 육아, 공동 살림. 음, 돈 버는 건 내가 별수를 써도 오빠랑 똑같이 벌 순 없겠지만 여하튼 돈도 같이 벌고. 아기가 태어나도 오빠가 나랑 뭐든지 같이 해줄 테니 난 힘들지 않을 거예요. 아니에요?"

지금까지 침묵하던 이준이 작게 고개를 끄덕였다. 그것만으로도 준희는 만족스러웠다.

작은 것 하나라도 지키지 못할 말은 절대 하지 않는 그의 수긍은 많은 걸 의미했기 때문이었다.

"근데 나 혼자는 자신 없어요."

"……."

"그러니까 오빠도 나랑 같이 용기를 내줘요. 같이 용기 내면 못할 게 뭐 있어요? 우리 이렇게 결혼도 잘하고 사랑도 잘하고 있는데. 엄마 아빠 노릇도 분명 잘할 수 있을……."

"미안하다, 밤톨."

미안하다는 그의 말이 아프게 가슴을 긁어내렸다.

"네가 무슨 말을 해도 난 아이를 원하지 않아."

내가 너무 급하게 서두른 걸까. 그래서 괜히 그를 힘들게 하는 건 아닐까.

작은 후회감이 가슴에서 피어오르던 그때, 이준이 준희의 귓가에 속삭이듯이 말을 이었다.

"그런데도 난 네 말을 거부할 수가 없어."

"……?"

"그게 뭐든지 내가 거부하면 네가 날 떠날 것 같아서 불안해. 불안해서 미치겠어."

한 번도 털어놓은 적 없는 그의 진심이 흘러나오고 있었다.

"나 원래 이렇게 겁쟁이 아닌데."

백준희, 그리고 그녀를 향한 사랑이 이준을 겁쟁이로 만들어버렸다.

"난 너 아니면 안 되는데, 넌 내가 아니어도 될 것 같아서."

나도 오빠 아니면 안 돼요. 바보예요? 왜 그걸 몰라요.

준희는 답답했다. 이래서 사랑하면 바보가 된다고 하는 것 같다.

"넌 날 사랑하는 걸 깨달았으면서도 쿨하게 보내려고 했어. 그것도 몇 번이나."

"그거야……."

그의 말은 사실이었기에 준희는 말을 잇지 못했다.

"그런데 난 아니야. 널 사랑한 순간부터 난 전혀 쿨하지 못해."

"나 하나도 안 쿨해요. 싫다는 남자한테 달라붙어서 흉한 꼴 보이느니, 아름다운 뒷모습으로 떠나는 게 좋을 것 같아서 쿨한 척한 것뿐이지. 쿨하게 보내고 나서 엄청 찌질하게 울고 짜고 했을걸요?"

"……."

"그러니까 남자답게 책임져요. 쿨하게 보내줄 때 떠나지 않은 오빠가요. 내가 지금 꾸는 꿈, 이뤄줄 거예요? 말 거예요?"

이보세요, 강이준 씨. 아기는 혼자 만드는 게 아니랍니다.

"징그러운 장어 손질하느라 내가 오늘 얼마나 힘들었는지 모르죠?"

"너 때문에 진짜 미치겠다. 내가 널 어떻게 이겨."

준희의 마지막 말에 그는 결국 백기를 들어버렸다.

"네 꿈이 곧 내 꿈이야."

이준은 준희를 번쩍 안아 제 허리에 다리를 감게 만들었다.

"나한테 장어 엄청 먹인 거, 후회하게 될 거야."

이준은 그대로 침대로 돌진했다. 그렇게 두 사람은 침대 위로 쓰러졌다. 단추는 풀라고 있는 건데, 거의 잡아뜯겼다. 볼품없이 바닥에 팽개쳐진 셔츠를 보며 준희는 아찔함에 눈을 감았다.

저게 얼마짜린데. 이럴 줄 알았으면 싼 거 주워 입을걸.

그런 잡다한 생각도 이준이 가슴을 홈빠는 순간 깨끗하게 증발해버렸다. 그녀는 튕기듯이 허리를 들어 올리며 남편의 검은 머리칼을 움켜잡아 흐트러뜨렸다.

"더요, 더."

뭐든지, 더 해주세요. 아내의 메시지를 전달받은 이준이 고개를 들어 씨익 웃었다. 미치게 섹시하게, 젖은 입술을 혀로 핥으며.

"이제 시작이야. 해 뜰 때까지 잘 생각하지 마."

점점 짙어지는 열기가 침실을 가득 채우며 흐트러진 두 개의 숨소리가 야릇하게 얽혀들었다. 가늘게 뻗은 손이 사랑하는 남자를 제게로 더욱더 끌어왔다.

더, 더 사랑해주세요. 내게 축복을 주세요.

다음 날 오후, 정윤이 있는 강원도 보육원을 다녀온 근석과 석훈이 이준을 찾아왔다. 해성 코리아 집무실에 마주앉은 세 사람은 어두운 표정이었다.

"준희 엄마는 그곳에 계속 머무르게 하기로 했다. 참 행복해 보이더구나. 준희 엄마가 그렇게 밝게 웃는 건 나도 처음 봤다. 오히려 나와 어르신을 보더니 히스테리를 부리더라. 도대체 뭔 일을 당한 건지…… 하아, 강제로 끌고 오지 않는 이상은 수가 없구나."

사실 이준도 그러는 게 낫다고 판단을 내렸었다. 지금 정윤에게 그들은 외부인이고, 보육원에 있는 이들이 가족이었다.

"어르신은 괜찮으시겠습니까?"

이준의 신중한 질문에 그제야 무겁게 입을 여는 근석의 표정은 후회로 가득했다.

"내가 주지 못했던 행복을 그곳에서 찾았는데 무슨 자격으로 그 행복을 박탈하겠누. 난 내 딸이 건강하게 살아 있다는 것만으로 만족하기로 했네."

"어르신과 준희가 언제든지 찾아가서 만날 수 있도록 보육원은 서울로 옮길 생각이다. 그것도 아주 깨끗하고 좋게 지어서. 그건 해성 코리아가 아닌 해성 그룹이 알아서 할 테니 넌 신경 쓰지 않아도 된다."

"두 분께서 그런 결정을 내리셨지만 가장 중요한 건 준희의 의견이라고 생각합니다. 제가 물어볼 테니 기다려주세요."

정윤에 관한 대화가 마무리되자 이준은 그제야 사적인 본론을 꺼냈다.

"마지막으로 제가 두 분께 드릴 말씀이 있습니다."

이준을 보는 두 어른들의 눈에 묘한 기대감과 긴장감이 뒤섞였다.

"준희와 저, 이혼할 생각 없습니다. 몇 개월 지켜봐달라고 말씀드린 건 저희 두 사람이 좀 더 확신을 갖기 위한 시간이 필요해서였습니다."

사랑이란 말은 굳이 입에 담지 않았다. 그건 말로 표현하지 않아도 지켜보면 저절로 알게 될 테니까.

"저랑 준희 서로의 마음을 확인하기까지 정말 힘들게 여기까지 왔습니다. 그러니 천천히 지켜봐주셨으면 합니다. 준희만 괜찮다면 두 분께 손주도 최대한 빨리 안겨드리고 싶구요. 물론 뭐든지 준희의 의견에 따라야겠지만요. 그럼 조심히 가십시오."

두 사람은 이준의 배웅을 받으며 엘리베이터에 올랐다. 문이 닫히자마자 근석이 석훈을 툭, 치며 넌지시 말을 했다.

"이준 군이 우린 안 닮았구먼. 그게 그렇게 다행일 수가 없어. 좋은 남편이 될 거네, 그렇지?"

그건 석훈도 동의했다. 아내를 사랑했지만 고지식했던 근석과 아내를 사랑하지 않아서 냉정했던 석훈. 두 사람 모두 좋은 남편은 아니었다.

준희를 닮은 아이라면 보지 않아도 예쁘고 똘망똘망하겠지.

두 사람이 나간 후 혼자 남은 이준은 생각에 잠겨들었다.

"좋은 아빠라."

단 한 번도 상상해본 적 없었고 자신도 없었다.

유쾌하고 다정해 보이는 겉모습과 달리 석훈은 무척 치밀하

290

고 냉정한 남자였다. 투자를 받기 위해 중국에 계신 조부와 거래를 했고, 그의 어머니와 결혼을 한 후 그를 낳았다.

그게 전부였다. 아들이 태어나자마자 석훈은 아내를 외면했고, 그게 이준이 본 부모의 유일한 모델이었다. 석훈에겐 일이 전부였고, 남에겐 끔찍하게 잘하지만 제 가족은 챙기지 않는 남자였다.

이준 또한 석훈과 다르지 않았다. 불행한 어머니를 불쌍히 여길 뿐, 사랑은 하지 않았다. 아니, 사실은 모르겠다. 어떤 게 사랑인 건지도.

물론 그의 어머니 또한 아들에게 이렇다 할 모정을 보이진 않았다. 어디에 내놓아도 완벽한 아들은 원망스러운 남편을 쏙 빼다 박았으니까.

형식적이고 어중간한 모자 사이.

어머니가 돌아가신 후 후회란 걸 조금 하긴 했었다. 어머니께 조금 더 잘해드릴걸.

하지만 어머니는 돌아가신 후였고 그녀의 전부였던 양평 별장을 지키는 게 그가 할 수 있는 처음이자 마지막 효도였다.

모든 걸 타고났지만 행복이란 게 뭔지를 몰랐다.

그렇게 무미건조한 삶을 살아가던 그에게 느닷없이 내려진 축복이 바로 준희였다.

준희 네가 나타나지 않았다면 난 어떻게 됐을까. 네가 먼저 용기 내어 다가와주고 날 사랑하지 않았다면…….

백준희가 없는 삶은 이제 상상조차 하기 싫었다.

그런 아내가 원한다면 노력해보아야 할 것이다.

좋은 남편도, 좋은 가장도, 그리고…… 좋은 아빠도.

결심을 하고 나니 단 한 번도 해본 적 없는 상상에 한없이 젖어들었다.

백준희를 쏙 빼닮은 아기는 얼마나 사랑스러울까.

"꽤 예쁠 텐데."

미치도록 궁금해졌다. 준희와 그의 아이가.

준희가 꾸는 꿈을 한시라도 빨리 이루어주고 싶었다.

준희의 꿈이 그의 꿈이고 준희의 바람이 그의 바람이니까.

"박 비서, 집무실로 잠깐 오세요."

단 한 번도 이준의 호출을 받아본 적이 없는 박 비서에겐 청천벽력이었다. 그녀는 죄인처럼 집무실로 입성했다.

"지금부터 내가 박 비서한테 조금 무례하게 느껴질지도 모르는 질문을 하려고 합니다. 그러니 기분이 나쁘면 바로 말씀해주세요. 질문을 중단할 테니."

"아, 네."

박 비서는 마른침을 꼴깍 삼켰다. 5년 넘게 그를 모셨지만 이렇게 가까운 거리에서 보는 건 처음이었다.

집무실이 아무리 넓어도 밀폐된 공간에 둘만 있다는 게 묘한 긴장감을 선사했다. 가장 큰 이유는 유부녀도 심쿵하게 만드는 저 외모 때문이리라.

"아이를 낳기로 결심한 이유가 뭡니까?"

"……예?"

너무도 느닷없이 날아든 질문에 정신이 번쩍 들었다.

"그거야 결혼을 했으니까 당연히……."

"결혼하고 나서 아이를 갖는 게 당연한 순서는 아니라고 생각합니다. 사랑해서 결혼했는데 둘이 잘 사는 게 더 좋지 않습니까?"

박 비서는 빠르게 머리를 굴렸다. 상사가 질문하는 의도를 파악하기 위해.

연륜이 있는 만큼 눈치도 백 단인 그녀가 가장 먼저 떠올린 건 처음이자 마지막으로 보았던 사모님이었다. 상사의 집무실에서 발그레하게 상기된 얼굴로 나왔던. 로봇 같던 상사의 얼굴을 부드럽게 풀어지게 만들었던. 예쁘고 생기 넘치던 어린 사모님.

상사에 비해서 사모님은 한참 어렸다. 어쩌면 그 어린 사모님이 2세 계획을 미루는 걸지도.

"아이를 계획한 건 아니었지만 굳이 피하지도 않았습니다. 사랑해서 결혼했으니까 아이를 갖는 건 당연한 거라고 생각했으니까요. 물론 첫째 애를 낳고 생각이 바뀌었어요. 힘들어도 뭐든지 할 수 있을 것 같던 이상과 실제로 부딪힌 현실은 너무 달랐거든요."

박 비서는 대답과 동시에 조심히 질문을 건넸다.

"혹시 사모님께서 2세 계획을 미루고 싶어 하시나요?"

"그 반댑니다."

"그럼 왜……."

"비로 그 새벽에 농잠하고 싶어졌는데 그게 옳은 건지 판단이 안 서서요. 꿈도 있지만 그만큼 능력도 되는 아내라 나중에 후회할 것 같아 걱정이 좀 많이 됩니다. 그런데 그 부분에서 도움 받을 사람이 박 비서 말곤 없네요."

박 비서는 그제야 자신이 호출 받은 이유를 알았다. 그녀는 비서과에서 유일하게 기혼자였던 것이다.

"사모님도 후회는 좀 하실 겁니다. 하지만 동등하게 육아를 책임진다는 개념을 갖고 있는 좋은 남편이 있다면 후회보다는 행복이 더 클 겁니다."

육아를 동등하게라.

박 비서의 말을 차분히 곱씹은 이준이 다시 말을 이었다.

"마지막으로 진짜 무례한 질문 한 가지 하겠습니다."

"얼마든지요."

"아이를 출산하는 게 무척 힘들고 아프다고 들었습니다. 아이를 낳다가 남편을 원망하고 미워하는 경우도 많다던데……."

이걸 어떻게 설명해줘야 하나. 여자 대 여자가 아니라 좀 민망하긴 했지만 박 비서는 남동생을 교육시킨다 생각하고 솔직하게 말해주기로 했다.

"전무님, 수박 아시죠?"

갑자기 여기서 수박 이야기가 왜 나오는 건가. 이준의 표정이 묘해졌다. 기회를 틈타 그에게 살그머니 다가선 박 비서는 아찔한 얼굴을 내려다보며 나직하게 속삭였다.

"그 수박이 말입니다……."

은밀한 속삭임에 새하얀 이준의 얼굴이 살짝 붉어졌다. 충격은 이해가 되지만, 출산의 아픔을 빗대려면 수박만큼 리얼한 게 없으니까.

"출산하는 것보다 더 힘든 게 육아예요. 워킹맘이든 전업맘이든 그건 다 똑같습니다. 육아는 당연히 여자 담당이라고만 생각하는 고정 관념만 버려주세요. 행동도 중요하지만 남편의 마인드가 영향을 많이 주거든요. 산후 우울증이 괜히 있는 게 아니랍니다."

"솔직한 대답 고마워요."

"별말씀을요."

"그런데 말입니다, 내가 지금 2세 프로젝트를 먼저 용기 내준 아내에게 구애 프러포즈를 할 생각입니다."

사업처럼 표현력이 좀 삭막해서인지 박 비서는 이해하지 못하는 표정이었다.

"구애 프러포즈요?"

"결혼만 프러포즈하란 법 있습니까?"

그러니까 일명 '내 애를 낳아도' 프러포즈란 말이었다.

감동으로 가득 찬 박 비서를 차분히 바라보며 이준은 마지막 질문을 했다.

"그러니 마지막 조언 한마디 부탁합니다. 박 비서가 아이를 갖길 원할 때 남편이 뭘 어떻게 해줘야 가장 감동받을 것 같습니까?"

치음으로 로봇 같던 상사가 피와 살로 이루어진 사람처럼 보였다. 귀엽다고 해줘야 하나. 외모면 외모, 능력이면 능력, 게다가 이런 섬세하고 배려심 넘치는 로맨틱한 마인드까지 가지고 있는 남편이 현실에 존재하다니.

이렇게 완벽한 남자의 사랑을 받는 사모님이 갑자기 부러워졌다. 그러면 안 되는데도 제 남편과 저절로 비교를 하게 되는 박 비서였다.

저녁 식사를 마친 두 사람은 욕실에서 함께 반신욕을 즐겼다. 물론 향긋한 욕조에서 반신욕만 즐긴 건 아니었다. 2세 계획을 세웠고, 그 계획에 이준까지 동참한 이상 두 사람은 뜨겁게 달아올랐다. 변태라고 해도 좋았다. 두 사람은 뒤늦은 신혼을 만끽하는 중이었고 때와 장소를 가리지 않았다.

35살이라는 나이가 무색할 만큼 이준은 혈기왕성했고 준희는 그런 남편을 감당하고도 남을 만큼 젊고 건강했다. 그리고 솔직했다. 그러니 즐기지 말아야 할 이유가 없었다.

침실로 어떻게 와서 안고 잠이 들었는지도 모르겠다.

새벽녘 잠에서 깬 준희는 잠이 든 이준을 바라보며 빙긋, 웃었다. 준희가 찬란한 태양이라도 되는 것처럼, 오로지 준희만을 위해 숨 쉬고 바라보는 해바라기 같은 남편. 그 모습이 낯설면서도 그게 그녀를 행복하게 했다.

"자꾸 여왕님 취급해주면 곤란한데."

고요한 어둠이 내려앉은 남편의 섬세한 이목구비를 준희의 가는 손끝이 사랑스럽게 어루만졌다.

"나 버릇 나빠지면 나중에 어떻게 감당하려고요."

그런데 잠이 든 줄 알았던 이준이 준희를 와락 자신의 품으로 끌어당겼다.

"나빠지면 뭐 어때. 내가 다 받아주려고 버릇 들인 건데."

가라앉은 허스키한 음성은 나른하면서도 섹시했다.

"나 때문에 깼어요?"

"자는 척한 거였어."

"거짓말. 분명 잤어요, 오빠."

"난 절대 너보다 먼저 잠들지 않아. 양평에서야 어쩔 수 없이 피곤해서 그런 거고."

"먼저 잠들면 뭐 어때서요."

"그냥. 자는 네 얼굴 보는 게 이상하게 좋아."

싱거운 대답이었다. 그런데도 준희의 입가에 희미한 미소가 어렸다. 방금 그녀도 그걸 느꼈으니까. 그냥 이유 없이 좋았다. 이 사람의 자는 얼굴을 나만 볼 수 있다는 게.

"그리고 넌 버릇이 더 나빠져야 해."

"나 버릇 나빠져서 나중에 지쳐 나가떨어지려고요?"

"그럴 일 없어. 나 아니면 누구도 널 감당하지 못해야 날 못 떠나지."

"사돈 남 말 하지 마세요. 오빠야말로 나 아니면 누가 감당해요? 귀신들도 쫓아낼 정도로 부서운 여자, 찾기 쉬운 줄 알아요?"

"그래서 죽을 때까지 너 안 놔주려고. 너 놓치면 내가 총각귀신 될 것 같아서."

귓가에 흘러드는 그의 음성엔 희미한 웃음기가 배어 있었다. 하지만 준희는 웃을 수 없었다. 장난으로 한 말이었지만 그가 죽는다는 건 생각만으로도 끔찍하게 싫었다. 만끽하고 있던 나른한 행복함은 안개처럼 사라져버렸다.

준희는 더욱더 그의 품을 파고들며 이준을 꼭 껴안았다.

"누가 오빠 귀신 되게 내버려둔대요? 오빠 절대 나보다 먼저 못 죽어요."

"내가 너보다 10살이나 많은데도?"

"그래도 안 돼요. 오빠가 먼저 죽으면 나 무척 슬플 거야. 내가 슬퍼하면서 하루하루를 보내는 게 좋아요?"

말을 마친 그녀가 어둠 속에서 살그머니 고개를 드는 순간, 웃음기라곤 전혀 없는 그의 새까만 눈동자와 부딪쳤다.

두 사람은 아무 말 없이 잠시 서로를 물끄러미 바라보았다.

준희가 없는 삶이라…… 상상만으로도 가슴이 먹먹해지는 이준이었다.

혼자서 산다는 게 무슨 의미가 있을까. 혼자가 아닌 둘의 의미를 알아버린 이상, 이젠 그도 혼자 살아갈 자신이 없었다.

그런데도 그는 차분하게 입을 열었다.

"준희 너보다 오래 살도록 내가 노력할게."

슬픔은 온전히 내 몫이니까 넌 항상 웃었으면 좋겠어.

"대신 우리 꼭 백년해로하자. 검은 머리 파뿌리 될 때까지."

"사람 욕심은 진짜 끝이 없나 봐요."

그런데 준희가 갑자기 푸스스, 한숨을 내쉬었다.

"오빠한테 마법 주문 듣고 나면 죽어도 원이 없을 줄 알았는데. 소원이 하나 더 생겨버렸어요."

"뭔데?"

"한날한시에 같이 죽는 거. 나 진짜 욕심쟁이죠? 나이 들어서 할머니 돼도 오빠 옆에 다른 여자 있는 꼴은 절대 못 보겠어요. 오빠 할아버지가 되어도 엄청 멋있을 것 같단 말이에요."

조금의 장난기도 없이 준희는 진지했다.

아, 진짜 널 어떻게 하냐. 아내가 미치게 사랑스럽고 예뻤다.

준희를 향해 샘솟던 무한한 애정이 서서히 변질되기 시작했다. 결국 참지 못한 이준은 몸을 움직였다.

단단한 몸이 야릇하게 무게감을 더해오고 어둠 속에서도 농밀한 색기를 흘리는 그의 검은 눈동자가 빛이 났다.

일어날 일을 직감한 듯 준희의 입이 수줍게 벌어졌다.

달콤한 샘물을 머금은 입술을 향해 얼굴을 내리며 이준은 속삭였다.

"그럴 일은 없을 테니까 걱정하지 마."

네가 떠나게 되면, 그렇게 되면, 널 곱게 보내준 후에, 그 후에 나도 따라갈 테니까.

아득함에 바르작거리던 가는 팔이 그의 목을 힘차게 감싸는 순간, 곱게 감은 눈꼬리에서 희미한 물기가 어렸다.

"백준희."

그 물기를 입술로 어루만져주며 그는 오늘도 마법 주문을 외웠다.

"사랑한다."

오늘도 내일도 그리고 앞으로도 쭉, 죽을 때까지.

이제야 졸음이 쏟아지는지 준희의 눈꺼풀이 무겁게 내려앉았다.

"이번 주말엔 2박 3일로 양평에 다녀오자."

귓가에 스며드는 부드러운 음성은 솜털이 곤두설 만큼 야릇했다.

강원도의 xx보육원.

모 의원의 비서라며 말끔하게 슈트를 갖춰 입은 남자가 방문을 했다.

"자선 행사에 이 보육원의 명단을 올릴까 합니다. 참석만 해도 최소 후원 업체 한 곳은 나타날 겁니다."

원장은 연달아 터지는 복에 어쩔 줄 몰라 했다. 며칠 전 꿈자리가 좋다 했더니.

"나라에서까지 우리 보육원에 관심을 가져주시다니 너무 감사할 뿐입니다."

"어디에서 또 후원을 해주기로 했나 보죠?"

"아, 저기 그게……"

"후원받는 곳이 있으면 정확히 말씀해주셔야 합니다. 그래야 불이익을 당하지 않을 겁니다."

"정확히 정해진 게 아니어도 말해야 하나요?"

"참고는 해야 하니까요."

"해성 코리아에서 저희 보육원을 후원해주겠다고는 했는데 아직 정확히 정해진 건 아니라서."

표정 변화가 없어서 남자의 반응이 파악되지 않자 원장은 말을 하면서도 굉장히 조심스러워했다.

"말씀해주셔서 감사합니다. 그럼 제가 따로 연락을 드리도록 하죠. 좋은 결과 기대할 수 있도록 최선을 다하겠습니다."

남자를 마중하고 돌아선 원장은 날씨가 쌀쌀한데도 아이들과 놀아주고 있는 테레사에게 다가갔다. 그녀는 온전한 어른 노릇은 못했지만 작은 규모 때문에 후원의 손길이 잘 미치지 않는 보육원에 없어선 안 될 존재였다. 보육원의 일을 도와주었고 아이들을 잘 보살펴주었으며, 아이들 또한 그녀를 엄마처럼 따랐다. 스쳐 지나가는 소나기처럼 형식적으로 들러서 후원금을 투척해주는 이들보다 백배 천배 나았다.

어떻게 보면 이 행운이 테레사 때문에 생긴 것도 같았기에 그녀에게 좋은 소식을 전해주고 공유하고 싶었다.

"테레사, 나 당신 딸 봤어. 테레사 닮아서 너무 예쁘더라."

"내 딸? 나한테 딸이 있어?"

"테레사가 그랬잖아. 내 딸은 피부가 하얗고 입술은 빨갛고 엄청 예쁘다고. 흰 우유를 무척 잘 먹는 딸. 기억 안 나?"

아이처럼 맑은 테레사의 눈이 원장에게로 향했다. 그러곤 기억났다는 듯 배시시 웃었다.

"내 딸이 제일 예뻐. 우유를 진짜 잘 먹어."

"이모, 나도 우유 잘 먹을 거야! 그러니까 송이가 제일 예쁘다고 해줘!"

"송이 예뻐, 내 딸 다음으로."

시샘을 내며 더욱더 품에 파고드는 여자아이를 테레사는 꼭 안아주었다.

"조만간 테레사 딸이 다시 온다고 했어. 능력 있고 멋진 남편까지 대동하고서. 테레사, 좋겠다."

하지만 테레사는 더 이상 원장의 말을 듣고 있지 않았다. 아이들 몇 명이 테레사에게 달려들어 정신을 쏙 빼놓은 것이다.

"난 테레사가 떠나지 않았으면 해. 하지만 테레사의 의견을 가장 존중해줄 거야. 테레사가 행복할 수 있다면."

그렇게 말하고 돌아서던 원장은 깜짝 놀라고 말았다. 간 줄 알았던 남자가 기척도 없이 뒤에 서 있었던 것이다.

"에구머니나, 아직 안 가셨네요."

"전달하지 못한 말이 있어서요."

원장에게 말하는 남자의 눈은 테레사에게 고정되어 있었다.

Chapter 23

아내를 사랑해, 그것도 미치도록

광고 콘셉트가 조금 변경되었다는 말을 전하기 위해 명신 그룹 직원이 직접 송화를 찾아왔다.

동요 없이 차분하게 훑는 겉모습과 달리 속마음에선 얕은 파도가 일렁이기 시작했다.

백준희, 생각했던 대로 만만치 않은 여우였다. 광고 담당자들을 어떻게 구슬렸는지, 준희의 비중이 꽤 높아져 있었다. 그뿐인가. 제대로 팔색조 매력을 선보이려고 작정을 한 게 분명했다.

"채송화 양이 워낙 대배우에 아름답잖습니까. 평범한 백 대리가 오히려 초라해져 광고를 안 찍느니만 못하는 역효과가 날 수 있습니다. 그래서 살짝 수정했어요. 뭐, 이렇게 해도 채송화 양의 반이라도 따라올 수 있을지 미지수지만요."

물론 외모나 분위기는 자신이 월등했다. 하지만 두 번이나 직접 눈으로 본 이상 경계되는 게 한 가지 있었다. 서구적으로 화려한 자신보다 한복이 더 잘 어울리는 백준희.

프랑스에서 열렸던 국제 글로벌 대회의 파민 한복노 그랬시만 파티에서 전통 한복을 입은 백준희는 이슈가 되었다. 파티에서 일찍 떠난 덕분에 본인만 모를 뿐.

"저야 어떻든 상관없어요. 그런데 레이첼 양 한복 콘셉트는 빼는 게 어떨까요? 그래도 칵테일을 주력으로 파는 곳인데 한복은 좀……."

"라온하제가 주력하는 신메뉴 중 전통주를 베이스로 한 칵테일이 많습니다. 그리고 요일에 따라 색다른 스타일을 선보일 생각이라 문제 될 건 없습니다. 실제로도 라운지 바 오픈 후 첫날은 전통주 칵테일과 그에 맞는 퓨전 한식 안주로 밀고 나갈 생각이라서요. 혹시 불쾌하신가요?"

"그럴 리가요."

명신 직원이 그럴 줄 알았다는 듯 웃었다.

"그럴 줄 알았습니다. 사실 저희는 혹시나 채송화 양이 언짢아하실까 봐 걱정했습니다. 그런데 백 대리가 그런 말을 하더군요. 오히려 그런 걱정을 하는 건 채송화 양을 무시하는 거라고 말입니다. 그게 틀린 생각은 아니었네요."

맹랑한 것 같으니라고. 속으로 아득아득 이를 갈면서도 송화는 속마음을 숨긴 채 웃어 보였다.

"맞는 말이에요. 전 어떻게 찍어도 상관없으니 최대한 빨리 광고 날짜 잡아주세요."

술이나 만드는 주제에, 네까짓 게 감히 날 이길 수 있을 것 같아?

드디어 주말이 다가왔다. 이른 새벽에 출발해서인지 고속도로는 속이 시원할 정도로 뻥 뚫려 있었다. 날렵하게 빠진 스포츠카가 푸른 새벽빛을 거침없이 헤집으며 달리자, 준희는 창문을 열고 있는 힘껏 소리를 질렀다.

"꺄악, 신난다!"

차가운 공기가 안면을 강타하는데도 그렇게 기분이 좋을 수가 없었다. 한참이 지났는데도 창문을 닫지 않자 이준이 보다 못해 한마디 했다.

"그러다 감기 걸려."

하지만 그의 목소리는 스포츠카 엔진의 요란한 굉음과 열린 창문 틈으로 비집고 들어오는 바람 소리에 묻혀버렸다.

"뭐라고요?"

됐다. 내가 말을 말자, 그냥. 포기했다기보다는 잔뜩 신이 난 준희의 표정이 결국 그의 입을 다물게 만들었다.

한 시간 반을 달려 양평에 도착했을 땐 싱그럽게 떠오른 해가 아침 햇살을 눈부시게 쏟아내고 있었다.

차에서 내린 이준이 준희에게 손을 내밀었다.

"좀 걸을까?"

두 사람은 물기를 잔뜩 머금은 숲길을 나란히 손을 잡고 걸었다. 딱히 많은 이야기를 나눈 것도 아니었다. 그저 이렇게 그와 함께 걷고 있는 자체가 행복이었다. 두 사람이 처음 만났던 벤치에 앉아 호수를 바라보던 이준이 준희를 번쩍 들어 다리 위로 올렸다. 그러곤 꿈을 꾸듯 나른한 눈빛으로 아내를 가만히 바라보았다.

"넌 도대체 왜 이렇게 예쁘지?"

반짝반짝 빛이 나는 아내를 혼자서 독점하고 싶은 욕심은 이기주의겠지.

"불안해서 미치겠어. 누가 널 채갈까 봐."

긴 손가락이 준희의 목덜미를 제게로 내리고 있었다.

"너와 내 아기가 생기면, 넌 날 떠나지 못하겠지?"

준희는 애틋하고 절절하게 속삭이는 남편을 가만히 바라보고 있었다. 그는 왜 모를까. 아침 햇살을 등진 채 서 있는 당신이 내겐 가장 눈부시고 멋진 존재라는 걸.

강이준은 그녀에게 분에 넘치는 남자였다. 응당 불안해하는 것도 자신이어야 했다. 하지만 이상하게도 준희는 불안하지 않았다. 그가 준 사랑이 넘쳐나서일까. 그렇다면 난 그에게 사랑을 넘쳐나게 주지 못한 걸까. 그래서 그가 불안해하는 걸까.

"선녀와 나무꾼 동화 알아요? 거기서 아이 셋을 낳으면 선녀가 나무꾼을 못 떠난다고 하잖아요."

준희는 천사도 아니고 선녀도 아니었다. 하지만 이준에게만큼은 천사이고 싶고 선녀이고 싶었다. 그가 자신을 그렇게 봐주었으니까.

"내가 아이 셋 낳아줄게요."

입술을 맞댄 채 마음을 전하고 사랑을 속삭였다.

"그러니까 불안해하지 마요, 사랑하는 강이준 씨."

이준은 키스로 대답을 들려주었다. 매번 느끼지만 키스 하나는 정말 끝내주게 잘했다. 입술이 섞이고 숨결이 섞일수록 열띤 감각이 전신을 휩쓸었다. 키스만으로는, 부족했다. 뭔가 더…… 더.

이준의 입술에서 멀어진 준희의 입술이 그의 귓가를 쓸고 목덜미에 도달했다. 그녀의 작은 손이 불룩해진 그의 바지 위를 배회하자, 그의 입에서 신음이 새어 나왔다.

"하아, 너 진짜……."

"요부라구요? 그래서 싫어요?"

말도 제대로 잇지 못하는 남편의 목덜미에 입술을 문으며 준희가 속삭였다.

"그럴 리가. 좋아 죽을 것 같아."

어떤 남자도 요부인 아내를 싫어할 리가 없다.

"준희야, 더."

본능적으로 준희가 허리를 들썩이며 하체를 밀착시키자 이준의 눈빛이 한결 짙어졌다. 열렬하게 키스를 퍼부으면서도 커다란 두 손은 아내의 치맛자락 쪽으로 이동하고 있었다.

"자, 잠깐만요. 저도 하고 싶긴 한데 여기는 좀……."

"사고 이후로 더욱 철저하게 관리하고 있어."

"……?"

"외부인은 절대 출입 금지. 오케이?"

아무리 그래도 사방이 훤히 뚫려 있었다. 거부해야 하는 걸 알면서도 그게 또 묘한 자극이 되었다.

"흐읍, 오케이."

더욱더 이준에게 입술을 붙이며 준희는 적극적으로 그에게 동조할 수밖에 없었다.

2박 3일이란 시간 내내, 눈을 뜬 순간부터 잠이 들기 전까지 두 사람은 항상 함께였다. 서로 말은 하지 않았지만 알고 있었다. 2세를 간절하게 바라는 서로의 마음을.

여행이란 건 많은 걸 보고 경험해야 하는 거라고 생각했던 선입견이 깨진 것이다. 사랑하는 사람과 함께 한다는 것, 그게 바로 진정한 힐링이었다.

마지막 날 밤, 몸이 녹신하게 늘어질 만큼 서로를 안은 두 사람은 나란히 밤하늘을 바라보았다.

"바쁘다더니 이제 좀 한가해진 거예요?"

"난 항상 바빠. 앞으로도 바쁠 테고."

"그런데 금요일부터 쉬었어요? 월요일에 출근하기 무섭겠다."

"아무리 바빠도 나한테는 네가 1순위야. 그리고 굳이 내 손으로 일을 처리하지 않아도 된다는 걸 누구 때문에 깨닫기도 했고."

그전엔 차라리 바쁜 게 나았다. 개인적인 시간이 있어도 딱히 하고 싶은 것도 없었고, 하나부터 열까지 제 손을 거쳐야 직성이 풀리기도 했다. 하지만 이젠 아니었다. 사랑하는 아내와 보낼 시간이 절실했다. 행복이란 게 뭔지 알았으니까. 물론 이준의 깨달음 덕에 부하 직원들은 더 바빠졌지만.

"나랑 여행이 그렇게 오고 싶었어요? 양평은 다녀간 지 얼마 안 되었잖아요."

"양평 밤하늘에 별이 많이 뜨잖아. 서울에선 아무리 날이 맑아도 별이 잘 안 보이는데."

"하긴, 양평 별장에서 보는 은하수가 예쁘긴 해요. 그것도 오빠랑 보니까 더 예쁜 것 같아."

인정한다는 듯 배시시 웃으며 제 품에 깊게 파고드는 가녀린 몸을 이준은 꼭 끌어안았다. 그의 마음을 안다는 듯 오늘도 양평의 밤하늘엔 유독 별이 많이 떠 있었다.

단내 풀풀 풍기는 아내의 뽀얀 목덜미에 뜨거운 입술을 묻으며 이준은 속으로 간절히 바랐다. 그 하늘의 기운을 받아, 별의 빛을 받아, 꼭 우리에게 축복이 내렸으면.

두 사람이 서울 집에 돌아왔을 땐 밤 10시가 다 되어 있었다. 주차장에 도착한 이준이 가장 먼저 한 건 메시지를 확인하는 거였다.

> 방 세 곳의 리모델링은 모두 끝났습니다.

기존 값의 세 배를 치러서 그런지 짧은 시간 안에 공사가 마무리되었다. 평소와 다를 게 없는데도 뭔가 이상한 낌새를 눈치챈 듯, 현관문을 열고 들어온 준희가 걸음을 멈추었다.

"뭔가 이상해요."

리모델링을 한 건 방 세 개뿐, 변한 건 없었다.

"이걸 뭐라고 표현해야 하지? 누가 우리 집을 들쑤셔놓은 것 같아요."

"내 눈엔 똑같은데?"

"집이 달라진 게 아니라 공기가 좀 이상해."

순간 이준은 등골이 서늘해짐을 느꼈다. 이래서 여자의 촉은 무시할 수 없다고 했던가. 하지만 오늘만큼은 그 촉 때문에 뭔가 일이 술술 풀리는 느낌이었다.

"그렇게 불안하면 내가 먼저 들어가볼게. 누가 있나 없나."

이준이 먼저 집 안으로 들어갔다.

리모델링을 부탁했던 방을 확인하고 나올 때까지 준희는 현관문에 서 있었다.

"뭐 없어진 거 없죠?"

잔뜩 경계심 어린 아내의 표정이 귀여워서 웃음이 절로 나왔다. 이준이 뒤로 가서 눈을 가리자 가녀린 어깨가 살짝 솟아올랐다.

"눈은 왜 가려요?"

"보여줄 게 있어."

"……?"

"없어진 건 없는데 생겨난 게 좀 많아서 말이야."

준희는 그의 품에 안긴 채 집 안으로 들어갔다.

침실 바로 옆, 쓰지 않던 방의 문이 열리고 시야가 환해지는 순간, 준희가 작게 숨을 들이켜는 소리가 들렸다.

"우리 아기 공부방이야."

숨소리만 들릴 뿐, 준희는 어떤 말도 하지 못했다. 고요해진 아내의 손을 잡아끈 이준은 두 번째 방문을 열었다.

"그리고 여긴 우리 아기 놀이방."

마지막 세 번째 방은 바로 두 사람의 침실 바로 옆방이었다. 그 문을 열어젖히자 준희가 손으로 제 입을 막았다.

"마지막으로 여긴 우리 아기가 자는 방."

"2박 3일간 집을 떠난 이유가…… 이거였어요?"

준희의 목소리가 가늘게 떨리고 있었다. 그녀는 아기자기하게 꾸며진 방을 멍하니 바라보기만 했다.

"아이를 갖고 낳는다는 게 굉장히 힘들다는 거 알아."

작은 저 몸에 새 생명을 잉태하고 품고 낳는 것. 그건 절대 이준이 해줄 수 없는 거였다.

"하지만 준희 네가 낳아주기만 하면 내가 다 키운다고 약속할게. 넌 하고 싶은 일 계속해도 돼."

방 옆에 부탁해놓았던 꽃다발을 손에 든 이준은 준희의 앞에 무릎을 꿇었다. 그러곤 고개를 들어 그녀를 바라보았다.

"너를 그대로 닮은 아기를 갖고 싶어."

유일하게 그를 무릎 꿇게 하고, 그가 올려다보는 아내란 존재를.

"이게 지금……."

준희는 차마 말을 잇지 못했다.

그를 내려다보는 눈에 물기가 가득했다.

내유외강. 씩씩하고 강한 겉모습과 달리 준희는 참 여렸다.

눈꼬리에 매달린 아내의 눈물과 힘없이 흔들리는 눈동자가 이준의 가슴을 아프게 만들었다.

널 기쁘게 해주려던 건데.

예쁜 두 눈에서 다신 눈물 나지 않게 하고 싶었는데.

이준은 꽃다발을 받아 든 준희의 손등에 입술을 꾹 눌렀다.

"나 지금 너한테 프러포즈하는 거야."

일명 '내 아를 낳아도' 구애 프러포즈.

"백준희가 둘이라면, 세상을 다 가진 기분일 것 같아."

아름다운 색색의 꽃 너머, 무릎을 꿇고 있는 남편을 향해 준희는 활짝 웃어 보였다. 비록 눈꼬리에는 촉촉한 눈물을 매달았을지언정.

"자꾸 이렇게 감동 이벤트 해주기예요? 난 오빠한테 아무것도 해준 게 없는데."

"그래서 아부하는 거잖아. 내가 아닌 너만 닮은 예쁜 아기를 낳아달라고."

"그게 뭐 내 마음대로 되나?"

작게 투덜거린 준희는 천천히 꽃다발을 받았다.

향긋한 꽃 냄새가 콧속으로 스며들던 그때, 이준이 일어났다.

"아직 못 들었어."

그가 서서히 허리를 기울이자 향긋한 꽃 냄새보다 더 아찔한 남편의 체 향이 준희의 후각을 흔들었다. 그러곤 부드러운 숨결이 뺨을 스치고 귓가에 안착했다.

"프러포즈에 대한 대답."

대답을 요구하는 건지, 유혹을 하는 건지. 묻는 것조차 심장 떨리게 섹시했다.

이러니 내가 어떻게 버텨.

까치발을 든 준희는 공격적으로 이준의 입술에 짙은 키스를 선사했다. 입술이 얽히고 혀가 얽히고, 한참 후에야 두 개의 입술이 떨어져나갔다.

한층 짙어진 그의 눈동자를 빤히 보며 준희는 생긋 웃었다.

"대답을 꼭 말로 해야 하는 건 아니잖아요."

달콤함을 선사했던 준희의 입술은 촉촉하게 젖어 있었다. 이준이 엄지로 그녀의 도톰한 아랫입술을 느릿하게 쓸었다.

"내 아내는 진짜 사람 미치게 하는 재주가 있어."

"이 정도는 되어야 강이준 씨를 홀리죠."

"홀렸으면 책임져야지."

그가 은밀하게 손을 뻗자 준희는 미꾸라지처럼 빠져나갔다.

"안타깝지만 오늘은 축복이 찾아올 수 없는 날이에요. 그러니까 좀 기다려요."

"난 계획적으로 널 안을 생각은 추호도 없어. 지금도, 그리고 앞으로도."

준희의 말대로 축복은 우연처럼, 그리고 기적처럼 소리 없이 찾아드는 거다.

"내 아내가 너무 예뻐서."

숨이 쉬고 싶어서, 평범해지고 싶어서, 행복해지고 싶어서, 안착하고 싶어서. 준희를 안고 싶은 이유는 수도 없이 많았다.

이마를 기울인 이준의 입술이 이마를 타고 내려오자 순희는 본능적으로 눈을 감았다.

"널 너무 사랑해서."

파르르 떨리는 눈꺼풀에 자잘한 입맞춤이 쏟아졌다.

"그래서 안고 싶은 거고, 안는 거야."

애틋하고 정중한 그 입맞춤이 준희의 정신을 쏙 빼버렸다.

"물론 지금도 널 안을 거고."

더 이상의 대화는 불필요하다는 듯, 이준은 행동으로 옮겼다. 그리고 준희는 언제 그랬느냐는 듯 남편에게 솔직하고 열렬하게 반응해주었다.

정신을 차리고 보니 침실이었고 침대였다.

데일 듯 뜨거운, 폭풍우처럼 몰아치는 남편의 모든 것을 아득하게 받아내며 준희는 생각했다.

그런데 강이준 씨, 어쩌죠? 난 오빠와 날 반반씩 꼭 닮은 아기를 낳을 생각이거든요.

한 달 후.

광고 촬영이 진행될 경기도의 세트장에 검은 밴이 등장했다. 매니저가 차 문을 열어주자 우아하게 발을 내딛던 송화의 시선이 어느 한곳에 멈추었다.

강이준, 그가 있었다. 어떤 반응도 보이지 않았지만 그녀는 직감적으로 알 수 있었다. 그가 자신을 기다리고 있었다는 걸.

"잠깐만 대기하고 있어."

또각또각—.

송화의 아찔할 킬힐이 시멘트 바닥을 울렸다.

"오랜만이네. 광고 촬영 보러 온 거야?"

태연한 척 말을 건넸지만 사실 송화의 가슴은 사춘기 소녀처럼 떨려왔다. 그를 볼 때마다 항상 그랬다.

"딱 광고까지야. 오늘 이후 준희랑 엮이는 일 없도록 해."

하지만 그 설렘과 애틋함을 무시한 채 이준은 제 할 말만 하고 매정하게 돌아섰다.

송화는 주먹을 불끈 쥔 채 쏘아붙였다.

"내가 준희 씨한테 무슨 짓을 했다고 그래? 난 오히려 준희 씨 커리어에 도움이 될 좋은 기회를 제공했어."

이준이 천천히 돌아섰다.

"최근에 의문점이 드는 것들이 좀 있더라고."

항상 그랬지만 그녀에게 내리꽂히는 검은 눈빛은 오늘따라 유독 차가웠다.

"윤은서가 왜 갑자기 그날 이성을 잃었을까. 왜 하필 네가 내 차를 운전하던 그날 사고가 났을까. 그리고 왜……."

"……?"

"윤 의원이 너와 손을 잡았을까."

"이준아."

"내가 모를 줄 알았나 보지?"

늘 연기를 하는 배우였지만 이번만큼은 송화도 평정심을 잃어버렸다. 당혹스러움에 벌어진 입술 사이로 헐떡이는 숨이 새어 나왔다.

"윤 의원과 무슨 일을 꾸미는지는 몰라도 여기서 그만두는 게 좋을 거야. 특히 준희가 관련된 거라면."

"누가 보면 강이준이 사랑에 빠진 줄 알겠어."

애써 태연한 미소를 짓는 그녀의 붉은 입술이 떨렸다.

"아내를 사랑해, 그것도 미치도록."

너무도 빠른 인정에 송화는 히스테릭한 웃음을 흘렸다.

"너 지금 사랑이라고 했니? 죽음 앞에서도 초연하던 강이준이? 그리고 내가 널 몰라? 속일 사람을 속여."

그가 한 걸음 위협적으로 다가섰다.

"마지막 경고는 경고만으로 안 끝날 거야. 뭐 하나라도 걸려 봐, 채송화. 내 이름을 걸고 널 산산조각 내버릴 테니까."

"너, 너는 나한테 절대 그러지 못해. 나랑 약속을……."

"약속도 사람 가려가며 지키는 거야."

매혹적인 입술이 비소를 머금으며 뒤틀렸다.

"어쩌지? 너한테 그나마 남아 있던 동정심도 이젠 말라버렸는데."

"……!"

"사랑에 눈먼 미친놈이 무슨 짓을 못할까."

이준은 송화에게서 시선을 떼지 않은 채로 고개를 숙였다.

얼굴이 가까워지고 달콤한 숨결이 귓가를 적셨다. 그 아찔함에 긴 속눈썹을 내리까는 순간, 겨울 호수보다 차가운 속삭임이 흘러들었다.

"내가 좀 많이 미쳐 있거든, 내 아내한테."

그 시각, 준희는 아무것도 모른 채 세트장 안으로 해맑게 입성했다.

"안녕하세요! 오늘 잘 부탁드리겠습니다!"

들어가자마자 세트장 한쪽에 마련된 작은 방으로 끌려들어갔고 두 명이 준희에게 달라붙었다.

"채송화 씬 좀 늦을 거예요. 준희 씨와 한 화면에 담기는 건 한복 컷뿐이라서. 바지 정장과 빨간 원피스는 준희 씨 단독샷으로 먼저 촬영 들어갈 거구요."

곧 촬영이 시작되었고, 처음엔 연예인이 아니라고 좀 무시하는 느낌이었지만 세트장에 이준이 선물한 간식과 밥 차, 그리고 준희 특유의 싹싹함이 어우러져 분위기는 이내 좋아졌다.

"준희 씨, 한복으로 갈아입으면 화장실 가기 불편할 테니 지금 다녀올래요?"

"넵!"

화장실 세면대 앞에 선 준희의 입술 사이로 깊은 한숨이 흘러나왔다. 3분짜리 영상 하나가 왜 이렇게 어려운지.

"후아, 연예인들 진짜 힘들겠다."

이준에게 메시지를 보내기 위해 가방에서 휴대 전화를 찾던 준희의 눈이 동그래졌다.

아침에 확인하려고 올려놓았다가 급하게 나오느라 가방에

대충 쑤셔 넣고 왔던 게 눈에 들어온 것이다.

"맞다, 테스트기!"

임신 테스트기를 꺼낸 준희의 표정이 묘했다.

아무리 봐도, 잘 모르겠다.

"이게 그러니까 양성이란 거야, 음성이란 거야?"

두 줄은 분명 두 줄이었다. 그런데 선 한 개가 너무 희미했다. 결국 준희는 이준이 아닌 세라에게 전화를 걸었다.

"박세라, 임신 테스트기 결과 두 줄이 나왔거든?"

[꺄악! 빽, 축하해! 우리 빽이 드디어 엄마가 되는 거야? 남편은 뭐래?]

"사람 말 좀 끝까지 들어줄래? 두 줄은 두 줄인데 선 하나가 너무 희미해. 이거 어떻게 해석해야 해?"

결혼도 안 한 박세라가 그걸 알 턱이 없었다.

[기다려봐, 둘째 언니 바꿔줄 테니까 직접 물어봐.]

곧이어 세라와는 전혀 다른 차분한 음성이 들려왔다.

[준희야, 임신 테스트기는 99% 확실해. 근데 가끔씩 오류가 있긴 해. 내 친구도 테스트기 결과 보고 좋아했다가 병원에서 아니라고 해서 실망했거든.]

"아……."

[혹시 생리 안 한 지 얼마나 되었어?]

"일주일 좀 넘었어요."

[그럼 일주일 후에 다시 해봐. 내 친구처럼 그것만 믿고 있다가 실망하지 말고. 두 번째도 정확하게 두 줄 나오면 그때 병

원 가서 검사 받아보고.]

두 아이의 엄마는 역시 달라도 달랐다. 세연은 차분하게 준희에게 설명을 해주었다.

"일주일 후에 다시 해보라는 거지?"

전화를 끊고 화장실을 나오던 준희는 순간 흠칫, 했다.

하필이면 문 앞에 송화가 서 있었다. 설마 듣진 않았겠지? 아니, 들으면 뭐 어때서?

준희는 가볍게 고개를 숙인 후 태연하게 그녀를 지나쳤다. 몇 분 지나지 않아 송화가 세트장에 나타났다. 왜 남자들이 채송화를 이상형으로 뽑는지 알 것 같았다. 그녀는 새빨갛게 피어난 장미꽃 같았다.

"오빠 눈이 이상한 게 분명해."

어떻게 저런 여자한테 눈 하나 까딱하지 않을 수가 있을까.

농염하게 퍼지는 성숙하고 아찔한 그녀의 매력에 세트장은 순식간에 점령당했다.

"준희 씬 역시 한복이 잘 어울리네요. 너무 예뻐요."

화장실에서의 만남은 기억 못한다는 듯 그녀가 건넨 첫마디에 준희의 눈썹이 휙 올라갔다. 하지만 오는 말이 고우면 가는 말도 고와야 하는 법. 준희는 솔직하게 대답했다.

"채송화 씨도 너무 예뻐요. 같은 여자가 봐도 엄지 척이 나올 만큼. 왜 남자들이 채송화 씨를 이상형 1위로 뽑는지도 이해가 돼요."

"그러면 뭐해요. 남자 하나 미치게 못하는데."

"……네?"

"행복한가요?"

"아, 네 뭐."

"준희 씨가 부럽네요."

대화 흐름이 뭔가 어색하고 이상했다. 예쁘다고 칭찬을 주고받다가 느닷없이 행복한지 묻고 부럽다고 하고. 그리고 남자를 미치게 못 한다는 건 또 뭔데.

"너무 부러워서 미칠 것 같아요."

어리둥절한 준희를 향해 송화가 손을 내밀었다.

"오늘 광고, 진심으로 나보다 준희 씨가 더 예쁘게 나왔으면 좋겠어요."

준희도 나름 눈치가 백단이라 자부했다. 하지만 지금 송화에게선 어떤 꿍꿍이도 느껴지지 않았다. 이제 진짜 포기한 걸까. 아니면 베테랑 국민 여배우인 만큼 공과 사는 구분하는 걸까.

준희는 거절하지 않고 그녀가 내민 손을 씩씩하게 잡았다.

"저도 잘 부탁드릴게요."

그 말을 증명이라도 하려는 듯 송화는 굉장히 호의적이었다. 언제 준희에게 칼날을 세웠냐는 듯.

엄청난 폭풍우가 올 줄 알았는데, 촬영이 끝나자 감독과 스태프들이 멋진 광고가 나오겠다며 칭찬을 아끼지 않았다.

"모두 수고하셨습니다!"

스태프들을 일일이 찾아다니며 인사를 한 준희는 마지막으로 송화의 앞에 멈춰 섰다.

"채송화 씨 덕분에 오늘 촬영 무사히 끝냈어요. 감사합니다."

"준희 씨도 고생했어요."

인사를 마치고 멀어지는 준희에게서 송화의 시선은 집요할 만큼 떨어지지 않았다.

"10분 줄게요."

매니저가 무슨 말이냐는 듯 그녀를 바라보았다.

"내가 직접 운전할 수 있는 차를 대기시켜 놓을 시간."

잘 손질된 손톱이 손바닥 안을 독하게 파고드는데도 송화는 아픔을 느끼지 못했다.

어둠의 그림자가 스멀스멀 다가오는 걸 알 리 없는 준희는 휴대 전화 너머 이준의 음성을 들으며 그저 웃을 뿐이었다.

[벌써 끝났어?]

가방 속 테스트기를 쥐고 있던 손에 힘이 들어갔다. 마음 같아선 그에게 털어놓고 싶었다.

나 임신일지도 몰라요. 내 뱃속에 우리의 아기가 있을지도 몰라요. 그 말을 들으면 그는 어떤 표정을 지을까. 어떤 눈빛과 목소리를 낼까.

아닐 수 있는데도 테스트기에 두 줄이 나왔다는 것만으로 심장이 들썩였다. 진정이 되지 않았다.

하지만 세연 언니의 말대로 절대 서둘러선 안 된다. 일주일 후에 한 번 더 테스트를 해보고 병원까지 간 후에, 그 후에 말해도 늦지 않았다.

"내가 누구예요? 실전에 강한 백준희잖아요."

[세트장 근처야. 20분 안에 갈 테니 안에 들어가 있다 전화하면 나와. 날씨가 추워.]

이준과의 전화를 끊은 순간, 뒤에서 송화의 목소리가 들려왔다.

"이준이 기다려요?"

"아, 네."

"그럼 내 밴 안에서 같이 기다려요. 나도 어차피 내 차를 기다려야 하니까."

"괜찮아요. 안에 들어가서 기다리면 돼요."

광고 촬영은 무사히 잘 마쳤지만 둘이서 시간을 보내고 싶은 마음은 눈곱만큼도 없었다.

"방금 찍은 광고 영상, 유튜브와 SNS에 짧막하게 올렸다는데, 반응 궁금하지 않아요?"

그녀의 말이 귀를 솔깃하게 만들었다. 그걸 눈치챈 송화가 마지막 미끼를 던졌다.

"오늘 준희 씨, 내 눈에도 최고였는데. 그리고 생각보다 레이첼을 알아보는 사람이 많던데요?"

결국 준희는 채송화의 밴에 올라타고 말았다.

지금까지 이준은 로봇처럼 살아왔었다. 일 외엔 관심도 없었고 살아가는 재미도, 의지도 없이 그렇게.

그래서 어떤 반응도 보이지 않고 가만히 있었던 것이다. 윤 씨 집안의 일방적인 비난에도, 제 여자라도 되는 것처럼 설쳐 대는 송화에게도.

하지만 이젠 아니었다. 살아가야 할 이유가 생겼고 행복해지고 싶었다. 사랑하는 여자가 생겼고 지켜야 할 게 생겼으며 미래를 꿈꾸게 되었다. 그래서 그간 해야 했던 일들을 차분하게 시작했다. 그래야만 준희가 안전할 수 있으니까.

윤 의원과 채송화가 어떤 짓도 하지 못하도록 얽혀 있던 실들을 풀어야만 한다.

"사고 냈던 그 트럭 기사 만난 후에 다시 연락 주세요."

주차장에 도착한 이준의 눈빛이 싸늘하게 가라앉았다. 준희가 엘리베이터가 아닌 송화의 밴에서 내리고 있었다. 작고 따스한 아내의 몸이 자신의 품에 안전하게 안겨 온 순간, 싸늘하게 변한 검은 눈동자가 밴 안에 있던 송화에게로 날아들었다.

인사도 뭣도 없었다. 둘 사이에 흐르는 건 싸늘한 냉기뿐.

그렇게 경고를 했는데도 그걸 무시해?

송화는 뻔뻔할 만큼 그 눈빛을 담담하게 받아내고 있었다.

아니, 오히려 여유롭게 짓는 미소가 그의 마음에 있는 불안함을 부채질했다.

준희를 차에 태우고 출발하며 이준이 물었다.

"아무 일 없었어?"

"무슨 일이요?"

"채송화 밴 안에서."

그의 말에 그제야 준희가 대답을 했다.

"아무 일 없었어요. 유튜브에 올라간 영상 확인하려고 잠깐 같이 있었어요."

그래도 굳은 이준의 표정이 풀리지 않자 준희는 살그머니 그의 손을 잡았다.

포개진 손 사이로 따스한 온기가 전해지는데도 가슴을 들쑤시는 불안감은 가시지 않았다.

밴에서 그를 보던 송화의 눈빛이 자꾸 마음에 걸렸다.

"자꾸 그렇게 불안해하지 마요. 오빠가 그런 표정 지으면 내가 꼭 나쁜 짓한 것 같잖아요."

"오늘 이후로 송화랑 부딪칠 일은 없을 거야."

그렇게 만들 것이다.

"혼자서도 충분히 채송화 씨 상대할 수 있어요. 내가 무슨 애도 아니고."

준희가 귀엽게 툴툴거리는데도 이준은 침묵했다. 채송화가 그에 대해 잘 안다고 자신했지만 사실은 그 반대였다. 오히려 이준이 채송화를 잘 알고 있었다.

"감독님이랑 스태프분들이 저보고 연예인 해도 되겠대요. 카메라발도 잘 받고."

가라앉은 그의 기분을 풀어주려고 끊임없이 종알거리던 준희의 휴대 전화가 울렸다.

"여보세요? 어, 제 번호는 어떻게 알았어요?"

휴대 전화를 받은 준희가 동그란 눈으로 이준을 바라봤다.

"채송화 씨가 오빠 바꿔달라는데 어떻게 해요?"

"이리 줘."

잡아채듯 전화를 받자마자 차분한 목소리가 흘러나왔다.

[네 번호를 모르니까 준희 씨한테 하는 수밖에 없었어.]

"너 뭐 하는 짓이야."

[네 할 말만 일방적으로 말하고 가버렸잖아. 나도 너한테 꼭 하고 싶은 말이 있는데.]

운전대를 잡은 크고 단단한 손에서 푸른 힘줄이 툭, 불거져 나왔다.

[나한테 준희 씨를 사랑한다고, 준희 씨한테 미쳐 있다고 했지? 그리고 눈먼 미친놈이 무슨 짓을 못하겠냐는 말도 했고. 다 진심이겠지?]

항상 차분하던 음성이 순식간에 갈라지며 히스테릭한 웃음이 번졌다. 이준은 그 웃음소리를 차분하게 들으며 기다렸다. 이대로 끊으면 안 된다고, 그녀의 속셈을 알아내라고 그의 본능이 속삭이고 있었다.

[이준이 넌 여자를 미치게 해. 나라고 버틸 수 있을 것 같아? 널 지켜본 게 몇 년인데. 나도 너한테 미쳐 있어. 네가 생각하는 것보다 훨씬 더.]

"채송화."

[내 말 아직 안 끝났어. 너와 엮인 여자들의 불행, 그건 다 네 잘못이야. 여자들 잘못이 아니라구.]

왜일까. 그녀가 내뱉는 한 자 한 자가 가시가 되어 그의 몸

아내를 사랑해, 그것도 미치도록   325

에 바히고 있었다. 그건 아픔이 아닌 섬뜩함을 선사해주었다. 마치 무슨 일이 일어날 것만 같은.

[사랑에 미치면 얼마나 무서운지 너야말로 느껴봐. 사랑해, 강이준.]

앞서가는 이준의 차를 뒤따라가는 송화의 표정은 지독할 만큼 차분했다.

화장실에서 우연히 들었던 준희의 통화가 떠올랐다. 임신이라니. 그것도 강이준의 아이라니. 그녀로서는 감히 상상도 하지 못할 일이었다.

이준이 잔인해진 이유가 그거였던 것이다. 핏줄이 생기니 강력한 의지가 생겼고 행복한 미래를 꿈꾸고 있는 것이다. 그러니 거추장스러운 존재는 깨끗하게 지워버리고 싶었으리라. 그래서 옛날 일을 들추려고 하는 걸 테고.

하지만 이준은 방법을 잘못 택했다. 단호한 그의 행동에 그녀가 느낀 건 두려움이 아닌 자포자기였다.

내가 아닌 다른 여자와 행복하게 지내는 꼴도, 다른 여자를 사랑하는 꼴도, 지극히 평범하고 행복한 삶을 누리는 것도. 난 아무것도 못 봐.

"넌 절대 평범해질 수 없어."

태어날 때부터 그는 평범하지 않았다. 그런 남자가 평범한 행복함에 안주하려 하다니. 그게 가능할 거라고 생각하는 그가 우스울 뿐이었다.

강이준은 여자를 미치게 하는 매력을 타고난 남자였다. 그

326

건 행운 같은 불운이었다. 그런 그가 누군가를 미치게 한 게 아니라 본인이 미쳐 있다고 했다. 백준희라는 꼬맹이한테.

그런데 어쩌지? 난 너한테 미쳐 있는데. 널 처음 본 순간부터 지금까지.

벼랑 끝까지 몰리고 나니 이성은 곤두박질쳤다. 그녀를 거기까지 몰아붙인 건 이준이었다.

미치도록 사랑한다는 건 지독할 만큼 섬뜩하고 무서운 거다. 그걸 깨닫게 해준 것도 이준이었다.

그때도 이간질을 한 건 인정하지만 윤은서가 목숨까지 던질 줄은 몰랐다.

그런 그녀가 이해되지 않았었다. 죽어버리면 다 끝인데 멍청하게. 그런데 이제야 은서가 이해되었다. 다른 여자한테 양보하느니 차라리……. 내가 아닌 다른 여자와 행복한 걸 보느니 차라리…….

이 순간에도 차분한 이준의 음성이 휴대 전화 너머로 들려왔다.

[미친 짓 그만하고 여기서 멈추자. 부탁한다, 채송화.]

"진작 그렇게…… 단 한 번만이라도 다정하게 내 이름 불러주지 그랬니."

[차 세워. 그리고 만나서 나랑 둘이 얘기해.]

진작 그랬어야 했다. 이렇게 이성적이고 부드럽게. 하지만 어쩌지? 이미 늦어버렸는 걸.

[들어줄 수 있는 한에서 원하는 건 다 들어줄게.]

"네 아내랑 이혼하고 나랑 결혼할 거야? 아니, 결혼은 그애랑 해도 돼. 나만 사랑해주면 돼. 날…… 사랑해줄 수 있어?"

무거운 침묵이 흘렀다. 그럴 줄 알았다.

"이거 하난 똑똑히 알아둬. 날 미치게 한 것도, 이 지경까지 날 몰아세운 것도. 윤은서와 날 죽게 한 것도. 그리고 네가 미치게 사랑하는 네 여자를 죽게 한 것도."

그녀의 입에선 어느새 히스테릭한 웃음이 새어 나왔고, 눈에선 뜨거운 눈물이 흘렀다.

"내가 아닌 강이준 너라는 거."

채송화는 이미 제정신이 아니었다.

"또다시 혼자 살아남아. 그래서 죄책감에 시달리며 평생토록 혼자 살아. 어떤 여자도 사랑하지 못한 채로. 그게 내가 원하는 거야."

그 말을 마지막으로 전화를 끊은 그녀의 입가에 섬뜩할 만큼 아찔한 미소가 어렸다.

"넌 꼭 살아남아야 해, 강이준."

그래야 끔찍했던 똑같은 삶을 되풀이하게 될 거니까. 사랑받지 못하는 게 당연하다면 차라리 지독하게 미움 받으리라. 사랑하는 남자의 가슴에 대못처럼 박혀 각인이 될 수 있다면, 방법은 상관없었다. 그전과 달라지는 건 한 가지. 사랑하지 않은 여자의 죽음으로 인해 괴롭던 삶이, 사랑하는 여자와 아기의 죽음으로 인해 괴로워지는 것뿐.

끊겨버린 전화를 손에 든 이준은 미치기 일보 직전이었다.

"빌어먹을!"

사이드 미러 너머로 무서운 속도로 달려드는 차가 보였다. 이 속도로 충돌한다면 누구의 목숨도 장담하지 못할 것이다. 결국 그는 일생일대의 결정을 내려야만 했다. 조금이라도 준희를 안전하게 보호할 수 있는.

다행스럽게도 평일의 고속도로는 한산했고, 어쩌면 하늘이 도와준 걸지도 모른다는 생각이 들었다.

핸들을 손에 잡은 채 시선을 틀자 준희가 보였다.

무슨 일이냐고 소리를 지르고 다그치며 울어도 모자랄 판에, 그녀는 새하얗게 질린 얼굴로 의연하게 참고 있었다.

"준희야, 벨트 단단히 매고 손잡이 꼭 잡아."

맑고 커다란 눈동자 가득 수많은 감정들이 그득그득 담겨 있었다. 그녀는 두려움을 절대 내색하지 않았다. 차분하게 고개를 끄덕이곤 그의 손을 잡아왔다.

화를 내고 원망해도 되는데, 무섭다고 소리치고 울어도 되는데.

결국 자신의 탓이었다. 준희가 이런 끔찍한 상황을 겪게 만든 건. 그를 향해 끝까지 내보이는 아내의 믿음이 도리어 가슴을 송곳처럼 후벼팠다.

─난 오빠 믿어요. 오빠 탓이 아니에요.

이준은 송화의 차가 바짝 따라붙는 순간을 참을성 있게 기다렸다. 일본인초기 익집시림 흐르고, 신상삼에 핸들을 잡은 손엔 처음으로 식은땀이 배었다.

송화의 차가 준희 쪽으로 속도를 내서 달려들었다. 오로지 준희만을 노리고 있다는 명백한 증거였다.

이준의 두뇌가 빠르게 돌아가면서 사고를 최소화할 수 있는 준희를 최대한 보호할 수 있는 돌파구를 찾았다.

기회는 한 번뿐.

이준의 차 뒤쪽으로 송화의 차가 아슬아슬하게 붙어오는 찰나, 순간적인 순발력과 본능이 짐승처럼 솟아났다. 이준은 차의 속도를 확 올려 두 차선을 순식간에 넘어갔다. 그러곤 그대로 핸들을 확 틀어 송화의 차를 들이받았다.

서울 대성 병원이 발칵 뒤집혔다.

외부 일정으로 병원을 비웠던 병원장마저 급하게 복귀를 한 비상사태.

헬기를 통해 긴급 이송된 환자는 총 셋이며 모두 병원의 VIP였다. 일 년 중에 3분의 2가 비어 있던 13층 VIP 병동에 불이 들어왔다.

갑작스러운 아들 부부의 사고 소식을 들은 석훈은 제정신이 아니었다. 그것도 하필이면 또 교통사고라니.

부리나케 병원에 도착한 석훈을 병원장이 직접 마중 나왔다.

"오셨습니까, 부회장님."

13층에 도착한 석훈은 이준이 아닌 준희의 병실을 먼저 찾았다.

"작은 사모님께서는 지금 안정을 취하고 계십니다. 그리고 사모님에 대해서 드릴 말씀이……."

석훈이 손을 들자 병원 관계자가 얼른 입을 다물었다.

"깨우겠다는 게 아니라 얼굴만 보고 나올 거네. 보고는 그 후에 듣는 걸로 하지."

넓고 쾌적한 병실 안, 하얀 침대 위, 잠자는 숲속의 공주처럼 누워 있는 준희가 보였다. 아들인 이준보다 부상은 경미한 편이었지만 그렇게 안쓰러워 보일 수가 없었다.

"이게 다 내 탓이다. 내가 진즉……."

미안함에 차마 말을 이을 수가 없었다.

그 가증스러운 것을 내 손으로 처리했어야 했는데, 그랬다면 이런 사달까진 안 났을 텐데.

아들이 송화의 차를 들이받았다고 들었다. 하지만 정황상 사고를 최소화하기 위한 결정이었다는 걸 모두 알고 있었다.

"……아저씨."

"주, 준희야!"

이제 막 잠에서 깨어났는지 준희가 흐릿한 눈동자로 석훈을 바라보고 있었다. '아버님'이 아니라 '아저씨', 정말 오랜만에 들어 보는 호칭이었다.

"……기."

꽃잎처럼 붉던 입술이 핏기 없이 달싹이는데 들리지가 않았다. 그래서 석훈은 얼굴을 준희에게로 기울였다.

"……아기."

"아기? 무슨 아기를 말하는 거냐?"

"제 뱃속에 아기…… 있을지도 모르는데."

석훈을 올려다보며 힘겹게 뜬 눈동자에 눈물이 그렁그렁 맺혔다.

잠깐, 준희 뱃속에 있는 아기라면?

"거기, 거기 밖에 누구 없는가? 의사, 의사!"

"정확한 게 아니에요, 아직."

"그러니까 가서 확인해야 할 거 아니니. 내가 당장 나가서…… 준희야?"

덜덜 떨리는 준희의 손이 악착같이 석훈의 옷깃을 잡고 있었다.

"이준 오빠한테는 비밀로 해주세요."

"그게 무슨 소리냐?"

"제가 진짜 임신한 게 맞다면, 그리고 아기가 무사하다면. 오빠한테는 제 입으로 직접 전해주고 싶어서요. 그런데요……."

말끝을 흐리는 애틋하고 절절한 눈빛에 석훈은 다시 자리에 앉을 수밖에 없었다.

"정말 만약에. 그러니까 만약에요."

피가 나도록 세게 깨물고 있는 아랫입술이 안쓰러울 정도였다.

"임신이 맞는데 아기가 무사하지 못하면…… 그럼 오빠한테는 비밀로 해주세요. 아무 일도 없었던 것처럼."

"준희야!"

"이 사고, 오빠 탓 아니에요. 그 여자 잘못이지, 오빠 잘못 조금도 없어요. 저도 오빠 탓 조금도 안 하구요. 근데 오빤 그렇게 생각 안 할 거예요. 이 사고도, 내가 다친 것도, 그리고 아기를 잃은 것도, 다 자기 탓으로 돌리고 못 견뎌 할 거예요."

이 상황에서도 이준만을 걱정하는 준희를 보고 있자니 석훈의 가슴이 미어졌다. 행복하길 바라며 밀어붙인 이 결혼이 오히려 준희에게 커다란 짐이 되고 압박감이 된 것만 같아서.

"그러니까 오빠한테는 절대 비밀로 해주세요."

제 아들을 목숨보다 더 사랑하는 준희의 간절함이 아프게 전해졌다. 임신이 아니라면 상관이 없지만, 정말 임신이 맞다면 아기 아빠는 모든 걸 알아야 할 의무가 있었다. 엄청난 슬픔을 준희 혼자 감당하게 해서는 안 되는 거였다. 그래서 쉽게 대답이 나오지 않았다.

"네? 아저씨."

"……하아."

"저 오빠 잃기 싫어요. 어떻게 여기까지 왔는데. 제가 이렇게 부탁할게요."

하지만 석훈도 아버지였다. 그것도 아주 이기적인.

준희의 말대로 이준은 절대 감당하지 못할 것이다. 이제 겨우 마음잡고 평범하고 행복한 사랑을 시작한 아들이 또다시 예전으로 돌아가는 꼴을 두고 볼 순 없었다.

"알았다."

물론 두 사람은 절대 몰랐다. 병실 문이 비스듬히 열려 있다는 것도, 문 바로 앞에 이준이 서 있다는 것도.

깨어나자마자 휠체어 신세이긴 했지만 준희의 병실부터 달려온 이준이었다. 해야 할 말이 많았고, 해주고 싶은 말도 많았다. 미안하다는 말도 해주고 싶고 사랑한다는 말도 해주고 싶었다.

이 정도면 큰 부상 없는 사고였지만 자칫하면 목숨을 잃을 뻔했던 상황이었다. 웬만한 여자는 절대 감당하지 못할 일이었다.

준희가 혹시 날 떠난다고 하면 어쩌지?

사랑이란 건 그에게 독약과도 같았다.

하지만 더한 게 그를 기다리고 있었던 것이다.

아기, 아기라니…… 아기를 잃었다니? 그걸 나에게 숨기겠다니. 내가 겁쟁이라서?

감당 못할 만큼 버겁지만 그를 행복하게 했던 준희의 사랑이었다. 하지만 준희의 그 사랑이 지금만큼은 천 톤의 무게가 되어 그를 압사시킬 듯 내리눌렀다.

이준은 살짝 틈을 보였던 문을 다시 닫은 후 돌아섰다. 사라졌던 악마가 다시 그의 귓가에 속삭였다.

넌 어쩔 수 없이 그런 놈이라고.

네 주제에 무슨 사랑이고, 행복이냐고.

이준은 병실로 돌아오자마자 아픔조차 잊은 채 주먹으로 벽을 내리쳤다.

"으아아아악!"

백준희는 결국 또 혼자 감당하려고 하는 것이었다.

나보다 네가 더 아프고 힘들 텐데.

이미 알아버렸는데 모른 척해야 한다는 게 그를 더 나락으로 떨어지게 만들었다.

사랑이란 걸 깨달은 후, 작은 감정에까지 솔직해졌고 오로지 직진만을 고집해왔던 그였다. 하지만 모든 것들의 경계선이 흐릿해져버렸다. 뭐가 옳은 건지. 뭘 해야 하는 건지도.

정작 지키고 보호해주어야 할 여자에게 모든 짐을 떠넘긴 것 같은 기분은 지독할 만큼 끔찍했다.

흑색 화면을 가만히 들여다보는 준희는 바짝 긴장한 눈빛으로 의사의 말을 기다리고 있었다.

"아직은 아기집이 보이지 않네요."

"뭔가 잘못되어서 그런 건 아니구요?"

"잘못된 건 없어요."

"그럼 임신이 아니라는 건가요?"

실망이 역력한 준희의 표정에 의사가 웃으면서 말을 했다.

"아직 실망하긴 일러요. 너무 초기 땐 의외로 아기집이 잘 안 보이는 분들이 있어요. 일주일 후에 다시 해보면 정확히 알 수 있으니 희망을 가지세요."

벌어진 입술 사이로 안도의 한숨이 작게 새어 나왔다. 아기가 잘못되었다는 말보다 임신이 아닐 수 있다는 게 백배 천배 나았다.

검사를 끝낸 준희가 향한 곳은 이준의 병실이었다. 분명 같은 13층에 입원했고, 수술도 무사히 끝났다고 들었다. 그런데도 그가 찾아오지 않는다는 건.

"또 미안해서 못 오고 있는 게 분명해."

그렇다면 이 몸이 먼저 가주는 게 예의지.

"강이……!"

노크도 없이 이준의 병실 문을 벌컥 열어젖힌 준희의 동공이 몽롱하게 풀렸다.

유리창으로 들어온 눈부신 겨울 햇살에 온몸을 내어준 채, 침대에서 창가를 내다보는 이준의 모습이 준희의 동공에 아릴 만큼 아름답게 잠겼다.

이준은 깊은 생각에 잠겨 있는 듯했다.

그 깊은 생각이 제발 죄책감이 아니기를 준희는 간절히 바랐다.

이번 사고는 조금도 그의 잘못이 아니었다. 오히려 이준의 빠른 판단력 때문에 자신이 가장 무사했다는 걸 알고 있었다. 그런데도 준희는 쉽게 다가설 수가 없었다. 보이지 않는 투명 보호막이 그를 둘러싸고 있는 것 같았다.

나를 방해하지 마.

나한테 다가오지 마.

하지만 준희는 그 경고와 보호막을 무시한 채 아무렇지 않게 발을 들였다.

난 그럴 만한 자격이 있으니까.

내가 그를 사랑하고, 그가 나를 사랑하니까.

매번 그가 그었던 경계선을 밟고 보호막을 뚫어버린 건 준희 자신이었다.

"……오빠?"

침대까지 다가가 속삭이듯 부르자, 그제야 이준이 느릿하게 시선을 틀었다. 하지만 시선이 부딪치는 순간, 준희는 뭔가 잘못되었다는 걸 직감적으로 깨달았다.

……뭔가 이상해.

지금 준희를 향한 그의 눈빛과 미소는 영혼이 빠져버린 텅 빈 껍데기 같았다.

그걸 모른 척해줄 만큼 준희는 착하지 못했다. 타고난 성격이 그러하질 못했다.

"설마 이번 사고, 오빠 잘못이라고 생각하는 거 아니죠? 그럼 나 완전 오빠한테 실망할 거예요."

그제야 이준이 팔을 벌려 준희에게 품을 내어주었다.

"이리 와봐. 좀 안아보게."

마지못한 척 그의 품에 안기고 나서야 불안했던 마음이 조금은 가라앉았다. 하루가 채 안 되었는데도 이 향기, 이 품이 얼마나 그리웠는지 모른다.

이제야 숨이 쉬어지고 불안함에 두근거렸던 심장이 기분 좋게 박동 수를 올렸다.

그런데 왜 이렇게 감질 맛 나게 안아주는 거야. 평소처럼 숨막히게, 화끈하게 좀 안아주지.

준희는 그에게 요구하는 대신 스스로 행동으로 옮겼다.

그를 안은 팔에 살짝 힘을 주자 그의 입에서 작은 신음이 흘러나왔다.

"······윽."

"아파요? 많이? 어디가요? 의사 부를까요?"

"갈비뼈에 금이 조금 가 있어서."

"꺄악, 미안해요!"

화들짝 놀라며 품에서 조심히 벗어난 준희는 이준을 꼼꼼히 훑어보았다.

"의사가 뭐래요? 어딜 어떻게 다친 건데요? 네?"

잘생긴 이마에 반창고가 붙어 있었고 가장 매력적인 눈 한쪽을 안대가 가리고 있었다. 그뿐인가, 오른쪽 발엔 보란 듯이 깁스까지 되어 있었다.

"채송화 나쁜 년! 못된 년! 내가 가만 안 둘 거야!"

비몽사몽할 때 듣긴 했지만 같은 병원에 입원했다고 했던 것도 같다. 씩씩거리며 일어나는 준희를 이준이 붙잡았다.

"어딜 가려고."

"어딜 가긴요, 채송화 만나러 가야지. 머리카락 싹 다 뽑아놓고 얼굴에 손톱자국도 좍좍 내놓을 거야. 그래도 화가 안 풀릴 것 같애!"

"내가 알아서 할 테니 넌 절대 송화 만나지 마."

"나, 더는 못 참아요. 그래도 오빠 목숨 한 번 구해준 생명의 은인이라서 참아준 건데. 그리고 촬영장에서 그렇게 착한 척 다해놓고 사람 뒤통수를 쳐? 내가 직접……."

"백준희."

준희의 이름을 부르는 그의 목소리는 낮고 단호했다. 그 소리에 깜짝 놀라 시선을 틀자 단호한 그의 눈동자와 부딪쳤다.

"날 못 믿어?"

"아니, 난 그게 아니라……."

"내가 알아서 해. 다신 너한테 아무 짓도 못 하도록."

서늘한 그의 눈빛엔 조금의 장난기도 없었다. 이런 눈빛 싫은데. 이게 다 채송화 때문이었다.

"역시 사람은 안 변해요. 이번에 절실히 깨달았어요."

"그래, 사람은 변하지 않아. 그렇지?"

이준이 희미하게 웃었다. 변함없는 미소인데도 왠지 모르게 절박하고 슬퍼 보이는 그 미소에 준희의 심장이 철렁 내려앉았다.

왜지? 불안해. 불안해서 미치겠어.

"……그렇게 웃지 마요."

준희는 다시 조심스럽게 이준의 품으로 파고들었다. 그러곤 그의 가슴에 얼굴을 파묻고 중얼거렸다.

"꼭 어디 떠날 거라는 것처럼, 나 좀 불안하게 하지 말라구요."

뺨을 통해 스며드는 이준의 강한 심장 박동 소리가 준희의 심장을 쿵쿵 두드렸다.

이제서야 마음껏 서로의 심장 소리를 들을 수 있게 됐는데.

"내가 괜찮다잖아요. 오빠 탓 아니라잖아요."

준희는 그렇게 생각했다. 혼자가 아닌 둘이라서, 그래서 이 정도라고.

목숨까지 던질 만큼 무모한 도전을 한 채송화. 그녀가 원하는 게 이런 걸지도 모른다는 생각이 들었다.

지금 그의 유일한 약점은 준희였다.

그 유일한 약점을 위협해서 그의 믿음을 흔들고 불안함을 키우는 것. 또다시 그에게 죄책감을 들게 하려는 것. 그리고 준희에게조차 겁을 주려는 것.

하지만 채송화는 사람을 잘못 봤다. 호락호락 겁먹고 물러서면 백준희가 아니지.

"우리 둘이 붙어 있어서 이 정도 사고로 끝난 거라고 생각해요. 우린 서로를 보호해주는 서로의 부적이니까."

그러니까 죄책감도 갖지 말아요. 흔들리지도 마요.

"그 여자가 뭐라고 우리가 이래야 해. 보란 듯이 더 잘 살아줄 거야."

셋이 되면 더 단단해지고 견고해질 것이다.

준희는 아무 말도 하지 않고 묵묵히 듣고 있는 이준을 가만히 바라보았다. 새까만 흑색 눈동자가 그녀 자신으로 가득 차 있었다.

"강이준 씨, 사랑해요."

애달프게 얼굴을 어루만지는 조심스러운 준희의 손길을 느끼려는 듯 이준은 가만히 눈을 감았다. 길게 내리깐 속눈썹의 음영이 준희의 마음에도 그늘을 드리웠다.

왜 당신도 사랑한다고 대답 안 해줘요?

틈만 나면 사랑을 고백하고 마음을 표현하고 짙은 눈동자를 빛내며 집어삼킬 듯 바라보고, 준희를 품지 못해 안달 났던 그였다. 그런데 지금 눈앞의 이준은 지독히도 낯설었다.

그에게 하고 싶은 말이 많았지만 준희는 꾹 참았다.

다른 건 몰라도 이거 하나는 알 수 있었다. 그는 무언가를 깊이 생각 중이었고 그걸 방해해선 안 된다는 것을.

'화성에서 온 남자, 금성에서 온 여자'란 책이 생각났다. 서로 다른 곳에 살아서 생각하는 것조차 너무 다른 존재들. 여자는 이런 상황에서 뭐든 끝장을 내고 답을 내기를 원하지만 남자는 아니었다.

그에게 생각할 시간을 충분히 줘야 할 때였다. 분명 그는 예전처럼 돌아오리라. 우리에겐 사랑이 있고 믿음이 존재하니까. 그리고 이준은 그 믿음을 절대 배신하지 않을 것이다.

준희는 그렇게 믿었다.

Chapter 24

막바지 남편 교육

가벼운 찰과상만 입은 준희는 이준보다 빨리 퇴원을 했고, 그렇게 3주라는 시간이 흘렀다.

저녁 식사를 한 후 차에서 내리려는 준희의 손을 꼭 잡은 석훈의 눈이 촉촉하게 젖어들었다.

"내가 할아버지가 되다니. 아직도 믿어지지 않는구나."

"저도 그래요."

그건 준희도 마찬가지였다. 임신이란 걸 확인한 게 일주일 전이었다. 임신 테스트기에 두 줄이 떴을 때도, 병원에서 아기집을 확인했을 때조차도 믿어지지 않았다.

"그런데 준희야, 이준이한테는 언제 말할 생각이냐?"

"오빠 퇴원하면요."

"좋은 소식은 얼른 말해주는 게 좋지 않을까. 이준이도 분명 기뻐할 텐데."

"가장 좋은 타이밍에 기쁜 소식을 전해주고 싶어서요. 지금은 오빠가 좀…… 복잡해하는 것 같아서."

잔잔히 웃는 준희를 바라보던 석훈이 고개를 끄덕였다.

"내가 너무 간섭했지? 준희 네가 어련히 알아서 말할 것을. 무슨 일 있으면 전화하고, 응?"

"조심히 가세요, 아버님!"

석훈의 차가 완전히 사라지고 나서야 작게 한숨을 내쉰 준희는 이준이 있는 병실로 향했다.

그는 언제나처럼 노트북으로 업무를 보고 있었다. 사고 이후, 부상을 핑계로 이준은 준희에게 손끝 하나 대지 않고 있었다. 아니, 의도적으로 스킨십을 피하고 있는 것도 같았다.

"저녁은 먹었어요?"

일상적인 대화를 건네며 서서히 움직이는 준희에게 그의 시선이 집요하게 따라붙었다. 눈을 마주하지 않았는데도 데일 듯 뜨겁고 짙은 그의 눈빛이 선연하게 느껴졌다.

"간단히, 너는?"

"퇴근하고 아버님이랑 저녁 먹고 들어온 거예요."

"피곤할 텐데 집에 바로 가지 그랬어."

"하루라도 얼굴 안 보고 어떻게 살아요? 안 그래요?"

대답 대신 노트북 화면으로 시선을 옮기는 이준을 이번엔 준희가 빤히 바라보았다.

사고 이후, 그가 달라졌다. 그것도 좋지 않은 방향으로.

미세한 틈이 벌어졌고, 보이지 않는 벽이 둘 사이를 가로막고 있는 기분이었다.

그걸 느낀 건 준희였고, 느끼게 하는 장본인은 이준이었다.

갑자기 왜 그러냐고 따지고 싶은데도 그럴 수가 없는 건 뭔가 변하긴 했는데 준희를 향한 그의 마음만은 여전하다는 걸 알고 있어서였다.

"입원해 있는 동안은 일 안 하면 안 돼요? 밑에 사람 부릴 줄도 알아야지. 쉴 때 쉬어야 뼈도 빨리 붙고 퇴원하죠."

"이 정도는 괜찮아."

준희는 노트북으로 일을 하는 이준의 옆에 말없이 30분을 앉아 있다가 일어났다.

오늘도 결국 이준과 눈을 마주치는 건 실패.

아무렇지 않은 척 병실을 나오긴 했지만 가슴속에선 그를 향한 서운함이 넘치듯이 범람하고 있었다.

"대화를 나눌 때 눈을 보라고 한 사람이 누군데."

괜찮다고 했는데도 그는 사고에 대한 죄책감을 느끼는 게 분명했다. 그 미안함에 눈조차 마주하지 못하고 있었다.

그가 다시 예전처럼 돌아오는 데 시간이 필요하다면 기꺼이 기다려줄 수 있었다. 10년을 기다렸고 거기다가 3년을 더 기다려서 총 13년을 기다렸는데 며칠을 더 못 기다려줄까.

어쩌면 아기 소식을 들으면 그가 좀 더 빨리 극복할지도 몰랐다. 하지만 더욱더 말해주지 않을 생각이었다. 그의 기준점은 오로지 자신이어야만 했고 스스로 깨우치고 뉘우쳐야만 했으니까. 이 정도는 이겨내야 아빠 자격이 있지.

"내가 말해주나 봐라. 절대 말 안 해줄 거야."

마법 주문을 끊임없이 속삭이던 로맨티시스트 강이준으로

돌아올 때까지.

양평의 밤하늘에서 무수히 쏟아지던 별들을 모조리 준희에게 바치던 짐승남이 돌아올 때까지.

자신의 감정에 솔직하고 직진밖에 모르던 내 남자가 돌아올 때까지.

너와 나의 아기를 잃었다. 그토록 여리고 소중한 생명을.

지지리도 못난 아빠를 만났다는 이유만으로.

엄마가 지독히도 운이 없는 남자를 사랑했다는 그 이유만으로.

박 실장을 통해 확인한 건 준희가 산부인과 검사를 받았다는 것, 그게 전부였다. 좀 더 자세히 알고 싶었지만 그가 병원에 알아보는 순간 바로 석훈의 귀에 들어갈 게 뻔했다.

자신이 그 사실을 알고 있다는 걸 준희가 알게 할 수는 없었다. 그럼 더 슬픔을 숨기려 할 게 뻔했다. 오히려 이준을 더 배려하고 위로하려 들 것이다. 더 아프고 힘든 건 그가 아니라 준희 자신일 텐데.

결론은, 함께해야 할 벅찬 아픔과 슬픔을 준희 혼자 감당하고 있다는 것이다. 아무 일도 없었던 것처럼 밝고 씩씩하게.

이준은 그런 준희를 볼 때마다 괴로웠다. 더욱더 준희의 눈을 마주할 수가 없었다. 밝고 씩씩한 척하는 눈동자 안에 깃들이버린 슬픔과 아픔을 마주하게 될까 봐.

그걸 마주하는 순간 널 봐줘야 할 것 같아서. 그런데도 봐줄 수 없을 만큼 난 이미 지독히도 이기주의적인 놈이 되어버렸으니까.

퇴원을 한 이준이 가장 먼저 만나러 간 사람은 아내인 준희가 아니었다.

세브란스 병원 VIP 병동 15층.

박 실장이 열어준 병실 문 안으로 들어서자 휠체어에 앉아 있는 채송화가 그를 맞았다. 이번 사고로 가장 크게 다친 건 그녀였다.

"찌라시, 그것도 네 소행이지?"

공식적인 언론사와 매체는 해성 그룹에서 막고 있었지만 암암리에 그들 사이에 도는 막장 소문은 꼬리에 꼬리를 물고 있었다.

H가 재벌 3세와 내연 여배우의
목숨을 건 막장 고속도로 치정극

재벌 유부남에게 비참하게 버림받은
배우 C양의 복수

아름다운 내연녀 여배우 VS 후계자를 낳아줄 어린 아내
재벌 유부남의 최종 선택은?

찌라시는 다양했지만 결론은 하나였다. 그녀는 버림받은 비련의 여주인공이었고, 이준은 막장을 달리는 못된 재벌 유부남이라는 것.

"너한테 하고 싶은 말이 있어서 왔어."

절박했던 그 순간, 차라리 채송화와 함께 확 죽어버릴까 생각했었다. 하지만 미치도록 살고 싶어졌다. 준희와, 그리고 준희를 쏙 닮아 있을 아이와.

"고맙다는 말 먼저."

하지만 살고 싶은 지독한 욕심의 대가로 소중한 아기를 잃었다. 그런데도 준희를 포기 못할 만큼 지독한 사랑을 깨닫게 해준 건 채송화였다.

"너 때문에 내가 사랑을 깨닫게 됐거든."

말을 마친 그가 그녀의 앞에 봉투를 툭, 던졌다.

"이준아……."

물기 젖은 눈동자가 애틋하게 와닿았다. 무슨 말을 하려는 듯 달싹이는 입술이 애처로웠다.

"일주일 안에 정리하고 떠나. 이게 고마움에 대한 내 마지막 동정심이니까."

봉투 안을 확인한 송화의 몸이 가늘게 떨렸다. 그도 그럴 것이, 비행기 티켓의 목적지는 최정상에 서 있는 여배우가 살아가기 힘든 나라였다.

"왜, 떠나기 싫어?"

그런 채송화를 보는 이준의 눈동자는 차가웠다.

자비라곤 찾아볼 수 없는 지옥의 왕 하데스처럼.

"내가 아니어도 넌 한국에서 못 살아."

그리고 사형자의 집행인은 그가 아닌 다른 사람이 될 것이다. 준희 때문에 깨달았고 또 그러고 싶어졌다. 더러운 것들은 더러운 것들끼리 상대하게 해야 하는 법.

"이준아! 강이준!"

찢어질 듯한 그녀의 비명을 뒤로하고 이준은 미련없이 그곳을 벗어났다.

이준이 두 번째로 향한 곳은 아내 회사 근처의 커피숍이었다. 귀엽게 투덜거리며 입가에 머금은 아내의 미소는 가슴에 새겨질 만큼 여전히 맑고 예뻤다.

"퇴원하면 한다고 말 좀 해주지! 이것도 서프라이즈예요?"

마음이 아플 텐데도, 이렇게 예쁜 웃음을 보여주는 네 마음은 어떨까. 그 예쁜 미소가 그의 가슴을 피가 나도록 도려내서 차마 마주 볼 수가 없었다. 그 미소도 눈동자도.

"씨이, 그래도 퇴원하자마자 나 보러 왔으니까 봐준다. 근데 막 움직여도 괜찮아요?"

"거의 나았어. 그러니까 퇴원해도 된다고 했지."

"그래도요. 막 아픈데 참고 그러는 거 아니죠?"

준희가 혼자 감당하고 있을 아픔에 비하면 이까짓 아픔 따위는 아무것도 아니었다. 그런데도 오로지 제 걱정만 하는 준희가 그를 더 비참하게 하고 있었다.

"내가 뭐 해줄까요? 필요한 거 있으면 말만 해요. 퇴원 기념으로 내가 원하는 거 다 해준다!"

지금 그가 원하는 것도, 그리고 필요한 것도 단 하나, 바로 시간이었다. 더 이상 이런 일이 발생하지 않도록 방치했던 것들을 정리할, 뻔뻔할 만큼 준희의 눈을 마주 볼 수 있도록 더 지독한 이기심을 키울.

"미국 출장 제의받았다며."

"오빠가 그걸 어떻게 알아요? 혹시 팀장님이 말해줬어요? 영어 하는 직원이 나만 있는 것도 아니고, 안 간다고 했는데 오빠한테까지 그걸……?"

"갔다 오는 게 어때?"

커피를 한 모금 마시며 태연하게 던진 그의 말에 준희가 잠시의 침묵 후, 입을 열었다.

"몇 달이 걸릴지, 아니 일 년 넘게 걸릴지도 모르는 출장이에요. 그런데도 갔다 오라고 할 거예요?"

"너한테 좋은 기회니까. 그만큼 능력을 인정받아서 받은 제의인데 놓치면 안 되지. 네 능력, 누구보다 내가 더 잘 알기도 하고."

준희의 예쁜 미소가 순식간에 증발했다. 붉은 입술을 타고 나오는 음성도 앙칼지게 곤두섰다.

"그럼 하나만 물을게요. 긴 시간 동안 나 안 보고 지낼 수 있어요?"

"……참아야지."

"그러니까 그게 참아지냐고요."

"널 위해서라……!"

그 순간 느닷없이 가까워졌다. 서로의 얼굴이, 숨결이.

"강이준."

그리고 찌르듯이 파고드는 그녀의 맑은 눈동자가 정곡을 찔러왔다.

"내 눈 똑바로 보고, 다시 말해봐."

그가 지금껏 눈을 마주치지 않았다는 걸 알고 있었다는 듯.

끊어질 듯하면서도 끊어지지 않는, 팽팽한 침묵이 이어졌다. 그걸 먼저 끊어버린 건 준희였다.

"내 말 안 들려요? 내 눈 보고 다시 말해보라구요."

어떻게 그 눈을 본단 말인가.

"거 봐. 내 눈 보고 말도 못 할 거면서 왜 큰소리쳐요?"

직설적인 성격만큼 준희는 거침이 없었다. 제 감정뿐만이 아니라 제 것이 아닌 이준의 감정에 대해서도.

"나 없으면 하루도 못 버티잖아요. 아니에요?"

"……."

"나도 그렇단 말이에요. 그러니까 방금 한 말 취소해요. 한 번 정도는 너그럽게 봐줄 테니까."

이번에도 먼저 용기를 내어주고 붙잡아준 건 준희였다. 그렇게 사랑스러운 아내를 품에 꼭 끌어안고 그렇다고 대답해 줘야 마땅했다. 하지만 이준은 그럴 수가 없었다.

준희를 향한 이기심과 욕심을 버리지 않기 위해선 지금 좀 미움을 받더라도 감당해야만 한다.

"그 정도로 우리 서로 사랑하잖아요. 변, 함, 없, 이."

준희의 말이 맞다. 그래서였다. 변함없이 널 사랑하기 위해.

내가 극복해내는 시간 동안 넌 변함없이 날 사랑해줄 테니까.

"네 말대로야. 떨어져 있어도 변하는 건 없어. 그러니까 다녀오란 말이야."

여전히 눈을 마주치지 않고 덤덤히 흘린 그의 대답에 준희는 다시 멀어졌다.

"거짓말쟁이."

"……."

"위선자에 겁쟁이."

"……."

"나이만 거꾸로 먹은 애늙은이."

"백준……!"

이준이 고개를 드는 순간, 찬 기운이 얼굴에 확 번졌다.

준희가 앞에 놓인 물컵을 들어 냅다 그의 얼굴에 끼얹은 것이다. 그의 매끈한 얼굴을 타고 찬물이 뚝뚝 흘렀다.

"더는 못 참아."

이준은 준희가 찬물을 끼얹은 게 오히려 다행이라는 생각이 들었다. 백준희라면 뺨을 때리고도 남을 성격이니까.

"후회라는 건요, 하고 나면 이미 늦은 거예요."

그런데도 끝까지 침묵을 고수하는 그에게 화가 잔뜩 난 준희의 눈동자가 화살처럼 날아와 이준에게 박혔다.

"실컷 후회해봐요. 그땐 이미 늦었을 테니까."

그 말을 마지막으로 커피숍을 박차고 나가는 준희를 이준은 잡지 않았다. 잡고 싶었지만, 지금은 잡을 때가 아니었다.

아니, 잡을 수가 없었다.

커피숍을 나온 준희는 여전히 멋있는 모습으로 앉아 있는 이준을 보았다. 그 멋있는 모습으로 지금은 제 가슴을 아프게 하고 있었다. 일부러 잡을 여유를 주기 위해 느릿하게 나왔는데. 그리고 지금 여기, 당신이 보이는 곳에 서 있는데. 그런데…….

"이젠 잡지도 않잖아."

물론 그렇게 나오긴 했지만 준희는 출장을 떠날 마음이 조금도 없었다. 일도 열심히 하고 싶고 사랑도 열심히 하고 싶었다. 하지만 지금은 사랑에 무게감을 더 주어야 할 상황이었다. 겁쟁이 남편이 또다시 도망쳐서 어디론가 숨어버리기 전에.

물론 지금 벌어진 말도 안 되는 일들을 준희는 혼자 감당할 생각이 없었다. 스트레스는 태교에도 좋지 않았다. 또한 든든한 지원군이 있는데 굳이 혼자 머리 싸매고 씩씩거릴 필요가 없었다. 그 판단이 탁월했음은 석훈이 증명해주었다.

며칠 후, 해성 본가 응접실에서 긴급 회의가 소집되었다.

참여 인원은 셋. 준희와 석훈, 그리고 근석이 전부였지만 분위기는 사뭇 심각했다.

"이준이 녀석이 네 임신 소식을 알고 있더구나. 근데 어디서 어떻게 들었는지 몰라도 단단히 오해를 하고 있는 것 같아."

"오해요?"

"험험, 그 사고로 네가 아기를……."

태아는 지금도 준희의 뱃속에서 건강하게 자라고 있는 중이

352

었다. 그런데도 입에 담는 것만으로도 끔찍한지 석훈이 말을 멈추었지만 뒷말은 충분히 짐작이 되었다.

"이 못난 놈을 내가 어떻게 해야 할지 모르겠구나. 뭐든지 칼같이 확인 후에 처리하는 똑똑한 놈이 왜 제 일에는 공사를 구분 못하는지 원."

지금껏 살아온 인생은 그에게 모든 것들이 공(公)이었으리라. 하찮은 감정 하나까지도. 그런 이준에게 백준희란 존재와 아내를 향한 사랑은 난생처음 겪어본 사(私)였을 것이다. 그러니 강이준답지 못하게 이성적이지 못했고 감정에 흔들려버린 것이다. 냉정하게 보지 못하고 겁을 먹어버린 것이다. 문제는 준희가 그런 이준을 머리로는 이해하지만 가슴으로는 받아들이기 힘들다는 것.

"그러지 말고 네가 직접 말하는 게 어떠냐? 아기 건강하게 잘 자라고 있다고 말이다. 그 말 한마디만 하면 모든 게 해결될 건데."

"아니요. 말 안 해줄 거예요."

그런 이유라면 더더욱.

"오빠 스스로 그걸 이겨내서 절 잡아줬으면 좋겠어요. 그게 아닌 다른 이유라면…… 전 싫어요."

"저기, 준희야."

"죄송해요, 아버님. 잠시만 생각할 시간 좀 주세요."

뭔가 할 말이 많아 보였지만 석훈은 조용히 고개를 끄덕였다. 향긋한 차의 향을 음미하며 준희는 차분하게 생각을 정리했다.

연애 고자인 저보다도 더 사랑 초짜인 남편의 걸음마를 어떻게 떼어주어야 하나.

진짜 해도 해도 끝이 없구나. 이놈의 남편 교육은.

하지만 마지막이라고 생각하며 제대로 시켜줄 생각이었다. 다신 겁쟁이가 되지 못하도록. 어떤 이유든 서로가 떨어지는 일이 없도록.

시간이 흐르고 나서야 알게 된 사실들이 있었다.

신혼여행 후 그의 프랑스행은 그녀를 사랑하게 될까 봐 무서워서 떠난 남편의 도피 행각이었다는 것을.

옛날의 이준 같았으면 죄책감과 책임감에 또다시 도망갔을 것이다. 하지만 그는 도망가는 대신 시간이 해결해줄 거라고 판단을 내렸다. 엄청난 죄책감과 책임감에 시달리면서도 준희를 놓지 않으려 했다.

그것만으로도 충분했다.

"저, 오빠한테 회사 제의 수락했다고 말할 거예요. 출국 날짜는 다음 주로 통보할 거구요."

석훈은 물론이고 지금껏 지그시 눈을 감고 있던 근석까지 눈을 번쩍 떴다.

"주, 준희야 홀몸도 아닌데 할아비가 봐도 그건 좀……."

"장기 파견 말고 몇 주 걸리는 출장 가려는 거예요. 이준 오빠한테는 비밀이지만요."

파견을 거절한 준희에게 명신은 두 번째 제의를 해왔다.

계약을 제의해온 미국 업체가 글로벌 대회에서 우승한 준희를 좋게 보았다고 했다. 그래서 계약을 성사하기 위한 미국 출장에 통역도 할 겸 동행해보지 않겠느냐고 말이다.

"가끔씩은 선의의 거짓말도 필요하잖아요?"

항상 정직하게 살고 싶었던 준희였다. 하지만 이번만큼은 어쩔 수 없었다. 지금 그에게는 자극적인 충격 요법이 절실했다.

"그건 이준이가 전화 한 통 하면 들통날 거짓말 같은데."

"그래서 당일에 날짜 통보할 거예요. 알아볼 시간도 주지 않고 저한테 달려올 수밖에 없는."

"그게 먹히겠냐?"

백 퍼센트 확률은 아니었다. 하지만 준희는 믿었다. 항상 집요하게 달라붙던 그의 짙은 눈빛을, 그리고 마음을.

"아버님 말씀대로 오빠가 제 일이라면 공과 사를 구분 못하잖아요. 특히 지금은 더더욱 그럴 거예요. 확인도 안 하고 허겁지겁 달려온다,에 한 표."

호언장담하며 웃고 있었지만 준희도 조금 걱정이 되었다. 만약 이준이 오지 않는다면 어떻게 하지? 아, 그러면 곤란한데. 그건 미국 가서 다시 잔머리를 굴려 생각해보기로.

눈치를 보고 있던 석훈이 조심스럽게 물었다.

"이준이가 나오면 출장은 안 가는 거고?"

"출장은 당연히 가야죠."

누구와 달리 준희는 공과 사를 철저히 구분했다.

"이준 오빠한테 티켓 한 장 구하는 것쯤이야 식은 죽 먹기일

걸요?"

어쩌면 전용기를 빌릴지도. 그 정도로 차고 넘치는 능력이
있는 남편이 강이준이니까. 아내를 따라 급 미국행을 결정하
고도 남을, 그런 바보 사랑꾼이니까.

서서히 이해가 된다는 표정을 짓는 두 어른들을 보며 준희
는 생긋 웃었다.

"오빠 넥타이 잡아끌고 같이 미국 한번 가보죠, 뭐."

일주일이 넘게 불편한 동거가 이어지고 있었다.

그날 이후 단단히 화가 난 준희는 이준과 말을 섞는 걸 거부
했다. 작은 행동에도 그를 향한 불만을 강렬하게 표출했다. 그
런 준희의 눈치를 보는 자신의 모습이 낯설면서도 차라리 이
게 낫다는 생각이 들었다. 항상 괜찮은 척하던 아내가 이제야
그에게 감정 표현을 솔직하게 해주는 것 같아서.

그는 준희가 자신을 좀 더 막 대하고 화도 내고 그랬으면 좋
겠다고 생각했다. 그렇게 억눌린 감정을 표현하다 보면 혼자
서 감당하고 있을 가슴 저리는 그 슬픔도 토해낼 것 같아서.
그럼 같이 슬퍼하고 아파하고 위로해줄 수 있을 텐데. 준희보
다 더 많은 슬픔과 아픔을 감당해줄 수 있을 텐데. 듬직한 남
편이라는 걸 증명해 보이고 싶은데. 하지만 준희는 그 기회까
진 주지 않았다.

"저 먼저 씻고 잘게요."

쌩하니 찬바람을 날리며 스쳐가는 준희에게서 나는 아찔한 체 향에 이준은 눈을 감았다. 출장 건은 어떻게 되었는지 묻고 싶었지만 차마 물을 수가 없었다. 그에게는 다시 물을 만한 자격이 없었다.

타악―.

매정하게 닫힌 침실 문을 한 번 본 이준은 조용히 옆방으로 향했다. 그날 이후 두 사람은 본의 아니게 각방을 쓰고 있었다. 대화를 거부한 건 준희였지만 각방을 시도한 건 그였다. 준희와 한 침대에 누워 있을 자신이 없었다. 스치는 향기만으로도, 여린 숨소리만으로도, 아니, 준희의 존재 자체가 이런 빌어먹을 상황에서도 그의 욕망을 들쑤셨다.

어떻게 감히 한 침대에 눕는단 말인가. 그런데 어둠 속 넓은 침대에 혼자 누워 있는 것도 사람이 할 짓이 아니었다. 가슴에 커다란 구멍이 뚫린 것 같았다. 휑하니 부는 겨울바람은 온몸을 시리게 만들 정도였다.

준희가 했던 말이 송곳처럼 그의 심장을 후벼 팠다.

―긴 시간 동안 나 안 보고 지낼 수 있어요?
―……참아야지.

그땐 그렇게 대답했었다. 준희는 그를 자신보다 더 잘 알고 있었다. 절대 참지 못한다는 걸 알기에 먼저 용기 내어 말했는데 그가 거절했다.

"출장…… 가겠지?"

백준희라면 그러고도 남을 것이다. 마음 정한 대로 항상 직진하는 그녀였지만 아닐 땐 가차 없이 돌아서버리니까. 그렇다면 함께 잠들 수 있는 날도 얼마 남지 않았다는 의미인데, 그렇다면 아주 작은 욕심 정도는 내도 되지 않을까.

바로 곁에 있는데도 아내를 느끼지 못하는 몸은 고통스럽겠지만 마음만이라도 준희를 가까이에서 느끼고 싶었다. 허벅지를 찌르고 발끝이 저릿하는 고통을 감내하는 한이 있더라도.

"잠만 자는 거야. 그 정도 참을성은 나도 있어."

내가 나이가 몇 살인데. 생각이 거기까지 흐르자 이준은 소리 없이 일어나 침실로 향했다.

차마 노크도 하지 못하고 그렇게 한참을 서 있던 이준은 조용히 침실 문의 손잡이를 돌렸다. 혹시라도 자고 있으면 다시 나올 생각이었다. 하지만 문이 살며시 공백을 드러낸 순간 이준은 그대로 얼어붙어버렸다.

은은한 무드 등에도 감출 수 없는 뽀얀 피부, 허리까지 물결치는 탐스러운 머리칼, 타월 밑으로 쭉 뻗은 아찔한 각선미. 보일 듯 말 듯, 잡힐 듯 잡을 수 없는 아내의 실루엣이 그의 심장을 폭격했다. 사춘기 소년처럼 심장이 쿵쾅거리고 혈관 속의 피가 뜨겁게 데워졌다. 저 타월을 벗겨내면 미치게 달콤한 아내의 몸이 드러날 텐데.

타월만을 몸에 두른 준희가 돌아서려는 순간 문은 소리 없이 닫혔다.

닫지 않고는 견딜 수가 없었다. 침실에 들어서기도 전에, 준희와 눈이 마주치는 순간, 지금껏 참았던 모든 것들이 폭발할 것 같았다. 남편이 아닌 짐승이 될지도…….

"참을성은 무슨."

절대 준희에게 짐승 같은 모습을 보일 순 없었다. 특히 지금 같은 상황에선 더더욱.

결국 이준은 다시 옆방으로 돌아올 수밖에 없었다.

비록 불편한 동거를 하고 있었지만 준희의 아침 식사를 챙기는 것만큼은 잊지 않았다. 물론 그걸 준희가 먹었는지는 모르지만. 오늘도 평소처럼 거실로 나온 이준은 뭔가 이상함을 느꼈다.

변한 것 하나 없는데도 무언가가 빠져버린, 휑하니 비어 있는 듯한 스산하고 묘한 기분.

두 번째 프러포즈를 받았을 때 준희가 이런 느낌이었을까. 어둡게 침전된 눈동자가 불안하게 흔들렸다. 평소와 다를 바 없는 거실을 지나 주방에 도착한 이준의 눈이 가늘어졌다. 항상 그가 아침을 준비해놓았던 식탁 위에 서류 봉투가 놓여 있었다.

강이준 씨에게.

'오빠'와 '남편'을 오가던 호칭이 순식간에 '강이준 씨'로 다시 추락했다는 게 신경 쓰였다.

"……."

봉투 안으로 넣은 그의 손에 가장 먼저 잡힌 건 편지였다.

> 강이준 씨 말대로 나 오케이 했어요.
> 내 능력을 최고로 인정받으며 산다는 게 얼마나 멋진 일인지
> 잠시 잊고 있었어요. 하마터면 사랑에 눈이 멀어서 포기할 뻔했는
> 데 그런 날 정신 차리게 해줘서 정말 고마워요. 그리고 미안해요.
> 너무 급하게 말해서. 강이준 씨 나오면 못 떠날 것 같아서.
> 그래도 정말, 강이준 씨가 마지막으로 내 모습 보고 싶다면,
> 이 쪽지를 보았다면, 공항으로 달려와줄래요?

빛이 점멸하듯이 새까매진 머릿속, 그 어둠 속에서 유일하게 맴도는 건 바로 백준희가 떠난다는 사실.

비행기 티켓 복사본을 확인한 순간 그의 이성은 순식간에 바닥을 드러냈다.

남은 시간은 두 시간 남짓.

결국 인정할 수밖에 없었다. 준희에게 했던 말과 달리 아내를 보낼 준비가 되지 않았다는 걸.

그에게는 백준희가 없는 공백을 감당할 만한 참을성도, 자제력도 없었다. 그리고 더 이상의 시간도 필요 없었다. 이미 지독한 이기심이 그를 장악하고 있었으니까.

그걸 또다시 깨닫게 해준 건 백준희였다.

이준은 차분하게 휴대 전화를 꺼내어 전화를 걸었다.

"박 실장, 급하게 처리해야 할 일이 있습니다."

서류 봉투 안에는 아직 확인하지 않은 무언가가 있었다. 하지만 그게 뭔지 궁금하지도, 중요하지도 않은 그였다.

인천 공항 라운지, 손목시계를 연신 확인하며 준희는 초조하게 손톱을 물어뜯었다.

그녀가 서류 봉투 안에 넣어놓은 건 세 가지였다.

편지와 비행기 티켓 복사본, 그리고 아직 사용하지 않은 임신 테스트기.

임신 테스트기가 의미하는 게 뭔지 궁금해서라도 달려올 줄 알았는데.

"근데 왜 안 오냐구."

내가 강이준을 너무 쉽게 봤나. 아니야, 그럴 리가 없어.

같은 공간에서 서로 다른 생각을 품고 지낸 일주일, 준희는 분명 느꼈다. 제게서 떨어지지 못하는 집요한 눈빛을. 강하게 반응하는 심장을. 주체하지 못하는 사랑을 흘리는 그의 마음을.

강이준은 절대 날 보내지 못한다. 아니, 보낼 준비도 하지 못한 게 분명했다.

그는 준희를 잔뜩 경계하면서도 손끝 하나 스칠까 봐 온 신겸으로 근무세우고 있었다. 그런데도 각방을 선언한 건 그였다. 그래 놓고선 밤마다 침실 문 앞에 오랫동안 서 있다가 돌아가는 걸 준희는 알고 있었다.

부적처럼 항상 서로의 온기에 의존해 잠이 든 게 몇 달이었다. 그 몇 달 동안 지독한 습관이 되어버렸기에 준희 또한 홀로 잠이 드는 건 쉽지 않았다. 항상 그와 함께 누워 있던 침대에 혼자 누워 있으려니 괜히 눈물도 나고 서럽기까지 했다.

내가 이렇게 나약한 애였던가.

당장 침실을 나가서 그에게 달려가 말해주고 싶었다. 당신과 내 아이가 지금 내 뱃속에서 건강하게 잘 자라고 있다고. 그럼에도 독하게 참아야 하는 건 지금 이 상황이 둘이 겪어야 할 최고이자 마지막 고비였기 때문이었다.

이것만 이겨낸다면, 앞으로 절대 흔들릴 일은 없을 거야.

준희는 그렇게 판단했다.

별의별 생각을 하며 고요한 어둠 속에서 가만히 눈을 감고 있으면 심장으로 전해졌다. 침실 문 너머로 희미한 그의 발자국 소리가, 잔뜩 숨을 죽인 그의 고요한 숨결이.

같은 공간에 있는데도 서로에게 다가서지 못하는 안타까운 밤이 가슴 아프게 흐르면 어김없이 아침이 다가왔다.

벌건 눈으로 침실을 나선 그녀를 반기는 건 이준이 준비해 놓은 아침 식사였다.

그걸 먹을 때마다 얼마나 목이 메는지 그는 모를 것이다.

이럴 거면 가라는 소리나 말든지, 큰소리나 치지 말든지.

가라는 건지, 말라는 건지.

"강이준 바보."

사람 속은 있는 대로 뒤집어놓고 미워하지도 못하게 하면 어쩌라는 건지.

기회를 주는데도 왜 그걸 잡지 못하는지.

난 언제까지 기다려야 하는 건지.

나도 여자이고 사람인데.

그런데도 오매불망 기다리는 내 님을 향한 미련은 쉬이 접어지지 않았다.

그는 올 거야. 차가 막히는 걸지도 모르잖아. 그것도 아니면 라운지가 너무 넓어서 헤매는 걸지도. 아니면 이미 도착했는데도 또 망설이고 있는지도.

라운지 입구에서 눈을 떼지 못하는 준희에게 박 부장이 다가왔다.

"백 대리, 누구 기다리는 사람이라도 있어?"

"아닙니다!"

"그럼 얼른 갑시다."

"아, 네!"

명신 일행과 뒤섞여 게이트로 향하는 준희의 뒷모습은 마치 비 맞은 강아지처럼 축 처져 있었다.

그래도 중요한 계약 건이라 그런지 명신에서는 비즈니스석을 예약해놓았다. 멍하니 창밖을 내다보던 것도 잠시, 축 처져 있던 준희의 눈꼬리가 앙칼지게 올라갔다.

"출장 끝내 와서 보자구요, 동네 바보 오빠 씨."

가만 안 둘 테다, 강이준. 답답할 만큼 융통성 없는 이 남자를 어떻게 정신 차리게 하지?

혼자만의 생각에 푹 빠져 있느라 팀원들이 다시 조용히 비즈니스석에서 사라지는 걸 준희는 미처 눈치채지 못했다. 비행기가 이륙한다는 방송이 나온 후에야 준희는 뭔가 이상함을 눈치챘다. 이 넓고 좋은 공간에 혼자만 있다는 것을. 급하게 일어나려는 준희에게 승무원이 다가왔다.

"이륙할 때 일어나시면 안 됩니다. 앉아주십시오."

"왜 저 혼자 타고…… 아니, 저랑 같이 탔던 승객들 다 어디 갔어요?"

"다른 비행기를 타러 가신 걸로 알고 있습니다."

"그러니까, 저만 빼고요?"

준희는 기가 막혔다.

다른 비행기를 타고 가는 것까진 좋다. 그런데 왜 나만 왕따처럼 버리고 갔느냐는 말이다.

"저기, 승무원님? 이륙 바로 전에 승객들이 다시 내리는데 아무것도 묻지 않은 건 말이 안 되지 않나요?"

"죄송하지만 이 비행기 비즈니스석에 탑승하시는 승객님은 두 분이 맞으세요."

친절한 미소를 곁들인 승무원의 차분한 대답에 준희는 잠시 할 말을 잃었다.

'진짜 미치겠네.'라고 작게 중얼거리며 신경질적으로 머리칼을 헤집은 준희가 다시 입을 열었다.

"그럼 하나만 더 물을게요. 저 말고 다른 승객 한 분은……
으아악!"

갑자기 뒤에서 누군가가 백허그를 해오는 바람에 비명이 터
져 나왔다. 하지만 그것도 잠시뿐, 기습적으로 나타난 존재가
누구인지 본능적으로 느껴졌다.

코끝을 파고드는 아찔한 남자의 체 향, 그녀의 작은 몸을 폭
감싸주는 단단하고 너른 품.

2주 동안 느껴보지 못했지만 그걸 준희가 모를 리가 없었다.

"파리 공항에선 그대로 보냈지만, 이번엔 못 보내."

부드러운 숨결이 귓가를 적시면서 낮고 깊은 음색이 준희의
고막을 울렸다.

"뭐, 뭐예요? 당신이 어떻게……."

"우선 앉자. 앉아서 이야기해."

이준에게 넋을 잃고 있던 승무원도 그제야 정신을 차리고
두 사람에게 말을 했다.

"두 분 모두 앉아주시겠습니까? 비행기가 곧 이륙합니다."

품에서 벗어나 이준을 올려다보는 준희의 두 눈에는 원망
이 가득했다. 그런데도 심장은 왜 이렇게 쿵쾅거리는지, 가슴
은 왜 자꾸만 들썩들썩 설레는 건지. 눈시울은 뜨거운데 눈치
없는 입꼬리는 왜 이렇게 올라가는 건지. 그걸 들키기 싫어 얼
른 앉는 준희의 옆 좌석에 이준이 앉았다.

"여기 좌석 티켓들 몽땅 다 오빠가 싹쓸이했어요?"

"그렇다고 할 수 있지."

"그럼 팀원들은요?"

"전용기 빌려준다니까 흔쾌히 티켓 내놓던데?"

준희의 예상은 적중했다. 그는 역시나 통 큰 남자였다. 문제는 그 전용기를 준희와 그가 아닌 명신의 팀원들이 탔다는 거지만. 어찌 되었든 그녀가 원한 건 강이준이었으니까.

"그럼 다른 승객들은요?"

"퍼스트 클래스로 업그레이드."

……도대체 돈을 얼마나 쏟아부은 거야?

"하나만 더요. 언제 다 세운 계획이에요?"

"오늘 아침. 눈 뜨자마자."

즉흥적인 건데도 이렇게 철두철미하고 화끈할 줄이야.

"왜 그런 돈 낭비를 해요?"

"너랑 단둘이 있고 싶어서."

"나한테 먼저 떠나라고 한 건 강이준 씨거든요?"

갑자기 이준이 미소를 지었다. 서늘했던 눈매가 휘며 눈웃음까지 흘렸다.

어디서 미남계야. 그런다고 누가 봐줄 줄 알아?

"눈웃음 흘려도 안 봐줘요. 그러니까 웃지 마요."

나 진짜 엄청 화났단 말이에요.

단단히 눈에 힘을 주는 준희의 얼굴에 그의 따스한 눈빛이 와닿았다.

"그러긴 했지. 그런데 참을 수가 있어야지."

"……."

"너 없이 하루도 못 버티는 주제에 내가 큰소리를 쳤어."

"늦게라도 알았으면 됐어요."

준희가 너무도 쿨하게 받아주자 그의 얼굴에서 미소가 사라졌다.

"미안하다."

"뭐가 미안한데요?"

"자꾸 널 힘들게 하는데도 놔주지 못해서."

준희는 그를 물끄러미 바라보았다. 그제야 미처 보지 못한 것들이 눈에 들어왔다.

항상 완벽하게 매어져 있던 그의 넥타이 매듭이 비뚤어져 있었다. 패션 센스가 남다른 만큼 꼭 착용하던 커프스단추도 보이지 않았다. 그만큼 이준이 급하게 나왔다는 의미였다.

이 남자는 꼭 이런다. 사람 애간장 다 녹여놓고선 울컥하게 만드는 무언가가 있었다.

"넥타이 비뚤어졌잖아요."

넥타이를 어루만지는 작은 손을 이준이 가만히 감싸왔다.

"……넌."

"네?"

"……아니다."

그답지 않은 싱거운 대답이었다. 눈빛은 하고 싶은 말이 있는 것 같은데 차마 입을 열지 못하는 게 느껴졌다.

"서로한테 작은 것도 숨기지 말자고 한 건 내가 아니라 오빠였어요."

그런데도 그가 입을 꾹 다물자 준희는 다시 한 번 단호하게 말을 했다.

"내가 아무리 눈치가 빨라도 다 알 수 없어요. 나도 말해줘야 아는 게 있단 말이에요."

새까만 눈동자 안에 말 못할 아픔이 어리는 순간, 그가 다시 준희를 품에 으스러지도록 안았다.

"내가 다 감당할게. 그리고 내가 더 잘하고 노력할게. 더 많이 사랑해줄게. 그러니까 너만 괜찮다면."

넘치도록 귓가에 흘러드는 달콤하면서도 절절한 속삭임.

"아기는 다시 갖자."

그제야 떠올랐다. 이준에게 전하지 않은 축복의 선물이.

그의 품에서 벗어난 준희는 그의 얼굴을 빤히 바라보았다.

해성 코리아의 강 전무, 그녀의 남편 강이준의 표정은 알고 있었다. 하지만 아빠가 된 그의 표정은 과연 어떨까.

"임신 테스트기는 그런 의미가 아니었어요. 나한테 오면 진짜 테스트기를 보여주겠다는, 뭐 그런 의미였는데."

"임신 테스트기?"

"서류 봉투에 넣어놓은 테스트기 보고 나한테 온 거 아니었어요?"

"그런 게 있었는지는 몰랐군."

정말 몰랐다는 듯 이준이 매끈한 미간을 좁혔다.

"그럼 대체 뭘 보고 달려온 거예요?"

"네 편지, 그리고 비행기 티켓."

"서류 봉투 안에 있는 거 다 안 뒤져본 거예요?"

"너무 급해서……."

작은 중얼거림 같은 그의 한마디가 준희의 심장에 어퍼컷을 날렸다. 사용하지 않은 임신 테스트기는 편지와 티켓에도 꿈쩍 안 할 이준을 건드릴 마지막 촉매제와도 같았다. 그게 뭘 의미하는지 궁금해서라도 달려올 줄 알았다. 그런데 그걸 보지도 못했다니. 정말 제가 원했던 대로 이준은 오로지 그녀만을 생각하고 달려와준 것이다.

사르륵, 그녀의 붉은 입꼬리가 매혹적으로 말려 올라갔다.

"언제부터예요?"

막바지 남편 교육은 무척 흡족하게 마무리가 되었다.

"내가 오빠를 사랑하는 것보다 오빠가 날 더 사랑하게 된 게?"

애교스러운 눈빛과 장난 가득한 아내의 미소에 이준의 얼굴이 확 달아올랐다.

이 남자 보게. 지금 부끄러움 타는 거야? 그 얼굴로 또 대답은 용케 했다.

"너보다 덜 사랑했던 적은 없어."

"……?"

"표현을 안 했을 뿐이지."

험하게 돌아오긴 했지만 결국 제게로 와준 남편이 사랑스러워, 준희는 그의 얼굴을 손으로 감싸 확 끌어당겼다.

쪽―. 쪼오옥―. 쪽쪽쪽쪽쪽―.

얼굴 곳곳에 쉬지 않고 쏟아지는 뽀뽀 세례에 새까만 눈동자에 짙은 열기가 어리는 건 순식간이었다. 다시 뺨으로 옮겨 가는 준희의 입술을 그가 놓치지 않고 집어삼켰다.

짧다면 짧고 길다면 긴 2주라는 시간 동안 참고 참았던 간절한 아내와의 터치터치는 그만큼 거칠고 과격했고, 잔뜩 굶주린 키스였다. 그런데도 준희는 마다하지 않았다. 그녀 또한 그와의 터치가 간절했으니까.

한참 후에야 떨어진 서로의 입술.

"이러려고 전 좌석 다 싹쓸이한 거죠?"

이준은 대답 대신 한결 짙고 까매진 눈동자로 준희를 나른하게 내려다볼 뿐이었다.

"강 전무님, 이렇게 막 대책 없이 미국 비행기 타도 돼요?"

"회사는 잘 돌아갈 거야. 준희 너도 잘 아는, 굉장히 훌륭한 사업 수완을 지닌 노장 경영인에게 맡기고 왔으니까."

"……누구요?"

"넌 몰라도 돼."

"궁금하단 말이에요."

"백준희."

그가 다시 몸을 숙이고 얼굴을 내렸다.

"나한테만 집중해줘."

가까워지는 그의 입술을 준희는 아슬하게 피했다. 그러곤 그의 뺨을 부드럽게 감싸 끌어당기며 귓가에 속삭였다.

"나만 보고 달려와준 당신한테 줄 선물이 있어요."

한 번 빠지면 절대 헤어나올 수 없는 아름다운 흑색 눈동자 안에 오로지 준희 자신만이 담겨 있었다. 그걸 보며 준희는 그의 손에 무언가를 쥐여주었다.

"이게 진짜예요."

선명한 두 줄이 뜬 임신 테스트기.

"이게 뭐지?"

준희는 아직은 납작한 배에 그의 손을 가져다 댔다.

"여기에 우리 아가가 있어요."

"그럴 리가. 아기는……."

차마 끔찍한 그 말을 입에 담지 못했다. 그런 그가 귀엽기도 하고, 안타깝기도 하고, 먹먹하기도 하고.

"뱃속에서 건강하게 잘 자라고 있어요. 빨리 말 못 해줘서 미안해요."

그러고 보면 둘 다 참 바보라는 생각이 들었다. 항상 멀고 험하게만 돌아오는 서로의 사랑이.

"강이준 씨 당신, 8개월 후에 아빠가 된다구요."

준희는 처음 보았다.

바보처럼 넋이 나가버린, 그 다음은 온 세상을 다 가진 것처럼 환하게 미소 짓는 남편의 순진한 미소를.

해성의 부회장직을 맡고 있는 석훈은 경영 일선에서 물러난

지 꽤 오래되었다. 아주 중요한 사안만 결재를 하며 느긋한 삶을 즐기고 있던 그에게 날벼락이 떨어졌다. 진짜 신혼여행을 가는 셈치고 준희의 미국 출장을 따라가는 것까진 좋았다.

―그동안 아버지가 해성 코리아 좀 맡아주세요.

이른 아침 아들에게서 불쑥 걸려온 한 통의 전화. 그리고 일방적인 통보.

"우리 며느리가 아주 장해. 호랑이 잡는 고양이란 말이지."

준희의 계획이 제대로 통했나 보다. 어찌 되었든 며느리를 잡으러 가겠다는데 뭐라고 하겠는가.

해성 코리아는 이미 척척 잘 돌아가고 있었기에 3주 정도 맡아주는 거야 어렵지 않았다. 그런데 문제는 다음 날 오후에 벌어졌다. 박 실장이 그의 자택으로 들이닥친 것이다. 기획안과 결재안은 그렇다 치고 난생처음 보는 계약서가 눈에 들어왔다. 그걸 찬찬히 읽어보던 석훈의 눈이 뒤집어질 듯 까졌다.

한 달 정도야 어찌어찌 맡아줄 의향이 있었다. 그런데 준희가 출산을 한 시점부터 1년을 맡아달라는 건 이야기가 달랐다. 거절하자니 손주 얼굴은 볼 생각도 하지 말라는 협박성 조건이 들어가 있었다. 그러니 미칠 노릇이었다.

결국 석훈은 시차고 뭐고 아들에게 국제 전화를 걸었다.

"이놈아, 그렇게 오래 쉬고 싶으면 전문 경영인을 들어앉히면 될 것을. 늘그막에 여행 다니면서 편히 사는 아비는 왜 끌어들이는 거냐!? 그게 아니면 불효하고 싶어서 그러는 거냐?"

[제 성격 아시잖아요. 아버지 말곤 믿을 사람이 없어서 그래요.]

"네놈이 언제부터 날 믿었다고, 그리고 실무는 손 놓은 지 오래란 말이다!"

[지금의 해성을 만들어놓으신 게 아버지잖아요. 잘하실 겁니다.]

"그래도 그렇……."

[명신에서 맡은 프로젝트까지 끝나면 준희, 해성 코리아로 올 겁니다. 며느리한테 주는 선물이라고 생각하시고 잘 경영해주세요.]

"……준희가?"

[아버지가 든든하게 윗선에서 능력 있는 며느리 케어도 해주시고 잘 가르쳐주세요. 아들보다 귀히 여기는 며느리를 남의 손에 맡기실 겁니까?]

우리 며느리가 능력이 있긴 하지.

야무지고 눈치 빠른 데다 하나를 가르치면 열을 안다. 어쩌면 똑똑한 아들 놈보다 가르치는 재미가 더 쏠쏠할지도.

"그건 안 되지! 암, 내가 해야지!"

아차, 싶었지만 이미 입에서 대답이 튀어나와버렸다.

"아, 아니 이준아, 내 말은 그게 아니라……."

[승낙하실 줄 알았습니다.]

하지만 이미 엎질러진 물.

별수를 써도 다시 담을 수가 없었다.

[아버지 손주는 제 손으로 직접 키울 겁니다. 준희에게 그렇게 약속했구요.]

"네가 집에서 애를 보겠다고?"

[저도 당연히 일해야죠.]

"어떻게 말이냐?"

[재택 근무할 생각입니다. 아버지께서 전에 제게 제의하신 태융 그룹 부회장님과 글로벌 IT 산업 의기투합 건, 차분하게 준비해볼까 합니다.]

빼도 박도 못하게 생겼다. 석훈은 결국 찍소리도 못한 채 전화를 끊었다.

"이준 군이 뭐라고 했기에 표정이 그런가?"

궁금해 죽겠다는 표정으로 묻는 근석에게 석훈은 한숨과 함께 대답을 했다.

"어르신, 앞으로 2년 정도는 같이 여행 못 다닐 듯합니다."

"으응?"

"아들 며느리 잘 둔 덕에 말년에 일복이 아주 터졌습니다, 아주."

물론 석훈은 몰랐다. 그것이 준희의 임신 소식을 알면서도 전해주지 않은 석훈에 대한 이준의 복수임을.

Chapter 25

남자는, 그리고 남편은 고달프다

한 달 후.

로얄 호텔의 라운지 밀실 문을 열고 들어간 윤 의원의 눈에 들어온 건 이준이었다.

시간의 흐름이 무색할 만큼 매번 업그레이드되는 이준의 모습에 윤 의원의 눈은 분노로 번들거렸다. 처녀 총각 귀신은 저런 새끼 안 잡아가고 뭐 하나.

"자네가 날 보자고 할 줄은 몰랐군."

동생인 윤은서가 죽었던 그때도 그의 고개는 빳빳했다.

죄송하다는 말을 건네는 그의 눈빛은 여전히 고고하고 거만했다. 그 모습이 그를 더 뒤집어지게 만들었다.

하나뿐인 여동생의 죽음 앞에서도 어떤 감정조차 내비치지 않던 로봇 같은 놈을 죽여버리고 싶었다. 해성 그룹 따위 폭삭 망하게 해주려고 했었다.

하지만 아무리 그들 집안이 국내에서 막강한 영향력을 가지고 있다고 해도 해성은 쉽게 무너지지 않았다. 좀 무너뜨렸다

싶으며 출처가 불분명한 자금이 낙국에서 어마어마하게 해성으로 흘러들어왔다.

"바쁘실 텐데 시간 내주셔서 감사합니다."

그런 놈이 난생처음으로 겸손하고 정중한 태도를 보이자, 윤 의원은 살짝 당황한 표정을 지었다. 무슨 꿍꿍이지, 이 자식?

"딱 5분이야."

"제 손으로 직접 전해드리고 싶은 게 있어서 연락 드렸습니다."

이준이 내민 건 USB였다.

"이게 뭔가."

"사고 당시, 제 차에 있던 블랙박스 영상입니다."

"이걸 이제야 주는 저의가 뭔가."

"너무 늦긴 했지만 얽혀 있던 실타래를 풀고 싶습니다."

"……."

"윤 의원님 집안과 저희 해성이 그토록 적대적으로 대해야 할 이유는 없으니까요."

"여전히 뻔뻔하군. 그런 거라면 됐네! 대화할 가치도 없어!"

"동생분의 마지막 모습, 보고 싶지 않으십니까?"

그 한마디가 윤 의원을 다시 앉게 만들었다.

"이걸 본다고 변하는 건 절대 없을 거네."

그의 턱짓에 비서가 USB를 받아서 노트북에 연결해 재생을 시켰다. 녹화된 영상이 재생될수록 초연하던 윤 의원의 표정이 무너져 내렸다. 눈시울이 붉어지고 입꼬리까지 씰룩거렸다.

"두 번째 파일은 은서의 휴대 전화에 녹음되어 있던 파일입니다."

파일이 재생되는 동안 이준은 차분하게 말을 이었다.

"전 채송화와 후원 외의 어떤 관계도 맺은 적 없습니다. 그건 윤 의원님이 조금만 더 자세히 조사해보면 알 겁니다."

이준도 오랜 시간이 흐른 후에야 알 수 있었다. 항상 차분한 모습을 보이던 윤은서가 그날 왜 폭주해버렸는지. 왜 눈이 뒤집혀서 그에게 달려들었는지. 오해를 풀 대화조차 하지 못한 채 그렇게 끝이 나버린 것이다.

지난 모든 일들을 하나씩 되짚어본 것 중 하나가 바로 은서의 휴대 전화였다. 그 안에는 송화와의 대화 내용이 녹음되어 있었다.

윤은서는 채송화에게 제대로 놀아났고, 채송화는 윤은서를 제대로 가지고 논 것이다.

"이……이!"

정점까지 치닫는 윤 의원의 분노는 더 이상 이준을 향한 것이 아니었다.

핏발이 잔뜩 선 윤 의원의 눈동자가 이준에게로 향했다.

"왜 진작 말해주지 않았나. 사고의 책임이…… 은서에게 있었다는 걸. 왜 변명 한마디 하지 않았냐고!"

진즉 했어야 했던 일이었지만 이제야 바로잡는 것이었다. 서로를 죽이지 못해 벼르고 벼르던 칼날의 방향을 다시 잡아주어야 할 때가 온 것이다.

"저한테도 책임은 있었으니까요."

윤 의원은 충격을 받아 사고가 정지된 듯 보였다. 붉어진 그의 눈을 마주하며 이준은 천천히 자리에서 일어났다.

"동생분의 마지막을 편하게 가지 못하게 했습니다."

그간 입 다물고 죄인 취급을 감내한 건 단순한 이유였다. 약혼녀를 사랑하지 못한 것, 죽음을 앞둔 약혼녀를 편히 보내주지 못한 것.

"그리고 동생분이 아닌 다른 여자를 제 목숨보다 사랑하게 되어버렸습니다."

하지만 이제 지키고 싶은 게 생겼다. 당당하게 고개를 들고 모든 걸 털어버려야 할 이유가 생겼다.

"은서에게도 들러서 사과할 겁니다."

사고 이후 그는 단 한 번도 은서가 잠들어 있는 묘를 찾아간 적이 없었다.

사랑하지 못해서 미안하다고, 널 그렇게 보내서 미안하다고, 그 말을 꼭 해주고 싶었다.

"채송화는 의원님 방식대로 처리해주십시오."

이준이 사라진 후 30분이 넘도록 홀로 앉아 있던 윤 의원의 입이 마침내 열렸다.

"……해성 그룹에 대한 계획 전면 취소하도록 해. 관련 자료는 모두 파기하고."

오랜 시간 조사한 끝에 겨우 해성 그룹의 약점을 잡아냈다. 그 모든 게 물거품이 되어도 상관없었다. 지금껏 겨누고 있던 복수의 칼날은 엄한 데로 향해 있었던 것이다.

모든 원인은 채송화에게 있었다. 그리고 이준도 엄연히 피해자일 뿐이었다. 어쩌면 이미 알고 있었는데도 인정하기 싫었던 건지도 몰랐다.

"그리고 채송화 소속사 대표와 빠른 시일 내에 스케줄 잡도록 해."

그는 이준이 넘긴 채송화의 사형 집행권을 기꺼이 받아들였다. 해성의 후원이 사라진 그녀는 이제 약한 입김에도 무참히 무너져 내릴 모래성과도 같았으니까.

윤 의원과의 만남을 끝낸 이준이 차에 오르자, 조수석에 앉아 있던 준희가 기다렸다는 듯 이준에게 물었다.

"이야기 잘 끝냈어요?"

"잘 끝났어."

"그럼 윤 의원님 쪽은 이제 가만히 놔둬도 되는 거네요. 적이 하나 줄어서 다행이에요."

두 사람 사이엔 작은 비밀도 없었다. 3주간의 미국 출장에서 두 사람은 완벽하게 모든 걸 털어놓고 공유했다. 그리고 앞으로도 그럴 것이었다.

"윤 의원님이 채송화를 어떻게 할까요?"

"다신 고개 들고 다니지 못하도록 처절하게 바닥으로 떨어뜨리겠지."

윤 의원은 그러고도 남을 위인이었다.

"그래도 좀 불쌍해요. 같은 여자로서."

"내가 준 마지막 기회를 버린 건 채송화야."

그렇게 경고를 했는데도 채송화는 한국을 뜨지 않았다.

보란 듯이 다시 활동을 시작한 채송화는 오히려 부상으로 팬들의 걱정과 동정심을 등에 업고 광고계와 영화계에서 섭외 1순위를 찍고 있었다.

"여자가 한을 품으면 오뉴월에도 서리가 내린다는데. 아기가 생기면 좋은 것만 보고 듣고 좋은 일만 해야 하는데. 근데 나쁜 일한 것 같아서 겁이 나요."

임신을 한 준희는 몰라보게 달라졌다. 여전히 야무지고 씩씩했지만, 마음이 여려졌고 조심성이 많아졌다.

윤 의원에게 채송화의 사형 집행권을 넘긴 건 그래서였다. 아기를 위해서라도 더러운 건 손에 묻히기가 싫었다.

"넌 좋은 것만 보고 들어."

나쁜 건 내가 다 할 테니까.

채송화가 한국에 있는 한 그녀에게 또 무슨 짓을 할지 몰랐다. 그래도 그는 내버려두었다. 더 높이 올라가서 추락해야 재기 불가능할 만큼 박살 날 테니까. 그만큼 이준은 채송화에게 일말의 동정심도 남아 있지 않았다.

"세상 사람 모두가 나쁜 놈이라고 손가락질해도 괜찮아."

이준은 아직까지도 납작하기만 한 준희의 배에 가만히 얼굴을 댔다. 하루에도 수십 번, 버릇처럼 하는 행동이었다.

수많은 메시지를 담은 애틋한 그의 행동에 준희는 말없이 그의 머리를 쓰다듬어줄 뿐이었다.

그의 마음을 다 이해한다는 듯이.

나도 당신과 같은 마음이라는 듯이.

"너와 아기한테만은 좋은 남편이고 좋은 아빠이고 싶어."

준희와 그의 아기는 그가 살아가는 두 가지 이유였다. 둘을 위해서라면 그는 무서울 것도 없었고 못할 짓도 없었다.

임신했다는 걸 털어놓았을 때 이준은 속삭였다.

"내가 그만큼 너한테 최선을 다할게."

그 말이 전무직에서 물러나겠다는 의미일 줄은 몰랐다. 그리고 그를 대신할 사람이 시아버지인 석훈일 줄도 몰랐다.

미국 출장에서 돌아온 후, 전무직에서 물러난 이준은 준희와 24시간을 함께하고 있었다. 하여간 행동력 하나는 끝내준다니까.

준희는 회사 앞까지 데리러 온 이준의 차에 오르면서 다짜고짜 물었다.

"오빠 조금도 안 궁금해요?"

"뭐가?"

"우리 아기가 아들인지, 딸인지."

"아들이든 딸이든 난 상관없는데."

덤덤한 이준의 대답에 준희의 눈꼬리가 치켜 올라갔다.

"아기한테 관심이 없는 건 아니구요?"

……번써 듣겄\|?

사실 이준의 관심은 오로지 아내인 준희뿐이었다. 서운해하는 준희의 표정에 이준은 아차, 싶었다. 임신 이후 신경이 부쩍 예민해진 준희였기에 이준은 눈웃음을 지으며 부드럽게 말을 했다.

"준희 널 쏙 닮은 딸이 갖고 싶어."

어느 정도는 진심이 섞인 대답이었다. 이왕이면 아들보단 딸이었으면 했으니까.

딸이 태어나는 순간, 집에서 그의 서열은 순식간에 바닥으로 추락하겠지만 뭐 어떤가. 사랑하는 두 여자의 존재가 그를 매 순간마다 행복하게 해줄 텐데. 그리고 아들이라면 왠지 준희를 두고 쟁탈전을 벌일 것 같아서 싫었다.

다행스럽게도 준희의 얼굴이 부드럽게 풀렸다.

"난 아들이었으면 좋겠어요."

"아들도 나쁘지는 않아."

아들한테 밀리는 아빠가 어디 있는가. 아들이 태어나면 무조건 서열 2위는 고수하고 말리라. 아내만큼은 아들에게서 사수하리라.

"끝내주는 아빠의 외모를 물려받은 아들."

이준의 얼굴이 단번에 찌푸려졌다.

"남자가 인물 좋아서 뭐해, 그게 밥 먹여주는 것도 아니고."

특출 나게 잘난 제 외모 때문에 인생이 고달팠던 이준이었다. 자식만큼은 평범한 외모로 태어나 평범한 삶을 살았으면

했다. 평범한 게 가장 행복하다는 걸 깨닫게 해준 게 바로 준희였다.

"밥은 안 먹여줘도 엄마처럼 예쁘고 야무진 아내는 얻을 수 있겠죠."

때마침 신호가 걸렸다. 시선을 틀자 생글생글 웃고 있는 준희가 보였다.

"나 잘생긴 남자 좋아해요. 오빠가 잘생겨서 사랑한 건데, 몰랐어요?"

"얼굴 빼고는 뭐 없어?"

사랑하는 여자 앞에선 이준도 별수 없었다. 칭찬받고 싶은 어린애가 되어 귀가 쫑긋 세워졌다.

"당장은 생각나는 게 없는데요?"

"……잘 생각해봐."

"흠, 그럼 생각 좀 하고 말해줄게요."

대답과 동시에 준희가 창밖으로 시선을 던졌다. 이준에겐 그 반응이 엄청난 충격이었다.

내가 진짜, 얼굴 빼곤 볼 게 아무것도 없는 남자인 건가.

이 얼굴 아니었으면, 난 준희한테 사랑받지 못했을 건가.

혼자 심각해진 이준은 몰랐다. 창밖을 바라보는 준희의 얼굴에 미소가 가득하다는 것을.

산부인과에 도착한 준희가 침대에 눕자 이준은 또다시 긴장이 되었다. 병원에 올 때마다 함께하는데도 도저히 적응이 되질 않았다.

"산모 몸무게가 너무 안 늘어서 걱정했는데 아기는 살 자라고 있어요. 심장 소리도 너무 좋고."

그 한마디에 준희의 얼굴에서 피어난 환한 웃음이 그의 긴장감을 눈 녹듯이 녹여버렸다.

아내에서 엄마가 될 준비를 하는 준희의 미소는 주위의 시선을 홀릴 만큼 아름다웠다.

"아이가 아빠를 닮아서 잘생겼어요."

의사가 힐끗, 이준에게 시선을 주었다가 다시 준희를 보았다.

"정말요?"

"오늘 당장 가서 파란색 옷 사놔야겠어요."

"감사합니다!"

의미심장한 대화를 주고받는 두 사람을 이준은 이해할 수 없었다.

초음파 화면도 그렇다. 흑백 화면 가득 물결처럼 무언가가 넘실거리는 것만 보이는데, 의사는 열심히 여기가 눈, 여기가 코, 여기가 다리라고 설명을 해줬다.

이준과 눈이 마주친 준희가 싱긋 웃으며 입을 뻥긋거렸다.

'아, 들, 이, 래, 요.'

의사와 대화한 내용이 뭔지 이제야 알게 된 이준이었다.

"잘생긴 아기도."

아들, 아들이라⋯⋯.

서열 꼴찌에서 확고한 2위로 발돋움하는 순간이었다.

"괜찮을 것 같네요."

준희의 손을 꼭 잡는 이준의 입가에 희미한 미소가 어렸다.

모처럼 한가로운 주말 저녁을 맞이한 이준은 오늘도 열심히 설거지를 하는 중이었다. 이제 설거지는 그의 하루 일과가 되어버렸다. 거실로 나온 이준은 준희를 보곤 절로 미소를 지었다. 웬일로 준희가 소파에 얌전히 앉아 있었다.

"예쁘게도 앉아 있네."

웬일로 말이다.

잠시도 가만히 있지 못하는 아내는 임신 후에도 항상 바쁘게 움직였다. 제발 좀 쉬라고 이준이 부탁해도 가만히 있으면 좀이 쑤신다나 어쩐다나. 그래서 살이 안 찌는 건가.

잠시 멈춰 선 이준은 오랜만에 그런 아내를 느긋하게 감상했다. 허리를 곧게 세우고 새초롬하게 앉아 있는 준희의 자태가 참 예뻤다.

임신 5개월이라는 게 믿기지 않을 만큼 드러난 몸의 선은 날씬했다. 항상 긴장을 늦추지 않아서 고운 건가. 그게 아니면 무용을 배워서 그런 건가.

성격도 털털하지만 준희는 말하는 것도 꽤 털털한 편이었다. 하지만 걸음걸이도 그렇고 앉아 있는 자세는 양반집 규수처럼 반듯하고 고왔다. 저 작은 몸에 소중한 생명을 품고 있다는 게 신기할 뿐이었다.

갈수록 예뻐진단 말이지. 그게 아니면 눈에 콩깍지가 제대로 쓰인 건가?

이준의 시선을 느꼈는지 준희가 고개를 틀었다. 눈이 마주치자 싱긋 웃으며 옆에 앉으라는 듯 손으로 소파를 두드렸다. 감히 누구의 부름인데 거절할까.

이준이 앉자 준희는 기다렸다는 듯 그의 다리를 베개 삼아 드러누웠다. 이준은 리모컨으로 TV를 트는 준희를 의아한 시선으로 바라보았다.

"웬일이야, TV를 다 틀고."

근석이 며칠 묵었던 날을 제외하곤, 신혼집에 입성한 이래로 단 한 번도 켜진 적 없었던 TV였다.

"꼭 봐야 할 게 있거든요."

똘망똘망한 준희의 눈동자가 TV에 고정되었다. 이준은 TV가 아닌 아내의 얼굴에서 시선을 떼지 못했다. 작고 갸름한 얼굴에 야무지게 자리한 이목구비는 질리긴커녕 볼 때마다 그의 시선을 홀렸다.

문득 아기의 성별이 딸이었으면 하는 바람이 들었다.

아내의 이목구비를 쏙 빼닮은 리틀 백준희라.

상상만으로도 흐뭇해져 입꼬리가 올라가던 그때…….

"와, 배우는 배우네요. 핼쑥한 것 같은데 그게 더 분위기 있어 보여."

준희의 말에 이준의 시선이 TV로 향했다. 그러곤 이내 못 볼 걸 보았다는 듯 미간을 구겼다.

몇 달 만에 공식 석상에 모습을 드러낸 채송화의 시사회 현장이었다. 보는 것만으로도 불쾌지수가 치솟았다.

준희가 리모컨의 TV 전원 버튼을 누르려는 이준의 손에서 리모컨을 다시 빼앗아갔다.

"끄지 말아요. 나 이거 꼭 봐야 한단 말이에요."

"좋지도 않은 거 봐서 뭐하게."

"나라고 뭐 채송화가 예뻐서 보고 있는 줄 알아요? 나 그렇게 착한 여자 아니에요."

준희는 더욱더 집중해서 화면 속을 응시하며 말을 이었다.

"지금의 채송화를 잘 봐둬야 나중에 더 통쾌하게 웃을 수 있죠."

역시 백준희였다. 그런 깊은 뜻이 있을 줄은.

"어떻게 된 게 사고 후에 인기가 더 높아졌어요. 소속사가 짱짱해서 그러나? 언론 플레이도 장난 아니에요."

"그 소속사 대표도 윤 의원에게로 돌아섰다면?"

불만 가득하던 준희의 눈이 동그래졌다.

"진짜요? 채송화 때문에 그 소속사가 먹고산다면서 배신 때리는 거예요?"

"배우야 또 키우면 되니까."

"진짜 냉정하네요, 그 세계도."

채송화만이 모르고 있었다. 소속사 사장까지 한통속이 되어 움직이고 있다는 걸. 그의 역할은 바로 채송화를 안심시키는 것이었다.

"이제 막 활동을 개시했으니 좀 더 기다렸다가 윤 의원이 움직일 거야."

더 높은 곳에 올라갈 때까지. 최고의 만족감과 자만심에 사로잡힐 때까지. 그렇게 방심하게 해놓고선 윤 의원은 채송화를 밑도 끝도 없는 나락으로 떨어뜨릴 것이다.

"그러니까 넌 조금도 신경 쓰지 마."

사랑하지 않는 사람을 잃은 나보다 사랑하는 혈육을 잃은 윤 의원의 분노가 더 클 것이다.

그래서 이준은 미련 없이 그에게 채송화라는 바통을 넘길 수 있었다.

이준은 준희의 배를 소중하게 어루만지며 물었다.

"그런데 이 배는 대체 언제 나오는 거지? 아기가 자라고 있다고 하기엔 너무 납작해."

"배 조금 나왔어요. 지금은 누워 있어서 티가 안 나는 거구. 그렇게 안 보채도 남산만 해진 배 보게 될 거예요."

배가 남산만 하게 나온 백준희라……

큰일 났다. 아내에게는 미안하지만 그 모습이 보고 싶어 죽겠다. 남산만 하게 부풀어 오른 배를 소중하게 어루만지는 준희의 모습이.

"아기 가진 건 좋아요. 근데 배가 그렇게 나오면 거울 보기 싫어질 것 같아요."

"왜, 난 엄청 사랑스러울 것 같은데."

"당연히 사랑스러워야죠, 나 혼자 우리 아기 뱃속에 담고 감당하고 있는 건데! 만삭되면 혼자서 움직이는 것도 힘들대요. 그때 오빠 엄청 귀찮게 한다고 성질만 내봐요."

"제발 좀 귀찮게 해줘."

이준은 진심이었다.

준희의 임신 소식을 알게 된 후 잔뜩 긴장도 했지만 내심 기대도 했었다.

느닷없이 전화를 해서 이게 먹고 싶으니 사다놓아요, 자고 있는 그를 새벽에 깨워서는 나 지금 당장 이게 먹고 싶어요, 또는 당장 구하기 힘든 음식을 먹고 싶다며 어려운 미션을 준다든가. 그리고 음식을 떡하니 눈앞에 대령했을 때, 백준희가 맛있게 먹어주면 얼마나 뿌듯할까.

하지만 그에게 그런 기회는 찾아오지 않았다.

준희는 임신 초기에 심하게 온다는 입덧조차 하지 않았다. 주는 대로 잘 먹었고 가리는 음식도 없었다. 뭐든지 복스럽게 잘도, 그리고 많이 먹었다. 임신 핑계로 준희가 그를 실컷 귀찮게 좀 했으면 하는 행복한 바람은 산산조각이 난 것이다.

그래서 아들인가.

그 속을 알 리 없는 준희는 여전히 TV 속 채송화에게 시선을 주고 있었다.

"그래도 예쁜 건 예쁜 거예요. 병원에서 치료가 아니라 관리를 받은 게 분명해."

"네가 더 예뻐."

장난기라곤 조금도 없는 목소리에 준희가 눈을 마주쳐왔다.

"말은 똑바로 해야죠. 내가 더 예쁜 게 아니라 오빠 눈엔 나만 예쁘잖아요."

한 입으로 두말하기만 해봐요. 콱 물어뜯어줄 테니까.

무언의 협박을 담은 앙칼진 눈초리를 받으며 이준은 얼굴을 숙였다.

"예쁘기만 하나?"

"……?"

"한 성질 하는 백준희 성격도 아주 매력적이지."

"그 정도는 되어야 잘생긴 내 남편 넘보는 여자들도 너끈히 상대해서 쫓아내죠."

말이라도 못하면. 조잘거리는 붉은 입술이 사랑스러워 미치겠다.

준희는 충동적으로 입술을 부딪쳐오는 이준을 거부하지 않았다. 오히려 단단한 목에 팔을 두르고 적극적으로 입술을 열어주었다.

하나를 가르쳐주면 열을 깨우치는 제자의 솜씨는 일취월장. 몇 달째 독수공방하고 있는 이준에겐 참기 힘들 정도였다.

"오늘 진도는…… 여기까지."

입술을 뗀 이준의 눈동자가 위험하게 짙어졌다. 조금만 더 했다간 준희를 안고 침실로 가버릴 것 같았다.

"내가 키스를 좀 많이 잘하긴 해요, 그죠?"

알면서 왜 물어.

"스승님이 워낙 훌륭하니 제자도 훌륭한 거예요."

키득키득 웃던 준희가 손을 뻗었다.

가는 손끝이 입술을 자극하듯 어루만지자 차분해졌던 그의 숨이 다시 거칠게 흐트러졌다.

"그래도 참아요. 아기 낳기 전까지는."

사람을 들었다 놨다 하는 그의 아내는 요물이었다.

"누가 못 참겠다고 했나? 나 지금 잘 참고 있어."

네가 터치해오는 순간순간이 얼마나 고비인데.

밤마다 아내를 안고 잠이 드는 그 밤이 억겁처럼 길게 느껴졌다.

"그렇게 잡아먹을 것 같은 눈으로 날 보면서요?"

그런 이준의 고통도 모른 채, 준희는 예쁘게도 웃었다. 확 안아버리고 싶게.

"나도 남자이기 전에 사람이야."

왜 그걸 몰라주는데.

나도 감정 컨트롤이 안 될 때가 있다고. 참는 게 얼마나 힘든데. 자제하는 게 얼마나 힘든데.

"누가 사람 아니래요?"

새침한 여우가 음흉한 늑대의 속을 이해할 리가 없었다. 수백 번을 검색해봐도 만삭 전까지는 관계해도 된다고 했다. 아니, 오히려 건강에 좋다고도 했다. 자세만 좀 조심하면. 그런데 준희는 왜 안 된다고 하는 걸까. 첫 임신이라서 그만큼 조심스러운 건 알겠지만. 내 머리는 이해하지만 내 몸이 이해를 못하겠다고.

하지만 그는 죽어도 아내를 이기지 못한다.

남자는, 한 아내의 남편은 고달프다.

이준은 그걸 절실하게 깨달으며 중얼거렸다.

"그래…… 말을 말자."

임신 소식을 들었을 때는 최고의 선물을 받은 것처럼 기뻤다. 훌륭한 남편이자 아빠가 되리라 결심했었다. 하지만 이런 고통이 있으리라곤……. 사랑하는 아내를 곁에 두고도 품지 못한다는 건 상상을 초월하는 인내심과 고통이 동반되는 생지옥이었다.

준희가 그걸 알 리 없을 테지만 그렇다고 말해줄 수도 없는 노릇이었다. 타들어가는 남편의 속을 알 리 없는 준희는 오늘도 그의 품에 폭 안겨들었다. 제 품에 맞춤형처럼 딱 떨어지는 부드러운 몸으로 자극을 해대면서. 오늘은 노래를 불러볼까, 양을 세어볼까.

이준은 한숨과 함께 아내의 귀에 속삭였다.

"우리, 아이는 하나만 낳자."

미안하지만 두 번은 경험하고 싶지 않았다.

이준은 준희와 함께 윤은서가 잠들어 있는 납골당에 도착했다. 사진 속 윤은서는 은은한 미소를 짓고 있었다. 채송화가 화려한 장미라면, 윤은서는 청초한 백합이었다. 하늘도 참 무심하고 불공평하시지. 집안 빵빵하고 스펙도 빵빵하고. 그런데 외모까지 이렇게 아름다우면 사기 아닌가.

"이건 진짜 반칙이야, 당신 너무 예쁘잖아요."

이 남자는 전생에 무슨 업적을 이루었길래 사방이 온통 미녀 천지인 거냐고. 이런 여자에게 마음을 주지 않은 남편이 신기할 정도였다. 혹시 여자 보는 눈에 문제가 있나? 준희가 힐끗, 시선을 주었지만 이준은 덤덤히 윤은서의 사진을 보고 있을 뿐이었다.

"난 이해가 안 돼요."

준희가 작게 중얼거리는 소리를 들었는지 이준이 물었다.

"뭐가?"

"채송화도 그렇고, 고인인 윤은서 씨도 그렇고. 뭐가 아쉽다고 모든 걸 다 가지고 있으면서 남자한테 목숨을 거는 건지."

물론 준희도 그를 사랑했다. 하지만 사랑이 밥 먹여주는 것도 아닌데 왜 그렇게까지.

"……그러게."

이준에겐 여자의 마음을 다양하게 자극하는 무언가가 있었다. 아니, 타고난 거다. 아무래도 저 외모가 이번 생의 업적이 아닌가 싶을 만큼.

"오빠 먼저 할 말 해요."

"벌써 했는데?"

"언제요? 보기만 하고 아무 말도 안 했잖아요."

"마음속으로 했지."

"말로 다시 해요, 나도 들을 수 있게."

"은서 너한테 사과하러 왔어."

싫다고 할 법한데도 이준은 조금의 망설임도 없이 입을 열었다.

"사랑하지 않는데도 너랑 약혼해서."

약혼을 하지 않았다면 사고가 날 일도 없었을 것이다. 그렇게 조용히 준희는 이준의 독백을 듣고 있었다.

그런데 덤덤히 뱉어낸 그의 다음 말이 준희의 가슴을 먹먹하게 만들었다.

"나 혼자 살아남은 것도."

살아남은 건 미안한 게 아니다, 당연한 거였다. 사랑받지 못할 걸 알면서도 그를 선택한 건 윤은서였다. 또한 이준을 오해하고 죽음을 재촉한 것도 그녀였다.

"가장 미안한 건……."

낮게 내려온 그의 시선이 느릿하게 준희에게 가 닿았다.

"나 혼자 행복을 찾고."

건조한 눈동자에 서서히 감정이 어리고 무심한 눈매에 희미한 미소가 깃들었다.

"사랑하게 되어서."

다시 윤은서의 사진으로 향하는 이준의 새까만 눈동자엔 감정 한 자락 담겨 있지 않았다.

무심함 그 자체. 하지만 그가 입 밖으로 차마 흘리지 못한 마지막 메시지를 준희는 느낄 수 있었다.

……지금 있는 곳에서만큼은 네가 꼭 행복하길 바란다.

서로의 손을 놓지 않은 채, 사진을 또렷하게 쳐다보며 준희는 차분하게 입을 열었다.

"고마워요, 윤은서 씨."

당신이라는 미신 때문에 우리가 다시 재회하고 인연을 맺고 서로 사랑하게 된 것 같아요.

"하늘에서 나랑 강이준 씨가 행복하게 사는 거 지켜봐주세요."

당신이 정말 강이준이란 남잘 사랑했다면요, 사랑하는 사람의 행복을 바라고 지켜봐주는 것도 또 다른 사랑이니까.

"윤은서 씨 있는 곳에 분명 내 남편보다 멋진 남자 있을 거예요. 그러니까 강이준 같은 나쁜 남자는 잊고."

잠시 말을 멈춘 준희의 시선이 은서 옆에 놓인 작은 남자의 사진에 닿았다. 고인이 된 배우 장국영의 사진이었다.

"이상형이…… 나랑 같네요."

현실성 없는 감정 소비를 안 하는 준희가 유일하게 마음을 빼앗겼던 연예인이 바로 고인이 된 배우 장국영이었다. 하늘나라에서라도 만나고 싶었던 이상형. 그래서 같은 남자를 사랑하게 된 건지도. 그런데 강이준과 장국영이 닮은 데가 있나?

두 남자 모두 눈이 가장 매력 포인트이긴 했지만 이미지가 확 다른데.

"그 상대가 나의 워너비 러브 장국영 씨라도 기꺼이 응원해줄게요."

……'워너비 러브'란 말에 발끈하려던 이준에게 준희가 가만히 입 다물고 있으라는 손짓을 해 보였다.

"물론 장국영 씨 차지하려면 라이벌이 좀 많긴 할 거예요."

아마도 좀이 아니라 엄청날 거다. 물기 어린 촉촉한 장국영의 눈빛에 흔들리지 않는 여심은 없을 테니까.

"하지만 쟁취하는 사랑도 있으니까 포기하진 말아요."

벚꽃이 흩날리는 호숫가 벤치에 앉아 있던 이준을 본 순간, 사랑은 소리 없이 다가와 어린 소녀의 가슴을 뛰게 만들었다. 그리고 막 어른이 된 소년은 조금의 노력도 하지 않고 어린 소녀의 사랑을 쉽게도 얻었다.

때론 소리 없이 다가오기도, 너무도 쉽게 얻을 수 있는 게 사랑이었다. 하지만 치열하게 쟁취하는 사랑도 있었다. 바로 준희 자신이 그랬다.

이준의 사랑을 받기 위해 포기하지 않고 덤벼들었다.

그와 함께 하는 일분일초가 숨 막히는 긴장감의 연속이었고, 아슬아슬한 밀당까지 이어졌다.

눈물도 많이 흘렸고 가슴앓이도 많이 했지만 그 덕분에 이준이 제 남자가 되었다.

"정말 모르겠다면 내 꿈에 찾아와요. 그럼 내가 비법 전수해줄게요."

천하의 강이준이 넘어왔으면 말 다한 거 아닌가.

진지하게 할 말을 하는 준희를 이준은 따스한 눈빛으로 가만히 바라볼 뿐이었다.

그런 아내가 기특하다는 듯, 사랑스럽다는 듯.

준희의 표정이 사뭇 진지해졌다. 사실 그녀도 귀신의 존재는 믿지 않았다. 그런데도 만약 귀신이 존재한다면 윤은서는 억울함에 구천을 떠돌게 될 것이라는 생각이 들었다.

"채송화 씨에 대한 복수, 우리가 대신해줄게요."

절친했던 친구의 세 치 혀에 놀아났다는 그 억울함에.

결국 억울하게 죽은 건 윤은서뿐이니까.

"그 대신 당신이 목숨까지 걸고 사랑했던 강이준은 이제 놔줘요. 내가 당신 몫까지 사랑해주고 행복하게 해주고 검은 머리 파뿌리 될 때까지 잘 살 테니까."

당신이 맘 편히 하늘에서 웃을 수 있도록 해줄게요, 꼭.

눈에서 뜨거운 분노를 토해내며 목덜미를 움켜쥐어 끊어버릴 줄 알았다. 사고에선 살아났지만 이준의 손에 죽을 것 같다는 생각까지 한 송화였다. 하지만 병원을 찾아온 이준은 지금껏 봐왔던 중 가장 침착한 모습을 보여주었다.

모든 걸 내려놓고 떠나라며 마지막 기회까지 주었지만 그녀는 받아들일 생각이 없었다. 널 위해 죽을 각오까지 했었다. 그런 내가 왜 네가 없는 하늘 아래서 다른 공기를 마시면서 살아야 하는데.

그렇게 독하게 버티고는 있었지만 병원에서 지내는 하루하루가 송화에겐 지옥 같았다. 하지만 한 달이 다 되어가도록 어떤 움직임도 없었다.

불안함에 소속사 사장을 들볶아도 그는 똑같은 말만 반복했다.

―다시 한 번만 그런 미친 짓 하면 매장당할 각오하는 게 좋을 거야. 해성에서 조용히 넘어간 걸 고맙게 생각하라고.

두 달이 넘었는데도 해성에서 움직임이 없다는 건……

"내가 그랬잖아. 강이준 넌 날 어떻게 하지 못한다고."

융통성 없는 책임감 때문에 이번에도 그는 송화를 어쩌지 못한 것이다.

―아내를 미치도록 사랑해.

사고 당일 그가 했던 말을 믿지 않았다. 그때까지도 사리 분별하지 못하고 저를 밀어내기 위한 거짓말이라고 치부해버렸다. 하지만 그때 조금만 더 자세히 보았다면 알았을 것이다. 사랑에 빠진 남자의 눈빛과 표정을. 강이준이 사랑에 빠지다니. 진짜 사랑을 하다니.

백준희의 임신 소식을 알게 된 순간부터 그녀는 제정신이 아니었다. 그 상태에서 갑자기 속도를 줄이고 제 차로 돌진했던 이준의 목적은 오로지 하나였다.

398

백준희의 부상을 최소화하는 것. 그렇게 거침없이 차로 들이받았다. 그리고 그의 판단은 소름 끼치게 맞아떨어졌다. 그 사고에서 백준희만이 가벼운 찰과상을 입었다. 목숨을 걸고 덤벼들었던 그녀의 계획은 보기 좋게 실패한 것이다. 하지만 뭐 어때.

"기회는 또 잡으면 돼."

백준희가 살았다는 건 훗날을 기약할 수 있다는 의미였다. 백준희만 죽고 자신만 살아남았다면…… 생각만으로도 등줄기가 오싹해졌다. 백준희가 살아남은 덕에 지금 그녀의 숨도 붙어 있는 것이다.

모든 것들이 확실해졌다.

한 번 더 무모한 짓을 벌인다면 그땐 융통성 없는 그 책임감도 더 이상 방패가 되지 못할 것이다. 남은 기회는 한 번뿐. 그때 백준희는 꼭 죽어야 한다. 그건 송화 자신도 마찬가지였다.

"그래도 혼자 죽는 게 아니니 억울하진 않을 거야."

두려움을 느낌과 동시에 더욱더 강렬한 욕구가 생겼다.

이준에게 백준희가 얼마나 소중한지 알게 된 이상, 그의 가슴에 더 깊고 아프게 제 이름이 박힐 것이다. 백준희를 떠올릴 때면 그녀 자신도 같이 떠올릴 것이다.

분노라고 해도 좋다. 어쩌면 백준희보다 자신을 더 많이 떠올릴지도. 그것만으로도 만족했다. 다만 그 기회를 다시 잡을 때까지, 정신을 차린 것처럼 몸을 바짝 웅크리고 죽은 듯이 지내야만 했다.

퇴원 후 첫 스케줄을 소화하기 위해 밴에 오른 그녀에게 매니저가 태블릿 PC를 내밀었다.

"누나, 기사에 대한 반응이 아주 좋아요."

해성의 반응을 확인하는 마지막 단계로 송화 쪽에서 추측성 기사를 흘렸다. 그녀의 극성 스토커가 벌인 막장 팬심에 의한 교통사고라고 말이다.

"뒤늦게 교통사고에 대한 해명을 한 것도 오히려 긍정적인 반응이 나왔어요. 스토커도 팬이라고 감싸주려는 누나의 인성을 칭찬하면서 이미지가 더 좋아졌어요."

"해성 쪽은?"

"반박 기사 없이 잠잠해요. 크게 다친 사람도 없고 들추어내면 해성도 좋을 건 없잖아요. 재벌가들이 워낙 소문에 민감하니 쉬쉬하는 거죠."

"……."

"사실 해성에서 마음만 먹으면 연예인 한 명 매장시키는 건 식은 죽 먹기잖아요. 그런데 우리 누나는 사고 후에 더 승승장구하고 있으니까."

이로써 확인은 끝이 났다. 말도 안 되는 거짓 기사를 눈감아주었다는 건 해성도 조용히 지나가고 싶다는 무언의 메시지.

"그러니까 누나도 이제 강 전무님은 잊고 무모한 짓은……윽!"

송화의 손에 있던 휴대 전화가 매니저의 얼굴을 향해 날아갔다.

"주제 파악 못해? 네가 감히 누구한테 잔소리야. 넌 입 닥치고 운전이나 똑바로 해."

몇 달 만에 처음으로 공식 석상에 모습을 보이는 날이었다. 위기는 또 다른 기회. 기자도 섭외해놨겠다, 언론 플레이만 잘하면 지금보다 더 발돋움할 수 있었다.

숍에 도착한 송화는 스타일리스트에게 지시했다.

"눈매가 촉촉하게 보이도록 해줘. 그리고 얼굴은 화시하게. 뺨과 턱선에 음영을 많이 주고 이마의 상처는 보일 듯 말 듯하게."

사고에도 불구하고 변함없이 아름다운 모습을 보여주어 팬들의 가슴에 '채송화'란 세 글자를 더 깊게 새겨 넣으리라.

호텔 최상층에 위치한 일식 레스토랑.

긴 복도를 가로질러 직원이 윤 의원을 안내한 곳은 밀실과도 같은 고급 다다미방이었다. 윤 의원이 들어가자 회를 뜨고 있는 셰프의 맞은편에 앉아 있던 이준 부부가 일어났다.

"이런 밀실에서 보자고 하는 의도가 의심스럽군."

"의도가 순수해도 정치인과 기업인의 만남은 왜곡되기 쉬우니까요."

불퉁한 그의 말투에도 이준은 정중하게 대답을 했다.

"그렇다고 우리가 이렇게 자주 볼 사이도 아니지."

쏘아야 할 화살의 방향이 바뀌었을 뿐, 윤 의원은 여전히 이준을 좋아하지 않았다. 어찌 되었든 저 녀석에게 홀리지만 않았으면 막냇동생이 죽진 않았을 테니까. 하지만 사고의 진실을 안 이상 함부로 대할 수도 없었다.

은서 때문에 죽을 뻔했고 몹쓸 소문과 미신에 오랫동안 시달렸다. 그런데도 진실을 공개하지 않고 모든 질책과 비난을 묵묵히 혼자 감당했다. 그런 이준에게 오히려 윤 의원이 고마워해야 했다. 만약 사건의 진실을 공개했다면 죽은 것도 억울한 은서의 이미지는 밑도 끝도 없이 추락했을 테니까. 그런 이유로 오늘의 만남도 수락한 것이다.

"전달해야 할 것도 있고, 제 아내가 윤 의원님을 만나고 싶어했습니다."

배가 제법 나온 아내의 허리를 다정하게 감싸고 있는 이준의 손이 거슬렸다. 은서에겐 손끝 하나 대지 않던 녀석이. 그게 못마땅했지만 윤 의원은 내색하지 않고 준희에게로 시선을 옮겼다.

"날 만나고 싶어 했다니, 어려서 생각이 없는 건가?"

"생각이 없었다면 만나자고 하지 않았을 거예요."

처음 만났을 때도 느꼈지만 이준의 아내는 여전히 나이에 비해 야무지고 당찼다.

"뭐 틀린 말은 아니군. 그래, 날 만나고 싶어 한 이유가 뭔가?"

"첫 만남에서 너무 안 좋은 인상을 심어드린 것 같아서요. 그땐 의원님이 이해되지 않았는데 지금은 이해가 돼요. 친하게 지내진 못해도 나쁜 이미지로 남고 싶진 않습니다."

윤 의원이 자리에 앉자, 준희가 셰프의 옆에 섰다. 그녀의 손에 들린 건 셰이커였다.

"어려운 걸음을 해주셨는데 제가 직접 대접하고 싶어서요."

아내 바보가 분명해 보이는 이준이 자랑스럽게 한마디를 덧붙였다.

"장담하건대 의원님의 까다로운 입맛에 잘 맞으실 겁니다."

그래봤자 칵테일이고 술이지.

준희가 재료를 셰이커에 넣고 능숙하게 핸들링을 시작했다.

처음엔 대수롭지 않게 바라보던 윤 의원의 눈빛이 변했다. 분명 술을 다루고 있는데도 무용을 하듯이 동작이 섬세하고 고왔다. 거기다 파워풀함까지 느껴졌다. 참 신기했다. 보고 있으니 바텐더라는 직업이 우아하고 멋지다는 생각까지 들었다. 이래서 저놈이 홀딱 반한 건가.

빤히 쳐다보는 시선을 느꼈는지 준희가 눈을 들었다. 윤 의원은 눈이 마주치자 생긋 웃는 준희에게서 황급히 시선을 거두었다.

내가 지금 무슨 생각을 하고 있는 거지?

셰프가 사시미 칼로 얇게 저민 횟감이 접시에 놓이고 준희의 손에 들린 셰이커에서 흘러내린 액체가 투명한 잔을 가득 채웠다.

"고량주를 즐겨 드시는 의원님을 위해 직접 개발한 거예요. 입맛에 맞으셨으면 좋겠어요."

유 의원은 대답 없이 잔을 입으로 가져갔다. 한 모금을 마신 후 느릿하게 입 안에서 굴려 목구멍으로 넘겼다. 첫맛은 깨끗하고 부드러워 고량주가 들어간 느낌이 안 들었지만 목구멍으로 넘어가는 순간, 확 타들어가는 느낌은 분명 고량주였다. 입 안에서 느껴지는 맛도, 그리고 목 넘김도 마음에 들었다.

"먹을 만하군. 목 넘김이 깔끔해, 많이 독하지도 않고."

진실을 알았다고 해도 이준을 좋게 볼 수는 없었다. 어찌 되었든 이준이 원흉이었으니까. 하지만 해성과 좋은 관계를 유지해서 나쁠 건 없었다.

"실례가 안 된다면 한 잔 더 만들어줄 수 있나? 처음 것보다 좀 더 순하게."

"얼마든지요."

대놓고 말하진 않았지만 윤 의원은 준희가 내민 화해의 손을 뿌리치지 않은 것이다.

윤 의원을 배웅하겠다는 명목으로 따라나온 이준은 그에게 마지막 히든카드를 넘겼다. 절박한 순간에도 뒤따라오던 차를 확인한 덕분에 블랙박스에 찍힌 사고 영상을 손에 넣은 이준이었다.

"나라는 주사위를 아주 제대로 이용하는군."

"조금이라도 더 도움이 되고 싶을 뿐입니다."

"자네 가족의 목숨을 위협한 채송화에게 할 복수극에 말인가?"

"부정하지는 않겠습니다."

404

"뭐, 좋아. 자네한테 넘겨받은 악역, 제대로 보여주지."

그걸 받으면서도 윤 의원의 목소리는 여전히 냉랭했다.

"그렇다고 착각하지는 말고. 난 여전히 자네가 마음에 안 드니."

"알고 있습니다."

윤 의원의 마음에 들기 위해 한 일이 아니었다. 준희의 말대로, 곧 태어날 아기를 위해 손에 더러운 걸 묻히기 싫어서였다. 물론 아기가 생긴 순간부터 좋은 아빠가 되고 싶다는 욕심도 컸다.

"하지만 자네 아내는 마음에 드는군."

짧다면 짧은 시간이었지만 준희가 30분 동안 거둔 성과는 이준이 10년을 허비한 것보다 훨씬 많았다. 깐깐하고 냉철하던 윤 의원이 준희에게만큼은 마음을 연 것이다.

"자네한테 아까운 여자야. 놓치지 말게."

"그것도 알고 있습니다. 그래서 평생토록 안 놔줄 생각입니다."

"아내가 자네의 유일한 약점이란 걸 인정하는 셈이군."

그간 약점 잡힐 만한 게 없었던 이준이었다. 그래서 지금껏 윤 의원이 막냇동생의 복수를 못한 걸지도 모른다. 하지만 네놈 약점을 알게 된 이상 난 언제든지 네 숨통을 조일 수 있다고 협박한 셈이었다.

그럼에도 이준은 느긋한 웃음을 지어 보였다.

"지킬 자신이 있어서 드러낸 겁니다."

그러니까 얼마든지 덤비세요. 상대해드릴 테니.

다다미방으로 다시 들어온 이준의 눈짓에 셰프가 조용히 자리를 비웠다. 그가 앉자마자 기다렸다는 듯 준희가 물어왔다.

"윤 의원이 뭐래요?"

"나는 여전히 싫지만 넌 마음에 든다고 하던데?"

"거 봐요, 나랑 같이 만나기를 잘했죠? 내 몫 톡톡히 했잖아요. 인정하죠?"

이준은 그럴 줄 알았다는 듯 뿌듯한 표정을 짓는 준희가 사랑스러웠다.

"백 번 천 번 인정해."

"그럼 상 줘요."

"뭐든지 말만 해."

그 말을 기다렸다는 듯, 준희가 살며시 몸을 기대왔다. 버릇처럼 귀엽게 솟아오른 배를 제 손으로 부드럽게 어루만지며 말을 했다.

"호돌이 낳고 나면 우리 아기 또 가져요. 난 아이 셋은 갖고 싶단 말이에요."

느닷없는 가족계획 통보에 이준의 머릿속은 빠르게 회전했다. 출산과 임신은 아내의 몫이지만 육아는 자신이 책임지기로 했다. 그렇다면······.

아내의 시간도 시간이지만 아이 셋을 키우기 위해선 사회생활 은퇴 선언을 해야 할지도 모른다. 무엇보다 아내와 둘이 보내는 오붓한 시간이 영영 바이바이라면.

가족계획만큼은 절대 양보할 수 없었다.

"준희야, 그건 섣불리 결정……."

그런데 준희가 더 빨랐다. 귓가에 바짝 붙은 아내의 입술이 또다시 수줍게 속삭였다.

"내가 남편한테 반한 진짜 이유, 말해줄까요?"

그 순간 차분하고 이성적인 대화를 통해 아기는 한 명만 갖자고 설득하려는 마음은 온데간데없이 사라졌다.

이준의 머릿속은 오로지 한 가지 생각으로 가득 찼다. 아내가 나를 사랑하는 이유. 내게 반한 진짜 이유.

"말해줘."

"그 전에 내 질문에 대한 대답 먼저 해줘야죠."

그의 아내 백준희는 여우 중의 여우였다.

내가 이렇게 이성이 흐린 남자가 아닌데. 철두철미하고 지독하게 계산적인 그런 남자인데. 그런데 지금 이준은 미치도록 궁금했다. 그의 인생에 처음이자 마지막이 될 사랑하는 여자의 입에서 흘러나올 그 한마디가.

"너만 괜찮다면 난 상관없어."

그러니까 대답해봐. 날 사랑하는 이유가 뭔지.

하지만 이준의 대답이 마음에 들지 않는 듯 준희가 살포시 미간을 구기곤 말꼬리를 잡았다.

"상관없다는 말 대신 나도 바라고 있다고 해줘야죠."

"그게 그 말 아닌가."

"오빠 너무 아기한테 관심이 없는 것 같아요. 그래서 그런 대답이 날 서운하게 해요."

이준은 서운하다는 준희를 이해할 수 없었다.

내가 이렇게 널 사랑하는데. 너밖에 보이지 않고 널 위한 삶을 살아가는데.

"관심 없는 게 아니야. 아기보다 내 아내가 더 우선순위인 거지."

"나랑 똑같이 예뻐해줘야죠. 관심도 가져주고."

"태어나지도 않은 아이가 예쁜지 어떻게 알지? 그리고 태어나야 관심도 가져주는 거고."

그는 현실에 충실할 뿐이었다. 아기가 태어나면 최선을 다하겠지만 아기는 아직 준희의 뱃속에 있었다. 그 아기를 뱃속에 품고 있는 준희가 오로지 이준의 관심 대상이었다. 아기 때문에 준희가 힘들어할까 봐 그는 항상 안절부절못했다. 24시간 내내 온 신경이 준희에게 집중되어 있었다.

"왜 그렇게 아기를 갖고 싶어 하는 거지? 힘들어하잖아, 너."

원래 임신을 하면 살이 찐다던데 준희는 그 반대였다. 그렇게 많이 먹는데도 전혀 살이 찌지 않는 건 뱃속의 아기에게 영양분이 다 가기 때문인 것 같았다. 그리고 점점 더 배가 불러올수록 움직이는 걸 힘들어했다. 조금만 움직여도 가빠지는 숨소리가 그의 심장을 철렁 내려앉게 만들었다.

"난 네가 힘든 게 싫어. 그런 널 보는 나도 힘들고."

그렇게 힘들어하는 널 지켜보면서 내가 어떻게 아기한테 관심을 줄 수 있을까. 예뻐할 수 있을까.

"그래서 싫다는 거예요? 내가 힘들까 봐?"

결국 또 겁쟁이란 걸 드러내버렸다.

"그럼 반대로 한번 생각해봐요. 힘든데도 내가 왜 아기를 또 낳고 싶어 하는 건지."

그게 이해가 되지 않아, 이준은 침묵했다.

"오빠와 내 아기니까."

준희가 말간 눈동자로 이준을 빤히 쳐다보며 말을 이었다.

"그거면 충분하잖아요. 보지 않아도 예뻐하고 관심 가져줄 이유. 힘들어도 많이 낳고 싶은 이유."

"아내 바보는 맞지만 자식 바보까지 될 생각은 없어."

흔들림 없는 그의 대답에 준희는 한숨을 쉬었다.

"오빠랑 내 분신이에요. 아이들의 웃음소리가 집 안을 가득 채우는 상상만으로도 행복하지 않아요?"

"난 너랑 둘이 지내는 게 더 행복할 것 같은데."

"아, 정말!"

결국 답답함에 준희가 발끈했다. 그건 이준도 마찬가지였다. 왜 그렇게 태어나지도 않은 아기에게 집착하는 건지 알 수가 없었다.

임신보다 힘든 게 출산이고 출산보다 힘든 게 육아라고 했으니, 어쩌면 준희가 낳고 나서 마음을 바꿀지도 모른다.

"우선 아기 먼저 낳고 그 후에 생각하자."

"싫어요."

준희는 흔들림 없이 단호했다.

서로를 향한 마음은 통했지만 아기를 향한 마음은 동상이몽, 좁혀지지 않고 있었다.

"난 무조건 셋 이상 낳을 거예요."

"준희야, 아기가 인생의 전부는 아니야."

"인생의 전부는 아니지만 일부분이에요."

"너야말로 아기한테 쏟을 그 관심과 사랑, 나한테 주면 되잖아."

"오빠는 이미 충분히 넘치게 사랑해요. 그리고 오빠도 날 충분히 넘치게 사랑하고."

"그럼 된 거 아닌가?"

"부족해요."

준희가 또렷한 눈빛으로 그를 바라보았다.

"우리 둘 다 너무 외롭게 자랐잖아요."

내가 외로웠던가. 혼자라는 걸 당연하게 여기며 자랐기에 외로운 게 어떤 느낌인지 모르겠다. 하지만 이거 하나는 정확했다. 하나가 아닌 둘, 준희가 있어서 행복하다는 것.

"오빠 아버지가 있고 난 할아버지가 있는데도 내 편 하나 없이 세상에 덩그러니 혼자 남겨진 것처럼. 오빠랑 나, 신혼여행으로 간 제주도 바닷가가 처음 떠난 여행이었잖아요."

준희는 너무 부족해서, 그리고 이준은 너무 넘쳐나서 둘 다 평범한 행복을 누리지 못했다. 그걸 알기에 이준의 입이 일자로 다물어졌다.

"좋은 부모가 되려고 노력하겠지만 세상일 모르는 거잖아

410

요. 오빠랑 나도 이렇게 될 줄 몰랐고. 부모의 공백에도 우리 아기가 외롭고 힘들지 않게 세상 둘도 없는 내 편 만들어줄 거 예요. 그게 남매든 형제든 꼭."

문득 이준은 윤찬형 의원을 떠올렸다. 감정 컨트롤에 노련한 정치인이 배다른 막냇동생의 죽음에 분노하고 눈물을 흘렸다. 또 해성 그룹과 이준을 원수처럼 대하며 못 잡아먹어 안달이었다. 그가 미처 몰랐던 걸 준희가 또다시 깨닫게 해준 것이다.

"난 네 머릿속이 궁금해."

준희는 매번 이준을 놀라게 했다. 상상도 못할 생각과 행동들로.

"내가 깜짝 놀랄 만큼 기특하단 말이지."

제대로 설득당해버렸다. 작은 것 하나까지도 너무 다른 둘이었지만, 그래서 사랑하게 된 건지도 모른다. 아웅다웅 다투면서 관심을 갖고 호감을 느끼고 정신을 차려보니 어느새 사랑하고 있었다.

준희의 부족함을 그가 채워주고, 그의 부족함을 준희가 채워주었다.

"그래서 나한테 반한 거 아니에요?"

준희가 당연하다는 듯 생긋 웃었다. 10년 전과 변함없는 미소는 그의 둔한 심장이 두근거릴 만큼 맑고 예뻤다.

지금까지 좁혀지지 않았던 동상이몽이 드디어 결합을 이루었다.

"자식 바보도 한번 해볼게."

아내 바보, 자식 비보. 좋은 남편이자 좋은 아빠.

머리로밖에 이해가 안 되었지만 준희가 원한다는데 못 할 것도 없었다. 그리고 곧 알게 되리라. 결국 항상 준희가 옳았으니까.

"건강하게만 낳아줘."

아들이든 딸이든 상관없었다. 예쁘지 않아도 좋았다.

"건강하게만 낳아주면 내가 잘 키워줄게."

"셋을 낳아도 오빠가 다 키워줄 거예요?"

"이번 기회에 사업은 아버지한테 다 넘겨버리고 나 전업 남편으로 눌러앉을까?"

한다면 하는 남편이었기에 준희가 눈을 동그랗게 떴다.

"그런 소리 하지 말아요. 잘 도와주는 남편도 좋지만 능력 있는 남편도 좋단 말이에요. 열심히 일하는 남자가 얼마나 멋진데요."

준희는 그를 너무 쉽게 쥐락펴락하고 있었다.

"같이 일하면서 같이 키워요."

이준은 사랑스러운 말만 골라 하는 아내를 품에 꼭 안고 귓가에 속삭였다.

"그럼 이제 말해봐. 왜 나한테 반했는지."

"싫은데요?"

얄밉게 시치미를 뚝 떼는 준희의 새하얀 얼굴 밑으로 가녀린 목덜미가 눈에 들어왔다.

그는 벌을 주듯 그 목덜미를 가볍게 깨물어버렸다.

"꺄악!"

"이래도 말 안 해줄 건가?"

품에서 바둥거리며 키득키득 웃는 준희의 웃음소리에서는 행복이 가득 묻어났다. 그리고 그 웃음소리가 이준의 가슴에도 행복을 퍼뜨렸다.

"눈동자요. 깔깔! 그만, 그만해요!"

아프지 않게 잘근잘근 여린 살을 깨물던 그의 입술이 멈추었다.

"……눈동자?"

조금도 납득이 되지 않는 대답이었다.

하지만 장난기 없이 고개를 끄덕이는 준희에게 더 물어볼 수도 없는 노릇이었다. 너무 거창한 대답을 바랐던가.

왠지 모르게 뭔가 허무한 이준이었다.

오늘도 이준은 회사 앞에 차를 세우고 퇴근하는 준희를 기다리고 있었다.

고가의 외제 차와 더 고급스러운 이미지의 차주에게 지나가는 행인들의 시선이 집중되었다. 그 시선을 아랑곳하지 않은 채 이준은 긴 다리로 성큼 다가와 준희의 앞에 멈추어 섰다.

"오늘은 무슨 일 없었고?"

준희의 안색을 살피며 그가 가장 먼저 하는 말이었다.

"프로젝트가 막바지로 다가왔어요. 이것만 잘 마무리되면 회사 그만둘 거라고 말했구요."

차에 오르자 준희는 늘 그렇듯 이준에게 하루 일과를 보고했다. 별것 없는 대화를 할 때도 있었고, 꽤 중요한 대화를 할 때도 있었다. 준희는 그와 대화를 나누는 것 자체가 즐거웠다. 소소한 일상까지 공유한다는 건 부부만이 가능한 일이니까.

"뭐라고 하진 않았고?"

"서운해하긴 하는데 어쩔 수 없죠."

명신에 뼈를 묻으려고 했었다. 명신에서 높이 올라갈 수 있는 곳까지 가려고 했었다. 하지만 그 결심과 꿈이 변했다.

준희의 탓도 있었지만 이준이 해성 코리아 전무직에서 물러났기 때문이기도 했다.

이준이 준희에게 해성 코리아를 맡아보는 게 어떠냐는 제안을 한 것이다.

낙하산은 딱 질색인지라 거절을 한 준희에게 그가 냉정하게 말을 했다.

―누가 낙하산으로 찔러준대? 난 내 아내 백준희가 아니라 글로벌 경영 대회에서 수상한 레이첼에게 제안하는 거야.

아기가 생김으로서 가족이라는 울타리가 견고해졌다.

해성 그룹의 일원이라는 건 죽을 때까지 변하지 않을 것이다. 언젠가는 밝혀질 일이고 언젠가는 해성에서 일을 하게 될 것이다. 그럼 차라리 깔끔하게 프로젝트를 마무리하고 이직하는 게 나을 것 같았다.

—너한테 맞는 직급부터 시작해서 능력껏 네 힘으로 올라갈 수 있는 만큼 올라가는 거야. 한마디 해주자면 명신과 해성 코리아를 똑같이 생각하면 큰코다칠 거야.

신상이 노출되기 전에 해성 내에서 스스로의 입지를 탄탄하게 다져놓으란 말이었다. '낙하산'이라는 말이 나오지 않게. 오로지 제 능력만으로. 그 말이 준희의 구미를 당겼다.

—성공하면 해성 코리아는 준희 네 거야.
—성공하지 못하면요?
—회사 생활 몇 년 하다가 끝이 나겠지.
—두고 봐요. 최연소 임원이 탄생하는 걸 보여줄 테니까.

이준이 준희의 승부욕을 제대로 건드린 것이다.
준희는 힐끔, 운전하는 남편을 바라보았다. 뭔가 꿍한 게 있는 것 같은데, 말을 하지 않으니 알 수가 없었다.
평소처럼 저녁 식사를 한 후 이준과 함께 샤워를 했다. 이준은 저녁마다 욕조에 따스한 물을 받아 향긋한 아로마를 풀어놓았다. 그렇게 이준에게 안긴 채 졸음이 쏟아지는 마사지를 받고 침대로 가 바로 잠이 드는 게 일상이었다.

서로가 알몸이 되어 욕조에 들어간다는 게 이준을 얼마나 힘들게 하는지는 물론 꿈에도 모르고 있었다. 설마 배가 이렇게 나왔는데, 몸 선이 이렇게 흐트러졌는데, 남편이 성욕을 느낄 거라곤 준희는 꿈에도 상상하지 못했다.

그녀는 침대에 눕자마자 남편의 품에 안겨들며 말을 했다.

"이젠 말해봐요, 대체 나한테 무슨 불만이 있는 거예요?"

반쯤 감겨 있던 이준의 눈꺼풀이 살짝 들렸다. 그러자 준희를 정신 못 차리게 만드는 까만 눈동자가 또렷하게 드러났다.

맞다, 내가 이 눈에 반했었지.

그가 준희의 마음을 할퀴는 말을 할 때마다 눈동자만큼은 미안해하고 있었다. 짓궂게 굴면서도 눈빛만큼은 다정했다. 다가오지 말라고 밀어내는 순간에도 저 눈만큼은 준희를 끌어당겼다.

주인과는 다르게 솔직한 눈은 양평 호숫가에서 처음 만난 순간부터 준희를 사로잡아버렸다. 흩날리는 벚꽃에 흠뻑 젖은 우수 어린 눈빛이 심장에 제대로 각인되어 버린 것이다.

"그런 거 없어."

멋대로 움직이는 입술과 달리 속마음은 벌써 토해내고 있었다. 정말 날 사랑하는 이유가 내 얼굴밖에 없느냐고. 난 매력이 그것밖에 없는 놈이냐고.

"귀신은 속여도 나는 못 속여요. 나한테 서운한 거 있잖아요."

달래듯이 부드러운 준희의 목소리에 이준은 흠칫했다. 티를

낸 게 없는데 어떻게 알았을까. 귀신도 이긴다더니 귀신처럼 눈치도 빠른가 보다.

그는 마지못해 입을 열었다. 최대한 덤덤하게, 아무렇지 않은 척.

"그냥 좀 걱정이 되어서."

"뭐가요?"

"나도 주사도 맞고 관리도 좀 해야 하나."

"……?"

"네가 반한 내 얼굴도 세월의 흐름은 못 이길 테니까."

하루하루 흐를수록 아내를 향한 마음이 깊어졌다. 더욱더 아내 바보가 되어가는 걸 느꼈다.

준희의 머리칼이 하얘지고 뽀얀 얼굴에 주름살이 생긴다고 해도 준희에 대한 사랑은 변함없을 것이다. 제 눈엔 변함없이 사랑스럽고 예쁜 아내일 것이다.

"눈동자는 뭐…… 성형할 수도 없고."

그런데 넌 아니면 어쩌지? 지금처럼 서로만 보고 서로만 생각하며 살고 싶은데.

"푸하핫!"

이준은 심각해 죽겠는데 준희가 별안간 웃음을 터뜨렸다. 그것도 볼록 나온 배를 부여잡고 웃음을 멈추지 않았다. 괜히 민망해진 이준의 얼굴이 붉어졌다.

준희는 한참 후에야 웃음을 멈추었다.

"남자는 나이 들수록 애라더니 그 말이 딱 맞네요."

이준은 준희의 말을 정정해주고 싶었다. 나이 들수록 애가 아니라 사랑에 빠질수록 애라고 말이다. 그리고 날 그렇게 만든 게 바로 백준희 너라고.

"내가 오빠 눈동자가 좋다고 했던 건 예뻐서라기보단 거짓말 잘하는 주인과 달리 솔직해서예요."

"……."

"내가 싫다는 주인과 다르게 이 눈은 내가 좋아 죽겠다고 자꾸 고백했거든요."

스스로도 몰랐던 사실이었다. 생각해보니 그랬던 것도 같았다. 너 같은 건 아무것도 아니라고 하면서도 항상 눈은 준희를 쫓았다. 여자가 아니라고 하면서도 눈은 그녀를 여자로 보았다. 차갑게 행동하면서도 준희를 향한 눈빛은 뜨거웠다.

"그 눈이 나한테 믿음을 주고 용기를 낼 수 있게 해줘서 우리가 여기까지 온 거니까. 그래서 이 눈에 반했다는 거예요."

준희가 천천히 일어나 이준의 다리 위로 올라앉았다.

"세월이 흘러도 오빠 항상 나한테 같은 모습이에요. 10년 전도, 지금도, 그리고 앞으로도 쭉 그럴 거구요."

그의 목에 팔을 두르고 귓가에 바짝 입술을 붙였다.

"끝내주게 잘생긴 얼굴에 우수 어린 눈빛을 한 첫사랑은 내 심장에 깊게 각인되어 있으니까."

누가 그랬던가. 추억을 먹고 사는 게 인간이라고. 그 말이 맞았다.

서로를 볼 때마다 가슴 설레고, 두근두근 심장이 뛰면서. 사랑스럽게 눈을 맞추는 준희의 눈동자가 그렇게 말하고 있었다.

"우리 항상 그렇게 서로를 기억하면서 살아요. 예쁘게 알콩달콩, 죽을 때까지."

그걸 또 깨닫게 해준 건 준희였고, 이번에도 준희가 옳았다. 그에게도 준희는 한결같은 모습이었다. 눈이 아닌 심장이 그걸 기억하고 있었다.

"내가 오늘 너한테 사랑한다고 말했던가?"

"에이, 뭐 새삼스레. 하루 정도는 안 해도, 꺅!"

이준은 동그랗게 눈을 뜨는 아내를 와락 끌어안았다.

"사랑한다, 백준희."

당돌한 눈빛과 맹랑한 말로 그의 호기심을 자극하고 관심을 끌었던 깜찍한 소녀의 모습 그대로.

"오늘도, 내일도, 죽을 때까지."

과거에도, 현재도, 미래도, 그리고 죽는 순간까지.

"그래서 참는다."

지금도 널 미치게 안고 싶은 이 욕망을. 허벅지를 쑤시고 달밤의 체조를 하는 한이 있더라도.

그렇게 남자는, 한 아내의 남편은 고달픈 하루를 마감하고 있었다.

Chapter 26

사랑 참 나쁜 놈이네

2개월 후.

각종 언론사에서 채송화에 대한 자극적인 제목의 기사들을 앞다투어 쏟아냈다.

친구의 약혼자를 가로챈 채송화의 추악한 만행!

**재벌 3세를 잡기 위해
교통사고까지 조작한 여배우는 누구?**

재벌가 유부남을 탐낸 국민 여배우 채송화!

그간 스캔들 한 번 없이 이미지 관리가 철저했던 채송화였기에 국민들은 자극적인 기사들에 무척 흥미로워하면서도 그저 단순한 가십거리로 여겼다. 자극적인 기사만 쏟아낼 뿐 이를 뒷받침할 만한 증거는 어떤 것도 공개되지 않았기 때문이다.

국민들의 관심이 잦아들 때 즈음, N 언론사에서 단독 입수한 영상을 공개했다.

채송화가 냈던 교통사고의 풀영상은 일파만파로 퍼져 나갔고, 대한민국은 발칵 뒤집혔다. 믿었던 국민 여배우 채송화에 대한 국민들의 배신감은 엄청났다.

그 감정이 극에 달했을 때 N 언론사는 기다렸다는 듯 두 번째 기사를 냈다.

유부남 재벌을 짝사랑한 채송화의 미친 질주극의 전말

여배우 채송화가 얼마 전, 교통사고를 당해 팬들의 안타까움을 유발했다. 소속사는 그 교통사고에 대해 평소 그녀를 흠모하던 스토커가 벌인 일방적인 접촉 사고라고 발표했지만 그것은 사실이 아니었다. 확인 결과, 그 교통사고는 그녀가 벌인 무서운 치정극으로 밝혀졌다.

영상 속 채송화의 차는 앞에 달리던 외제 차를 들이받기 위해 여러 번의 시도를 하고 있다. 그 외제 차에 탑승한 사람은 잉꼬부부로 소문난 재벌가 K씨와 임신한 아내 B씨.

아내가 탄 조수석 쪽으로 채송화의 차가 돌진하는 것을 눈치챈 K씨는 아내를 지키기 위해 채송화의 차를 역으로 들이받았다.

사실 스폰서였던 재벌가 K씨에 대한 채송화의 연정은 꽤 오랫동안 지속되었다.

지금은 고인이 된 친구의 약혼자였던 K씨를 사로잡기 위해 8년 전, 본인이 생명의 은인인 척 교통사고까지 조작하기도 했다. 그럼에도 K씨는 채송화에게 마음을 주지 않고 결혼을 했으며, 지속적으로 해주던 후원까지 끊겠다고 하자 이 같은 사건을 벌인 것으로 드러났다.

쾅―.

소속사 대표실 문이 부서져라 닫고 들어온 이는 바로 채송화였다.

"대표면 대표답게 일 똑바로 못 해?"

악성 기사와 악플이 쉴 새 없이 쏟아졌고, 휴대 전화는 불통이 되었으며 자택부터 소속사까지 기자들이 진을 치고 있었다.

―수습하는 동안 쓸데없는 짓 하지 말고 몸 사리고 숨어 있어.

대표의 말만 믿고 호텔에 처박혀서 옴짝달싹하지 못한 채 숨어 지낸 게 한 달이었다. 그런데도 아무런 대응이 없자 참다못한 송화는 매니저를 닦달해 소속사로 쳐들어온 것이다. 그런데 소속사 대표는 뭘 잘했다고 씨익 웃고 있었다.

"난 일 똑바로 하고 있는데?"

바닥에 납작 엎드려 빌어도 모자랄 판에.

"당신이 한 게 뭐가 있는데!"

"증거가 빼박인데 그걸 어떻게 수습하라는 거야. 그러니까 사고 치기 전에 생각이란 걸 좀 하지 그랬어. 고고한 척은 다 하더니 추하게 무슨 짓인지 원."

"추해? 지금 말 다 했어?"

"나한테 한 게 뭐가 있냐고 했지? 아주 정확한 판단을 내려서 제대로 하고 있어. 내 회사를 살리는 일. 그리고 가치가 떨어진 배우를 버리는 일 말이야."

송화는 제 귀에 못처럼 박히는 말들을 믿을 수 없었다.

"거지 같은 양아치 새끼 대표로 앉혀놓은 게 누군데 날 버린다는 말을 해? 은혜를 이따위로 갚고도 무사할 것 같아? 누구 때문에 이 소속사가 후원받고 몸을 부풀렸는데! 바로 나야! 나 채송화 덕이라고!"

대표는 악착같이 달려드는 송화를 거칠게 밀쳐버렸다.

"너야말로 강 전무한테 입은 은혜를 그따위로 갚아선 안 됐어. 그래서 버림받은 거 아냐. 네 명 네가 재촉해놓고 누구한테 화풀이야?"

소파에 널브러진 송화를 대표는 한심하다는 듯 보았다.

"널 버려야 살아. 더러운 네 꼬라지 받아주면서 키워낸 내 회사 말이야."

분하긴 했지만 송화는 차분하게 생각을 정리했다.

화내고 분풀이할 때가 아니었다. 지금은 우선, 이 양아치 같은 새끼한테라도 엎드려야 한다. 지금 당장 믿고 비빌 언덕은 대표뿐이니까.

"나 버리면 이 회사도 망해, 몰라서 그래? 나 빼고 잘나가는 애가 누가 있어? 다 회삿돈만 갉아먹는 애들 천진데."

대표 자리만 던져줬을 뿐 회사의 실세는 그녀였다.

"내가 고작 기사 하나에 쓰러질 것 같아? 다른 배우들도 사고 치고 나면 자숙하고 다시 컴백해. 나도 그러면 되는 거고.

친하게 지내는 기자들 몇 명 섭외하고 언론 플레이 잘하면 돼. 그 후에 내가 나설게. 눈물 좀 흘리면서 사랑에 눈이 먼 불쌍한 여자 코스프레로 동정표 얻을 자신 있어."

그녀의 말에 대표도 솔깃해하는 것 같았다.

"알잖아? 스캔들 터진 여배우보다 국민들이 더 싫어하는 게 재벌이라는 거. 무소불위 권력을 가진 재벌 3세에게 이용당하고 버림받은 걸로 밀고 나가면 돼. 충분히 가능할 거야."

송화는 유혹적인 손짓으로 대표의 팔을 쓸어내리며 귓가에 은밀하게 속삭였다.

"그러니까 내가 재기할 수 있게 도와줘. 나 재기하게 되면 당신이 원하는 조건으로 계약서 다시 쓰자, 응?"

갑자기 대표가 송화의 허리를 확 끌어안았다. 근육 하나 없는 물컹한 몸과 밀착이 되자 토기가 올라왔다.

"채송화 넌 뭐든지 스케일이 크단 말이지. 스폰서도 거물급이었는데 적은 더 거물급이야."

"놔, 이거 안 놔!"

버둥거리는 송화의 몸을 멋대로 주물럭거리며 대표가 능글거리는 웃음을 지었다.

"이 몸이 좀 탐난 적이 있긴 했지만 그거야 옛날 일이고. 너 윗선에서 제대로 미운털 박혔더라. 정계 쪽에 찍히면 연예인 인생 끝인 거 몰라?"

윗선이라면, 정계 쪽이라면…… 윤찬형 의원밖에 없었다. 그런데 그가 왜? 우리는 같은 편이었는데.

흐트러졌던 조각들이 맞추어졌다.

연락도 없고 연락조차 받지 않던 윤 의원. 사고 이후의 무서운 침묵. 그리고 더 승승장구하던 몇 달.

송화가 스르륵 주저앉자 대표가 무릎을 꿇고 그녀와 눈높이를 맞추었다.

"옛정 생각해서 하나 더 알려줄까? 이건 시작에 불과해."

지금도 죽지 못해 살고 있었다. 하루하루가 생지옥이었다. 그런데 이게 시작에 불과하다니.

채송화가 탈세를 한 사실도 연이어 밝혀졌다. 또한 그녀의 추악한 인성에 대한 연예계 종사자들의 증언도 연달아 터졌다.

재기 불가능할 만큼 추락해버린 이미지. 진행 중인 방송과 광고는 취소되었고 대기 중인 계약 건들은 모조리 깨져버렸다. 이로써 그녀가 물어내야 할 위약금만 해도 수십억 원대.

"이제야 좀 보기 좋군."

초췌한 몰골로 밀실 안으로 들어서는 채송화를 본 윤 의원의 입가에 희미한 미소가 어렸다.

"어때? 더 높은 곳으로 올라갔다가 추락한 기분이. 널 더 높이 올려놓느라 내가 꽤 많이 참았거든."

송화의 발끈한 눈초리가 그에게 향했다.

"갑자기 나한테 이러는 이유가 뭐예요? 원수 같던 강 전무랑 무슨 작당을 한 거냐구요!"

윤 의원의 손짓에 비서가 휴대 전화로 녹음된 내용을 재생했다. 몇 년 전 은서와의 대화가 고스란히 귀에 흘러들자 채송화의 얼굴이 더욱 표독스러워졌다.

바보 같은 게, 대화를 녹음시켜 놓았을 줄이야.

"네년이 주둥이를 잘못 놀려서 우리 은서가 죽었어."

"난 강 전무 아이라고 말한 적 없어요. 그와 제 사이가 각별한 것 때문에 은서가 제멋대로 해석해서 오해한 거지. 그렇게 좋아했다면 의심부터 하기 전에 강 전무랑 대화로 풀었어야죠."

"그 당시 소속사와 매니저에게 확인하니 넌 임신한 적이 없었다고 하더군. 뿐만 아니라 강 전무와 단둘이 만난 적도 없고."

넌 임신한 적도 없고, 강 전무와 각별한 적도 없어. 그 말뜻을 모를 리가 없었다.

채송화의 낯빛이 파리해졌다.

"넌 작정하고 내 동생을 도발했어. 은서를 죽인 건 바로 너야, 채송화."

윤 의원이 송화 앞에 서류 봉투를 툭, 던졌다.

그 안을 확인한 송화의 눈꼬리가 파르르 떨렸다. 이준이 주었던 비행기 티켓에서 날짜만 변경되어 있었다.

"일주일 후야. 다 정리하고 떠나서 거기서 죽은 듯이 살아."

채송화에게는 위약금을 물고 탈세에 대한 벌금을 물어도 넉넉히 살 만큼의 재력이 있었다. 하지만 돈을 쓸 데도, 자랑할 데도 없는 나라에선 재력도 무용지물. 윤택하고 화려한 삶을 살던 그녀에게 그 나라에서 살라는 건 죽으라는 소리와도 같았다. 하지만 당장 이걸 거절했다가는 더 험한 꼴을 당하리라.

426

우선 여기로 떠나고 나서 기회를 봐서 다른 곳으로……?

그런 송화를 유심히 보던 윤 의원이 느릿하게 입을 열었다.

"몰래 다른 곳으로 갈 생각은 하지 않는 게 좋을 거야. 너한
테 사람을 붙여놓을 테니."

"차라리 나한테 죽으라고 하지 그래요?"

천천히 자리에서 일어난 윤 의원이 다가와 그녀의 귓가에
속삭였다.

"죽지 못해 사는 게 뭔지 알게 될 거다. 자살할 용기라도 있
으면 자살을 하든지. 말리진 않을 테니."

오늘 준희는 은서가 잠들어 있는 납골당에 혼자 들렀다.

"보고 싶지 않은 얼굴이 또 왔다고 화내지 마요. 좋은 소식
전해주려고 온 거니까."

그녀는 가방에서 꺼낸 종이학들을 윤은서의 사진 옆에 줄
을 세워 놓았다.

"종이학 타고 미련 없이 하늘나라 올라가서 펼쳐봐요. 아마
깜짝 놀랄걸요?"

종이학을 접은 종이는 신문에서 오려낸 채송화의 기사들이
었다. 이 소식을 윤은서에게 어떻게 전할까 고심하다 준희가
낸 아이디어였다.

"난 약속 지켰어요. 그러니까 윤은서 씨도 꼭 지켜줘요."

약속을 지켰다는 생각에 홀가분한 마음으로 벗어나려던 준희는 윤 의원과 딱 마주치고 말았다. 두 사람 사이엔 묘하고도 어색한 침묵이 잠시 흘렀다.

"강 전무는 어디 두고."

준희도 혼자였지만 윤 의원도 혼자였다.

"의원님도 혼자 오셨잖아요."

"가족을 보러 오는 건데 굳이 비서를 달고 올 필요가 없으니까."

"저도 마찬가지예요. 찔리는 것 없이 당당한데 굳이 남편 달고 올 필요가 없더라구요."

야무진 반박에 윤 의원이 어깨를 으쓱했다. 그의 시선이 은서의 사진 옆에 놓인 종이학에 닿았다.

"저 학, 준희 양의 작품인가?"

"작품은 맞는데 선물은 아니에요. 남편의 전 약혼녀한테 선물해줄 만큼 제가 착한 성격이 아니라서요."

무테안경 너머 윤 의원의 눈이 가느스름해졌다.

"제가 동생분과 약속을 한 게 있어서. 그 약속을 지켰다는 일종의 증거예요. 의원님도 잘 아시잖아요. 증거가 얼마나 중요한지."

채송화가 그 본보기였다. 윤 의원은 대답 대신 준희를 빤히 쳐다보았다. 그 시선이 마치 네가 내 동생을 만나러 온 게 불편하다는 의미 같아 준희는 톡 쏘아붙였다.

"그렇게 보지 마세요. 저도 이제 여기 올 일 없으니까요."

"아직도 날 안 좋게 보는군."

"나쁘지도 않지만 좋게 지낼 사이도 아니잖아요."

"난 우리가 다른 인연으로 만났다면 그렇게 사이가 나쁘지 않았을 것 같단 생각을 했는데."

다분히 오해할 만한 소지가 있는 발언이었다.

우리 나이가 몇 살 차인데 어딜 감히! 준희의 눈꼬리가 확 올라가자 그가 가볍게 손사래를 쳤다.

"오해는 말아요. 내가 오래전에 알았던 사람과 비슷해서. 내 딸뻘 되는 준희 양에게 순수하게 잘해주고 싶어서 한 말이니."

잠시 준희의 배로 내렸던 시선을 올리며 윤 의원이 조심히 물었다.

"출산이 얼마나 남았지?"

이걸 대답해줘, 말아. 느닷없이 쏠린 호의적인 그의 관심이 부담스러웠지만 그녀는 마지못해 대답을 해주었다.

"한 달 정도요."

"언짢지 않다면, 내가 강 전무 통해 아기 선물을 보내고 싶은데."

"주신다면 굳이 거절은 안 하겠습니다. 대신 딱 한 번만 받을 거예요."

윤 의원이 웃으면서 말을 했다.

"준희 양 말대로 딱 한 번만, 보내도록 하지."

"그럼 동생분 잘 만나고 가세요. 전 이만 가보겠습니다."

준희는 도망치듯 그 자리를 벗어났다. 처음 보는 윤 의원의 미소가 기분을 이상하게 만든 것이다.

첫 만남에선 뱀처럼 교활한 남자라 생각했었다. 그런데 쌓여 있던 감정을 풀어서일까.

웃는 얼굴에 침 못 뱉는다고 윤 의원이 나빠 보이지 않았다. 성품도, 인상도. 올해 53세인 그는 나이에 비해 동안이었고 외모도 수려한 편이었다.

"생각보다 나쁜 사람은 아닌 것 같아."

집에 도착한 준희는 오늘 있었던 일을 이준에게 고했다.

"윤은서 씨 납골당 갔다가 윤 의원님 만났어요."

"날 그렇게 떼어놓고 간 곳이 거기였어? 같이 가지 그랬어."

"그냥 혼자 후딱 갔다 오고 싶었어요."

솔직한 심정으론 자신이 갔으면 갔지, 이준이 윤은서를 찾아가는 건 싫었다.

"의원님이 아기 낳으면 오빠 통해서 아기 선물 보내고 싶대서 한 번만 받겠다고 했어요."

"그럴 만한 위인이 아닌데."

"생각보다 나쁜 사람은 아닌 것 같아요. 오빠랑 풀어서 그런지 되게 젠틀하고 매너 있던데요?"

"지금도 날 좋아하진 않던데."

"오빠 싫은데 난 마음에 드나 보죠. 내가 워낙 한 매력 하잖아요."

"유부녀가 매력을 그렇게 흘리고 다니면 쓰나. 그것도 아버지뻘한테."

430

준희는 키득거리면서 침대 위로 다리를 쭉 뻗었다.

"한 달도 안 남았는데 막 돌아다니지 마. 다리가 많이 부었잖아."

"별로 안 부었는데."

"부었어. 많이."

오늘도 준희의 다리를 주무르던 이준은 다시 말이 없어졌다. 여전히 가늘고 매끈하게 뻗은 다리였지만, 분명 부어 있었다. 그걸 보고 있으니 그의 마음이 편치가 않았다.

산달이 다가올수록 여자의 몸은 힘들어진다. 그게 당연한 이치인데도 이준은 그게 제 잘못처럼 느껴졌다.

"내가 그런 표정 짓지 말랬죠."

"너만 힘들어하니까."

미안해서. 그 힘듦을 작고 여린 아내가 오롯이 감당해야 한다는 게.

희미한 그의 웃음이 준희의 가슴으로 아프게 스며들었다.

대화 주제를 돌려서 어두운 이 분위기에서 탈출해야만 했다.

"아버님 고생 그만 시키고 출근하는 게 어때요? 효도해도 모자랄 판에 불효 저지르는 기분이란 말이에요."

자신과 함께하기 위해 미련 없이 전무직에서 물러난 이준을 보는 게 준희라고 속이 편할 리가 없었다. 능력이 넘쳐나는 남편을 집에서 썩히는 것도 미안했지만 이준 대신 전무직을 겸하고 있는 석훈에게도 못할 짓이었다.

"처음으로 내가 나 자신에게 주는 휴가야. 단 한 번도 쓴 적 없는 그 휴가를 너한테 쓰고 있는 중이고."

그가 자신에게는 항상 져준다는 걸 알고 있었다. 하지만 물러나지 않을 주제에 대해서는 단호했다.

"내 아내가 우리 아이를 힘들게 배에 품고 있는 것도 같이 하고 싶고, 우리 아기가 네 뱃속에서 하루하루 건강히 자라는 것도 지켜보고 싶어. 그게 그렇게 잘못된 건가."

"아니, 그게 아니라 내 말은."

부드럽게 풀려 있던 이준의 얼굴이 단호해졌다.

"너 혼자 모든 걸 감당하게 할 생각 없어. 임신에서 출산까지는 내가 도와주고 싶어도 도와줄 수가 없어. 그래서 육아는 내가 책임지겠다는 거야. 그리고 아버지는 나 대신 내 공백을 메꿔줘야 하고. 귀한 손주를 보려면 그 정도는 해주서야 할아버지 자격이 있지."

"……알았어요."

유려한 말솜씨로 설득해버리니 당해낼 재간이 없었다.

"우리 이제 그만 자요. 나 졸려요."

말이 끝나기가 바쁘게 침대에 누운 이준이 준희를 품으로 끌어당겼다.

오늘도 두근거리는 마음으로 가만히 눈을 감고 기다렸지만 달콤한 그의 입술은 가벼운 뽀뽀만 해줄 뿐 더 이상 진도를 나가지 않았다. 스킨십조차 없었다. 그게 벌써 몇 달째. 이제 못 참겠는 건 준희였다.

키스 중독시켜놓은 게 누구인데.

몸이 무거우니 확 일어나진 못하겠고, 멀어지려는 남편의 얼굴을 잡아 끌어당겼다.

도톰한 아랫입술을 가볍게 빨아들이며 입 안으로 혀를 쏙 집어넣자 그가 '끙' 하는 소리를 내었다. 그 소리를 신호 삼아 준희는 더 과감하게 키스를 했다. 더 깊게 혀를 밀어 넣고 입 안을 헤집자 이준이 그녀를 밀어냈다.

"……그만해."

잔뜩 굳은 얼굴과 퉁명스러운 목소리. 시선을 피하며 몸까지 떼어버리는 이준을 준희는 고집스럽게 바라보았다.

"그건 못 한다고 쳐요. 근데 왜 키스도 안 해줘요? 배 나왔다고 키스도 못하는 건 아니라구요!"

"……그런 거 아니야."

사실 준희도 알고 있었다. 그의 마음은 변함이 없다는 걸. 그런데 왜 키스도 안 해주냐고. 꼭 섹스를 하지 않아도 키스보다 더한 것들도 얼마든지 할 수 있는데.

"키스해줘요."

"……안 돼."

"해 줘요."

"……못 해."

'안 돼.'는 뭐고 '못 해.'는 뭐지? 무슨 뜻이냐고.

"지금 키스 안 해주면 앞으로도 평생 못 할 줄 알아요. 나한 테 터치도 하지……!"

별안간 몸을 숙여온 이준이 짙고 깊은 키스를 퍼부어왔다.

숨이 탁 막혀올 만큼 농도 진은 키스.

한참 후 입술이 떨어졌을 때 준희의 눈은 몽롱하게 풀렸고, 이준의 눈은 위험스러울 만큼 짙고 어둡게 가라앉았다.

"왜 키스도 안 하고 터치도 안 하냐고?"

데일 듯 뜨거운 눈빛으로 준희를 응시하며 이준이 다시 고개를 숙여왔다.

"너한테 터치하는 순간 못 참을 것 같아서."

지독히도 섹시한 남편이 드러낸 욕구가 준희를 흥분시켰다.

"섹스 안 해도 할 수 있는 건 많아요. 오빠가 내게 해줄 수 있는 것도."

지금껏 남편이 왜 그랬는지 알게 된 이상, 가만히 있을 수가 없었다.

살그머니 그의 다리 사이에 무릎을 꿇은 준희가 그를 올려다보며 생긋 웃었다.

"그리고 내가 오빠한테 해줄 수 있는 것도."

주말 아침, 두 사람은 서로를 꼭 껴안은 채 늦은 아침까지 침대를 벗어나지 않았다. 자정이 되어서야 이준의 도움을 받아 침대에서 일어난 준희는 휴대 전화를 먼저 확인했다. TV를 보지 않기에 휴대 전화로 뉴스를 확인하는 습관이 있었다. 그런데 뉴스를 확인하는 준희의 표정이 서서히 굳었다.

"기사 같은 거 무시하라니까."

조심히 말을 해봤지만 소용이 없었다. 예쁜 입술이 사르륵 벌어지고 흘리는 중얼거림이 꽤 거칠었다.

"아씨, 진짜."

이준은 준희의 눈치를 살폈다. 오늘은 그도 뉴스를 확인하지 않아서 더 불안했다. 또 무슨 기사가 났길래.

채송화가 떠난 후 그녀에게 쏠렸던 세간의 관심은 이준에게로 집중되었다.

대한민국 최고의 여배우를 파멸로 이끈 재벌가 훈남 K씨.

언론에서 대놓고 신분을 밝히지는 않았지만 그 재벌가 K씨가 해성 그룹의 황태자 강이준이라는 걸 모르는 이들은 없었다.

연예인보다 더 훈훈한 외모에 모델 같은 몸매, 거기다 명석한 두뇌와 막대한 재력. 배우 채송화가 오랫동안 가슴앓이할 만한 남자라며 팬클럽까지 생길 정도였다.

이준에게 쏠린 국민의 관심과 호기심, 궁금증은 곧 기사화하기 좋다는 의미였다. H그룹 재벌 3세에 대한 흥미 위주의 추측성 기사는 날마다 쏟아져 나왔다.

그렇게 보지 말라는데도 준희는 눈에 쌍심지를 켜고 아침마다 기사를 확인했다.

"오빠."

준희가 이렇게 또렷한 눈동자와 차분한 눈빛으로 부르면, 이준은 너무도 불안했다.

"어, 왜."

또 무슨 선전 포고를 하려고.

"나 인터뷰 좀 해야겠어요."

불길한 예감은 어김없이 들어맞았다.

기사를 쓰는 데에도 한계란 게 있었다. 기자들은 좀 더 국민들의 관심을 끌 수 있는 게 있다면 거침없이 달려들어 물어뜯는 걸 서슴지 않았다.

H그룹 황태자가 목숨까지 바쳐서 지키고 싶어 했던 어린 아내. 얼마나 매력적이기에 국민 여배우 채송화도 사로잡지 못한 훈남 재벌을 사로잡았을까.

더 자극적인 기사를 쓰려다 보니 이준을 향한 관심이 준희에게로 옮겨가는 건 당연한 이치였다. 그 기사를 접한 국민들의 관심은 더욱더 뜨거워졌고, 그만큼 근거 없는 추측성 기사가 난무했다.

물론 이준은 준희에게 신경 쓰지 말라고 했다. 시간이 흐르면 잠잠해질 거라고, 시간이 약이라고. 그런데 파리 공항에서 찍혔던 사진까지 유출되자 이제 준희는 더 이상 가만있을 수도 참을 수도 없었다.

이준의 차에 올라 인터뷰 장소로 향하면서도 준희는 내내 씩씩거렸다.

생각할 때마다 머리끝까지 분노가 치솟았다. 대응을 안 하고 가만히 있으니까 이것들이 날 호구로 아나.

신변 보호 차원으로 준희의 얼굴만 모자이크 처리되어 있었다. 그것도 기분 나빴지만 사진이 실린 기사에 달린 댓글들이 더 가관이었다.

ㄴ 아무리 봐도 둘이 연인 각.
　혹시 채송화도 재벌가의 피해자 아냐?
ㄴ 저 얼굴에 저 정도 능력이면 남자가 애처가일 리가 없다.
　채송화랑 분명 무슨 사이였을 거야. 아내만 불쌍함.
ㄴ 재벌치고 바람둥이 아닌 남자 없음.
　뒷조사 샅샅이 해봐라. 구린 구석 나온다.
ㄴ 채송화 사랑의 해외 도피 간 게 분명함.
　이것도 다 쇼이고 그 남자 아내는 허수아비가 분명함.

연예인이 아닌 이상 '우리 진짜 사랑해요.'라고 기자 회견을 가질 수도 없는 노릇이었다.

준희는 한 매체와의 인터뷰를 수락했다. 남편과의 러브 스토리를 전격 공개하기로 한 것이다. 하지만 이준은 그게 끝까지 불만이었다.

"다시 생각해봐. 너와 나의 소중한 추억이 남들 입에 오르내리는 거 아주 불쾌해."

"연예인보다 더 유명한 훈남 재벌가 남편을 만나고 사랑한 내 죄죠, 뭐. 내 남편이 이렇게 잘생기지만 않았어도 금방 사그라들었을 텐데. 나한테까지 관심이 옮겨 올 줄 알았겠어요? 이러다 우리 남편 팬 사인회 한번 해야 하나 몰라."

샐큼샐큼 웃으면서 눈의가 쏘아대는 일침에 이준은 꿀 먹은 벙어리가 되었다. 그 기세를 몰아 준희는 조잘조잘 야무지게도 말을 이었다.

"무반응할 게 있고, 대응해줘야 할 게 있는 거예요. 이번에도 대응 안 하면 사람들이 우릴 완전 호구로 보고 여기저기서 떠들 거예요. 오빤 천하의 바람둥이에 나는 비련의 여주인공 같은 불쌍한 아내."

때마침 신호가 걸렸다. 준희가 기다렸다는 듯 그에게 얼굴을 들이밀었다.

"오빠가 봐봐요. 내 어딜 봐서 비련의 여주인공에 허수아비 아내처럼 생겼어요?"

이준도 알고 있었다. 제 아내인 백준희는 비련의 여주인공이 되느니 악녀가 될 것이고, 허수아비가 되느니 저를 버릴 여자라는 걸.

"내가 다신 그런 기사 나오지 못하게 할게. 그러니까……."

준희가 손을 들어 그의 말을 막았다.

"지금은 채찍이 아니라 당근을 줄 때예요. 우리 사랑 떳떳하고 당당한데 공개 못 할 이유가 없죠. 남들이 보기에도 참 예쁜 사랑을 하고 있구나 느낄걸요? 기사 예쁘게 써달라고 해서 스크랩도 하고 우리 아가한테도 보여줄 거예요."

준희가 한 손으로 남산만 한 배를 소중하게 어루만졌다. 그러곤 다른 한 손으로는 그의 손을 살포시 잡았다. 그 손이 전해주는 온기가 이준의 마음속에 있던 불만을 눈 녹듯이 녹여버렸다.

"이것도 또 다른 추억으로 생각해요, 우리."

준희가 다시 한 번 결론을 내렸고, 이준은 결국 짙은 한숨과 함께 백기를 들었다.

"내가 널 어떻게 이겨."

단 한 번이라도 아내를 이긴 적이 있던가. 단연코 없었다. 그런 아내를 꺾으려고 한 스스로가 바보 같았다. 묵묵히 운전을 하는 남편의 멋진 옆모습을 바라보는 준희의 눈에 사랑이 가득했다.

"양보해줘서 고마워요."

양보가 아니라 억지 설득이었다. 하지만 뭐 어떤가. 말은 예쁘게 할수록 좋은 건데. 서로가 기분 좋게 결론을 내렸으면 되는 거다. 어설픈 말주변에도 설득당해준 그에게 준희는 정말 고마웠다.

첫 만남에서도, 10년 후 재회를 했을 때도, 그리고 결혼을 했을 때도 남편은 제게 가장 어렵고 단단한 남자였다. 그런데 이렇게 손바닥 뒤집듯이 쉽게 넘어와주는 남자가 될 줄이야. 사랑 참 나쁜 놈이네. 이렇게 멋진 남자를 바보로 만들어버리다니.

인터뷰는 호텔 룸에서 이루어졌다. 인터뷰를 맡은 기자마저도 준희가 풀어놓은 두 사람의 러브 스토리에 흠뻑 빠져들었다.

"두 분의 러브 스토리, 너무 재밌기도 하고 설레기도 해요. 듣는 내내 제 가슴이 더 두근두근했어요. 책으로 만들어도 베스트셀러가 될 것 같은데, 이왕 공개하기로 하신 거 제가 출판사를 연결해드려도 괜찮을까요?"

기자의 말에 준희는 머쓱하게 웃었다. 지금이야 웃으면서 말할 수 있지만 그때는 아니었는데. 그 당시 이준을 향한 감정이 사랑이 아니기를 얼마나 간절히 바랐던가. 또 사랑이란 걸 깨달았을 땐 얼마나 두렵고 무서웠던가. 표현하지 못하고 접어야만 할 것 같은 사랑에 마음은 얼마나 아팠는지.

그 마음을 꽁꽁 숨겨버린 가슴은 질식할 것처럼 답답했는데. 그가 떠나 있는 동안 얼마나 그 마음을 억누르려 애를 썼는데. 저를 봐주지 않는 그 무심함과 무관심에 하루하루 메말라가는 기분이었는데. 행복하지 않은 일방적인 사랑 따위 하지 않으려 했는데.

사랑이 사람을 미치게 한다는 말이 있다. 그 말을 비웃었는데. 하지만 정신을 차리고 보니 이미 사랑을 향해 미친 듯이 직진하고 있는 자신을 발견할 수 있었다.

사랑을 지우자는 이성보다 사랑으로 아파보자는 본능이 승리한 것이다.

―강이준 씨, 당신을 사랑해요.

그에게 고백하는 순간 얼마나 조마조마 애가 탔는지, 그때를 생각하면 지금도 심장이 마구 쿵쾅거렸다.

눈물 나도록 피나는 노력과 가슴이 찢기는 아픔을 차곡차곡 잔인하게 밟아 올라서 결국 사랑을 쟁취했다. 그리고 아내바보 강이준이 탄생했다. 하지만 그 아픔과 절절함은 제 가슴에 비밀스럽게 묻어놓기로 했다. 마냥 예쁘고 설레는 사랑은 미소와 행복을 가져다주니까.

내가 느꼈던 그 미소와 행복을 다른 사람들에게 나눠줄 수있다면, 그것만으로도 의미 있는 게 아닐까.

"기회를 주신다면 굳이 마다하진 않을게요."

"인터뷰 제의 많이 받으셨을 텐데 저희 YN에 기회를 주셔서 감사합니다."

"강 기자님이 기사를 너무 예쁘고 솔직하게 잘 써주신다고 남편이 그랬거든요. 그래서 믿고 연락드린 거예요."

생글생글 웃고 있었지만 무언의 선전 포고였다. 예쁘게 써주되 솔직하게 써달라는.

"그럼요, 저만 믿으세요. 두 분 예쁜 사랑 계속 이어가시길 바라겠습니다."

인터뷰를 마치고 호텔 1층에 있는 커피숍에 도착한 준희는 잠시 멈추어 섰다. 창가에 앉아 자신을 기다리는 남편의 모습이 시야를 취하게 만들었다. 지겨울 만큼 봤는데 왜 볼 때마다 가슴이 설레는지. 심장이 주책맞게 쿵쾅거렸다.

"이준 오빠."

긴 다리로 성큼성큼 걸어온 이준이 준희의 앞에 멈추어 섰다. 항상 그가 있는 자리이자, 있고 싶어 하는 자리.

"인터뷰 잘했어?"

"당연하죠. 기자님도 완전 설렌대요."

이준은 팔을 뻗어 자연스럽게 아내를 제 품으로 끌어당겼다.

"머릿속으로 생각할 땐 몰랐거든요? 근데 오늘 말하고 나니까 스펙터클하면서도 아슬아슬한 밀당의 연속이더라구요. 진짜 힘들게 사랑했어요, 우리. 지금 이렇게 된 게 신기할 만큼."

"뭐, 평범하지는 않지."

이준도 그건 인정했다. 사랑 한번 하는 게 이렇게 어렵고 힘들 줄은 몰랐으니.

차에 준희를 태운 이준은 조수석 쪽으로 몸을 기울였다.

"그래서 말인데."

채워줄 줄 알았던 안전벨트에는 손도 대지 않은 채 그대로 그가 얼굴을 가까이 내렸다.

"이번 생도, 다음 생도, 그 후 생들도 쭉……."

제대로 한 번 했으니, 이제 되풀이만 하면 된다.

"사랑도 한 여자랑만 하려고."

아내는 어떤 대답도 하지 않았다. 그저 그의 키스를 기다리듯 달콤한 입술이 사르륵 벌어졌다. 이준은 그 초대를 마다하지 않았다. 두 개의 입술이 겹쳐지고 두 개의 숨소리가 하나로 얽혀들었다.

한참 뒤 아쉬운 듯 떨어진 입술을 맞댄 채 이준이 속삭였다.

"백준희 너하고만."

윤회를 반복하는 삶에서 백준희 네가 어떤 존재로 환생했든 내가 널 꼭 찾아내줄게.

'나 잘못 걸린 거 아니야?'라는 생각이 스치듯이 머릿속을 지나갔다. 앞으로도 쭉, 죽고 나서 다시 태어나도 나만 사랑하겠다니. 이 남자 사랑 한번 참 지독하다.

미저리, 스토커, 집착. 분명 두렵고 무서워야 하는 거다. 그런데 왜 이렇게 행복할까. 그의 한 마디 한 마디가 바늘이 되어 눈물샘을 마구 찔러댔다.

눈물이 왕창 쏟아질 것만 같았다.

그의 고백에 가슴이 뜨거워졌다.

준희는 촉촉해진 눈으로 남편을 가만히 바라보았다.

사막처럼 메마른 고백을 했던 남자가 언제 이렇게 로맨틱해진 걸까.

"우는 건 아니지?"

"……안 울었거든요?"

"울기 직전인데 눈이?"

이런 눈물 정도는 모른 척해줘야 하는 거 아닌가.

……로맨틱하다는 말 취소다.

그가 콕 집어내는 바람에 나오려던 눈물이 쏙 들어가버렸다. 눈물 나게도 잘하지만 눈물을 마르게 하는 재주도 타고난 남편이었다.

"근데 내가 남자로 태어나면 어쩌려고요?"

"그럼 내가 여자로 태어나지 뭐."

기가 막혔지만 흥미로운 상상이었다. 여자로 태어나도 이 남자 끝내줄 거야.

"내가 개로 태어나면?"

"나도 그럼 같은 걸로."

개가 된 강이준도 상상이 되었다. 아주 멋진 대형 귀족견일 것이다.

"내가 잡초로 태어나면요?"

별것 아닌 질문에도 이준은 신중해졌다. 잠시 후 그는 의외의 답을 내놓았다.

"흙이 되어야겠어."

"같은 잡초가 아니라요?"

"움직이질 못하니 너한테 해줄 수 있는 게 없잖아."

듣고 보니 그것도 맞는 말이었다. 움직이지 못한다는 건 그저 바라만 보아야 한다는 의미였다.

"흙이 돼서 지금 너한테 내 양기를 주듯이 양분도 다 주지 뭐."

"……!"

나른한 그의 눈웃음이 준희에게로 향했다.

"우리 준희라면 맛있게 쭉쭉 잘 빨아들일 게 분명해."

"……?"

"며칠 전에 아주."

"오빠아아아아아!"

준희가 붉어진 얼굴로 소리를 꽥 지르자, 그가 소리 내어 웃었다. 준희도 이내 따라 웃어버렸다. 정말 오랜만에 그에게 놀림을 당한 것이다. 그것도 정말 짓궂게.

차의 시동을 건 이준이 당연하다는 듯 준희의 손을 감싸며 물었다.

"오늘 저녁은 뭐 해줄까?"

"오늘은 특별히 내가 해줄게요."

"내가 다 알아서 할 테니 넌 손 하나 까딱하지 마."

"그럼 같이 해요."

"서 있는 것도 힘들어하잖아. 넌 구경만 해."

당신 요리 너무 맛이 없어요. 차마 할 수 없는 그 말을 준희는 입 안에서 웅얼거렸다.

하늘은 공평했고 모든 게 완벽한 남편에게 요리 솜씨까지는 주지 않았던 것이다.

"너무 안 움직여도 안 좋은 거 몰라요?"

"그래도 안 돼."

그의 단호함에 준희는 남몰래 한숨을 내쉬었다.

오늘도 영락없이 그 음식들을 맛있게 먹어줘야만 하다니.

아기가 태어나면 꼭 가사 도우미를 쓰고 말리라, 결심하고 또 결심하는 준희였다.

오늘은 명신에 마지막으로 출근하는 날이었다. 평생 같이할 것 같던 준희가 그만둔다고 하자, 부서원들은 그녀를 좋지 않은 눈으로 보았다. 하지만 프로젝트가 마무리가 되기까지 준희가 보여준 열정과 성실한 태도에 부서원들은 결국 다시 마음을 열었다. 모두가 한마음으로 준희의 퇴사를 아쉬워했다.

이제 '라온하제'는 오픈을 코앞에 둔 상태였다. 신메뉴 개발부터 인테리어, 마케팅, 기획까지 준희의 손을 거치지 않은 게 없었다. 물론 채송화와 같이 찍었던 광고는 쓸 수 없게 되었지만 오히려 준희에겐 다행이었다.

회식까지 끝내고 나오자 이준이 밖에서 기다리고 있었다. 울 것 같은 얼굴로 웃고 있는 준희를 이준은 말없이 안아주었다.

"고생했어."

"데리러 오지 말라니까."

"걷는 것도 힘들어하는데 어떻게 안 데리러 와."

준희는 집에 도착해서 씻자마자 침대에 드러누웠다. 임신 막바지에 이르자 더 이상 제 몸이 아니었다. 무거운 몸은 한 번 눕는 순간 동상이 되었고 그 몸으로 화장실은 또 수시로 가야만 했다. 한 걸음 한 걸음이 힘겹고 숨이 차올랐다. 먹고 싶어도 소화가 되지 않아서 먹을 수조차 없었다.

결국 집에서 편히 쉬면서 저녁이 되면 집 앞 호수 공원을 산책하는 게 전부였다.

하루하루 흐를수록 그런 생각이 들었다.

열 달, 모든 엄마들이 이런 고통을 감수하면서 아기를 낳은 걸까. 그렇다면 정윤도 자신을 이렇게 낳은 걸까. 이렇게 힘들게 낳았으면서 어떻게 날 잊을 수 있을까.

그런 정윤을 단 한 번도 이해하고 싶지 않았고, 이해하기도 싫었다. 그런데 막상 같은 입장이 되어보니 한 번 정도는 이해하려고 노력은 해야 할 것 같았다. 생각에 생각을 거듭하다 어떻게 잠이 들었는지도 모르겠다.

아침이 되어 잠에서 깨어난 준희는 느릿하게 눈꺼풀을 깜빡였다. 그 눈꺼풀 위로 달콤한 키스 세례가 쏟아졌다.

"좀 더 자. 아침 준비되면 깨울게."

자장가처럼 나직한 남편의 부드러운 음성은 유혹적이었지만 준희는 악착같이 눈꺼풀을 들어올렸다.

"끄으으응."

혼자 일어나려고 하니 입에서 절로 앓는 소리가 나왔다.

"오늘은 침대에서 꼼짝 안 하면 안 되나?"

움직이는 걸 힘들어하면서도 잠시라도 가만히 있지 못하는 준희 때문에 애가 타는 건 이준이었다.

"더 뚱뚱해지면 어쩌려구요. 오빠도 싫어할걸요?"

"그것도 괜찮을 것 같은데?"

"……?"

"더 귀여울 것 같아."

"……."

"사랑스러울 것도 같고."

장난기 없는 진지한 이준의 표정에 준희는 혀를 내둘렀다. 콩깍지가 제대로 쓰인 남자한테 무슨 말을 하겠는가.

혼자 일어나려고 하자 그제야 얼른 다가와서 도와주는 이준에게 준희가 말을 했다.

"오늘은 가고 싶은 곳이 있어요."

"어디?"

"엄마 좀 만나려구요."

이준이 준희를 걱정스럽게 바라보았다.

"괜찮겠어?"

"안 괜찮을 건 또 뭐 있어요."

대수롭지 않게 대답을 했지만 준희가 얼마나 큰 용기를 내었는지 이준은 잘 알고 있었다.

"언제 갈까?"

"지금 바로요."

그렇게 이준과 함께 서울의 보육원에 도착한 준희의 눈이 동그래졌다. 석훈이 정윤을 위해 신경을 많이 쓴 만큼 건물도 잘 지어졌고, 시설들도 너무나 잘 갖추어져 있었다.

"우리 아버님 돈 많이 쓰셨네요."

"넘쳐나는 돈 바람직하게 쓰신 거지. 어머니, 저기 계신다."

9월 말의 공기는 제법 서늘했지만 햇살은 따사롭기만 했다.

햇빛을 받으며 벤치에 앉아 있던 정윤의 다리 위를 아이 둘이 차지하고 있었다.

"같이 가줄까?"

"아니요, 혼자 갈래요."

한 걸음, 두 걸음.

정윤에게 향하는 걸음이 천근만근 무거웠다. 그렇게 정윤이 앉은 벤치 끝에 털썩 앉은 준희는 한참 동안 말이 없었다. 어떤 말을 해야 할지도 모르겠지만 딱히 하고 싶은 말도 없었기 때문이었다.

정윤도 그런 준희에게 딱히 관심을 주지 않았다. 오로지 아이들에게만 웃어주고 관심을 주었다. 그게 더 야속하게 느껴져 준희는 더욱더 침묵을 고수했다.

얼마나 시간이 흘렀을까. 갑자기 정윤이 고개를 들어 준희와 눈을 맞추더니 해맑게 웃으며 말을 건넸다.

"배가 많이 나왔네."

"……아기가 있거든요."

마지못해 퉁명스럽게 흘러나온 대답.

"힘들겠다."

목구멍에서 뱉어내지 못한 말들이 맴돌고 있었다.

딸도 몰라보고 기억도 하지 못하면서.

그런데 뱃속에 아기가 있으면 힘들다는 건 어떻게 아는 건데요?

정윤을 끝까지 용서하고 싶지 않았다. 아니, 아예 잊고 살고 싶었다.

임신을 했을 때 눈물이 나도록 기뻤기에 정윤을 향한 원망이 더 컸다. 남편의 아이이기 전에 내 아이인데. 내 피와 살을 물려받은 내 아이인데. 그런 아이를 정윤은 어떻게 미워할 수가 있었을까? 아니면 아이의 아빠가 그토록 미웠던 걸까? 정신을 놓고 제 딸을 잊어버릴 만큼.

"내 아기는 무척 예쁠 거예요. 그래서 보란 듯이 잘 키울 거
예요."

"내 아기도 엄청 예쁜데. 세상에서 제일 예쁜데."

"아줌마도…… 아기 있어요?"

정윤이 추억을 떠올리듯이 갑자기 애틋한 표정을 지었다.

"피부는 하얗고 입술은 장미꽃처럼 붉어. 그 입으로 우유를
무척 잘 먹었어. 먹는 그 모습이 얼마나 예쁜지 몰라."

그래서, 그래서 자꾸 우유를 권한 거였어요? 싫다는데도, 질
색하는데도 쫓아다니면서까지?

순진무구한 눈동자가 준희를 향했다.

"아가씨처럼."

그 한마디가 준희의 뒤통수를 제대로 후려쳤다. 숨 쉬는 것
조차 힘들어졌다.

아무것도 기억 못하면서. 뒤늦게 용서받고 싶어서 그런 거
야. 무시해, 무시하라구.

독하게 마음을 다잡아도 눈시울이 뜨거워지는 건 어쩔 수
없었다.

"어…… 울어?"

"안 울어요! 절대 안 울어요! 이거 우는 거 아니에요! 눈에
뭐가 들어가서, 흐윽."

"이거 줄 테니까 울지 마요, 응?"

정윤이 내민 건 흰 우유였다.

"이딴 거 안 먹어요!"

내쳐진 민망한 손을 정윤이 거두려는 순간…….

"……줘요."

무슨 말인지 이해 못하겠다는 듯, 정윤이 그녀를 빤히 바라보았다.

준희는 그 눈을 피하지 않고 마주하며 뱉어내듯이 말했다.

"안아주라구요! 안아주면…… 안 운다구요."

단 한 번도 안겨보지 못했던 엄마의 품에 한 번은 안겨보고 싶었다.

"안아주면, 여기 또 올 거야?"

준희는 작게 고개를 끄덕였다. 그러자 정윤은 배시시 웃으면서 자신의 품을 내어주었다. 단 한 번도 내어주지 않았던, 처음 느껴보는 엄마의 품은 무척 좁지만 아늑하고 따스했다. 울지 않겠다고 했는데도 눈물은 더욱더 걷잡을 수 없이 흘러나왔다.

한참 후, 퉁퉁 부은 눈으로 다가온 준희를 이준은 제 품에 꼭 안아주었다.

"괜찮아?"

정윤을 용서하는 것, 정말 별거 없었다. 그런데도 왜 그렇게 어려워했던 걸까.

그에게 몸을 의지하며 돌아보자 따스하게 웃어주며 손을 흔들어주는 정윤이 보였다.

"속이 후련해요. 우리 다음 주에 또 와요."

약속은 약속이니까.

출산 예정일이 3주 남았을 때 준희가 느닷없이 태교에 집중을 하기 시작했다. 이준이 너무 늦지 않았냐고 한마디 했다가 준희에게 열 마디를 더 들어야 했다. 지금쯤이면 엄마 아빠 말을 잘 들을 거라면서 그에게 밤마다 책을 읽어 달라고 했다.

―자기 전에 호돌이한테 책 읽어줘요.

이준은 뱃속에 있는 태아가 동화책 내용을 이해할 리 없다는 말을 하려다 말았다.

그 말을 했다간 열 마디가 아니라 백 마디를 들을지도. 아니, 하루 종일 들을지도 몰랐다.

가뜩이나 민감해진 아내를 위해 준희를 품에 안은 채 잠이 든 이준의 손에는 오늘도 동화책이 들려 있었다.

"오빠, 이준 오빠."

아내의 다급한 목소리에 이준의 눈이 번쩍 뜨였다.

"무슨 일이야?"

"나 아무래도."

"아무래도?"

말을 멈춘 준희가 침을 꿀꺽 삼키자 이준도 덩달아 침을 꿀꺽 삼켰다.

"양수가 터진 것 같아요."

양수, 양수라…… 양수가 터졌다……라.

명석한 두뇌가 빠르게 회전하면서 그 의미를 파악했다.

그 말인즉슨…… 추, 출산 임박?

정신이 번쩍 든 이준은 침대에서 튕기듯이 일어났다.

"병원 가자, 준희야."

휴대 전화만 챙겨 허둥지둥 침실을 나가려는 이준을 준희가 차분하게 불렀다.

"오빠."

"……어?"

"설마 그대로 나갈 건 아니죠?"

준희의 말에 이준은 시선을 내렸다. 이런, 너무 놀란 나머지 잠옷 차림으로 나갈 뻔했다.

"나만 옷 갈아입으면 돼. 금방 올 테니까 기다려."

드레스 룸으로 들어온 이준은 심호흡을 했다.

침착하자, 강이준. 내가 흥분하면 준희가 더 불안해할 거야.

하지만 마음과 달리 단추를 채우는 손끝이 떨리는 건 어쩔 수가 없었다.

병원에 도착하자마자 석훈과 근석이 달려와 준희를 맞았다.

"주, 준희야!"

"아이쿠, 준희야."

두 어른들을 향해 웃고는 있었지만, 준희도 웃는 게 웃는 게 아니었다. 출산이 코앞이니 괜히 긴장되고 무서워 몸까지 덜덜 떨렸다.

"오빠가 연락했어요?"

"······아니."

준희보다 더 놀란 표정의 이준을 보니 거짓말은 아닌 듯싶었다.

"아버님, 어떻게 알고 오셨어요?"

그것도 산모보다 더 일찍 말이다. 그 이유는 곧 밝혀졌다. 성큼 다가와 이준을 보는 석훈의 표정이 엄했다.

"내 이럴 줄 알았다. 네 녀석이 연락 안 할 게 뻔해서 병원에 미리 말해놨다."

대성 병원은 해성 그룹이 지정한 전속 병원이었다. 잔소리를 장전하는 석훈에게 준희가 조심히 말을 했다.

"아버님, 제가 지금 들어가봐야 해서."

"오냐오냐! 조심히 조심히 걸어라, 응?"

이준은 어이없게도 뒤로 밀려났다. 석훈의 부축을 받으며 가던 준희는 슬쩍 뒤를 돌아보았다.

어른을 밀 수도 없고, 아버지와 실랑이를 벌일 수도 없어서 오만상을 다 쓰면서 서 있는 이준이 보였지만 준희도 어쩔 수 없었다.

병원에 가자마자 곧바로 입원 수속을 밟고 병실에 누웠다.

난생처음 겪어본 내진은 생각보다 끔찍했다. 내진이 끝나자마자 기다렸다는 듯 진통이 시작되었다. 식은땀이 송글송글 이마를 적셨다. 너무 아프니 비명도 나오지 않았다. 그저 끄억 끄억 울음소리만 나올 뿐. 물도 마시지를 못하니 푸석해진 입술에서 가루가 떨어질 지경이었다.

엄마들은 위대하다.

준희도 출산이 처음이었지만 지켜보는 이준도 처음인 건 마찬가지였다. 출산의 고통은 오로지 여자의 몫이기에 신체적 고통은 없었지만 마음이 바싹바싹 타들어가고 있었다. 이러지도 못하고 저러지도 못하고 초조해했다.

아무것도 해주지 못하는 게 미안해서 가까이 오지도 못하는 남편을 준희가 다정하게 불렀다.

"이준 오빠."

그 부름에 기다렸다는 듯, 냉큼 다가온 이준이 준희의 손을 꼭 잡았다.

"많이 아파? 간호사 부를까? 내가 해줄 건 뭐 없고?"

"그게 아니라."

작은 손이 어긋난 단추를 풀어서 차곡차곡 다시 채워주었다. 어긋났던 그의 인생을 바로잡아준 것처럼.

"오빠 옷 단추가 잘못 채워져서요."

칼같이 완벽하던 남자가 얼마나 당황했으면 잠옷 바람으로 나가려고 하지를 않나, 단추를 주르륵 잘못 채우질 않나.

그만큼 자신을 걱정하고 사랑하는 마음이 느껴졌다.

그때 다시 진통이 밀려들었다.

끄응―.

준희는 심호흡을 내쉬며 진통을 견뎠다. 그런데 준희가 숨을 들이쉬면 이준도 숨을 들이쉬고 내쉬면 그도 내쉬었다. 그리고 숨을 멈추면 이준도 멈췄다. 진동이 잠시 멈추자 준희는 애써 웃어 보였다.

"나 괜찮을 거예요. 아기도 그럴 거고. 그러니까 얼굴도 좀 풀고 숨도 좀 쉬어요."

오히려 그를 위로하는 아내를 보며 이준은 깊은 한숨을 내쉬었다.

"나 한심하지?"

"이리 와봐요."

힘없는 준희의 손짓에 그가 몸을 숙였다.

"한심하긴요. 그만큼 날 사랑한다는 거잖아요."

"하아, 내가 대신 낳아줄 수도 없고."

"내가 낳으면 오빠가 다 키워준다고 했잖아요. 약속 지킬 거죠?"

"낳아주기만 해. 슈퍼 대디의 저력을 보여줄 테니까."

아무리 똑똑한 강이준이라도 모르는 게 있었다. 낳는 것도 힘들지만 그보다 더 힘든 게 육아라는 걸.

"그럼 남편 믿고 젖 먹던 힘까지 써서 한번 낳아볼게요."

진통이 다시 서서히 밀려왔다. 확 아픈 것도 아닌데 예민하게 신경을 긁어내는 것 같은 뻐근한 아픔이.

준희는 이를 앙 다물고 손을 뻗어 사랑하는 남자의 얼굴을 어루만졌다.

"우리 호돌이는 오빠 얼굴 쏙 빼닮았으면 좋겠다."

내게 사랑을 알게 해주고 행복이란 걸 안겨준 내 남자.

"나는 닮으면 안 돼. 널 닮아야 해."

이번 진통은 강도가 셌다. 신음이 아닌 비명이 터져 나올 만큼. 그 비명에 깜짝 놀란 이준이 창백한 얼굴로 달려나갔다. 아기가 나올 것 같다고. 아직 아기 나올 때가 아니란 걸 준희는 알고 있었지만 이준이 너무 쏜살같이 나가버려서 말릴 틈이 없었다.

"분만실로 옮기려면 더 기다리셔야 해요."

진통하는 건 준희였는데 이준의 얼굴이 더 창백했다.

"아내가 이렇게 고통스러워하는데도요?"

"자궁이 다 열리지 않았어요."

"그럼 무통 주사라도 놔주십시오."

그의 단호함에 간호사가 곤란한 표정을 지었다.

"죄송하지만 그것도 안 돼요."

커다란 손이 거칠게 매끈한 얼굴을 쓸고 내려갔다.

"그건 또 왜 안 됩니까?"

그답지 않게 초조한 몸짓과 신경질이 튀어나왔다.

이럴 거면 입원은 왜 시킨 거냐고, 똑똑한 뇌를 굴려 조목조목 잘도 따져대니 간호사의 얼굴이 울상이 되었다.

천하의 강이준이 아내 때문에 말도 안 되는 진상을 부리다니. 부끄러운데도 이유 없이 웃음이 흘러나왔다.

"그것도 자궁이 어느 정도 열려야 맞을 수 있어요."

"그럼 자궁을 얼른 열리게 해줘야 할 거 아닙니까?"

"그게 저희 힘으로 할 수 있는 게 아니라서. 초산은 원래 자궁이 열리는 데 좀 걸려요. 길면 12시간에서 하루까지 걸리는 산모들도 꽤 있어요."

설명과 함께 간호사가 남편분 좀 말려달라는 간절한 눈빛을 준희에게 보냈다.

정말 이 남자를 어떻게 해야 하나.

"오빠 이리 와요."

그가 돌아서기 바쁘게 간호사는 얼른 병실을 빠져나갔다.

준희는 침대로 바짝 다가온 이준을 빤히 올려다보았다.

"뭐 필요한 거 있어? 아니면, 진통이 더 심해졌어? 내가 어떻게 해줄까? 의사 불러줘?"

이 남자가 이렇게 횡설수설하며 한번에 많은 말을 쏟아낸 적이 있었던가.

그의 표정은 분부만 내리면 뭐든지 받들겠다는 듯 비장하기까지 했다.

"나 좀 안고 따뜻한 손으로 배 만져줘요."

진통은 진통대로 감당하면서, 산모보다 더 긴장을 한 남편까지 달래야 할 판이었다.

11시간의 긴 진통 끝에 준희는 분만실로 옮겨졌다. 그리고 1시간 후, 이제 막 세상의 빛을 본 아기가 엄마의 품에 안겼다.

어떻게 작아도 이렇게 작을까. 하지만 이준의 눈은 오로지 준희에게만 향해 있었다.

"오빠도 아기 안아봐요."

"나중에. 너 먼저 실컷 보고."

아빠의 눈빛 한 번 받지 못한 불쌍한 아기는 간호사의 품에 안겨 나갔다. 그런데도 이준은 준희만을 바라보고 있었다.

물 한 모금 마시지 못한 채 땀에 흠뻑 젖은 아내를 바라보던 그의 눈시울이 붉어졌다.

이 남자 어떻게 해야 해, 정말.

어떻게든 괜찮다는 걸 보여줘야 할 텐데.

"나한테 해줄 말 없어요?"

생긋 웃어 보이는 준희의 메마른 입술로 그의 손끝이 다가와 조심스럽게 어루만졌다.

"도저히 안 되겠어. 우리 아이는 하나만 낳자."

사랑한다는 말을 원했던 준희의 표정이 모호해졌다.

"내가 더 낳고 싶어도요?"

"안 돼."

아기는 네가 원하는 대로 낳으라고 했던 남자가 순식간에 가족계획을 변경했다.

"아기 너무 예쁘지 않아요?"

"그래도 안 돼."

"왜요?"

그가 허리를 기울여 준희의 목덜미에 얼굴을 묻었다.

예민한 목덜미를 간질이는 짙은 숨결.

그가 나직한 한숨과 함께 속삭였다.

"내가 죽을 것 같아서."

"덩치만 큰 겁쟁이네, 우리 오빠."

"네가 날 이렇게 만들었잖아."

너무도 차가웠던 남자였다. 하지만 어느 순간부터 작은 것 하나에도 겁을 내는 남자가 되어버렸다.

"그래서 책임지고 있잖아요. 앞으로도 평생 책임……."

너른 등을 위로하듯 토닥이던 준희가 말을 멈추었다.

설마, 아닐 거야.

"오빠 울어요?"

그가 얼굴을 파묻은 준희의 목덜미가 축축하게 젖어들고 있었다.

"네가 지르는 소리가 내 숨통을 얼마나 조였는지 알아?"

천하의 강이준이 울고 있었다.

사랑 참 나쁜 놈이네. 이 남자마저 울게 만들다니.

"너무 아프다고 흐느끼는 네 소리를 들었을 때."

문 하나를 사이에 두고 아내를 보지 못한다는 건 이준에게는 거의 고문이었다.

"……네가 잘못되는 줄 알았어."

그의 목소리가 떨리고 있었다.

너른 어깨가 희미하게 들썩이는 걸 뒤늦게 알았다. 이럴 줄 알았으면 소리를 좀 작게 지를 걸 그랬나 보다. 하지만 그땐 제정신이 아니었고 얼마나 크게 비명을 질렀는지도, 뭐라고 했는지도 기억이 나지 않았다.

"건강하게 아기 낳았잖아요. 그리고 나도 건강하고."

"그래도 두 번 다시 경험하고 싶지 않아."

460

세상을 제 발아래 둘 만큼 거만한 남자가 바로 남편 강이준이었다. 그런데 그 남자의 세상이 오로지 자신으로 가득 차 있다니. 그의 세상은 지독할 만큼 그녀 위주로 돌아가고 있었다.

지금 더 말해봤자 그에겐 어떤 말도 통하지 않을 것 같았다.

"우리 아기 먼저 보고 와요."

아기를 두 눈에 담고 품에서 직접 느껴봐야 한다. 그리고 키우다 보면 마음이 바뀌리라.

힘들긴 하지만 얼마나 예쁜지. 둘이 아닌 셋이 주는 또 다른 행복이 얼마나 따뜻한지.

그때 설득해서 둘째를 낳아야지.

"그냥 나갈 거예요?"

그녀는 막 돌아서려는 이준의 옷깃을 살그머니 잡아당겼다.

"아기 낳느라 고생한 아내한테 키스해줘야죠."

준희가 촉촉한 남편의 눈동자를 빤히 보며 생긋 웃었다.

"뭐, 해주기 싫으면⋯⋯!"

말이 끝나기도 전에 이준이 입술을 부딪쳐왔다.

튼 입술을 부드럽게 어루만지던 그의 입술과 혀가 준희의 메마른 입 안을 파고들었다.

오아시스처럼 촉촉하게 젖게 해주고 생기를 돌게 해주었다. 한참 후에야 입술을 떨어뜨린 그가 준희의 귓가에 속삭였다.

"고생했어, 백준희. 그리고 사랑한다, 미치게."

Chapter 27

넌 나한테 영원한 0순위야

막 자선 파티 행사장을 빠져나가려는 윤 의원에게 차 실장이 넌지시 귀띔을 했다.

"의원님, 보육원 원장이 감사 인사를 하고 싶다고 합니다."

"차 실장, 내가 그런 인사까지 일일이 받아야겠나?"

"내년 선거를 생각해서 적당한 사진 한 장 정도 찍히는 건 나쁘지 않을 것 같아서요."

힐끗 시선을 돌리니 꽤 많은 카메라가 윤 의원을 타깃으로 잡고 있었다.

그가 손목시계를 확인하기 바쁘게 차 실장이 말을 이었다.

"5분 정도 여유 있습니다."

"어디라고 했지?"

"강 전무님 장모 되시는 분이 있는 햇살 보육원입니다. 일전에 의원님께서 보육원 후원 후보 목록에 올리라고 지시하셔서 오늘 참석한 겁니다."

"안내해."

백준희의 친모에 대한 궁금증은 이젠 쓸데없는 것이다. 그런데도 한 번은 꼭 보고 싶었다. 이준과 묵은 오해를 풀고 나니이상하게 그의 어린 아내가 신경 쓰였다.

겁 없이 그를 쏘아보던 눈빛. 반항기 가득하면서도 티끌 하나 없이 맑던 준희의 눈동자가 그의 마음 어딘가를 묘하게 자극했다.

나이 지긋한 중년의 여인이 윤 의원을 발견하곤 넙죽 고개를 숙였다.

"의원님, 이렇게 초대해주셔서 너무 감사합니다. TV보다 실물이 훨씬 더 멋있으세요."

"별말씀을요."

차분하게 대답을 하던 윤 의원의 눈이 무언가를 찾는 듯 원장의 뒤를 더듬었다. 그런데 보이지 않았다. 쓸데없는 호기심을 자극하는 백준희의 친모가.

"의원님."

차 실장의 낮은 부름에 윤 의원의 정신이 번쩍 들었다.

어색한 웃음을 지으며 손을 내밀고 있는 원장이 보였다. 악수를 끝낸 후 윤 의원은 무심한 척 물었다.

"그런데 원장님만 오신 겁니까?"

"예?"

질문의 의도를 모르겠다는 듯 원장이 고개를 갸웃했다.

"어린아이들을 혼자 데리고 오기엔 힘드실 것 같아서 한 말입니다. 보육원 가족 한 명 정도는…… 동행하지 그러셨습니까?"

진짜 의도는 따로 있었지만, 그가 보인 겉핥기식의 배려에 원장은 감동을 한 표정이었다.

"우리 아이들이 너무 착해서 저 혼자 데리고 와도 조금도 힘들지 않습니다."

이제 돌아서면 되는 일을, 뭔가가 괜히 찝찝하고 거슬렸다.

"차 실장."

"네, 의원님."

"밴 준비해서 편히 가시도록 해. 그리고 우리도 잠시 들르도록 하지."

"예에? 하지만……."

느닷없는 돌발 선언에 차 실장이 놀란 눈으로 윤 의원을 보았다.

"저녁 만찬 한 번 빠진다고 무슨 일이 나나?"

꽤 곤란한 표정의 차 실장과 달리 원장은 계라도 탄 표정이었다.

윤 의원 정도 되는 정치계 거물급이 관심을 가져주면 기업들의 후원이 많아질 거라는 걸 모를 리가 없었다.

30여 분 후, 윤 의원은 햇살 보육원에 도착했다.

해성 부회장이 후원을 해서 그런지 보육원 건물이라고 하기엔 지나치게 고급스러웠다. 더 이상의 후원이 필요 없을 만큼.

"어서 들어오셔요, 의원님."

윤 의원은 원장의 안내를 받아 건물 안으로 들어갔다.

"나 잡아봐요!"

"나도 잡아봐요, 엄마!"

술래잡기라도 하는지 복도를 울리는 아이들의 해맑은 웃음소리가 점점 가까워지고 있었다.

"얘들아, 귀한 손님 오셨는데 인사해야지."

원장의 말에 신나게 뛰던 아이들이 하나둘씩 멈추어 섰다.

인사까지는 굳이 안 받아도 되는데. 하지만 이미 저를 향해 인사 준비를 하는 아이들을 모른 척할 순 없었다.

아이들을 향해 몸을 트는 윤 의원의 품으로 미처 멈춰 서지 못한 누군가가 와락 안겨들었다.

"어머나, 테레사! 이를 어째. 의원님, 괜찮으세요?"

윤 의원보다 보육원 원장이 더 놀랐다.

윤 의원은 괜찮다는 미소를 지어 보이며 조심히 품에 안겨든 존재를 떼어냈다.

와락 안겨들었을 땐 조금 큰 아이인 줄로만 알았는데 아이가 아니라 자신과 비슷한 또래의 여성이었다.

"괜찮습니까?"

품에서 조심히 고개를 드는 여자에게 윤 의원의 시선이 박혔다.

단발머리에 감싸인 작고 하얀 얼굴. 하얀 피부 때문에 더욱 도드라지는 붉은 입술. 흰머리가 희끗희끗 섞여 있었고, 고운 피부에는 세월의 흔적이 희미하게 묻어났다. 그런데도 윤 의원을 빤히 올려다보는 눈동자는 아이처럼 천진난만하기만 했다. 분명 어디선가 본 얼굴인데. 그리고 기억해냈다.

"당신?"

자신을 빤히 쳐다보는 윤 의원이 무서웠나 보다. 더듬더듬 뒷걸음질치는 여자의 어깨를 윤 의원은 거칠게 움켜잡았다.

"노, 놔줘요."

그는 버둥거리며 벗어나려는 여자를 더 가까이 끌어당겼다.

"흐윽, 무서워."

또렷한 눈동자에 두려움이 일렁이는데도 도저히 놓아줄 수가 없었다.

아주 오래전, 그것도 이제 막 군대에서 제대했던 풋내기 시절. 무엇 하나 무서울 게 없었던 질풍노도의 젊은 시절. 단 한 번이었지만 짧고 강렬하게 스쳤던 인연. 이름조차 몰랐던, 가슴 깊이 품고 묻어두었던, 잊지 못해 어쩔 수 없이 품고 있었던 그의 첫사랑이 눈앞에 있었다.

"날 모르겠소?"

나직하게 묻는 윤 의원의 목소리가 희미하게 떨렸다.

"저기 윤 의원님, 무슨 연유인지는 모르겠지만 테레사를 먼저 놔주시면 안 될까요. 지금 너무 겁을 먹어서……."

조심스러운 원장의 말에 윤 의원의 손에서 힘이 빠져나가자 정윤은 도망쳤다. 그녀를 불러서 잡고 싶었지만 안타깝게도 이름조차 몰랐다.

"저 사람 이름이 뭡니까?"

27년이 흐른 후에서야 타인에게 묻게 된 것이다. 그녀의 이름을.

원장은 함부로 이름을 말해줘도 되는지 갈등하는 표정이었다. 하지만 결국 조심히 이름을 알려줬다.

"백정윤이에요. 근데 아시는 분인 거죠?"

그녀와 참 잘 어울리는 이름이었다. 그런데 딸과 성이 같다는 건 좀 의외였다.

"네, 아는…… 사이인 것 같습니다."

그것도 일방적으로 자신만 알고 기억하는 사이.

윤 의원은 허탈한 표정을 지었다. 가슴이 미치도록 답답해졌다. 왜 당신은 날 못 알아보는 거지? 난 한눈에 당신을 알아봤는데. 그러다 불현듯 떠올랐다. 준희의 친모가 정신에 이상이 있다고 했던 말이.

그녀가 맞다. 27년이란 세월의 흔적에도 변함없는 이목구비. 하지만 당찬 눈빛과 가시처럼 예리했던 영민함은 사라지고 없었다. 그간 도대체 무슨 일이 있었던 건가.

"차 실장, 강 전무 아내 나이가 어떻게 되지?"

윤 의원의 눈은 그녀에게서 떨어질 줄 몰랐다. 멀리 떨어진 곳에서 어느새 아이들과 다시 어울려 해맑게 웃고 있는 정윤에게.

"올해 27살입니다."

"생일은?"

느닷없는 주제였고 질문이었다. 차 실장이 그걸 외우고 있을 리가 없었다. 하지만 대답은 해야 했기에 들고 있던 태블릿

PC로 신속하게 확인을 했다.

그조차 기다리기 답답했는지 윤 의원은 태블릿을 빼앗아 들었다. 준희의 정보를 확인한 윤 의원의 얼굴이 창백해졌다.

설마, 아니겠지. 그래, 아닐 거야.

그런데도 본능은 무섭게 경고했다. 당장 확인해보라고. 선택해야 할 건 오로지 하나. 강 부회장이냐, 강 전무이냐다.

혼란스러운 표정의 윤 의원에게 차 실장이 다시 보고했다.

"의원님, 한 시간 전에 강 전무 아내분이 건강한 아들을 출산했다고 합니다."

야무지게 쏘아붙이던 백준희가 떠올랐다. 선물은 딱 한 번만 받겠다고 했던.

이상하게 전과 달리 가슴이 두근거렸다.

"가장 최고급으로 차 실장이 출산 선물을 준비하도록 해."

"해성 코리아로 보낼까요?"

"우선 준비만 해놔."

어쩌면, 선물을 직접 가져다줄 수 있는 상황이 생길지도 모르겠다.

하루 전, 윤 의원으로부터 느닷없이 만나자는 연락이 왔다. 준희 곁에서 떨어질 수 없다고 다음에 만나자고 했지만, 그가 조리원 앞까지 찾아올 줄은 몰랐다. 도대체 무슨 일이길래, 바쁜 사람이 이렇게까지.

그런데 윤 의원이 청천벽력 같은 말을 했다.

"방금 뭘 하고 싶다고 하셨습니까? 유전자 검사요? 제가 잘
못 들은 것 같은데."

유전자 검사도 모자라 준희의 친부가 자신일 것 같다니.

그럴 리가 없다. 내가 잘못 들은 거야. 그렇게 이준은 제 귀
탓을 해봤지만 윤 의원이 차분하게 다시 현실을 꼬집어주었다.

"제대로 들었네."

윤 의원 성격에 무턱대고 찾아왔을 리가 없었다. 그럴 만한
근거가 있어서 찾아온 것일 테다.

"자네 기분 이해하네. 나도 지금까지 내 정신이 아니었으니."

"……확신하십니까?"

"나도 고민 많이 했어. 하지만 몰랐으면 몰랐지, 알게 된 이
상 확인해야겠네."

"……."

"강 부회장을 찾아갈까 했어. 하지만 아내 일인 만큼 자네
를 만나는 게 옳다는 생각이 들었네."

"하아, 무슨 이런."

……빌어먹을 상황이.

"아니면 아무 일 없는 것처럼 넘어가겠지만 맞다면 어떻게
하실 생각입니까? 아버지 행세라도 하시겠단 겁니까? 이혼이
라도 하실 겁니까?"

안 본 사이 윤 의원의 얼굴은 핼쑥해져 있었다. 그건 곧 그

가 마음고생을 하고 있다는 의미였나.

"맞다면 그게 당연한 절차겠지."

윤 의원의 대답은 그가 얼마나 심각한지를 확실히 알려주었다. 그래서 무시할 수가 없었다.

이 자리에 나오기까지 그가 어떤 결정을 내리고 마음을 굳혔는지 알 것 같았다.

이준은 차분하게 윤 의원의 인적 사항을 떠올렸다.

법계 고위 관직을 맡고 있는 집안의 막내딸과 정략결혼을 했지만 아직까지 슬하에 자식이 없었다. 부부 사이가 안 좋다는 말과 함께 어느 한쪽이 불임이라는 소문이 있었지만 끝까지 이혼은 하지 않았다.

정계 쪽에 몸을 담고 있으니 이미지 관리 때문인지도 몰랐다. 그래서 나이 차이가 많은 막냇동생을 딸처럼 유난히 아꼈다고 했다.

"지금 이 자리에선 어떤 대답도 못 드립니다."

"……이해하네."

"먼저 일어나보겠습니다."

그 말을 마지막으로 이준은 먼저 나와버렸다.

난장판이 되어버린 머릿속 가득 해맑게 웃고 있는 아내가 가슴 아프게 차올랐다.

내가 뭘 어떻게 해야, 네가 계속 웃게 할 수 있을까.

내가 어떤 선택을 해야 아픔 없이 넘어가게 할 수 있을까.

가슴까지 답답해지는 이준이었다.

470

오랜만에 윤은서가 이준의 꿈에 나왔다.

윤은서는 마지막으로 보았던 모습 그대로 피가 범벅인 채로 섬뜩한 모습이었다. 하지만 그녀의 미소는 섬뜩하지가 않았다. 모든 걸 놓아버린 듯 편안한 미소였다.

─행복해, 이준아.

악몽이되 악몽이 아닌 꿈.

─이젠 널 놔줄게.

눈을 뜬 순간 이준의 온몸은 식은땀 범벅이었다. 한참이 지난 후에야 가위에 눌려 있던 몸이 조금씩 풀렸다.

이준이 가장 먼저 한 행동은 준희를 찾는 것이었다. 제 옆에서 곤히 잠든 아내를 보니 괜히 가슴이 뜨거워졌다.

어둠 속에서 항상 혼자 깨어나 고독과 외로움과 사투했던 기나긴 시간. 하지만 이젠 그럴 필요가 없었다.

하나가 아닌 둘.

부부가 한 침대를 쓰는 이유.

미치도록 외롭고 두려운, 예전과 변함없는 밤이었지만 그는 더 이상 혼자가 아니었다. 죽을 때까지 내 곁을 떠나지 않을 존재, 아내가 있으니까.

그는 망설이지 않고 준희를 제 품에 끌어안았다. 아내의 온기가 느껴지자 뛰던 심장이 가라앉고 거친 파도가 치던 마음이 잦아들었다.

숨이 막혔는지 준희가 졸음 가득한 눈을 힘겹게 떴다.

"으음, 왜 그래요?"

"오랜만에 악몽을 꿨어."

"진짜요!?"

그의 품에서 벗어나 팅기듯이 일어난 준희가 무드 등을 켰다. 그러곤 이준의 몸 이곳저곳을 손으로 더듬었다.

"괜찮아요? 또 가위눌리고 막 그랬어요?"

"괜찮아. 난 이제 혼자가 아니잖아."

이준은 그런 준희를 다시 자신의 품으로 끌어안았다.

"꿈속에서 윤은서가 날 보내주겠다고 했어."

"느닷없이 무슨 소리예요?"

"네가 이겼어, 백준희."

그의 아내가 진짜 귀신을 이긴 것이다.

"뭐, 그럼 다행이구요."

당연하다는 듯 덤덤하게 말을 하며 준희가 손등으로 눈을 비볐다.

"반응이 너무 싱거운 거 아냐?"

"놀랄 게 없으니까요. 나랑 한 약속 지키려고 나왔나 보다 했죠."

"무슨 약속?"

"채송화한테 대신 복수해줄 테니까 오빠 좀 놔달라고 했거든요. 아, 물론 복수는 의원님이 대신해줬지만."

윤 의원이 언급되자 이준의 표정이 어두워졌다. 그걸 또 준희가 금세 눈치챘다.

"표정이 왜 그래요? 무슨 일 있어요?"

이준은 걱정 가득한 눈으로 자신을 보는 준희를 물끄러미 바라보았다.

일주일 가까이 마음을 심란하게 했던 일이 순식간에 정리가 되었다. 산후조리원을 나갈 때까지 고민을 하려고 했던 자신이 한심해졌다.

채송화와 윤은서, 그리고 자신의 일에서 준희는 제3자였다. 또한 윤 의원과 준희의 일에선 이준 자신이 제3자였다. 결론은 엄청난 폭풍을 몰고 올 진실 여부를 선택할 권한이 그에겐 없다는 것.

"준희야, 지금부터 내가 하는 말 잘 들어."

"무슨 말을 하려고 아침부터 심각해요?"

벽시계가 아침 7시를 가리키고 있었다. 그런데도 이준은 지금 말해야 했다. 윤 의원을 만난 그날 바로 준희에게 해주어야 했던 말을.

"일주일 전, 네 아빠라고 자처하는 분이 날 찾아왔었어."

"……?"

"너와 유전자 검사를 하고 싶다고 했고."

준희는 말이 없어졌다.

"내가 어떻게 할까?"

윤 의원이란 말은 일부러 하지 않았다. '아빠'라고 자처한 사람이 누구인지 알 권리도, 알고 싶지 않을 권리도 그녀에게 있었으니까.

"선택은 네 몫이야."

준희의 선택에 달려 있었다. 대답을 재촉할 생각도 없었다. 하지만 준희의 대답은 너무도 쉽게, 그리고 빨리 흘러나왔다.

"나 유전자 검사 할래요. 그 대신, 검사 결과 그 사람한테만 알려줘요."

준희는 아빠란 사람의 마음 따위 조금도 배려하고 싶지 않았다. 혼자 알고 속 한번 터져보라지.

"너는 안 궁금해?"

언젠가는 궁금해질지도 모른다. 하지만 지금은 아니었다. 뒤늦게 나타난 생물학적 아빠 따위 궁금하지도 않고 보고 싶지도 않았다.

"뒤늦게 나타난 아빠 따위 하나도 안 궁금해. 필요하지도 않구요."

아주 어렸을 때, 친구들에게 놀림받았을 때, 어린 가슴이 짓무르도록 외롭고 힘들었을 때.

아주 잠깐은 바란 적이 있었다. 정신이 온전치 못한 엄마 대신 아빠라도 있었으면 좋겠다고.

"난 혼자가 아니잖아요. 오빠가 있고 현준이가 있어요."

지금 준희에게 아빠란 존재는 필요도 없지만 의미도 없었다.

"나 너무 이기적이죠?"

"너무 쉽게 받아주면 내가 안 된다고 했을 거야."

그런 말 하지 말라는 듯 준희를 내려다보는 이준의 눈빛이 엄했다.

"갑자기 나타난 그분을 배려해야 할 이유가 너한테는 없어."

여린 등을 부드럽게 쓸어내리는 그의 손길은 다정했다. 이준 덕분에 준희의 마음속에 잔류하던 죄책감은 깨끗하게 증발해버렸다.

"고마워요, 오빠."

"뭐가?"

날 혼자 두지 않아서. 무거운 마음을 가볍게 해줘서. 차마 털어내지 못하는 걸 대신 해줘서. 그 외에도 이유는 수도 없이 많지만.

"그냥요."

준희는 남편의 목을 끌어당겨 와락 안았다.

당신 존재 자체가 나한테는 고마워요.

때론 백 마디 말보다 한 번의 행동이 의미 있는 법이었다.

한 달이란 시간은 빨리 흘렀다. 조리원을 나와 집에 온 준희가 의외의 부탁을 했다.

—나 대신 엄마 잘 지내고 계시는지 찾아뵙고 안부 좀 전해
줘요.

차에서 내리자 꽤 공기가 쌀쌀했다. 코트 깃을 세우고 안으
로 들어가려던 이준이 걸음을 멈추었다.

긴물 옆에 마련된 운동장에서 어린아이들이 뛰어놀고 있었
다. 그 아이들을 지켜보는 정윤과 조금 멀찍이 떨어진 곳에서
그런 정윤을 지켜보고 있는 윤 의원이 보였다.

"강 전무님, 오셨어요?"

마침 밖으로 나오던 원장이 이준을 발견하곤 다가왔다.

"저분, 언제부터 오신 겁니까?"

"아, 윤 의원님이요? 이번 달 내내 한 주에 두세 번씩은 꼭
들르세요. 오실 때마다 아이들 선물을 왕창 사 오시고는 항상
저렇게 정윤 씨만 말없이 지켜보다 가세요."

이준의 눈치를 보던 원장이 조심히 말을 이었다.

"두 분, 무슨 사이 맞죠? 정윤 씨 보는 눈빛이 너무 애틋해서
요."

"저도 잘은 모릅니다."

이준뿐만이 아니라 아무도 몰랐다. 둘 사이에 무슨 일이 있
었는지.

시선을 느꼈는지 고개를 돌린 윤 의원이 드디어 이준을 발
견했다.

보육원 원장실, 두 사람은 나란히 마주 앉았다.

"유전자 검사 결과입니다. 이왕 만난 거, 지금 드리겠습니다."

윤 의원은 전화상으로 알려주겠다는 이준의 말을 거절했다. 직접 만나서 결과지를 받고 싶다고 했다. 그런데 그가 서류 봉투를 확인하지도 않자 이준이 의외라는 듯 바라보았다.

"궁금하지 않으십니까?"

"볼 필요가 없으니까."

"절 찾아왔을 때부터 확신하고 계셨군요."

"부정하진 않겠네."

"그럼 왜 유전자 검사를 요구하셨습니까? 설마, 장모님을 의심하신 겁니까?"

윤 의원은 정윤을 의심한 게 아니었다. 아빠도 없이 혼자 힘들게 자랐을 딸의 반응이 무서워서였다.

정계 쪽에서 그는 무서울 게 없는 백호였다. 막강한 조부의 영향력도 있었지만 그의 성격이 그러했다. 하지만 그도 사람이었다. 너무 느닷없이 알게 된 딸의 존재 앞에선 겁쟁이가 될 수밖에 없었다.

"준희 엄마가 임신했을 당시 나와 같이 있었네. 그것도 세 달 동안 24시간을 붙어 있었지. 의심할 여지가 없어."

따스한 녹차를 입에 댄 윤 의원은 잠시 침묵을 고수했다. 한참 후에야, 그가 고개를 들었다.

"이혼 절차를 밟는 중이네."

"경솔한 판단을 내리셨습니다. 준희가 그런 선택을 한 이유엔 의원님께서 그런 결정을 내리지 않았으면 하는 마음도 있었습니다. 정말 모르시겠습니까?"

"이해타산을 따진 정략결혼이었고 대외 이미지 때문에 유지하고 있는 관계야."

"하지만……."

"안사람에겐 오래된 내연남이 있어. 그걸 눈감아주면서 이 결혼을 유지할 이유가 더는 없어졌을 뿐이네."

이준은 흠칫했다. 뱀처럼 간교한 남자가 아내의 외도를 오랫동안 눈감아줬다는 게 놀라웠다.

"안사람 잘못이 아니야. 사랑도 주지 않고 남편 노릇도 못했으니, 모두 내 탓이야."

이준은 차분하면서도 조심스럽게 물었다.

"그래서 자식이 없으셨던 겁니까?"

"믿을지 모르겠지만 준희 엄말 단 한 번도 잊은 적이 없어."

"그럼 포기하지 않고 끝까지 찾았어야 했습니다. 저라면 그랬을 겁니다."

확고한 이준의 목소리에서 희미하게 느껴지는 건 비난이었다. 하지만 윤 의원은 그게 기분 나쁘지 않았다. 그럴 만했다.

"그러게 말이네."

씁쓸한 미소를 흘리며 윤 의원이 말을 이었다.

"죽기 전에 만나면 꼭 물어보고 싶었던 말이 있었는데. 그런데 보시다시피 물어볼 수가 없는 상황이군."

"앞으로 어떻게 하실 생각입니까?"

"기다릴 생각이야. 정윤도, 그리고……."

지은 죄가 많기에, 차마 딸이라고 입에 담을 수도 없었다.

"자네 아내도."

정윤이 그를 기억할 때까지. 하나뿐인 딸이 그를 불러줄 때까지.

"제 아내가 고집이 세서 아마 각오하고 기다리셔야 할 겁니다. 하지만 기다리면 좋은 일은 꼭 있을 겁니다."

무심한 말이었지만 윤 의원은 귀신같이 눈치챘다. 오래 걸리겠지만 언젠가는 준희가 꼭 마음을 열 거라는. 이준은 그에게 희망을 준 것이다.

"30년 기다렸는데 더 못 기다릴 것도 없지."

사랑하는 여자를 다시 만난 것만으로도, 그녀를 쏙 닮은 딸의 존재를 알게 된 것만으로도 그는 충분했다.

현준이를 재운 후 부부가 침대에 누웠을 땐 밤 11시였다. 극성맞은 조부 두 분 덕분에 손맛을 알게 된 아기는 하루 종일 안아달라고 억척같이 울었다.

"애 하나 보는 게 이렇게 힘들 줄은 몰랐어요. 근데 또 현준이가 옆에 없으니까 뭔가 허전해요."

"내가 있는데 왜."

은근히 서운함이 묻어나는 불퉁한 이준의 대답에 준희가 풋, 웃음을 터뜨렸다.

"또 질투한다."

"현준이도 남자야."

"남자이기 전에 오빠 아들이거든요? 애처럼 그러지 좀 말아요."

"난 너한테 무조건 0순위 남자이고 싶어. 그게 당연한 거 아냐?"

준희의 얼굴이 시무룩해졌다. 이준이 그제야 웃으면서 부드럽게 말을 이었다.

"그냥 한 말이야."

"그래도 듣고 나니까 찔리잖아요."

생각해보니 그랬다. 아기를 낳은 순간부터 그는 뒤로 밀려나 있었다.

"고마워요."

이준의 눈썹이 휘릭, 올라갔다. 요즘 불쑥, 느닷없이 고맙다는 말을 자주 하는 아내였다.

"이번엔 또 뭐가?"

준희는 살며시 그의 품에 파고들며 가슴에 얼굴을 묻었다. 고막이 아닌 가슴을 울리는 강인한 남편의 심장 소리는 언제나 좋았다.

"오빠랑 우리 아기보다 항상 나를 먼저 생각해줘서요."

"넌 나한테 항상 0순위야. 딸이 태어난다고 해도."

"거짓말. 현준이가 딸이었으면 우리 입장 바뀌었을걸요?"

이준이 아닌 준희 자신이 질투했을지도.

"그럼 확인해보든지."

그 말을 신호로 그의 손이 은밀하게 준희의 잠옷을 파고들었다.

"오늘 현준이한테 여동생 만들어줄……!"

찰싹―.

"엉큼한 손 금지."

하지만 그 손은 이내 준희에게 내쳐졌다.

"최소 두 달은 부부 관계 금지랬어요."

"그건 누가 정한 법도야, 대체."

"육아 책에 있는데, 못 봤어요?"

"……그런 거 본 적 없어."

"아, 맞다! 오빠한테 선물 줄 거 있어요."

쏜살같이 침실을 나갔다 온 준희의 손에 책이 들려 있었다.

"나 인터뷰 했었잖아요. 그때 기자님이 우리 러브 스토리가 너무 재밌고 설렌다고 했던 거 기억하죠?"

이준은 갑자기 목이 타 물병을 들어 꿀꺽꿀꺽 마시면서 눈빛으로 물었다. 그 이야길 왜 하는 거냐고.

"오빠 몰래 출판사에서 연결해준 작가랑 날마다 메일 주고받았어요."

"……?"

"내가 뼈대를 제공하면 작가님이 재밌고 예쁘게 살을 붙여주고. 그래서 이렇게 짜잔!"

준희가 이준에게 책을 내밀며 생글생글 웃었다.

"우리 이야기가 로맨스 책으로 출간이 되었어요."

푸웁―.

"제목은 '터치터치 그대'!"

이준의 입에서 물이 뿜어져 나왔다.

놀란 일은 책뿐만이 아니었다. 주말 아침, 준희가 느닷없이 당사자는 원하지도 않는 외출을 강제적으로 허락했다.

"나 안 나가도 되는데?"

……굳이, 내가, 왜?

"육아가 얼마나 힘든지 봤죠? 나 내일부터 출근하면 우리 현준이 오빠 담당이잖아요."

"그래서?"

"마지막 자유를 즐기고 와요."

힘들지 않다면 거짓말이었다. 하지만 그래도 밖보다는 집이 좋고 타인보다는 가족이 좋았다. 여기가 내 집이고, 사랑하는 아내가 여기 있는데. 그리고 나를 닮은 것도 같은 아들까지 있는데. 왜 가족이란 울타리를 벗어나야 하는지를 알 수가 없었다.

"이봐요, 부인. 나 아직 죽지 않았어."

당사자가 원하지도 않는 자유를 왜 허락해주냐고. 심술 나게, 질투 나게, 조바심 나게.

"여기서 나가자마자 여자들이 날 유혹하려 들지도 몰라."

"아아, 난 또 뭐라고."

이 시큰둥한 반응은 뭔가.

"불안하지 않아? 질투 안 나?"

"그래서 오빠는 그 유혹에 넘어갈 거예요? 조금이라도 흔들릴 거예요?"

조금도 불안하지 않다는 듯 준희가 생긋 웃었다. 그러곤 가벼운 손길로 그의 어깨를 툭툭 털어주었다.

"나밖에 모르면서."

이준은 움찔했다.

"나 말고는 여자로 보지도 않으면서."

아아, 너무 믿음을 줬어. 후회해본들 이미 늦었다.

"나처럼 쿨한 아내 만난 걸 행운으로 알아요. 나 같은 여자 절대 못 찾을걸요?"

절대 못 찾기는. 이렇게 찾아내서 곁에 두었는데. 그래서 사랑하고 있는데.

이준은 쫓겨나다시피 집을 나설 수밖에 없었다. 그런데도 뭔가 이대로 포기하기는 아쉬웠다.

남자가 고집과 끈기가 있어야지.

그는 닫히려는 현관문 안으로 얼른 구두를 밀어 넣었다.

"나 진짜 나간다."

나 이대로 보내면 후회할 거야.

한결 짙은 눈빛으로 유혹하듯이 신호를 보내 봤지만 무용지물이었다.

절망하는 그에게 돌아오는 건……

쪼옥―.

"잘 갔다 와요."

뺨에 와 닿는 가벼운 입맞춤과 상큼 발랄한 윙크.

"집에서 현준이 보면서 남편 기다리고 있을게요."

마지못해 몇 걸음 걷다가 다시 돌아본 순간, 이준의 입에서 헛웃음이 새어 나왔다.

"……하아."

준희는 미련 없다는 듯 이미 들어가고 없었다. 허락받고 제 발로 걸어 나온 건데도 내소박 당한 기분이었다.

그렇다. 그의 아내는 너무 쿨해서 문제였다. 그것도 아니면…….

"……내가 매력이 떨어진 건가."

자아도취에 빠진 것도 아닌데 이준은 엘리베이터에 비친 제 모습을 확인해보았다. 이리저리 만져봐도 몸은 여전히 탄탄했고, 반사되는 외모도 여전히 근사했다. 변한 건 없는데.

차에 오른 이준은 바로 시동을 걸지 않았다. 머릿속이 복잡했다.

사실 그도 외출을 원하긴 했었다. 하지만 이런 식은 아니었다. 혼자 외출하는 게 아니라 부부가 나란히 외출하는 것. 부부가 되고 부모가 되어서. 그런데 이렇게 외톨이처럼 혼자 외출하게 될 줄이야. 출산한 아내들이 하는 걱정을 남편인 자신이 하고 있을 줄은 몰랐다.

게다가 오늘은 딱 두 달째 되는 날이었다. 참고 참았던 걸 폭발시켜도 아내의 몸에 무리가 되지 않는 역사적인 날.

그것도 모르고 날 내보내다니.

"밤톨, 넌 대체 왜 그렇게 쿨한 거야."

투덜거리면서 이준이 향한 곳은 급하게 약속을 잡은 동창 모임이었다. 오랜만에 만난 건데도 동창들이 하나도 반갑지 않았다. 오로지 머릿속은 준희와 아이 생각뿐이었다.

"난 준희 씨 부럽더라. 우리 남편이 이준이 반만 쫓아가면 얼마나 좋아."

"야, 강세연! 남자도 자존심은 지켜야 해. 그게 뭐냐? 줏대 없이 휘둘려서 계약서나 남발해대고. 어이, 지혁. 이준이가 작성한 계약서가 몇 개냐?"

잠자코 듣고 있던 지혁이 손가락 세 개를 펴 보였다.

"네 개가 아니라 세 개였어?"

"그 뭐냐, 계약 결혼 계약서랑 프랑스 갔을 때 작성했던 계약서. 마지막은 터치터치 계약서였을걸?"

시큰둥하게 앉아 있던 이준의 눈과 귀가 번뜩, 했다.

"너희들이 그걸 어떻게 알지?"

"어떻게 알긴. '터치터치 그대'."

"책까지…… 알고 있어?"

이준의 말에 동창이 웃음을 터뜨렸다.

"책까지 내놓고 모르냐고 묻는 네가 더 이상한 거 아니냐? 설마, 제수씨가 책 나온 거 숨긴 거야?"

책으로 출판이 된 건 알고 있었다. 중요한 건 그 책을 그들이 어떻게 아느냐였다.

"그 책 베스트셀러까지 올랐어. 9위였나, 10위였나?"

"9위."

지혁의 대답에 이준은 현실을 부정했다.

"너희들이 잘못 본 거겠지."

하루에도 수많은 책이 쏟아져 나온다. 얼마나 훌륭하고 멋지고 재밌는 책이 많은데. 왜 하필 그 책이 베스트셀러에 오른단 말인가. 그럴 리가 없었다.

"너만 모르고 있는 것 같은데 그 책 한동안 이슈였다? 재벌가 리얼 러브 스토리라고 관심이 뜨거웠어."

"준희 씨는 얼굴 공개 안 됐지만 넌 이미 팬클럽까지 거느린 공인 아닌 공인이잖아. 연예인보다 잘난 해성 황태자의 러브 스토리라는데 어떤 여자들이 안 사보겠어? 나도 샀는데."

"맞아, 나도 강이준이 어떻게 사랑에 빠졌는지 궁금해 죽겠더라구."

"초보 아빠 티 내긴. TV는 그렇다 쳐도 인터넷 뉴스라도 좀 보고 해라. 관련 기사도 몇 번 떴었는데."

"나도 관심 없었는데 채송화 이름으로 제목이 떠서 낚여서 봤잖아."

여기저기서 그가 몰랐던 속보들이 주르륵 터져 나왔다. 이준은 영혼이 털리는 기분이었다.

……맙소사.

집에 온 후로 오로지 준희와 둘이서 아들을 케어하느라 하루가 어떻게 흘러가는지도 몰랐다. 신문을 본 게 언제인지, 뉴스를 접한 게 언제인지 기억조차 까마득했다.

이준이 넋을 잃은 사이, 지금까지 잠자코 있던 지혁이 친구들과 은밀한 눈빛을 교환했다.

"그래서 말인데, 우리 오늘 이준이 아들 보러 저 녀석 집 쳐들어갈까?"

모두가 일심동체가 되어 콜을 외쳤다.

"안…… 읍읍!"

단호하게 외치는 이준을 동창 서넛이 덤벼들어 입을 막고 포박했다.

"너만 숨으면 상관없어. 근데 제수씨도 꽁꽁 숨기고 태어난 아들까지 꽁꽁 숨기고. 다 자업자득이다, 강이준."

발버둥 치는 이준의 어깨를 툭툭 치며 지혁이 사악하게 씨익 웃었다.

이지혁, 저 녀석이 배후였던 것이다.

동창들의 차는 이준의 아파트 주차장에 주르륵 세워졌다. 이준은 납치당하듯이 입이 막히고 팔이 잡혀서 연행되듯 현관문 앞에 다다랐다.

오늘처럼 의미 있는 날, 이 녀석들의 방해를 받을 생각은 눈곱만큼도 없었다.

그나마 남은 한 가닥 희망은 바로 아내. 내가 이 꼴로 서 있는데 준희가 호락호락 문을 열어줄 리가……?

"오호, 제수씨도 우리 기다렸나 보다."

너무도 쉽게 현관문이 열렸다.

"조용히 들어가. 아기가 깰 수도 있잖아."

아이가 있는 여자 동창의 말에 모두가 고개를 끄덕였다.

다 큰 어른들이 살금살금 거실로 막 들어서는 순간, 모두가 약속이라도 한 듯 동상이 되어버렸다. 얼마나 놀랐는지 이준의 입을 막고 있던 동창의 손이 스르륵 내려갔다.

애달픈 가야금 소리가 퍼지는 거실 한가운데, 그들을 등진 채로 준희가 서 있었다. 아찔할 만큼 요염한 어우동 한복 차림으로.

화려한 꽃 자수가 놓인 하얀 저고리, 질끈 동여맨 붉은 치마, 그리고 45도 기울여 쓴 검은 전모.

사고는 바로 터졌다. 입고 있던 저고리를 준희가 휙 벗어 던져버린 것이다. 하얗고 동그스름한 어깨가 드러나는 순간, 모두가 숨을 들이켰다. 시간이 멈춰버린 것 같았다.

"이 자식들아, 안 돌고 뭐 해!"

멈추었던 시간이 다시 흐르면서 우왕좌왕 난리가 났다. 이준을 제외하고 허겁지겁 돌아선 동창들은 그대로 동상이 되었다. 하지만 이미 늦었다. 이준만 봐야 할 서프라이즈를 그들 모두 봐버린 것이다.

준희도 두 달째 되는 오늘을 잊고 있지 않았던 것이다.

이러려고 그렇게 쫓아낸 거였나, 눈치라도 좀 주면 알아서 시간 때우고 들어왔을 것을.

핑그르르 돌아선 준희는 이준과 눈이 마주쳐버렸다.

놀란 것도 잠시뿐, 준희는 침착하게 바로 상황 파악에 들어갔다. 전광석화처럼 바닥에 집어 던졌던 저고리를 입으면서 이준에게 눈빛으로 따져대고 있었다.

'이게 대체 무슨 일인가요. 동창 언니 오빠들을 왜 언질도 없이 우르르 데리고 온 거냐구요.'

'자유를 밖에서 즐기고 오랬지, 왜 집까지 끌어들였냐구요.'

빠르게 이준을 스쳐 지나가는 준희에게서 정신이 혼미해질 만큼 향긋한 냄새가 났다.

나의 아내가 목욕재계를 했구나.

나를 위해 발칙한 이벤트를 준비했구나.

"준희야."

감격스럽게 아내의 이름을 부르는 이준에게 나직한 속삭임이 돌아왔다.

"한 달 더 기다려요."

······한 달? 도대체 왜?

그게 무슨 의미인지 알기에 그는 미치도록 억울했다. 어디에 신문고라도 있다면 울리고 싶은 심정이었다.

내 잘못이 아닌데. 난 정말 말렸는데. 나도 엄연히 피해자인데. 아니, 내가 제일 피해자인데.

"갑자기 오셔서 너무 놀랐어요."

"아, 아닙니다. 제수씨! 이준이 아들이 보고 싶어서 저희가 예의 없이 그만······ 하하하!"

준희가 이준을 위해 정성스레 준비한 음식들은 2차 집들이 음식이 되었다. 그리고 그 밤 현준이를 안고 침대까지 입성하는 쥬희를 믿을 수 없었다.

준희와 뜨겁게 보내야 할 오늘 밤, 이준은 가족과 함께였다.

🌙

오늘은 베이비시터 없이 아들과 함께하는 첫날이었다.

목이 터져라 울다가 겨우 잠이 든 아들의 얼굴을 이준은 가만히 바라보았다.

"날 닮은 것도 같고, 아닌 것도 같고."

아내가 너무 힘들어하는 걸 봤기에 처음엔 아기에 대한 정이 많지 않았었다. 하지만 하루하루 함께하며 아들과 시간을 보낼수록 말로는 설명할 수 없는 뭉실뭉실한 감정이 생겨났다.

꼬물거리는 아기를 보고 있으면 절로 미소가 지어졌다. 안아주고 싶고 뭐든지 해주고 싶었다. 제 목소리에 반응하며 저를 바라보는 맑고 까만 눈망울이 그렇게 예쁠 수가 없었다.

이런 걸 부정이라고 하는 건가. 둘만으로도 충분하다고 느꼈는데.

"꽤 괜찮은 것도 같군."

둘이 아닌 셋이라는 게.

이 작은 아이가 준희와 나의 아이라는 게.

밤이 되어 준희와 함께 아이를 보고 있으면 가슴 한구석이 따뜻해졌다.

아이를 통해 공유하는 게 생기면서 셋의 의미를 새롭게 깨

490

닫고 있는 중이었다.

그렇게 둘만의 시간을 나름 잘 보내고 있던 그때, 두 어른들이 집으로 들이닥쳤다.

"우쭈쭈, 아이고 할아비 목소리에 우리 현준이가 반응하는 것 보소?"

"눈도 또랑또랑하고 우는 목소리도 우렁찬 거 보니 대통령 감이 분명하네."

석훈과 근석은 손주인 현준이를 보는 재미에 푹 빠져 있었다. 그리고 조금 떨어진 곳에서 이준이 팔짱을 단단히 낀 채로 불만 가득한 표정으로 서 있었다.

"두 분, 이제 집에 좀 가주시면 감사하겠는데요."

"좀만 더 보고 가자, 응? 너 혼자 애 보기도 힘들 거 아니냐?"

이준은 단호하게 석훈에게로 다가가 아들을 받았다.

"힘들 리가요. 아들과 둘이서 오붓하게 시간 잘 보내고 있었습니다."

새벽에 잠을 못 잔 한 달을 제외하곤 힘들다고 할 만한 건 딱히 없었다. 육아 경험이 없었기에 경험 많은 베이비시터를 고용해서 도움도 받았다.

"엄마 없이 초보 아빠 혼자 애 보는 게 얼마나 힘든데. 그래서 우리가 온 거 아니냐."

그때, 현관문에서 도어록이 열리는 소리가 들려왔다. 사뿐 사뿐 실내화를 끄는 소리와 함께 준희가 나타났다.

아침에 봤는데도 내내 보고 싶었던 아내를 이준은 품으로 끌어당겼다.

"왜 이렇게 빨리 왔어?"

"남편이랑 아들 보고 싶어서 달려왔죠. 그리고 오늘은 베이비시터 없이 오빠 혼자 처음 애 보는 날이라서 걱정도 되고."

이준의 뒤에 있는 어른들을 뒤늦게 발견한 준희가 생긋 웃었다.

"어? 두 분 손주 보러 오셨어요?"

"보고 싶어 견딜 수가 있어야지. 그런데 네 남편이 우리를 쫓아내려고…… 으응?"

성큼성큼 다가온 이준이 자신의 아기를 다시 석훈의 품에 안겨주었다.

"그렇게 보고 싶은 손주, 내일 오후까지 잘 좀 부탁드립니다. 너무 힘드시면 베이비시터 번호 알려드릴 테니 전화해서 콜하세요."

"저, 저기 이준아! 준희야?"

두 어른들이 부르든 말든 이준은 준희를 다시 제 품에 끌어안고 집을 나와 주차장으로 향했다.

영문을 모른 채 얼결에 차에 올라탄 준희가 그에게 물었다.

"지금 뭐 하는 거예요?"

"뭐긴. 할아버지 찬스 쓰는 중이지."

"그런다고 돌도 안 지난 아이를 맡기고 나오면 어떻게 해요? 두 분이 뭘 안다고."

"힘들면 베이비시터한테 전화하겠지."

"안 되겠어요. 난 다시 올라갈⋯⋯?"

차에서 내리려는 준희에게 이준이 말을 했다.

"오늘이야."

"⋯⋯?"

"한 달 더 참으라며."

살짝 벌어진 붉은 입술처럼 수줍게 달아오른 아내의 표정을 보건대 이제야 기억이 났나 보다.

"그래서 지금 어디 가려구요?"

"양평 별장. 밤하늘 보러."

이준이 매혹적인 미소를 흘리며 준희에게로 몸을 숙여왔다. 안전벨트가 풀리는 소리가 얼마나 자극적인지, 준희는 저도 모르게 침을 꼴깍 삼켰다.

"벨트는 왜 푸는 거예요?"

"너무 오래돼서 기억이 안 나. 예열 좀 하고 가야 할 것 같아서."

입술이 닿기 직전 그가 나직한 웃음과 함께 속삭였다.

"참느라 죽는 줄 알았다고, 백준희."

허락의 의미로 부챗살 같은 아내의 속눈썹이 살포시 내려앉는 걸 보며 이준은 달콤한 입술을 집어삼켰다.

그렇게 양평으로 전력 질주한 부부는 별장의 침대에서 서로의 온기를 느끼며 누워 있었다.

훤히 뚫린 유리 천장 위로 보이는 양평의 밤하늘은 언제 봐도 예술이었다.

"밤하늘은 양평에서 보는 게 최고인 것 같아요. 저 별들 중 하나가 나한테 떨어지면 좋겠어요. 그럼 내가 그 별을 오빠를 쏙 닮은 딸로 만들어줄 자신 있는데."

하늘에서 눈을 떼지 못하는 준희와 달리 이준은 제 아내에 게시 눈을 떼지 못했다.

아내를 만나지 못했다면 그의 인생은 지금 어땠을까. 아직 까지도 암흑 속을 헤매고 있을지도 모른다.

갑자기 그의 가슴에 얼굴을 묻으며 준희가 속삭였다.

"사랑해요, 강이준 씨."

속삭임에 가까운 아내의 고백에 감정이 북받쳐올랐다. 단 한 번도 느껴보지 못한 복잡 미묘한 감정의 정체는 알 수 없었 지만 그건 분명 그의 가슴을 따스하게 채워주고 있었다.

"내가 더 사랑해, 백준희."

먼저 용기 내어 내게 다가와주고 날 사랑해주어서.

"그리고 고마워."

나에게 가족을 만들어주고 그 의미를 깨닫게 해주어서.

찬형만 보면 도망부터 가던 정윤과 외출하기까지는 1년이 넘게 걸렸다.

가로수 거리에 위치한 유명한 디저트 카페 '레이블'.

나른한 오후 햇살이 비치는 창가 테이블 위로 3단 애프터눈 티 세트가 놓여졌다. 색감이 예쁜 마카롱을 입 안에 넣은 정윤이 행복한 표정을 지었다. 그런 정윤을 볼 때마다 행복하면서도 가슴 한편이 씁쓸하게 젖어드는 찬형이었다.

그 당시 정윤과 친했던 친구를 수소문해서 직접 만났었다.

―애 아빠가 누구냐고 물었는데 엄청난 집안 아들이라고만
했어요. 약혼 소식을 신문에서 대서특필할 만큼.

그의 약혼 소식이 신문에 실렸던 날짜와 그녀가 사라진 날이 일치했다. 그의 약혼은 정계에 입문하기 위한 준비 과정 중 하나였다. 그렇게 예고도 없이 빨리 이루어질 줄은 그조차 알지 못했다. 자신보다 먼저 눈을 뜬 그녀가 문 앞에 놓인 신문을 보았을 때 그 심경이 어땠을까.

그녀에게 묻기 전에 나에 대해 먼저 알리는 게 예의라고 생각했었다. 하지만 그 예의를 차리지 않았다면, 그랬다면 너와 나의 미래는 달라졌을까. 함께할 수 있었을까.

뒤늦게 후회했지만 이미 엎질러진 물이었고, 이미 30년이란 세월이 흘러버렸다.

―지우지도 못하고, 정윤이가 너무 힘들어했어요. 워낙
자존심이 센 애라 점점 정서 불안처럼 히스테릭해지더
니……

마카롱에 이어 마들렌을 밀던 싱윤이 잔형과 눈이 마주치
자 수줍게 웃었다. 그 미소가 왜 이렇게 가슴을 시큰거리게
하는지.

"또 먹고 싶은 거 없어요?"

사실 그가 묻고 싶은 말은 따로 있었다.

그래도 날 한 번은 믿어주지 그랬냐고.

내게 한 마디 정도는 물어봐주지 그랬냐고.

아무것도 묻지 않은 채 꼭 그렇게 사라져야만 했냐고.

모두 자신의 잘못인 건 알고 있었지만 그래도 서운했다. 그
때 꿈만 같던 백 일 동안 그녀에게 내보인 진심이 하나도 전달
되지 않은 것 같아서.

"배불러요."

정윤이 만족스러운 표정을 짓자 그의 입가에도 미소가 번
졌다.

지나간 일을 후회한들 무슨 소용이 있을까. 뒤늦게라도 그
녀를 다시 만났고, 그녀가 눈앞에 있는 것에 감사하며 지금부
터라도 제대로 살려고 한다.

"여기는 티도 유명해요. 마셔봐요."

그 순간 벌떡 일어난 정윤의 눈이 그의 뒤를 향해 있었다.

"어? 아가씨도 여기 왔어요?"

돌아서니 아들을 안고 있는 이준 부부가 보였다.

"요즘 단 게 땡겨서요."

"아가씨가? 아니면 뱃속 아기가?"

"음…… 둘 다?"

배시시 웃으며 부푼 배를 어루만지는 준희는 지금 둘째를 임신 중이었다.

"나랑 같이 먹어요, 찬형 씨가 아가씨도 사줄 거야. 그쵸?"

정윤의 간절한 눈빛이 닿자 찬형의 손바닥에선 축축하게 땀이 배였다.

같이 먹자는 평범한 그 한마디가 뭐라고…….

"준희 양만 괜찮다면 나는……."

말을 끝내기도 전에 준희가 차분하게 말을 잘랐다.

"저희는 다 먹고 나가던 길이에요. 그럼 아줌마, 많이 먹고 가세요."

찬형은 미련 없이 돌아서는 준희의 뒷모습에서 눈을 뗄 수가 없었다. 딸의 뒷모습이라도 실컷 보고 싶은 마음에서였다. 그때였다. 홱 돌아선 준희와 눈이 마주쳤다.

"아줌마 남자 친구, 맞쵸?"

"우리 나이에 남자 친구라고 하기에는 좀……."

등줄기에서 시큰하게 땀이 난 찬형은 어색하게 웃었다.

"의원에서 물러나셨으니 아저씨라고 불러도 돼요?"

"준희 양 편한 대로."

"이번 주말에 정원에서 작게 가든파티를 할까 하는데, 아저씨도 오실래요?"

이준이 놀란 눈으로 바라보는데도 준희는 아랑곳하지 않고 말을 이었다.

"아줌마 남기 긴구 자떡으로요."

"내가 가도 불편하지 않다면 가지."

"그럼 아저씨가 아줌마 모시고 저희 집으로 와주세요."

준희는 이미 사라지고 없었다. 그런데도 찬형의 심장은 터질 것처럼 뛰고 있었다.

여름을 앞둔 옥상 정원은 짙은 꽃향기로 가득했다.

손님맞이 준비를 마친 가든 테이블은 데코레이션 소품이 더 해지자 한결 풍성해졌다.

준희를 도우며 눈치를 보던 이준이 조심스럽게 입을 열었다.

"의원님은 왜 초대한 거야?"

지그시 준희를 내려다보는 눈빛이 궁금해하는 눈치였다.

"가족 모임이잖아요. 뭐, 그래서. 의원님이 못 올 데 오는 건 아니니까."

이준이 소리 없이 숨을 들이켰다.

"준희 너, 알고 있었어?"

"모르는 게 바보 아니에요? 내가 눈치가 얼마나 빠른데."

준희는 짙은 한숨을 내쉬었다. 끝까지 모르고 싶었고, 모른 척하고 싶었다.

"그래서, 이제 아빠로 인정해주기로 한 거야?"

"인정한 건 아니에요. 그냥, 엄마가 그분을 너무 좋아하니

498

까. 그리고 그분도 엄마한테 너무 지극정성이니까."

준희는 디저트 카페에서 찬형과 함께 있던 정윤을 떠올렸다. 행복하게 웃고 있는 정윤과 그런 정윤을 사랑스럽게 바라보던 찬형의 모습이 그녀의 가슴을 두드린 것이다.

"기특하다, 내 부인."

이준이 준희를 끌어안는 순간, 초인종 소리가 들렸다. 정윤과 찬형이 도착한 것이다.

"내가 나갈 테니 오빠 이거 마무리해줘요."

현관문을 열자 찬형과 정윤이 서 있었다.

"우리가 너무 일찍 왔나?"

찬형은 약속 시간보다 30분이나 일찍 도착한 게 마음에 걸리는 표정이었다.

대답도 하기 전에 정윤이 손자를 보겠다고 먼저 들어갔다.

얼떨결에 둘이 남게 된 상황. 이런 적은 처음인지라 둘 사이에 묘한 어색함이 흘렀다.

"오늘 초대해줘서 고마워, 준희 양."

"저도 감사해요."

"……?"

"채송화 일이요. 막아주셨다면서요."

이준에게 들었다. 먼 타국에서도 끝까지 정신을 못 차린 채송화가 거금을 쏟아부어서 자신을 해칠 계획을 세웠다는 걸. 하지만 찬형이 붙여놓은 가드들이 눈치챘고 그걸 역이용해서 채송화를 속였다고 했다. 그 덕에 거의 빈털터리가 된 채송화가 지금 얼마나 비참하게 사는지도 들어서 알고 있었다.

"당연히 할 일을 했을 뿐이야."

"그 당연한 게 막냇동생 복수예요? 아니면 딸을 위한 복수예요?"

준희의 돌직구에 안경 너머의 눈동자가 격하게 파동했다.

윤찬형 의원. 한때 원수가 될 뻔했던 냉정하고 차가운 정계의 거물급 인사. 가문에서 내처졌어도 아직도 그의 힘은 건재하다고 들었다. 그런 그가 지금 준희의 눈치를 보며 죄인처럼 꼼짝도 못하고 있었다.

"제 마음이 언제 활짝 열릴지 몰라요."

……마음 약해지게.

"그래도 기다릴 자신 있으면 기다려주세요."

내가 아빠로 부를 수 있는 날이 올 때까지요.

"죽을 때까지라도 기다리마."

착각일지도 모르겠지만, 왠지 찬형의 눈가가 붉어진 것도 같았다.

그가 떨리는 목소리로 말을 이었다.

"내게 기회를 준 것만으로도 고맙구나."

"저도 부모가 되어 보니 알겠더라구요."

마냥 자식이었을 땐 화가 나고 원망스러웠다. 하지만 부모의 입장이 되어 보니 돌덩이 같은 마음에 지진이 일었다.

"얼른 들어오세요."

몸을 돌리던 준희는 뭔가 이상함을 느끼며 천천히 고개를 내렸다. 다리 사이로 투명한 물이 흐르고 있었다. 더 생각하고 말 것도 없이 준희의 입에선 하이톤의 비명이 터져 나왔다.

"강이준 씨이이이!"

"무슨 일이야?"

긴 다리로 성큼 빠르게 다가서는 남편의 옷자락을 잡으며 준희는 최대한 차분하게 말을 했다.

"지금, 둘째가…… 나올 것 같아요."

준희의 한마디에 찬형의 얼굴도 새하얗게 질렸다.

졸음에 취한 무거운 눈꺼풀을 힘겹게 들어 올리자 가장 먼저 시야를 물들이는 건 남편이었다.

"고생했어, 준희야."

넓고 아늑한 품이 준희에게 안정감을 전해주었다.

"나 안 죽었죠? 살아 있는 거 맞죠?"

……정말 죽다 살았다.

진행 속도가 너무 빨라서 무통 주사도 맞지 못했다.

버럭버럭 괴성을 지르고 울며불며 2시간 30분 만에 둘째를 출산하고 병실로 옮기자마자 까무룩 잠이 든 것이다.

"내가 너 죽게 둘 것 같아?"

다정하게 속삭이는 그의 뒤로 가족들이 보였다. 근석과 석훈, 현준을 안고 있는 정윤, 그리고 정윤의 뒤에 조용히 서 있는 차형까지, 모두가 일반동체로 눈희를 식정스럽게 바라보고 있었다.

죽다 살아나서 그럴까. 한 명 한 명에게 향하는 준희의 눈빛이 따사로웠다. 살아 있는 것에 감사하며, 가족이 있다는 것에 안도했다.

이준을 제외한 가족들이 모두 나간 후 간호사가 둘째를 데리고 들어왔다.

"아기는 아버님이 안아보실래요?"

작은 생명체가 이준의 품에 조심히 안겼다.

아기를 안고 있는 이준을 볼 때마다 가슴이 찡했다. 하지만 현준이가 태어날 때처럼 둘째를 대하는 이준의 태도는 여전히 시크했다.

"우리 둘째 아들 너무 못생겼는데?"

"아, 내가 말을 안 해줬구나."

무슨 소리냐는 듯, 이준이 준희에게로 시선을 옮겼다.

"현준이 때문에 정신이 없어서. 의사 선생님이 탯줄을 가랑이에 감고 있는 걸 아들로 착각하셨다고."

휘둥그레진 눈으로 품에 안긴 둘째를 내려다보던 그의 표정이 묘했다. 그 표정의 의미는 무엇일까.

"어쩐지, 예쁘게 생겼더라."

딸이라는 이유만으로 못생김에서 예쁨으로 등급 업.

"못생겼다면서요?"

"내가 언제?"

이 남자 보시게.

거짓말 못하는 남자가 뻔뻔하게 시치미까지 뗀다. 때마침 둘째가 희미하게 한쪽 눈을 떴다.

"와, 우리 딸 눈빛 봐. 엄마를 닮아서 아주 당돌한데?"

딸과 눈을 마주한 이준의 입가엔 봄 햇살처럼 달콤한 미소가 번졌다.

부녀의 역사적인 눈빛 교환.

그걸 보는 준희의 가슴에 경고등이 들어왔다.

이준의 마음속에서 자신은 항상 1순위였다. 그런데 그 1순위를 빼앗기게 생긴 것이다. 그것도 태어난 지 하루도 안 된 딸에게.

남편도 이런 느낌이었을까. 그래서 아들을 경계한 걸까.

아내 바보에서 딸 바보로 갈아타려는 남편을 준희가 두고 볼 리가 없었다.

"……뽀뽀해줘요."

"신생아한테 하면 안 되지 않나?"

내가 이럴 줄 알았어. 이런 느낌이었어. 그래서 오빠가 그런 거였어.

"오빠 딸 말고 아내한테 해달라구요!"

"우리 딸 너무 예쁘지, 준희야?"

정말 끝까지 이러긴가. 이제 나는 안 보이는 건가.

"나, 1순위에서 밀린 거예요?"

"당연히 우리 딸이 1순위지."

딸 낳은 엄마 서러워라.

"이봐요, 강이준 씨. 눈에 넣어도 안 아픈 그 딸 말이에요. 내가 낳아줬거든요? 하늘의 별도 보고 죽을 것처럼 소리 지르면서?"

이준이 그제야 웃음을 터뜨리며 그녀에게로 다가왔다.

쪽―.

서러움을 랩하듯이 쏟아내던 준희의 입술에 사랑이 와 닿았다.

"네가 낳아서, 널 닮은 딸이라서, 그래서 예쁜 거야."

입술 사이로 행복이 스며들고.

"백준희, 넌 나한테 영원히 0순위야."

말랑해진 마음으로 뜨거운 고백이 쏟아졌다.

"너 때문에 행복해 죽을까 봐 걱정이야."

너무 가까운 거리감에 불편했는지 아기가 울음을 터뜨렸다.

능숙하게 아기를 어르는 이준을 보는 준희의 입가에 미소가 피어났다.

"내가 장담하는데 지금보다 더 행복해질걸요?"

앞으로 좀 더 힘들긴 하겠지만 행복은 끊임없이 시작되고 있었다.

Chapter 28

남자는 행동력이지

3개월 후.

"응애애애애애!"

"아빠아, 놀아줘요! 으아앙, 놀아줘어!"

거실 가득 심심하다고 떼를 쓰는 첫째와 배가 고프다고 울어대는 둘째의 울음소리가 가득했다.

"현아 우유 타서 갈 테니 조금만 버텨줘요, 오빠!"

이준이 걱정하지 말라는 듯 오케이 사인을 보냈다.

둘로 시작했지만, 셋이 되고 이젠 넷이 되었다.

하루가 어떻게 시작되고 끝나는지도 모르겠고 쉴 틈이 없었다. 그런데도 아이들을 보고 있으면 입에서는 절로 미소가 피어났다. 비록 몸도 힘들고 영혼도 털리는 기분이었지만 가슴만은 뿌듯하고 따스해졌다. 이래서 부모들이 버티나 보다.

"오빠, 현아 우유 배달이요!"

둘째를 품에 안고 젖병을 물리는 이준의 모습이 놀랄 만큼 능숙하고 차분했다.

"아빠, 현쥬이 신 님깨! 심심하다구요!"

육아는 노하우도 중요하지만 무엇보다 체력 전쟁이었다. 둘째의 기저귀를 갈아주며 목에 매달리는 아들을 가뿐하게 감당해내는 남편을 준희는 뿌듯한 눈빛으로 바라보았다.

내 남편이 체력 하나는 끝내준단 말이야.

그렇게 이준이 두 아이들을 감당하는 동안 준희는 젖병 열탕 소독을 시작했다. 물이 보글보글 끓는 걸 기다리며 무심코 배와 허리 부근을 손으로 더듬었다.

"아후, 이건 도대체 언제 빠지지?"

첫째 때는 출산 후 두 달 만에 예전 몸무게와 몸매로 돌아왔는데 둘째는 달랐다. 살도 다 빠지지 않았고 항상 유지되었던 몸 선이 흐트러져버렸다. 훅 늘어난 몸무게를 감당 못 하고 아랫배의 살까지 터버렸다.

결국 준희는 복직하기 전까지 내 손으로 두 아이를 키우겠다는 욕심은 깔끔하게 접기로 했다. 요즘 부쩍 남편의 눈빛이 위험 수위에 다다랐다는 걸 느낀 것이다.

"내일 당장 베이비시터를 불러야겠어."

3개월 넘게 인내하고 있는 남편 안의 어흥이가 이성을 잃고 덤벼들기 전에 말이다.

정윤과 찬형이 집에 와 있었다. 아직도 아버지라 부르지는

506

못했지만 준희는 찬형을 서서히 받아들이고 있었다.

"오늘 하루 우리가 데리고 가서 아이들 봐줄 테니, 준희랑 오붓한 시간을 보내는 게 어떤가?"

남자 마음은 남자가 안다고, 찬형이 배려를 해주었다.

침실로 들어가자 준희는 옷을 갈아입고 있었다. 이준은 슬그머니 그 뒤로 다가가 툭, 빅뉴스를 던져주었다.

"두 분이 아이들 하루 봐주신다는데."

"어? 왜요?"

"대답하기 전에 나도 뭐 하나만 묻자."

"뭔데요?"

"나 언제까지 기다려야 해?"

이준의 목소리에 강한 불만이 묻어나자 그제야 준희가 돌아섰다.

"출산 전으로 돌아가려면 시간과 관리가 필요해요. 근데 관리하고 싶어도 운동은커녕 잠잘 시간도 부족하고, 식단 관리는커녕 세 끼 챙겨 먹는 것도 힘들고. 몰라서 물어요?"

"그러니까 베이비시터를 부르자니까."

"안 그래도 내일부터 부르려고 했어요."

그 한마디에 위험스럽게 눈빛을 빛내며 다가오는 이준을 준희가 저지했다.

"오빠도 이참에 기다림과 참을성 좀 배워요."

"내가 무슨 애완견이야? 기다림과 참을성을 학습시키게. 싫어."

"딱 한 달만 더 기다려줘요. 그럼 예전으로 돌아갈 수 있으니까."

"너 지금도 충분히 예뻐, 아니 넘치게 예뻐, 준희야."

"오빠 눈엔 항상 예뻐 보이겠죠."

"그런데?"

도대체 뭐가 문제냐고.

이준은 속이 타 죽겠는데 준희는 얄미울 만큼 느긋하게 대답을 했다.

"진짜 얄미워. 본인만 여전히 몸매 좋고 근사하면 다예요?"

아이처럼 투덜거리는 이준을 준희가 가늘게 뜬 눈으로 바라보았다.

"자기만족. 나도 나 스스로한테 만족해야 할 거 아니에요. 살 튼 것도 억울해 죽겠…… 오빠?"

무릎을 꿇은 이준이 준희의 블라우스를 걷어 올린 것이다.

유난히 하얀 피부 때문에 더 도드라지는 푸른 실선을 빤히 쳐다보는 남편을 보며 준희는 태연하게 물었다.

눈빛으로 보아 대답 잘하라는 경고였다.

"왜요? 보기 흉해요?"

"이게 왜 흉해? 예쁘기만 한데."

"흉하다고 했으면 나 또 베개 휘둘렀을지도 몰라요."

"나 때문에 찍힌 낙인이야. 내 여자이고 내 아이의 엄마라는."

그의 대답이 만족스러운지 준희가 웃었다.

"그 자기만족 말이야."

"……?"

"내가 지금 당장 시켜줄 수 있는데. 그것도 정신 못 차릴 만큼 만족스럽게."

능청스러운 대답에 준희가 기가 막힌 듯 눈을 깜빡였다.

그 모습마저도 왜 이렇게 깜찍하고 예쁜지.

"그거 알아?"

살이 터진 자리를 입술로 지그시 누르자 매끈한 피부 밑으로 열기가 감돌았다.

"지금 너 환장할 만큼 예뻐."

서서히 일어난 이준은 준희를 품으로 끌어당기며 나른하게 내려다보았다.

"예전보다 지금이. 지금보다 앞으로가 더."

아내의 사랑이, 손길이 목마른 이준은 간절하게 바랐다.

더 이상은 못 기다린다. 그러니 제발 좀 먹혀라.

"할머니가 된 백준희가 아마 제일 예쁠 거야."

준희가 예쁘게도 눈을 내리깔았다. 그러곤 탐스러운 붉은 입술을 수줍게 오물거렸다. 사람 미치게.

대답이 없다는 건 무언의 허락. 준희의 마음이 변하기 전에 이준은 아내를 번쩍 안아 들고 침대로 향했다.

오랜만이라서 그런지 준희가 긴장한 눈빛으로 그를 바라보았다.

"샤워 먼저 하면 안 될까요? 아침에 세수만 겨우 했는데."

"같이 하면 돼."

그는 바둥거리는 준희를 침대에 눕히고 얼른 몸 위로 올라 탔다.

"나 진짜 엄청 참았어."

내가 몇 번을 할지 모르는데. 그러니까 샤워는 가장 마지막 에 하자.

"오빠 믿지?"

그의 가슴에 얼굴을 묻은 준희가 수줍게 속삭였다.

"믿어요."

허락이 떨어진 순간 두 사람은 엎치락뒤치락. 수줍은 신음 과 격한 숨소리가 얽히고 일렁이던 그때…….

"현주니 엄마아아."

침실로 난입한 현준이가 얽혀 있는 부모를 말간 눈으로 쳐 다보았다.

"어? 아빠 엄마, 뭐 해?"

참 난감한 상황. 난감한 질문.

아들놈한테 뭐라고 대답을 해줘야 하나.

"음…… 술래잡기?"

"그럼 현준이도 같이! 엄마 아빠 같이!"

그때 찬형이 침실로 들어와 얼른 현준이를 안고 나가며 눈 짓을 했다.

'우리 지금 나갈 테니 눈치 보지 말고 하던 거 하게나.'

하지만 찬형이 나감과 동시에 준희가 욕실로 줄행랑을 쳤다.

"아무래도 안 되겠어요. 샤워 먼저 할게요!"

덩그러니 혼자 남은 이준은 똑똑한 머리를 빠르게 굴렸다.

샤워를 하면 정신이 또렷해지는데. 그럼 자존심 센 백준희가 나를 또 설득해서 한 달을 뒤로 미룰지도 모르는데.

하지만 지금 그의 안에 있는 짐승은 폭발하기 직전이었다. 더 이상은 기다릴 수가 없었다. 자신을 위해서라도, 그리고 아내인 준희를 위해서라도.

남자는 행동력이지. 용기 있는 자만이 사랑스러운 아내를 다시 쟁취할지니.

그런데 욕실 문이 단단히 잠겨 있었다.

"아니, 대체 문은 왜 잠그냐고."

노크를 아무리 해도 샤워 중이라고 기다리라는 대답만 돌아왔다. 하지만 그걸 두고 볼 이준이 아니었다.

네가 문을 안 열고 배기나 보자.

그의 입가에 음흉한 늑대의 미소가 어렸다.

"준희야, 문 좀 열어줘. 현준이가 응아를 했다네."

그의 예상대로 욕실 문이 열리는 순간…….

"꺄악!"

아내의 비명을 들으면서 럭비 선수처럼 몸으로 밀고 들어갔다. 남자다운 행동력을 보인 결과는 무척이나 뿌듯했다. 샤워기에서 아직까지도 물이 떨어지고 있었다. 그 덕분에 아내의 몸은 흠뻑 젖어 있었다.

뽀얀 안개 속에서 발그레한 얼굴과 우유처럼 매끈한 살결,

정말 얼마 만에 보는 아내의 나신이지.

본인은 살이 뒤룩뒤룩 찌고 몸매가 흐트러졌다고 하지만 그의 눈엔 아니었다. 꽉 안으면 부러질 것처럼 너무 가는 아내의 몸에 살이 붙으니 부드러운 곡선이 유려하게 살아났다. 한 손에서 넘치고도 남을 봉긋한 가슴부터 허리를 더욱 가늘게 보이게 해주는 아찔한 히프 라인까지.

오로지 나만 볼 수 있고 나 때문에 재탄생한 아내의 몸은 무척 아름답고 유혹적이었다. 보는 것만으로도 벌써부터 아랫도리가 뻐근해졌다.

"현준이는요?"

알면서 뭘 새삼스레 묻는 건지.

"아버님이 데리고 나가셨지."

새하얀 여우는 이준에게 말을 걸면서 잔머리를 굴리고 있었다. 그녀는 살금살금 눈치를 보며 베스 가운으로 손을 뻗었다.

"똥 쌌다면서요?"

"아버님이 치우고 데리고 나가셨겠지."

하지만 닿기도 전에 이준의 손에 의해 저 멀리 바닥에 떨어져버렸다.

"저, 저기 여보?"

"어."

"자기야?"

"그래."

"나 아직 샤워를 덜 했는데, 나가주면 안 될까요?"

무슨 답을 할지 알면서 꼭 저렇게 묻는다. 가린다고 가려질 곳도 아닌데 작은 두 손으로 위아래를 겨우 가린 채로, 남자 애간장 다 녹게 말이다.

들어올 땐 럭비 선수처럼 돌진했지만 아내에게 다가서는 한 걸음은 신중했다.

"한 번만 물을게, 내가 진짜 나갔으면 좋겠어?"

샤워기에서 떨어지는 물줄기가 이준의 머리 위로 쏟아져내렸고 그도 어느새 흠뻑 젖어버렸다.

"나도 이렇게 젖어버렸는데?"

두 손은 아내의 매끄러운 살결을 나른하게 지분거리며 홧홧하게 달아오르게 했다. 세찬 물줄기 소리 속에서도 고막을 아찔하게 두드리는 건 흐트러진 아내의 숨결이었다.

"내 말, 듣지도 않을 거면서 물어보긴 왜 물어봐요? 이미 작정했잖아요."

……빙고.

흘기는 눈과 달리 준희의 손도 이미 이준의 셔츠를 풀어내리고 있었다. 그녀는 사뿐히 든 발꿈치로 입을 맞대고는 속삭였다.

"호언장담한 대로 내가 자기만족에 푹 빠지게 해줘요."

허락이 떨어지자마자 이준은 무릎을 꿇고 푸릇푸릇하게 실핏줄이 터진 아내의 배에 뜨거운 입술을 가져다댔다. 그러고는 방울방울 물방울이 맺힌 속눈썹으로 아내를 올려다보며 잔뜩 가라앉은 허스키한 음성으로 물었다.

"여기서부터 시작할까."

미치게 섹시한 남편 때문에 준희는 정신을 놓기 일보 직전이
었다. 세차게 몸을 적시는 샤워기의 물줄기보다 느릿하게 훑
어내리는 남편의 손길에 오감이 바짝 곤두섰다. 외모도 끝내
주고 피지컬도 굉장하고 스킬도 끝내준다. 이러니 어떻게 거
부할 수가 있을까. 남편이 주는 아찔한 쾌감을 알고 있기에 이
미 달아버린 몸은 기대감으로 차오르고 있었다.

"아니면…… 더 아래?"

그의 입술이 준희의 살결을 머금으며 좀 더 내려가자 하마터
면 무릎이 꺾일 뻔했다. 물기를 머금고 더 새까매진 남편의 머
리칼에 가는 손가락을 묻으며 준희는 속삭였다.

"아무 데나 상관없어요."

그러니까 빨리 사랑해줘요.

메시지를 알아들은 이준이 씨익 매혹적으로 입꼬리를 말아
올렸다. 순식간에 몸이 뒤로 돌려졌다.

타악―.

타일 벽에 두 손을 대는 순간, 뜨거운 입술이 목덜미를 흠뻑
았고 두 손이 가는 허리를 강하게 움켜쥐었다.

"우선, 내 몸 안에 난 불 먼저 끄고."

지독하게 섹시한 남편의 젖은 음성과 함께 뜨거움이 강렬하
게 밀려들어왔다. 전희 하나 없었는데도 남편의 뜨거움이 너
무 좋았다. 거칠게 돌진하는 남편을 감당하기 위해 타일 벽을
집고 있는 가는 팔이 파들파들 떨려왔다.

8개월 만에 한 섹스는 폭풍우 같았다. 욕실에선 조금의 부드러움도 없었다. 남편은 허리케인처럼 숨 쉴 틈도 없이 그녀를 몰아붙였다. 몸 안의 급한 불을 끈 후에야 남편은 이성을 되찾은 것 같았다. 욕실에서 배려 없이 거칠게 몰아붙인 게 미안해서일까. 침대에서의 그는 솜사탕처럼 달콤한 남자가 되었다. 물론 배려 없는 거침도 준희가 좋아한다는 걸 이준은 모를 것이다. 8개월 동안 참고 참았던 걸 폭발시키느라 잔뜩 흥분하고 심취해버린 이준은 평소처럼 준희를 살필 만한 여유가 없었다.

뜨거운 숨을 가쁘게 토해내며 침대에서 올려다보는 시야가 몽롱했다. 환각에라도 빠진 것처럼 몸도 마음도 나른하게 풀어져서 최상의 황홀함을 경험하고 있었다. 이준의 입술이 몸 곳곳을 빠짐없이 예뻐해주며 흔적을 남길수록 준희도 이준의 몸 곳곳에 손톱 자국을 남겼다.

아기를 낳은 후 여자의 몸이 더 민감해진다는 말은 진실이었다. 훨씬 더 자극적으로 응집된 감각들이 미세한 혈관들까지 뻗쳐나갔다. 역시 강이준이었다. 자신이 한 말은 철썩같이 지키는 걸 보니.

전보다 더 아름다워졌다는 자기만족에 흠뻑 빠지게 할 만큼 이준은 그녀를 사랑해주었다.

몇 시간이 흘렀는데도 변함없는 이준 때문에 준희가 먼저 녹다운이 되어버렸다. 이 남자는 나이를 거꾸로 먹는 걸까. 왜 이렇게 지치지 않는 건지. 육아는 나 혼자 한 건지.

손끝 발끝에 힘 하나 들어가지 않는 몸의 상태는 포근한 구름 위에 누워 있는 것처럼 나른했다.

"이제 그만."

준희의 항복 선언에 드러난 등줄기를 따라 자잘한 키스가 쏟아졌다.

"백준희, 당장 한약 먹어야겠어."

뒤에서 안아오는 남편의 맨살 감촉이 좋았다.

"오빠도요."

"난 왜?"

"정력 약해지는 그런 한약 없나 해서요."

"그거 복 터진 소리라는 거 몰라?"

"너무 복이 터져서 기절 직전이란 말이에요. 애도 둘이나 되는데."

"그럼 시터를 두 명 써."

"우리 애는 우리가…… 키워야죠."

그녀는 살그머니 가슴으로 올라오는 남편의 손을 밀어냈다.

"항상 말하지만 난 네가 0순위야. 애들도 사랑하지만 널 더 사랑해."

달콤한 그의 사랑 고백은 하루에도 수십 번 수백 번 쏟아졌다. 질릴 만도 한데 그의 고백은 질리지 않았다. 새까만 눈동자로 깊숙이 응시해오며 나른하게 입술을 움직여 '사랑해.'라고 속삭이면 여전히 가슴이 설레고 심장이 쿵쾅거렸다.

생각해보면 준희는 꽤 많이 변했다. 마음에서는 아이들보다 이준이 먼저인데도 행동은 아이들을 먼저 챙기고 있었다. 피곤함을 핑계로 남편 밥 한 끼 제대로 챙겨준 적도 없었다.

정말 피곤할 때는 단단해진 하체를 밀착해오는 그가 귀찮을 때도 있었다. 가끔씩 짜증도 내고 신경질도 부렸던 것 같다.

하지만 이준은 아니었다. 늘 푸른 소나무처럼 한결같았다. 변함없는 그의 벅찬 사랑이 고맙고 미안했다. 그런데도 미안하단 말 한 번 한 적 없었고 사랑한다고 말해준 적도 없었다. 그에게 사랑한다고 말을 한 게 언제인지 생각조차 나지 않았다. 지금만큼은 꼭 말로 전하리라 생각한 준희는 가만히 입술을 달싹였다.

"너무 고맙고 미안해요."

"자주 듣고 싶은 말은 아닌데."

준희를 내려다보는 그의 눈빛이 따스했다.

"왜요?"

"그냥 너한테는 그런 말 듣고 싶지 않아."

"오빠가 뭘 몰라서 그러는데요."

준희는 몸을 돌려 그의 가슴에 얼굴을 기대며 속삭였다.

"사랑할수록 미안하다는 말도, 고맙다는 말도 많이 해야 하는 거예요. '사랑해.'라고 자주 표현해야 하는 것처럼."

"그래도 고맙고 미안하단 말은 너한테 듣고 싶지 않아."

"사람들은 사랑하고 소중할수록 그런 말들을 당연하다는 듯 아껴요. 당연히 알아줄 줄 아니까. 하지만 항상 당연한 건 아니잖아요."

근석이 그러했다. 어린 손녀가 바쁜 할아버지를 당연히 이해해줄 줄 알았고 미안해하는 마음을 알아줄 줄 알았다.

정윤도 그러했다. 그러나 표현을 하지 않으니 전혀 알 수가 없었다. 그녀가 마음 한곳에 딸의 예쁜 모습을 기억하고 있을 줄은.

그런 걸 표현하라고 있는 게 입이고 혀이고 말인데.

"그러다 보면 어느 순간 오해도 하게 되고 서운하기도 하고 결국 틈이 벌어지는 거예요. 난 오빠랑 그런 일이 없었으면 좋겠어요."

항상 예쁜 사랑을 하고 싶고 예쁜 말만 해주고 싶었다. 집착이라고 해도 좋다. 그와는 작은 틈이라도 벌어지기 싫었고 항상 함께이고 싶었다.

"그럼 나도 고맙다고 하루에 수백 번씩 말해줘야 하나?"

"……?"

"너 때문에 일분일초가 행복해 죽겠는데."

이준이 준희를 제 품으로 더 꼭 끌어안았다.

"에이, 그런 건 말 안 해도 돼요."

"방금 전까지는 해야 한다며?"

준희는 꿀 먹은 벙어리가 되어버렸다. 그 뜻으로 한 말이 아닌데. 반박할 말이 떠오르지 않자 괜히 민망해진 준희는 살며시 미간을 구겼다.

"똑똑한 머리는 이럴 때 뭐해요? 융통성 있게, 그리고 상황에 맞게 좀 알아들으면 어디가 덧나요?"

518

그녀의 작은 불평에 이준이 낮게 웃음을 터뜨렸다. 그는 준희의 정수리에 입술을 꾸욱 누르며 느닷없는 고백을 해왔다.

"오늘도 사랑한다, 백준희."

이럴 땐 또 미꾸라지처럼 잘도 피해간다, 정말.

"내일은 오늘보다 더 사랑할 거고."

으스러지도록 준희를 품에 안으며 이준은 또다시 아찔한 사랑 고백을 시작했다.

"하루하루가 흐를수록 난 널 더 사랑할 거야."

그 고백과 함께 남편의 응큼한 손도 다시 은밀한 움직임을 시작했다.

에필로그 : 마지막 이야기

준희가 셋째를 임신한 후로 그들은 정원이 넓은 단독주택으로 이사를 했다. 날씨 좋은 주말 저녁, 이준의 사업 파트너이자 친구인 도준이 쌍둥이 아들을 데리고 집들이 겸 방문을 했다. 저녁이 준비될 동안 이준은 아들들을 데리고 정원에서 한바탕 축구를 시작했다.

흔들의자에 앉아 새침하게 그걸 보고 있던 현아는 뽀로록 달려가서 도준의 앞에 멈추어 섰다. 눈이 마주치자 생긋 눈웃음을 흘리는 현아에게 도준이라고 녹지 않을 수 없었다.

"우리 현아, 뭐 갖고 싶은 거 있어? 삼촌이 뭐든지 사주마."

그 말을 기다렸다는 듯 현아는 살그머니 도준의 품에 안겨들어 귓가에 조곤조곤 속삭였다.

"삼촌, 현아는요. 현빈 오빠랑 결혼하고 싶어요."

"삼촌이야 현아가 며느리가 되면 대환영이지. 그런데 현아야."

7살 현아의 고백에 빙긋 웃은 도준이 현아를 품에 안고 손

520

가락질을 했다.

"저 둘 중에 누가 우리 현아가 좋아하는 현빈일까?"

현아의 시선이 정원에서 열심히 공차기를 하고 있는 소년에게로 향했다. 오빠인 현준도 잘생겼지만 친오빠이기 때문인지 눈에 들어오지도 않았다. 현아의 시선은 똑같이 생긴 미소년 두 명에게 가 박혔다. 알 것 같으면서도 모르겠다. 어떻게 저렇게 똑같이 생길 수가 있지?

"가까이서 보면 아는데 멀리서 보면 모르겠어요."

때마침 축구가 끝이 났고 이준이 아이들을 데리고 걸어왔다.

"어? 저 오빠가 현빈 오빠예요!"

"어떻게 맞췄는지 삼촌이 물어봐도 될까?"

"원빈 오빠 잘 안 웃는데 현빈 오빠는 예쁘게 잘 웃어요. 현아는 잘 웃는 현빈 오빠가 좋아요."

성큼 다가온 이준은 도준에게 착 안겨 있는 딸을 보자마자 오만상을 찌푸렸다.

"강현아, 아빠랑 했던 약속 잊었어?"

아차, 현아는 얼른 도준의 품에서 벗어났다. 아빠 외의 남자에게는 절대 안기지 않겠다고 약속했는데.

"삼촌은 허락해주면 안 돼요? 아빠처럼 잘생겼는데."

현아는 도준을 힐긋힐긋했다.

"안 돼."

이준의 단호한 음성에 도준이 웃었다.

"강이준, 내가 딸 없었으면 엄청 서운할 뻔했다. 알지?"

도준에게는 쌍둥이 아들 밑으로 쌍둥이 딸이 또 있었다. 한숨을 푹 내쉰 이준이 도준의 맞은편에 앉았다.

"엄마 닮아서 현아가 남자 얼굴을 많이 밝혀. 인물 반반한 놈 치고 얌전한 놈이 없는데, 걱정이 말이 아니다."

"너랑 난 부인밖에 모르잖아."

"우리 같은 남자가 흔하진 않지."

"우리 같은 남자가 아니라 우리 부인들 같은 여자가 흔치 않겠지."

도준의 말에 동의한다는 듯 이준이 고개를 끄덕였다.

"하긴 우리 현아도 겨우 7살인데 보통 여우가 아니야."

"하나뿐인 네 딸이 우리 현빈이랑 결혼하고 싶단다."

"누구 맘대로!"

"누구 맘대로긴, 현아 마음대로지."

도준의 눈짓을 따라간 이준의 눈이 커다래졌다. 세상에서 아빠가 가장 잘생겼다고 외치던 딸은 도준의 아들인 현빈 앞에서 눈웃음을 살살 흘리고 있었다. 젊었을 적, 아내인 준희를 녹였던 제 눈웃음을 물려주었더니 엄한 놈에게 그 매력을 발산하는 것이다. 자신한테는 뭔가 사달라고 할 때만 보여주는 눈웃음을 말이다. 이래서 딸 키우면 소용없다고 하는 건가. 소도둑 놈까진 아니지만 다른 놈에게 웃고 있는 걸 보니 벌써부터 마음이 찌릿찌릿했다.

그때 현관문이 열리면서 준희가 나타났다.

"무슨 이야기를 그렇게 재밌게 해요?"

"준희야."

아내의 작은 체구를 품에 담뿍 안으며 이준은 서운한 듯 말했다.

"현아가 도준이 아들 녀석이랑 결혼하고 싶다고 했대. 그게 말이 돼?"

제발 당신만은 내 마음 알아달라고, 당신도 나랑 같은 심정이라고 말해달라고 이준이 눈빛으로 말하고 있었다.

"오빠도 참, 겨우 7살짜리가 한 말에 왜 이렇게 연연해요?"

"……그런가?"

"그리고 세상에 남자가 얼마나 많은데, 여러 명이랑 연애도 해보고 고르고 골라서 결혼해야죠. 현아는 인생 통틀어 남자라곤 오빠가 유일무이한 나랑은 달랐으면 좋겠어요."

준희의 그 말은 이준에겐 무척 충격적이었다.

"준희 너, 그게 억울해?"

"당연히 억울하죠. 잘생기고 능력 좋은 도준 씨도 인생 통틀어 여자가 제아 언니 한 명뿐이라는데 오빠는 여자 엄청 많았잖아요. 난 오빠가 세상에서 가장 로맨틱 가이라고 생각했는데. 그쵸, 도준 씨?"

애꿎은 화살이 도준에게로 향하자 그는 어색하게 웃으면서 일어났다. 부부간의 사랑싸움에 끼어들고 싶지 않아 다시 아이들을 데리고 축구를 하러 간 것이다.

"그래서 아직도 그렇게 내 애를 태우는 거야? 연애 못 해본 억울함 분풀이하려고?"

"어머, 내가 언제 오빠 애를 태웠다고 그래요?"

"보란 듯이 애 태우잖아. 왜 이렇게 예뻐서 가는 곳마다 아가씨로 오해받고 남자들 대시를 줄줄 받냐고. 외출할 때마다 현준이나 현아 중에서 한 명은 꼭 데리고 나가라니까. 그리고 옷도 좀 펑퍼짐하게 입고 살도 좀 찌고 아줌마 티도 살짝 내주고, 응? 불안해 죽겠어."

이준의 말에 준희는 기가 막힌 듯 눈을 깜빡였다. 내가 누구 때문에 열심히 관리하는데. 10년이란 세월이 무색하게 이준은 여전히 섹시한 매력남이었다. 워낙 콩깍지가 단단히 씌어서 아내밖에 모르긴 했지만 가는 곳마다 여자들의 시선이 쏠렸다. 남자가 너무 아깝다는 말을 듣지 않으려고 바쁜 육아 속에서도 피부 관리부터 몸매 관리까지 소홀히 한 적이 없었다.

"준희야, 나는 지금 네 모습이 제일 예뻐."

출산이 두 달 남은지라 배도 상당히 나왔지만 10킬로나 쪄서 살이 꽤 오른 상태였다. 아내 바보인 이 남자를 어찌해야 할까. 준희는 한숨을 푹 내쉬며 그에게 말을 했다.

"그래서 불안하게 안 하려고 셋째 임신했잖아요. 일도 그만두고 완전하게 정착하려구. 오빠가 선녀 옷 돌려줘도 나 이제 꼼짝없이 오빠 여자라구요."

셋째까지 임신을 한 후에야 준희는 전업맘이 되기로 결심했다. 젊었을 때 열정을 불태우며 일에 매달렸으니 후회는 없었다. 물론 술자리가 있는 곳에서는 지인들을 위해 레이첼이 되었지만.

술은 취하려고 마신다는 건 옛말, 술은 기분을 돋구기 위해 마시는 우아한 촉매제니까.

소중한 인연으로 맺어진 이들에게 그런 촉매제와 같은 칵테일을 제공하는 건 준희의 또 다른 즐거움이었다.

"이제 평생 내 여자지, 넌. 우리 현아도?"

"오빠!"

여기서 또 현아가 왜 나온단 말인가. 자식 낳아봐야 소용 없다고, 자신은 절대 딸 바보가 아니라고 하루에도 수십 번 호언장담하는 남자가 바로 이준이었다. 하지만 이준 자신만 인정 못 할 뿐, 심각할 만큼 딸 바보였다. 준희는 평생을 함께할 동반자이니 그렇다 쳐도 딸에게까지 이러는 건 아니다 싶었다.

"자식은 품었다가 떠나보내야 하는 존재이니 집착하지 말라고 내가 몇 번 말해요?"

이준이 정색했다.

"내가 언제 집착했다고 그래? 두 여자에게 집착할 만큼 나 여유 있는 남자 아니야. 난 너 하나 관리하기도 벅차. 현아는 험한 세상으로부터 부모라는 단단한 울타리 안에서 지켜주려는 거지."

하여간 못 말린다. 말은 또 왜 이렇게 잘해.

"현빈이가 아니더라도 나중에 현아가 분명 결혼하고 싶다는 남자 데리고 올 거예요. 그땐 어떻게 하려고 그래요? 결혼하면 부모 자식 간의 인연 끊겠다고 협박이라도 할 거예요?"

"무슨 소리! 내가 그렇게 나쁜 아빠는 아니야."

"그럼 두말 안 하고 허락해줄 거예요?"

"당연히 허락해줘야지. 그 대신 내가 만든 열 가지 테스트에 통과를 한다는 조건하에 말이야."

"테스트가 열 개나 돼요?"

"그것도 이십 개 하려다가 줄인 거야. 그렇지 않아도 저번 주말에 노트북에 정리해놓은 거 있는데 오늘 밤에 보여줄까?"

"그건 또 왜 만든 건데요?"

"현아가 TV에 나온 방탄미남자들 중 멤버 한 명을 보고 결혼하겠다고 하잖아. 그날 밤 바로 작성해놨지. 우리 딸이 남자 얼굴만 밝혀서 잘못 결혼해서 고생이라도 해봐. 아빠로서 그 꼴은 못 보지."

"20살에 결혼한다고 하거나 속도위반이라도 하면 큰일 나겠어요?"

준희 딴엔 적당히 좀 하라고 한 말이었다. 하지만 이준은 말 한 번 잘했다는 듯 씨익 매혹적으로 입꼬리를 말아 올렸다.

"그런 일이 일어나지 않게 하려고 내가 관리를 하려는 거야 우리 딸을. 이제야 나의 깊은 마음을 헤아릴 수 있겠지?"

"나도 오빠랑 멋모르고 22살에 결혼했거든요? 우리 아빠한 테 미안하지 않아요?"

시간이 약이란 말이 맞았다. 일 년이 흐르고 오 년이 흐르고, 두 아이의 엄마가 되고 셋째를 임신하고.

그녀는 어느새 찬형의 존재를 자연스럽게 받아들였고 아버지란 든든한 울타리를 만끽하고 있었다.

"생각해보니 아버님은 운이 좋으셨지."

"……?"

"생판 모르는 남한테 딸을 넘겨주는 그 아픔을 뛰어넘으셨 잖아. 당신이 딸이란 걸 알았을 땐 보란 듯이 잘난 사위에 잘 난 손자까지 있었잖아. 그건 부럽네."

이 남자의 집착의 끝은 어디인가.

"이러고도 딸 바보 아니라고 할 거예요?"

"난 아내 바보지, 딸 바보는 아니야. 현아에겐."

이준의 따스한 눈빛이 현빈에게서 눈을 떼지 못하는 현아에 게 닿았다.

"아빠의 기본 도리만 하려는 것뿐이고."

"현준이는 어떤 여자와 결혼할지 걱정 안 돼요?"

"걱정 안 돼."

너무 빠르고 단호한 대답이 나왔다. 얼굴을 내린 이준이 속 삭였다.

"아빨 닮아서 여자 보는 눈이 아주 기가 막힐 테니까."

준희는 뭐라고 쏘아붙이지도 못했다. 속삭임을 끝낸 입술이 앙증맞은 귀를 잘근잘근 야릇하게 씹고 있었다.

"그, 그만해요. 손님 와 있잖아요."

얼굴을 붉히며 살그머니 남편의 가슴을 밀어내도 소용이 없 었다. 그는 볼록 솟은 배를 사랑스럽게 어루만지며 뜨거운 숨 을 그녀의 귓가에 토해냈다.

"얼른 밤이 왔으면 좋겠다. 문 꼭꼭 걸어 잠그고 너랑 둘만 있고 싶어."

해가 지고 어둠이 깔리고 부부가 침대에 눕는 그 순간은 현아가 유일하게 아빠에게서 해방되는 자유 시간이기도 했다.

안녕하세요, 저는 올해 초등학교에 입학한 8살 강현아라고 해요.

제 가족을 간단하게 소개하려고 합니다.

이 집안의 가장인 우리 아빠는 40살이 넘었는데도 방탄마냥자 오빠들보다 훨씬 더 잘생긴 데다 멋짐 뿜뿜인 남자예요. 학교에 아빠가 오거나 아빠와 같이 어디를 나갈 때면 그렇게 뿌듯할 수가 없어요.

그렇다고 해도 아빠가 최고는 아니에요. 남자는 얼굴이 다가 아니라는 말을 요즘 무척 느끼고 있답니다. 제가 아빠 때문에 스트레스를 무척 받고 있거든요. 딱 꼬집을 순 없는데 요즘 좀 그래요.

작년에 도준 삼촌이 다녀간 후, 전 엄마 아빠에게도 현빈 오빠랑 결혼하고 싶다고 선언을 했습니다. 그날부터 아빠가 이상해졌어요. 나한테 너무 집착하는 것 같아요. 항상 동화책을 읽어주고 뽀뽀를 해주고 잘 자라는 말을 마지막으로 엄마한테 달려가던 아빠였는데 요즘 저까지 귀찮게 해요. 현민이도 이렇게까지 날 귀찮게는 안 하는데.

졸려 죽겠는데 저를 앉혀놓고 날마다 똑같은 질문을 해요. 세상에서 누가 제일 좋냐고 묻구요, 누가 제일 잘생겼냐고 물어요. 몇 번을 물어서 아빠요, 라고 원하는 대답을 들으면 아이처럼 웃어준 후 엄마한테 가요. 이럴 때 보면 내가 애인지 아빠가 애인지 모르겠다니까요.

그리고 엄마가 아침마다 피곤해하는 이유를 전 이제 알아요. 그게 다 아빠 때문이라구요. 어린이가 된 저는 악몽을 자주 꿔요. 물론 전 혼자서도 잘 자는 의젓한 어린이랍니다. 하지만 정말 무서운 악몽을 꾸었을 때 무서워서 엄마 아빠 방에 간 적이 있어요. 그런데 문은 꼭꼭 잠겨 있고 엄마가 아파하는 소리가 들렸어요. 가만히 귀를 대니까 엄마가 아빠한테 사정을 하고 있었어요. 너무 힘들다고요.

이건 분명 아빠가 엄마를 괴롭히고 있다는 신호잖아요? 생각해보니까 평소에도 걸핏하면 아빠는 엄마를 잘 괴롭히는 것 같아요.

밤에 잠을 잘 자야 키도 크고 예뻐진다고 하던 아빠가 엄마를 밤에 잘 못 자게 괴롭히면 안 되는 거 아니에요? 이번엔 내가 엄마를 구해줘야겠다는 생각에 방문을 쿵쿵 두드렸어요. 그러자 아빠가 벌개진 얼굴로 나왔어요. 엄마가 아프면 간호는 딸인 내가 해줘야 하는데 아빠가 해준다고 자꾸 다시 방으로 가래요. 그리고 밤이나 새벽에는 절대 엄마 아빠 방에 오지 말래요. 그럼 어린이가 아니라 아기라고 부를 거래요. 두 살인 현민이도 혼자 잘 자는데 누난 내가 무서워서 방에 오면 안된대요. 물론 전 이제 어린이지만 그래도 엄마 품에 꼭 안겨서 자고 싶을 때도 있는데.

가끔씩 아빠가 목욕을 하고 나오면 여기저기 빨갛게 다쳐 있어요. 그래서 물어보면 엄마가 괴롭혀서 그런 거래요. 그러곤 저보고 엄마 좀 혼내주래요. 그런데 알고 보니 아빠가 괴롭힌 거잖아요, 맞죠?

가만히 생각해보니까 우리 아빠는 심술쟁이에 욕심쟁이에요. 그리고 고집쟁이에요.

멋진 아빠가 초등학교 입학식에 등장하자 난리가 났어요. 담임 선생님부터 친구들과 친구 엄마들까지 부러워하는 거 있죠? 그런데 좋은 건 딱 거기까지였어요. 현빈 오빠도 와서 꽃다발을 주고 갔는데 아빠가 그러는 거예요. 현빈이를 남자친구로 하고 싶으면 열 가지 테스트를 통과해야 한다고.

아빠가 건넨 종이를 본 나는 화가 났어요.

열살이 어때서 어떻게 나도 아빠를 이겨요? 몇 년이 지나야 아빠보다 키가 더 클 수 있는 건데요?

오빠는 전교 1등을 할 만큼 공부를 잘하지도 않는데 어떻게 아빠보다 돈을 더 많이 벌 수 있어요? 아, 이건 도준 삼촌한테 부탁하면 될까요? 도준 삼촌도 돈 무지 많다고 들었거든요. 정원에 키우는 개만 다섯 마리인 걸 보면 우리 집보다 부자인 게 분명해요.

여하튼 난 아빠한테 따졌어요. 어떻게 살인 현빈 오빠가 이걸 다 통과할 수 있냐구요. 그러니까 아빠가 그러는 거 있죠? 그러니까 연애는 20살 넘어서, 결혼은 40살 넘어서 하래요? 그게 말이 돼요?

아빠는 나빠요. 엄마가 22살에 결혼했다면서 난 왜 40살에 결혼하라는 거예요? 나도 바보는 아니에요. 아빠는 엄마랑 결혼해서 행복하게 살고 있으면서 나한테는 결혼하지 말라는 소리잖아요. 그리고 40살 되기 전에 잘생긴 현빈 오빠를 다른 여자애가 차지하면 어떻게 해요.

몇 개만 없애주면 안 되냐고 애교를 부려도 아빠가 여림도 없대요.

이러니 제가 아빠를 미워하지 않을 수가 있어요?

그래도 난 현빈 오빠 포기하지 않을 거예요. 우리 엄마가 항상 그랬거든요. 사랑은 쟁취하는 거고 남자도 쟁취하는 거라고요. 한 번 찜한 남자는 무슨 일이 있어도 내 남자로 만들래요.

그래서 저는 아빠 몰래 현빈 오빠 여자친구가 되기로 결심했어요. 엄마가 적극적으로 도와준다고 했고요. 도준 삼촌도 찬성한다고 했어요. 아직 현빈 오빠 날 동생으로 생각하지만 자신 있어요.

왜냐면요, 엄마가 젊었을 적 수많은 라이벌을 물리치고 아빠를 차지한 비법을 전수해준다고 했거든요.

아, 물론 이 모든 것들은 아빠한테 비밀로 하래요.

그럼 아빠가 많이 서운해서 울 거래요.

지금까지 투덜거리긴 했지만. 그리고 요즘 아빠 때문에 스트레스 받아서 조금 밉긴 하지만.

사실 제 이상형은 아빠랍니다. 현빈 오빠가 웃는 모습이 아빠랑 닮아서 너무 예뻐서, 그래서 너무 좋아요. 아빠 같은 남자와 결혼하는 게 제 꿈이에요. 얼굴이 다가 아니라고 하지만 아빠 보면 얼굴이 전부인 것 같아요. 40살이 넘었는데도 방탄 마저 오빠들보다 멋진 걸 보면요.

가끔씩 좀 그래서 그렇지, 자상하고 다정하고 내 말을 잘 들어주는 멋진 아빠거든요. 우리 엄마가 아빠 때문에 무척 행복해해요. 그리고 나도 아빠 때문에 무척 행복해요. 아빠가 내 아빠라서 참 좋답니다.

아차, 엄마에 대해서 말을 하지 않을 뻔했어요.

우리 엄마는요, 장군님 같아요. 덩치가 산만 한 아빠와 외할아버지, 친할아버지, 그리고 현준 오빠와 현민이까지 남자들은 모두 우리 엄마한테 꼼짝 못 해요. 엄마 한 마디에 모두가 벌벌 떨어요. 그렇다고 우리 엄마가 무서운 건 아니에요. 아빠는 엄마랑 나한테만 잘 웃어주는데 엄마는 모두에게 잘 웃어주거든요. 그리고 상냥하고 다정해요.

그래서 나는 아빠보다는 엄마가 아주 조금 더 좋은 것 같아요. 왜냐면 엄마는 고집쟁이 아빠와 다르게 내 말을 잘 들어주거든요. 그리고 항상 내 편이에요. 현빈 오빠도 아빠가 허락 안 해주면 엄마가 설득해주겠다고 했어요. 엄마 말만 잘 들으면 세상에서 못 할 일은 없을 것 같아요. 현빈 오빠도 그럼 이미 내 남자나 다름없어요.

왜냐하면 잘생기고 똑똑한 아빠를 차지한 엄마가 비법을 전수 해준다고 했으니까요. 엄마랑 아빠 몰래 만든 비밀도 열 개가 넘는 거, 아빠 절대 모를걸요?

엄마한테 미안하긴 하지만 얼굴로만 보면 아빠가 무척 아깝긴 해요. 왜 연예인 안 하고 회사 다니는 건지 이해가 안 될 정도로요. 얼굴은 아빠가 더 멋지지만 성격은 엄마가 더 멋져요.

그래서 아빠가 엄마한테 꼼짝 못 하나 봐요.

아, 맞다. 제가 엄마 아빠가 창피했던 적이 딱 한 번 있었어요.

며칠 전에 도준 삼촌이 현빈 오빠와 원빈 오빠를 데리고 놀러왔어요. 우리는 우리끼리 정원에서 놀고 어른들은 테라스에서 술을 마셨어요. 근데 엄마가 기분이 좋았는지 좀 많이 마셨나 봐요. 갑자기 식탁 위로 올라가더니 포도 알을 공중에 뿌리는 거 있죠?

나를 사랑한다면 주우라는데 이거 어떻게 해야 하는 거예요? 나도 엄말 사랑하는데, 현준 오빠도 엄말 사랑하는데 그럼 우리도 포도를 주워야 하는 건가요?

현준 오빠랑 심각하게 고민하면서 한 살 많은 오빠들에게 어떻게 해야 하냐고 물었어요.

그때 놀라운 일이 벌어졌어요.

세상에, 멋짐 뿜뿜하는 아빠가요, 현준 오빠한테 남자는 함부로 무릎 꿇으면 안 된다고 설교하던 아빠가요, 무릎을 바닥에 대고 포도 알을 줍는 거 있죠? 도준 삼촌이나 현빈 원빈 오빠가 도와주려고 하니까 정색하면서 혼자 주울 테니 줍지 말래요.

진지하게 포도를 줍는 아빠도, 아빠가 주워 온 포도를 받고 행복하다고 웃는 엄마도 이해가 안 돼요.

말은 안 했지만 도준 삼촌이랑 현빈, 원빈 오빠 표정도 이상했어요. 제가 더 창피한 거 있죠.

8살인 나도 저런 놀이는 안 하는데.

나이 들수록 애가 된다는 건 이럴 때 하는 말인가요?

근데 이상한 건요, 포도를 주는 아빠를 보고 있으니까 아빠가 엄마를 얼마나 사랑하는지 느껴지는 거 있죠. 나만 그런 건가요?

그래서 나도 모르게 옆에 있는 현빈 오빠한테 물었어요. 손에 들려 있는 구슬을 내밀면서, 내가 이거 던지면 오빠도 주워줄 수 있냐고요. 그런데 오빠 표정이 이상해지면서 "내가 이걸 왜 주워." 이러는데, 기분이 확 상하는 거 있죠.

포도를 던진 엄마는 이해가 안 되지만 아빠는 조금 이해가 되더라구요. 이래서 아빠가 포도를 줍나, 엄마 화나면 무지 무서운데.

나도 엄마 딸이라 한 번 화나면 무지 무서워요. 제가 노려보니까 현빈 오빠가 눈을 피해요. 오빠가 보는 앞에서 구슬들을 허공에 흩뿌렸어요. 이거 다 주워 오지 않으면 쉬는 시간마다 올라가서 괴롭히겠다고 했고요. 현빈 오빠보다 원빈 오빠가 더 잘생겼다고 말할 거라고도 했어요. 형제끼리 작은 것 하나라도 지기 싫어서 엄청 싸우는 걸 내가 잘 알거든요. 이래서 여자는 남자의 약점을 잡아야 하나 봐요. 그러니까 발건 얼굴로 오빠가 마지못해 구슬을 주워서 나한테 주는 거 있죠.

그걸 보던 도준 삼촌이 통쾌하게 웃었어요. 모전여전이라나 뭐라나.

어찌 되었든 무척 행복한 우리 가족이랍니다.

〈끝〉

작가 후기

직장 생활을 하다 거의 10년 만에 다시 소설을 쓰기 시작했습니다. 그리고 두 아이의 엄마가 된 지금도 전 글을 쓰고 있습니다. 세 번째 작품인 《터치터치 그대》는 독자분들의 많은 사랑을 받기도 했지만 둘째 아이가 제게 준 선물과도 같은 작품입니다. 시작도 힘들었지만 둘째 임신 때문에 완결까지 가는 게 더 힘들었어요. 그걸 이겨내도록 도와준 게 독자분들이었습니다.

'이 글을 읽으며 행복했고, 잠시 육아와 회사 스트레스에서 벗어날 수 있었다', '잃어버렸던 심장의 두근거림과 설렘을 느꼈다'…… 다른 작품보다 《터치터치 그대》가 가장 많이 들었던 말이에요.

그것보다 작가에게 더 뿌듯한 후기는 없을 거라는 생각이 듭니다.

두 아이를 독박으로 키우며 글을 쓴다는 건 무척이나 버거운 일이었습니다.

하지만 《터치터치 그대》를 완결한 후 더욱더 글을 쓰고 싶은 마음이 간절했습니다.

글을 쓴다는 건 제게 유일한 힐링이자 스트레스를 해소하는 돌파구라는 걸 다시 한 번 느꼈으니까요.

《터치터치 그대》를 읽어주신 독자분들께도 그랬으면 합니다. 그게 제가 글을 쓰는 목적이니까요.

'소소한 행복과 웃음을', '심장의 두근거림과 가슴의 설렘'을 제 글을 통해 선물해드리고 싶어요.

그리고 앞으로도 쭉 그런 마음으로 전 글을 쓰려고 합니다.

새 작품을 준비 중이지만 《터치터치 그대》는 제 가슴에 가장 각인될 작품일 겁니다.

글을 쓰는 내내 제 심장도 두근두근, 설레었으니까요.

두 번째 작품을 함께하며 방황할 때마다 저를 잡고 다독여준 테라스북 관계자님들.

특히 칼 같은 직설로 제 정신을 번쩍 들게 해주시는 이사님, 그리고 저를 전폭적으로 지지해주는 사랑하는 남편, 99%의 악마 근성으로 제 혼을 쏙 빼놓으면서도 1%의 천사 근성으로 저를 웃게 하는 두 딸들, 그리고 '이달아'라는 작가를 존재하게 하는 제 소중한 독자분들께 마지막으로 하고 싶은 말은 바로 이거예요.

항상, 무척, 많이, 감사합니다.

터치터치 그대 2

초판 1쇄 인쇄 2019년 12월 10일
초판 1쇄 발행 2019년 12월 24일

지은이 이달아 ㅣ 펴낸이 강성욱 ㅣ 책임 기획 전주에 ㅣ 일러스트 김송이 ㅣ 로고 김미현
디자인 장지은 ㅣ 기획 편집 송진아 강가비 최에림 정종건 장현호 ㅣ 교정 서진영 류혜선
펴낸곳 테라스북 ㅣ 등록 제25100-2013-000012호
주소 (04019) 서울특별시 마포구 희우정로 5길 29 2층 202호
전화 070-4794-5826 ㅣ 팩스 0505-911-5826
블로그 http://terracebook.blog.me ㅣ 전자우편 terracebook@naver.com
ISBN 978-89-94300-98-6 (04810)
ISBN 978-89-94300-93-1 (SET)

테라스북은 오름미디어의 임프린트 브랜드입니다.

이 도서의 국립중앙도서관 출판시도서목록(CIP)은 서지정보유통지원시스템 홈페이지(http://www.seoji.nl.go.kr)와
국가자료공동목록시스템(http://www.nl.go.kr/kolisnet)에서 이용하실 수 있습니다. (CIP제어번호: CIP2019043107)